Religion, Modernité et Culture au Royaume-Uni et en France

1800-1914

Jean Baubérot
et Séverine Mathieu

Religion, Modernité et Culture au Royaume-Uni et en France
1800-1914

Éditions du Seuil

COLLECTION « POINTS HISTOIRE »
FONDÉE PAR MICHEL WINOCK
DIRIGÉE PAR RICHARD FIGUIER

ISBN 2-02-051402-8

www.seuil.com

Pour Michèle, Stéphane et Valentine

Introduction

La production historiographique ne s'effectue pas dans un vide social. Certes, il est essentiel que l'historien poursuive des recherches qui obéissent à des logiques scientifiques et ne soient pas le reflet de l'actualité, ou la projection dans le passé des préoccupations du moment. Son travail s'inscrit d'ailleurs dans une temporalité lente, différente de celle qui rythme la société. Mais le chercheur ne vit pas non plus enfermé dans une tour d'ivoire. Il est des moments où son travail propre correspond à une conjoncture favorable. Les commémorations en constituent des exemples manifestes : bicentenaire de la Révolution française, quinze centième anniversaire du baptême de Clovis, quatrième centenaire de l'édit de Nantes ont favorisé la tenue de colloques, la publication de numéros spéciaux de revues ou d'ouvrages qui ont permis une avancée collective de notre savoir historien.

Par ailleurs, il peut exister une synergie positive entre des préoccupations citoyennes et un questionnement scientifique, à condition d'élucider leurs rapports. Ainsi le féminisme a attiré l'attention sur certains impensés dans la manière d'écrire l'histoire, ne serait-ce que la confusion entre « suffrage universel » et « suffrage masculin ». La prise de distance avec les préjugés d'un temps et d'un lieu commence en général autant sinon plus dans la chaleur de la contestation sociale que dans la froideur du travail scientifique. Et chaque historien d'aujourd'hui devrait avoir en mémoire les propos de Marc Bloch (1946, p. 188), regrettant que la revue les *Annales* n'ait pas, dans les années 1930, relié ses recherches historiques aux préoccupations de l'époque, aux débats sur les phénomènes fasciste, stalinien et nazi : « Adeptes des sciences de l'homme […], [nous] avons préféré nous confiner dans la craintive quiétude de nos ateliers […]. Avons-nous toujours été de bons citoyens ? »

Plus prosaïquement qu'une commémoration, la conjoncture éditoriale favorable est ici l'introduction du thème « Religion et culture au XIXe siècle » (avec comme pays retenus l'Allemagne, la France, l'Italie et le Royaume-Uni) pour les programmes d'agrégation et de CAPES d'histoire de 2001-2002 et 2002-2003 (même si nous visons un public beaucoup plus large que les seuls étudiants). À notre connaissance, c'est la première fois que ces concours intègrent à leur programme une question d'histoire religieuse contemporaine. Or cela nous concerne directement de deux façons. D'abord, et c'est l'essentiel, cette question rencontre nos recherches propres, puisque nous travaillons sur les problèmes de sécularisation et de laïcisation des sociétés modernes, autrement dit sur les rapports religion-culture-politique et modernité, dans le cadre de la chaire « Histoire et sociologie de la laïcité » de l'École pratique des hautes études en Sorbonne. Ensuite, et cette raison adjacente n'est pas négligeable, un des deux auteurs a participé à la « Commission Joutard » qui, en 1989, a rédigé pour le ministre de l'Éducation nationale un « Rapport sur l'enseignement de l'histoire des religions », et il a pris part au débat public sur cette question (*cf.* notamment Baubérot, 1989 et 1990). L'autre auteur(e) n'est pas tellement éloignée des années où elle a elle-même préparé puis fait préparer, en tant qu'agrégée préparatrice à l'ENS de Fontenay-Saint-Cloud, des candidats à l'agrégation. Sa motivation pour aider ses successeurs est donc forte : elle veut contribuer à rédiger ce qu'elle aurait eu envie de lire[1].

1. Notre travail pourrait donc porter sur ces quatre pays. Préférant mettre en perspective une problématique et l'approfondir plutôt que de viser à l'encyclopédisme, nous avons délibérément opté pour une comparaison entre les deux pays qui constituent la première vague des États-nations : l'Angleterre (devenue le Royaume-Uni au XIXe siècle) et la France (Greenfeld, 1992). Nous avons seulement effectué des allusions à l'Allemagne et à l'Italie – voire à d'autres pays – quand cela nous a paru nécessaire.

Mais notre manière de nous insérer dans cette conjoncture éditoriale comporte aussi une réflexion critique sur son fonctionnement social et, plus précisément, sur la coupure qui existe entre la vie universitaire et le débat démocratique. Il semblerait que, de chaque côté, on veuille ignorer ce qui se passe de l'autre. Ces dernières années, des thèmes socialement aussi « sensibles » que la question des nationalismes ou de l'évolution de la démocratie ont figuré au programme de l'agrégation et du CAPES sans grande relation avec le débat social sur ces sujets. D'un côté, la préparation des concours dans une sorte d'isolat ; de l'autre, la vie publique démocratique avec les risques de docte ignorance, d'affirmations péremptoires et de stéréotypes. Nous osons penser que les préparations des concours d'agrégation et de CAPES peuvent être plus intéressantes, plus vivantes, si un lien est effectué entre les questions mises au programme et les débats d'idées de la société civile. Plus encore, nous osons penser que ces débats d'idées peuvent s'enrichir, s'éloigner de tout risque de « pensée unique » et de répétition de stéréotypes convenus s'ils sont, parfois, alimentés par la production éditoriale liée au programme de l'agrégation et du CAPES. Pour cette raison, nous n'avons pas rédigé un manuel mais un ouvrage susceptible d'intéresser toute personne curieuse des fondements historiques des différences religieuses et culturelles entre les îles Britanniques et la France.

C'est pourquoi nous effectuons un lien entre la préparation de ces concours, un questionnement scientifique et une préoccupation citoyenne. Mais, pour éviter une confusion fâcheuse entre ces deux derniers domaines, et aussi pour montrer que la relation « religion et culture au XIXe siècle » n'a rien d'abstrait, nous allons commencer par mettre en perspective historique différentes façons dont il a été rendu compte, en France, de cette relation depuis le début du XIXe siècle. C'est également, pour nous, l'occasion d'effectuer une première approche du sujet de notre étude et d'élucider notre préoccupation citoyenne. Nous entrerons ensuite dans l'étude plus proprement historienne de notre objet d'étude, en veillant à ce que cette préoccupation n'hypothèque pas la nécessaire objectivation. Pour ce faire, nous tenterons de construire une mise en perspective. Nous nous situerons ainsi dans la posture paradoxale de l'historien : « faire de l'histoire, c'est ne pas faire d'anachronisme », mais la « connaissance historique » est un « processus à rebours de l'ordre chronologique, une remontée dans le temps, c'est-à-dire strictement un anachronisme », car « remonter dans le passé ne se fait qu'avec le présent de nos actes de connaissance » (Didi-Huberman, 2000, p. 31). Mais peut-être notre « vocation » et notre « métier » d'historien se situent-ils précisément là : être les explorateurs du paradoxe.

CHAPITRE PREMIER

France et Grande-Bretagne : deux modernités culturelles

Cet ouvrage est donc né de la rencontre entre un questionnement scientifique et une préoccupation citoyenne.

Notre questionnement scientifique consiste notamment à se demander si la religion joue un rôle actif dans la construction de la modernité culturelle et politique. Dans une première approche, on peut le résumer à travers une interrogation tranchée : existe-t-il une « modernité protestante » et une « modernité catholique » [1] ? On peut également poser le problème de façon plus « sécularisée », mais pas foncièrement différente : existe-t-il un « modèle anglo-saxon » et un « modèle français » de la modernité, et si tel est le cas, quel rôle joue la religion dans cette différence ?

Il semble fort intéressant de constater que, sous la première formulation, cette interrogation a taraudé le XIXe siècle [2], et qu'à travers la seconde elle persiste plus que jamais aujourd'hui, ne serait-ce que de façon indirecte, quand on oppose l'« universalisme » français au « communautarisme » anglo-saxon.

Au XIXe siècle, maints penseurs en France ont affirmé la « supériorité des nations protestantes », Angleterre et Alle-

1. Résumée ainsi, la question pourrait faire croire que la construction de la modernité peut se ramener à une cause dominante, ou même unique. Nous citerons des auteurs du XIXe siècle qui semblent l'avoir (presque) pensé. Prévenons tout de suite que ce n'est pas notre cas.

2. Naturellement, la vision française de l'Angleterre n'a pas toujours privilégié les caractéristiques religieuses de ce pays. Il a existé, au XIXe siècle, une approche plus directement politique (*cf.* Pitt, 2000) ou économique (cf. Crouzet, 1999).

magne notamment, sur les « nations catholiques », dont les représentantes les plus typiques étaient l'Italie et l'Espagne. La France aussi, bien sûr, apparaissait comme une « nation catholique », mais, pour diverses raisons, il existait plus ou moins l'espoir que cette appartenance ne s'avère pas déterminante. D'autres théoriciens, partageant une optique analogue et des jugements de valeur inverses, estimaient que ces « nations protestantes » constituaient une menace profonde pour l'identité de la France moderne, qui devait demeurer catholique sous peine de perdre son âme. D'autres enfin ont évolué entre ces deux positions typiques ou ont tenté de dépasser le dilemme.

Précisons un peu. En avril 1802, à la veille de la promulgation officielle du Concordat, l'Institut de France met au concours la question suivante : « Quelle a été l'influence de la Réformation de Luther sur la situation politique des différents États de l'Europe et sur le progrès des Lumières ? » Le lauréat de ce concours est Charles de Villers (1765-1815), un catholique « éclairé », couronné pour son *Essai sur l'esprit et l'influence de la Réformation de Luther* (1804). Cet ouvrage a souvent été réédité au XIXe siècle et encore en 1905, au moment de la séparation des Églises et de l'État. Il a plus ou moins inspiré une certaine philosophie de l'histoire culturelle et politique, présente chez beaucoup d'intellectuels libéraux français. Cette influence indique son importance, même si, de manière significative, et l'ouvrage et l'auteur ont été oubliés.

Pour Villers, la Réforme protestante a engendré en fait la Révolution française, par le biais des événements politico-religieux d'Angleterre au XVIIe siècle (notamment la mise à mort « légale » du roi Charles Ier) et de la création des États-Unis d'Amérique par des puritains protestants, pays dont les principes fondamentaux ont été repris par la France en 1789. Le clergé protestant, formé d'époux, de pères, de citoyens, « ministres de la parole de Dieu, instituteurs de la morale publique », engendre une culture morale et politique bien supérieure à celle qui provient des prêtres et des religieux catholiques. Le protestantisme remplace en effet la « casuistique » par la « morale pure et divine » de l'Évangile ; il crée une culture de l'équilibre politique. En pays protestant, « princes et sujets savent quel milieu il convient de tenir entre démocratie spéculative et démocratie pratique ».

La culture protestante, dans cette optique, est fondamentalement créatrice de modernité : le peuple est plus propre et plus industrieux dans les pays protestants du Nord que dans les pays catholiques du Sud, et l'on sait l'enjeu essentiel que représentent l'hygiène et l'ardeur au travail dans la constitution des États modernes. De même, selon Villers, la Réforme a brisé les « chaînes imposées à l'esprit humain », a « renversé « les barrières qui s'opposaient à la libre communication des pensées ». L'enseignement progresse, les sciences se développent, la pensée protestante donne tous ses effets avec « l'immortel Kant » (Baubérot, 1988, p. 39 *sq*.).

Dans une France traumatisée par la tourmente révolutionnaire avec ses ruptures et sa Terreur, et profondément marquée par un conflit frontal, celui de la « France libre » et de la « France catholique » (pour reprendre les expressions du conseiller de Napoléon Bonaparte, Jean Étienne Marie de Portalis), cette vision idyllique d'une société moderne capable de concilier la religion, la liberté et les Lumières constitue un schème culturel repris de façon récurrente tout au long du XIXe siècle.

De nombreux auteurs et ouvrages peuvent être cités dans la première moitié du XIXe siècle. Mme de Staël affirme, à propos des Allemands : « Leur raison n'a point fait de tort à leur croyance ni leur croyance à leur raison » (*De l'Allemagne*, 1810). Dans son *Histoire de la civilisation en Europe* (1828), Guizot veut démontrer que le moderne XIXe siècle est culturellement l'héritier d'un mouvement émancipateur imposé par la Réforme. « Pendant le règne de Louis-Philippe, cette image avantageuse de la Réforme s'affirme encore, au point de devenir un *topos* historiographique chez les écrivains qui relatent, sur un mode épique, la conquête de la liberté dans les Temps modernes » (Glaudes, 1992, p. 7). En 1835, Michelet estime que, malgré sa part d'ombre, Luther a apporté au peuple l'esprit d'examen et a joué un rôle décisif dans l'émancipation de l'humanité. Edgar Quinet va encore plus loin. Il est possible de résumer ainsi sa thèse de façon lapidaire : tout se ramène à un problème de culture religieuse, et la révolution politique a échoué en France parce qu'une révolution religieuse ne l'avait pas précédée. « Pour Quinet, il n'est point de révolution féconde qui ne soit une authentique révolution religieuse : toutes les révolutions qui ont réussi jusqu'à ce jour, se sont appuyées ou sur la transformation de l'ancienne religion ou sur une religion toute nouvelle » (Bernard-Griffiths, 1988, p. 450).

L'ambivalence de Renan et de Comte

Avançons dans le siècle et découvrons en Renan un auteur particulièrement intéressant dans sa relation ambivalente avec le protestantisme. Dans ses *Souvenirs*, rapportant la crise qui a marqué sa jeunesse, il indique : « L'esprit particulier de l'Allemagne […] me frappa : je crus entrer dans un temple […]. Je regrettais par moments de n'être pas protestant afin de pouvoir être philosophe sans cesser d'être chrétien. » Mais, comme Français, il a reçu une éducation catholique qu'il ne peut se « résoudre à quitter tout à fait ». Une fresque publiée en 1860 dans la *Revue des Deux Mondes* sur « l'avenir religieux des sociétés modernes » donne une vision plus structurée. Selon Renan, la religion n'est nullement « destinée à perdre peu à peu de son importance » dans les sociétés modernes. « L'avenir religieux de l'Europe » sera un « christianisme libre et individuel avec d'innombrables variétés intérieures », et il conclut : « C'est sans contredit le protestantisme qui est le plus près de cet idéal. »

Renan admire la « diversité » protestante face à l'« unité » catholique : elle est créatrice de liberté spirituelle, intellectuelle et matérielle. Cependant, au sein de cette diversité, il tranche entre un « ancien protestantisme », qu'il qualifiera plus tard de « christianisme pessimiste » et dont il se distancie, et un protestantisme libéral dont il se sent proche. Pourtant, c'est une part de cet « ancien protestantisme », formé par les protestants *dissenters* anglo-saxons, qu'il loue quand il met en avant dans la même étude les mouvements protestants qui ont prôné, voire réalisé, la séparation des Églises et de l'État (Baubérot, 1993, p. 438).

L'ambivalence se renforce avec Auguste Comte. En 1842, « il croit aux chances des nations protestantes », Allemagne et surtout Angleterre, comme fers de lance de la « régénération positiviste ». En 1854, « le couple des nations méridionales et catholiques – Italie, Espagne – précède le couple septentrional des nations protestantes – Angleterre, Allemagne –, et Comte rapporte explicitement ces changements à une reconsidération du rôle de la religion dominante » (Petit, 1992, p. 148).

L'évolution est significative. Certes, l'image d'Épinal d'un contraste entre des comportements modernes et éclairés en pays protestant et des comportements archaïques et obscurantistes en pays catholique continuera sur sa lancée[1], mais l'idée d'une menace protestante sur l'identité française, présente dans la totalité du siècle en milieu catholique, va trouver une crédibilité nouvelle avec l'antagonisme franco-prussien/allemand et les rivalités coloniales franco-britanniques du dernier tiers du XIXe siècle. L'invention de la laïcité va également constituer une tentative pour dépasser le dilemme d'une opposition de civilisation entre « culture catholique et culture protestante ».

Le sans-culottisme de la religion

L'opposition de l'Angleterre à la Révolution française, qui va marquer pendant des décennies sa culture politico-religieuse, est considérée dès 1798 par Joseph de Maistre comme masquant une « affinité frappante ». Maistre procède en deux temps. D'abord, il distingue anglicans et puritains. Ces derniers propagent une culture démocratique, ils « prêchent hautement la doctrine de la souveraineté du peuple et

1. En Alsace, « si vous rencontrez un village riche, dont les terres sont bien cultivées, les figures graves, en bonne santé, les enfants bien habillés, le premier venu vous dira : "C'est un village luthérien." [...]. Si les toits sont défoncés, les vitres cassées, les rues encombrées de fumier, les gens minables ; si les enfants courent derrière vous, pieds nus, les cheveux ébouriffés comme des espèces de sauvages : "C'est un village ignorant fanatique et dévot." Et cela n'existe pas seulement de village à village, mais de pays à pays : [...] Voyez l'Espagne à côté de l'Angleterre, le Mexique à côté des États-Unis », prétendra en 1871 Émile Erckmann dans *Histoire d'un sous-maître*.

en tirent les conséquences pratiques les plus effrayantes ». Ensuite, il affirme que, malgré une apparente proximité avec le catholicisme, les anglicans ne valent pas mieux. Le « Credo anglais » affirme, en effet, que l'Église « est l'assemblée de fidèles où l'on prêche la pure parole de Dieu » (extrait des Trente-Neuf Articles). Or, commente-t-il, « si l'on dispute pour savoir si la parole est pure […] Que faire et que résoudre » ? Il n'existe plus d'autorité dernière, pouvant légitimer de façon transcendante les magistrats, le souverain. Aussi, il conclut : « Le protestantisme est positivement, et au pied de la lettre, le sans-culottisme de la religion. L'un invoque la parole de Dieu ; l'autre les droits de l'homme ; mais dans les faits, c'est la même théorie, la même marche et le même résultat. Ces deux frères ont brisé la souveraineté pour la distribuer à la multitude » [1].

Louis de Bonald et Félicité de La Mennais [2] se situent dans le même courant de pensée, et tout au long du siècle leurs émules ne manqueront pas : la Réforme est la matrice des révolutions des XVIIe et XVIIIe siècles (les révolutions anglaises de 1648 et de 1688, la guerre d'Indépendance américaine, le cataclysme révolutionnaire français), le principal responsable de la suprématie croissante du temporel sur le spirituel et le vecteur direct de l'ingérence politique et de la concurrence économique anglaise et allemande en France. Au bout du compte, le protestantisme se trouve dénoncé comme la « mauvaise » religion de ce monde moderne, issu des chaos révolutionnaires, de cette modernité née des bouleversements politiques, industriels et scientifiques que ces penseurs ne peuvent accepter (Sacquin, 1998).

Maurras et Zola contre les « nations protestantes »

À la fin du XIXe siècle et au début du XXe, Charles Maurras reprend une vision globale de la genèse de la modernité où

1. Pour Quinet, par contre, l'anglicanisme est un compromis ecclésial entre catholicisme et protestantisme, comme la monarchie parlementaire est un compromis constitutionnel entre monarchie et république.

2. Le nom de ce prêtre s'écrivait La Mennais. À partir de 1830, quand il voulut faire alliance avec le peuple, il écrivit son nom « Lamennais ».

les trois « R » (Réforme, Révolution, Romantisme) se trouvent étroitement liés et où l'Angleterre, l'Allemagne, la Hollande, terreaux de la culture protestante, constituent « les peuples les moins conformes pour la langue, les mœurs, la civilisation, à notre tradition et à notre origine [française] ». Par la Réforme, le ver se trouvait déjà dans le fruit. Cette révolution religieuse, exaltant la modernité, a fini par « dissoudre » lois, mœurs, coutumes, institutions. Avec la culture protestante, la conception de la vie s'est radicalement transformée : à des libertés d'appartenance façonnées par l'héritage social et la transmission héréditaire, s'est substituée la liberté créatrice d'autonomie où « le grand intérêt de la vie se réduit à l'apport individuel de chaque être humain quel qu'il soit ». Par cette « table rase » où toutes les réalités anciennes sont impitoyablement « balayées » et où, toujours selon Maurras, « la destruction devient le premier de tous les devoirs », il n'existe plus alors qu'une culture du vide. En effet, désormais : « Il convient, il est juste, il est noble et brillant de recréer le monde chaque matin, il est beau d'y recommencer à discuter et à vérifier indéfiniment tout, langues et prosodies, codes politiques et constitutions religieuses. » Paradoxe : si aujourd'hui, on oppose volontiers un « individualisme » français à un « communautarisme » anglo-saxon, pour Maurras, dont on connaît l'influence sur la culture politique française du XXe siècle, les nations protestantes sont porteuses d'une culture qui tend à briser « tous les liens sociaux au profit de l'individu » (Baubérot et Zuber, 2000, p. 37 *sq.*).

Il s'agit donc de défendre l'identité de la France, et point n'est besoin d'être catholique pour le faire[1]... Ni même d'ailleurs traditionaliste : vingt ans avant *L'Action française*, Émile Zola opposait (*Le Figaro*, 17 mai 1881) les « races du Midi » et notamment la France, affranchie du catholicisme, où « l'évolution nouvelle [...] fait ses plus grands progrès », et « les races du Nord », « l'ennemi » – le terme revient plusieurs fois –, qui, quand elles « auront dévoré les races du

1. Ainsi, le 15 mai 1900, *L'Action française* demande à des personnalités « strictement réalistes et libres-penseurs » comment faire en sorte que les « bons Français » se défendent « tous ensemble contre l'invasion protestante ».

Midi », voudront imposer – « quelle détresse » ! – le protestantisme, la « lourdeur allemande ». À ceux qui avaient magnifié les nations protestantes capables de modernité en conciliant foi et raison, le XIXe siècle finissant réplique en insistant sur leur dissociation moderne et en dénonçant l'illusion protestante de prétendre harmoniser des contraires. Pour Zola toujours (*ibid.*, 15 mai 1881), le protestantisme « Église ouverte n'est plus l'Église sans être encore la science », de là viennent sa « misère » et son « impuissance » : « Le catholicisme immuable a sa raison d'être. Le protestantisme, comme toutes les formules intermédiaires, restera écrasé entre les dogmes et les lois qu'il a voulu concilier. » Aux propos du futur dreyfusard répondent quinze ans plus tard, dans une sorte de connivence, ceux de Barrès, chantre du nationalisme (*La Cocarde*, 4 avril 1894) : contre « les apologistes du génie du protestantisme […], nous préférons les deux extrémités de la pensée humaine : le catholicisme romain ou la clairvoyance de l'homme libre ». Certains libres-penseurs militants en sont bien d'accord : « Affublés d'un masque de libéralisme », les pasteurs enseignent « les imbécillités de la Bible » et se montrent, dans les pays protestants, « mille fois plus intolérants [… que] nos ignobles tonsurés » (les moines) car c'est une complète duperie que de prétendre imposer « quelque chose d'intermédiaire entre le catholicisme et l'affranchissement intégral de la pensée » (Lalouette, 1997, p. 212).

Avant eux Louis Blanc se montre, certes, relativement favorable à « l'Angleterre protestante » (Sacquin, 1998, p. 355, note 52), mais il distingue trois grandes étapes de l'histoire : la période où l'autorité prédomine, celle où l'individualisme est promu, enfin celle où la fraternité émerge. La Réforme et les nations protestantes combinent la mise en avant de l'individualisme avec le maintien d'une oppression fort peu fraternelle.

D'une opposition binaire entre culture protestante et culture catholique, nous sommes donc passés à un schéma triangulaire par la mention explicite d'une culture « émancipée » de toute religion. Cette dernière culture peut, en France, tout aussi bien vouloir totalement s'affranchir du catholicisme que le maintenir et le défendre comme élément constitutif de l'identité nationale. Dans les deux cas de figure, la vision antagoniste de « nations catholiques » et de « nations protestantes » subsiste, avec simplement un jugement de valeur inversé. Par contre, sans expliciter forcément leur conception, certains fondateurs de la laïcité française se situent hors d'un tel antagonisme. Leur action vise à promouvoir une nation française façonnée par la proximité et la distance avec les « nations protestantes », notamment anglo-saxonnes.

L'école laïque : proximités et distances avec l'Angleterre

Le processus de création de l'école laïque par Jules Ferry en constitue un exemple encore largement méconnu. Ce dernier ne conçoit pas la laïcité à construire comme une future « exception française » (contrairement à l'expression stéréotypée qui fera florès un siècle plus tard). Elle sera simplement, pour lui, la façon dont la France, étant donné son histoire, doit résoudre un problème qui se pose à tout État moderne : comment imposer l'obligation de l'instruction sans porter atteinte à la liberté de conscience ? Dès son arrivée au ministère de l'Instruction publique, il s'emploie à développer les contacts entre la France et d'autres pays, encourageant les missions, les voyages d'enquête, l'envoi de délégations à de grandes expositions et à des congrès. Il demande également aux ambassades de lui remettre des informations sur différentes situations [1].

Parmi ces pays – fait notable – figure une nation de culture non chrétienne : le Japon. Même si l'on sait que le Japon d'alors se veut à l'écoute de l'Occident, ce fait rappelle que, pour Ferry, la modernité ne se confond pas avec les civilisations issues du christianisme. En 1875, il avait d'ailleurs établi un parallèle entre le bouddhisme et la future morale laïque (Chevalier, 1981, p. 438). Le ministre estime important que le Japon, avant la France, ait instauré l'obligation scolaire.

A priori, le pays le plus proche des préoccupations françaises devrait être l'Italie, unifiée en faisant fi des prétentions temporelles du pape, mais le dossier s'avère décevant et la

1. Sur ce sujet et les paragraphes qui suivent, *cf.* Jean Baubérot, 1997, à partir des archives de Jules Ferry.

véritable comparaison s'effectue avec des pays de culture protestante[1] : Pays-Bas, États-Unis, Angleterre. Jules Ferry tentera de retenir une disposition du système hollandais : faire assurer l'instruction religieuse par les Églises dans les locaux scolaires, mais en dehors des heures de classe. Il sera battu par une coalition de députés catholiques et d'une partie de la gauche républicaine (237 voix contre 220). Dans les pays anglo-saxons, Ferry est intéressé par l'idée d'un enseignement religieux centré sur la Bible, où on l'étudie sans se référer à aucun « catéchisme ou formulaire religieux distinctif d'une confession particulière ». Mais, expliquera-t-il au Sénat, ce compromis, possible en pays protestant, apparaît inapplicable dans une nation très majoritairement catholique : « L'instituteur protestant est tout naturellement professeur de religion, parce que l'interprétation des Écritures appartient non pas à un clergé constitué mais avant tout aux pères de famille […]. Au contraire, sous le régime de la communion catholique, si peu que l'instituteur laïc mette la main à l'enseignement religieux, il ne le peut qu'à une condition : c'est d'être sous la direction, l'inspection, la surveillance et l'autorité du ministre du culte. »

En fait, ce sont des protestants évangéliques *dissenters* et leurs relais politiques qui constituent pour lui l'exemple de ce qu'il faut faire. Ces chrétiens militants souhaitent en effet une école neutre sur le plan religieux. Ferry reprend à son compte certaines de leurs formules. Il se réjouit de voir l'un des leurs, le pasteur Henri Richard, demander que « l'État fasse ce qu'il peut faire – c'est-à-dire qu'il donne l'éducation littéraire et scientifique – et qu'il laisse aux Églises et aux sectes religieuses le soin de compléter cette éducation de l'enseignement religieux ». Ériger l'instituteur en « professeur de religion » peut aussi être contesté d'un point de vue conservateur et, dans la discussion du *Forster Act*, Disraeli le reproche au Premier ministre Gladstone : « Vous inventez et vous constituez une nouvelle classe sacerdotale. » À la Chambre, Ferry ne craint pas de paraphraser le propos

1. Il s'agit ici d'indiquer une dominante culturelle en matière de religion et non, bien sûr, de nier la diversité qui peut exister en la matière.

sans citer l'auteur : les catholiques, qui prônent un enseignement spiritualiste en soutenant une proposition de Jules Simon, veulent-ils voir se constituer « un corps de cinquante mille vicaires savoyards formant une nouvelle caste sacerdotale »[1] ?

Emprunts anglo-saxons ou France pionnière ?

Nous aurons à revenir sur le *Forster Act*, tout comme nous parlerons de la naissance, en 1843, de l'*Église presbytérienne libre*, séparée de l'État en Écosse. Car qui se doute, en France, du rôle important indirectement joué par cette Église dans l'établissement de la laïcité française ? Pourtant, au début de 1905, le projet de loi de séparation des Églises et de l'État butait sur un dilemme insoluble. Le travail de la commission parlementaire, qui avait refusé les éléments de législation d'exception du projet d'Émile Combes, prévoyait la constitution d'associations cultuelles où, de fait, la direction organisationnelle revenait aux laïcs de chaque confession, quitte à ce que, pour le culte catholique, ces laïcs obéissent librement aux évêques. Cette absence de contrôle *a priori* de la hiérarchie apparaissait aux cardinaux français comme une « négation de la constitution de l'Église et une tentative formellement schismatique » (lettre au président de la République), renouvelant les errements de la Constitution civile du clergé. Les positions semblaient, là, inconciliables, alors même que sur la plupart des autres objets de litige la situation avait notablement évolué. Président de la Ligue des droits de l'homme, le député socialiste Francis de Pressensé, bon connaisseur de la situation britannique, trouva la formule de l'article 4, qui donna la solution, en examinant la législation régissant l'Église presbytérienne libre d'Écosse[2] (Larkin, 1974, p. 175). Sa rédaction finale déclare que les associations cultuelles se constituent « en se conformant aux règles d'organisation générale du culte dont elles se proposent d'assurer l'exercice ». Nul doute, pour les historiens actuels de la

1. Sur ces emprunts, *cf.* p. 252 sq.
2. Ainsi que celle de certains États des États-Unis.

séparation, que si celle-ci put s'imposer malgré le refus pontifical, ce fut grâce à l'article 4 et à ses suites [1].

Ce n'est pas un hasard si les arguments anglais de Jules Ferry ou l'emprunt effectué par la loi de séparation de 1905 à un élément de la législation anglo-saxonne restent largement méconnus. Avec l'invention de la laïcité, la France républicaine pense avoir trouvé la solution politique et culturelle la plus moderne au difficile problème des rapports religion-État-société dans une nation démocratique. La France moderne n'a plus à porter ses regards vers les pays de culture protestante, contrairement à ce qu'avait cru un certain XIXe siècle. Elle se situe, désormais, « à l'avant-garde » ; elle tente la première une complète laïcisation. On trouve déjà cette vision d'une France pionnière dans les propos récurrents d'un Félix Pécaut, laïque directeur de conscience des jeunes normaliennes de Fontenay, futures cadres de l'école laïque au féminin.

Pourtant, au XXe siècle, l'exemple français n'a guère été suivi. Malgré son origine grecque, le terme « laïcité » est souvent considéré comme « franco-français », intraduisible en anglais et en allemand, car les expressions de « sécularisme » et de « sécularisation » ne constituent pas – nous en reparlerons – des équivalents. « Les étrangers n'y comprennent rien », affirment désolés et heureux bien des intellectuels français [2]. Désolés en apparence de constater qu'une valeur à leurs yeux universelle, dont la France est porteuse, n'arrive pas à traverser la Manche ou à franchir le Rhin. Secrètement heureux cependant le plus souvent, car ils pensent alors que la laïcité est une « exception française ». N'est-ce pas sous-entendre que la France est un pays exceptionnel, universel à lui seul ?

1. Sur cet emprunt et, plus généralement, sur le problème de l'article 4 de la loi de séparation, *cf.* p. 277 *sq*.

2. Un des deux auteurs a donné des cours et des conférences sur la laïcité dans vingt-quatre pays de divers continents. Quand il revient de mission, on lui dit souvent : « Mais ils [= étudiants et auditeurs de tel pays étranger] n'ont rien dû y comprendre. »

Universalisme français *versus* particularisme anglo-saxon ?

Cette position ne signifie nullement une méconnaissance de l'apport d'autres nations à l'avènement d'une culture démocratique. Jean-Claude Milner (1984, p. 146-153) cite « l'*habeas corpus* en Angleterre, la tolérance (*verdraagzaamheid*) aux Pays-Bas, la Constitution aux États-Unis ». Ils constituent des fondements consensuels alors que 1789 est une date qui « a longtemps produit la division ». Pourtant, la France, « pendant un siècle, est demeurée la seule grande démocratie à avoir pu fonctionner dans une tradition qui ne fût pas protestante ». Et ce, selon notre auteur, grâce à la valorisation de l'instruction effectuée par l'école laïque. Et le philosophe d'ajouter que l'incompréhension profonde de cet aspect des choses par des démocraties de tradition protestante est « sotte et bien digne du localisme impénitent des cultures protestantes ». La laïcité se trouve, dans cette perspective, en affinité avec le fait que « les libertés en France passent par [...] une voie de pur savoir. Du même mouvement qu'ils veulent une nation libre, les Français se veulent une nation savante. Et comme les vrais savoirs sont, en droit, accessibles à tous, les libertés dignes de ce nom doivent l'être également : du même mouvement qu'ils se veulent savants et libres, [les Français] se veulent aussi universels [...]. Contrairement aux images anglo-saxonnes, les nôtres accordent malaisément les libertés aux particularismes [...]. L'idéologie française est donc ce paradoxe : une particularité qui ne se supporte elle-même que revêtue des insignes de l'Universel ».

Il valait la peine de citer un peu longuement Milner, car il tient un discours très clair. Son ouvrage a eu, indirectement, une importance historique : il a largement inspiré celles et ceux qui ont combattu, à l'automne 1989, la tolérance du port du foulard à l'école par de jeunes musulmanes, et notamment les auteurs du manifeste « Profs, ne capitulons pas » (*Le Nouvel Observateur*, 2 novembre 1989). Cependant, cette conception n'a pas le monopole de la défense de la laïcité, et celles et ceux qui se sont prononcés contre l'interdiction du foulard s'en sont également, le plus souvent, réclamés (*Politis*, 9 novembre 1989). Dans ce cas, ils comprennent en général la laïcité essentiellement comme une politique qui vise à faire vivre ensemble des citoyens d'opinions philosophiques et religieuses différentes, une forme de « la liberté de conscience ». Comprise ainsi, la laïcité tend à devenir seulement l'expression du pluralisme démocratique. Si la première conception de la laïcité accentue au maximum la différence entre la France et d'autres sociétés modernes, notamment celles issues de cultures protestantes, on voit mal pourquoi, dans cette seconde acception du terme, une notion spécifique (et réputée intraduisible !) serait nécessaire pour rendre compte d'une réalité structurelle commune (avec des nuances) à la France, aux autres nations occidentales et à certains autres pays.

Prenons l'indicateur de la construction européenne : la première position génère une attitude défensive à l'égard de l'Europe, voire crispée, la laïcité française apparaissant peu ou prou comme une citadelle assiégée. La seconde position, à l'inverse, est en confiance : l'article 9 de la Convention européenne de sauvegarde des droits de l'homme et des libertés fondamentales garantit la liberté de conscience, le droit « de manifester sa religion ou ses convictions » et de « changer de religion et de conviction » de façon plus précise que la Déclaration des droits de l'homme de 1789. Mais alors la tradition laïque française est-elle toujours d'actualité ? Peut-elle constituer un apport intéressant à l'Europe ? La laïcité apparaît-elle toujours comme une idée neuve ou ressemble-t-elle de plus en plus à une nostalgie ?

Aujourd'hui, à la construction européenne s'ajoute le processus de mondialisation/globalisation, aussi important à un niveau culturel et religieux (Champion, 2001) qu'à un niveau économique et financier. La situation semble analogue. Schématiquement, deux options typiques sont adoptées par la classe moyenne intellectuelle. D'un côté, nous trouvons les tenants d'un « universalisme républicain » ; et quand on parle en France de « la République » ou du « modèle républicain », il s'agit de la seule République française, ce qui rend malaisé le dialogue avec d'autres pays. Ces personnes veulent défendre un universalisme à la française contre les envahissements du « communautarisme anglo-saxon ». Certains sociologues sont surpris de constater que des catholiques militants ne sont pas les derniers à adopter une position laïque « dure », très hostile audit « communautarisme »[1]. Le parcours socio-historique que nous venons rapidement d'esquisser permet d'avoir un étonnement moindre. De façon consciente ou non, le refus de la culture et de la mentalité anglo-saxonnes peut faire partie intégrante de certaines personnes chez qui il y a, peu ou prou, un reste d'interférence, là encore consciente ou non, entre leur identité catholique et leur identité française[2]. Le contenu peut changer, les schèmes culturels ne disparaissent pas complètement.

Multiculturalisme et libéralisme à deux visages

D'un autre côté, il est possible de percevoir chez les tenants français du multiculturalisme une continuité au moins implicite avec l'attirance anglo-saxonne et la culture de nations dites « protestantes », qui a taraudé une certaine pensée française au XIXe siècle. Ces dernières décennies, le rapprochement du républicanisme français avec les démocraties anglo-saxonnes (alternance entre deux blocs politiques, importance du Conseil constitutionnel) a été considéré positivement par des analystes politiques. La vision de moyenne durée historique contribue à expliquer pourquoi il peut facilement exister des libéraux – au sens de la culture politique – partisans de ce multiculturalisme. En fait, le libéralisme semble pouvoir prendre, face au problème qui nous intéresse, deux

1. Un indice parmi d'autres : en 1994, des personnalités politiques prônaient une abolition de l'article 69 de la loi Falloux limitant les subventions publiques pour les investissements des établissements scolaires privés (ultra-majoritairement catholiques) et un durcissement de l'Éducation nationale face au problème du foulard, voire une loi interdisant son port à l'école.

2. Un indice d'une telle interférence consiste en l'utilisation courante du terme générique d'« Église », sans autre précision, pour qualifier l'Église catholique (romaine, ajouterait significativement un Anglais), comme s'il n'existait pas, en France, à égalité formelle de légitimité, plusieurs Églises.

visages, adopter deux voies différentes, pour éviter l'autoritarisme et promouvoir la liberté. Il peut favoriser – en le régulant – un pluralisme religieux et/ou culturel ; il peut aussi neutraliser ses diverses expressions dans la sphère publique, et les admettre seulement dans le domaine privé. Schématiquement, et nous y reviendrons, il semble que le courant libéral en France – au sens le plus large du terme – a successivement adopté ces deux voies face à la puissance du catholicisme. Dans un premier temps il a voulu favoriser le pluralisme, mais, à partir de la « République des républicains », certains ont cherché à neutraliser des expressions politiques du religieux.

Si l'on accepte à titre d'hypothèse ce schéma, il est clair que le modèle républicain français d'il y a un siècle ne peut être qu'en crise. Les effets sur la France à la fois de l'évolution interne de la conception de la démocratie et du processus de mondialisation/globalisation rendent profondément illusoire une neutralisation stricte des expressions publiques du religieux… Et même, certains « républicains » militants prennent, quand ils sont « aux affaires », des décisions qui vont dans le sens du multiculturalisme [1]. Mais ce n'est pas un hasard si la vogue intellectuelle du multiculturalisme, qui avait le vent en poupe dans les années 1970 et encore dans les années 1980, apparaît aujourd'hui intellectuellement moins attractive. À cet égard, l'« affaire du foulard » a manifesté un tournant culturel dont il ne faudrait pas sous-estimer l'importance. Comment le comprendre ? En prenant au sérieux le verbe « réguler », que nous avons introduit dans l'expression plus habituelle de « favoriser le pluralisme religieux ». En effet, une société ne peut exister en étant la simple juxtaposition d'expressions culturelles et/ou religieuses plurielles. Il se pose obligatoirement, que l'on en soit conscient ou non, le problème du lien social, de la régulation des différences,

1. Dans une étude portant sur « les politiques de discrimination positive : une renégociation du modèle républicain ? » présentée au sixième congrès de l'Association française de sciences politiques (Rennes, 1999), G. Calves et D. Sabbagh insistent sur la « rupture symbolique » opérée en 1998 par le ministère de l'Intérieur quand il a invité les préfets à « diversifier les recrutements et [à] permettre l'accueil, au sein des services de police, des jeunes issus de l'immigration ».

pour qu'elles ne tirent pas la société à hue et à dia jusqu'à la détruire. Or, la mondialisation/globalisation entraîne de la dérégulation aussi bien dans ce domaine que sur le plan socio-économique.

Crise du modèle anglo-saxon, crise du modèle français

À ce stade du raisonnement, une autre idée surgit : et si ce qu'on appelle en France le « communautarisme anglo-saxon » (dans les pays concernés, on parlera plus volontiers du « droit des minorités ») constituait davantage une crise du modèle anglo-saxon que sa permanence historique ? Si, au lieu d'être une « menace » anglo-saxonne contre la France – contre « l'exception française » –, le processus de mondialisation/globalisation constituait un fait social (relativement) nouveau qui met en crise toutes les sociétés telles qu'elles se sont historiquement constituées ?

Cette nouvelle hypothèse comporte deux conséquences. La première est qu'il n'est pas obligatoire de diaboliser ledit « communautarisme », avec les relents de xénophobie que cela peut comporter[1], pour ne pas être attiré voire appâté par lui. Nous ne sommes pas dans le combat manichéen des « bons » et des « méchants » que nous racontent certaines émissions de radio et de télévision. Nous pouvons, sans crainte excessive, reconnaître que notre modèle est en crise puisque le modèle anglo-saxon l'est aussi. La seconde conséquence découle de la première : sans paraître trop confiants, nous pouvons nous mettre dans une posture où nous sommes prêts à recevoir et à donner, à écouter et à parler. Écouter et recevoir : nous pouvons cesser de faire la sourde oreille devant les critiques que nous font beaucoup d'Américains et d'Anglais sur la façon dominante d'aborder en France certaines questions relatives à la liberté religieuse (Hervieu-

1. Il est intéressant de se montrer attentif à ce qui se dit et s'écrit à propos des Anglais ou des Américains car on trouve parfois des stéréotypes (dont la fameuse déclaration d'Édith Cresson n'est qu'un exemple) que l'on n'oserait pas utiliser à l'égard des Arabes ou des Noirs (note écrite avant le 11 septembre 2001).

Léger, 1999). Nous pouvons sans déchoir reconnaître que nos difficultés sont en partie dues à la crise de notre modèle, puisque le leur est également en crise, quitte à faire la part des choses dans leurs propos.

La France, un art de la limite ?

Notre invention historique de la laïcité est certes ébranlée ; elle n'est pas pour autant détruite. Elle constitue, comme ses fondateurs l'avaient voulu, un précieux « patrimoine »[1] dont nous pouvons encore aujourd'hui découvrir des richesses parfois insoupçonnées et que nous pouvons proposer à d'autres. La France n'est ni à feu ni à sang, ni un pays d'intolérance généralisée. Nous pouvons retrouver Jean-Claude Milner (1984, p. 147) quand il complexifie son analyse : en France, il existe un danger « d'État absolu » et, en même temps, une « limite décisive » à cet absolutisme, un « mouvement de suspens »[2]. Cet art de la limite et ce qui le fonde, il nous faut les redécouvrir. Cela nous permettra peut-être de cesser d'avoir la croyance que nous sommes universels à nous tout seuls, sans pour autant nous mettre à copier d'autres modèles. Dans le concert des nations, dans le « dialogue des civilisations » prôné par l'Unesco, la France peut ne pas tenir des propos trop péremptoires (et souvent reçus ailleurs comme paternalistes ou méprisants) sans, pour autant, avoir dit son dernier mot.

On l'aura compris, l'articulation que nous tentons entre questionnement scientifique et préoccupation citoyenne s'effectue dans le cadre d'une problématique de l'identité culturelle et symbolique des nations modernes. Précisons

1. La circulaire du ministre de l'Instruction publique du 2 novembre 1882 indique : la loi créant l'école laïque est « une de ces grandes lois organiques » destinées à « vivre avec le pays […], à faire partie de son patrimoine ».

2. J.-C. Milner parle de « la labilité infâme qui permet [en France], en quelques jours, de passer d'un régime formellement démocrate à un État policier » et en donne des exemples. Mais il ajoute : « À tout instant, l'État absolu menace de s'instaurer ; à tout instant aussi la funeste cérémonie se suspend. »

un peu cette perspective en prenant comme point de départ la célèbre définition de la nation énoncée par Renan en 1882. « Une nation est une âme, un principe spirituel [...]. C'est l'aboutissement d'un long passé d'efforts, de sacrifices, de dévouements ; avoir des gloires communes dans le passé, une volonté commune dans le présent, avoir fait de grandes choses ensemble, vouloir en faire encore, voilà les conditions essentielles pour faire un peuple. » Et Renan ajoute : « L'existence d'une nation est un plébiscite de tous les jours. » Remarquons, avec Anne-Marie Thiesse (1999, p. 12), que cette dernière « formule est souvent invoquée pour accréditer la thèse d'une conception spécifiquement française, non organique, de la nation », qui contrasterait avec la conception allemande. À tort, car on omet alors « de citer les préalables, qui répondent implicitement à la question essentielle, à savoir pourquoi les Auvergnats et les Normands sont tous appelés à participer au plébiscite de la nation française, mais non point les Lettons ou les Andalous ». Et Anne-Marie Thiesse conclut : « L'objet du plébiscite, en fait, c'est un héritage, symbolique et matériel. Appartenir à la nation, c'est être un des héritiers de ce patrimoine commun et indivisible, le connaître et le révérer. Les bâtisseurs de nation, par toute l'Europe, n'ont cessé de le répéter. »

Nation et communauté de culture morale ?

Dans sa perspective propre, Anne-Marie Thiesse insiste sur la construction des identités nationales par l'invention d'un passé commun avec des ancêtres fondateurs, une histoire, des héros, des monuments, des paysages symboliques, un folklore. Complétons son propos en remarquant que, pour Renan, il ne suffit pas de se rattacher à un héritage commun (« avoir fait de grandes choses ensemble »), il faut aussi une « volonté commune dans le présent » et la participation à un projet commun pour entretenir, faire fructifier l'héritage (« vouloir en [= de grandes choses] faire encore »). Passé, présent, avenir : il faut se référer à des représentations culturelles communes et les considérer comme autant de valeurs pour avoir un sentiment d'appartenance nationale, « pour faire un peuple ». Être membre d'une nation implique une forte appartenance à une « communauté culturelle » comme le notent d'ailleurs des politologues aussi bien anglais (Gellner, 1983) que français (Leca, 1991). Nous préciserons même, pour bien prendre en compte la valorisation de ce qui est commun : une communauté de culture morale.

Cela induit que la nation constitue un exemple type de société (au point que l'on a parfois confondu l'une et l'autre !). En effet, comme nous l'apprend Émile Durkheim (en 1912), « une société ne peut ni se créer ni se recréer sans, du même coup, créer de l'idéal [...]. La société idéale n'est pas en dehors de la société réelle ; elle en fait partie. [...] Car une société [... est notamment constituée] par l'idée qu'elle se fait d'elle-même. Et, sans doute, il arrive qu'elle hésite sur la manière dont elle doit se concevoir : elle se sent tiraillée en des sens divergents. Mais ces conflits, quand ils éclatent, ont lieu non entre l'idéal et la réalité, mais entre idéaux différents ».

Cette affirmation de Durkheim prend place dans un contexte où la Révolution française et ses suites sont plusieurs fois évoquées[1]. Il est donc possible de penser qu'en ajoutant la notion de conflit à la vision très consensuelle de Renan, Durkheim se réfère implicitement au « conflit des deux France ». La France du XIXe siècle, malgré des tentatives récurrentes de conciliation, est en effet traversée par un conflit de société qui oppose deux représentations divergentes de la culture morale apte à assurer de façon légitime la « société idéale », c'est-à-dire la vision idéalisée du lien social et politique de l'État-nation France. Ces représentations types peuvent se résumer comme suit.

Pour la première, l'État-nation France doit se fonder sur le catholicisme (la « France fille aînée de l'Église »), qui, en tant que « religion de la grande majorité des Français » (*dixit* le Concordat), doit rester à la base de la culture morale nationale, refermant ainsi, autant que faire se peut, la parenthèse révolutionnaire. Pour la seconde, l'État-nation France doit se

1. Et reliées, de façon claire quoique allusive, au devenir de la société française dans le contexte de l'immédiate après-séparation des Églises et de l'État.

fonder sur une culture morale liée aux « principes de 1789 » et aux « valeurs de la Révolution » épurées de leurs éléments de Terreur, il doit avoir des principes et des valeurs émancipés à l'égard du catholicisme, de la religion. Dans un cas, le catholicisme est au cœur de l'identité nationale, dans l'autre, cette identité ne comporte plus d'éléments religieux.

Premier exemple d'État-nation moderne, l'Angleterre a été elle aussi façonnée par un conflit sociétal résultant d'une double opposition entre catholiques et protestants d'une part et puritains et anglicans de l'autre. Ses deux révolutions, au XVIIe siècle, en portent la marque. Cependant, au XIXe siècle, la situation apparaît bien différente. D'abord, le Royaume-Uni constitue un État composé de quatre « nations » (Angleterre, pays de Galles, Écosse, Irlande) où l'Angleterre et l'Église d'Angleterre jouent un rôle hégémonique. S'il existe une « question irlandaise », où nationalité, religion et ethnicité se croisent largement, ce qui débouche au XXe siècle sur l'indépendance de la majeure partie de l'Irlande, il n'existe pas de « conflit des deux Grande-Bretagne », semblable au conflit des deux France[1]. Pourtant, nous pensons qu'une analyse plus fine peut montrer que, virtuellement, un conflit analogue est possible. Deux visions typiques de la Grande-Bretagne existent et forment la matrice de bien des tensions. Il n'empêche : ces tensions n'aboutissent pas à un conflit frontal récurrent et, à la fin du siècle, la religion fait toujours explicitement partie de l'identité culturelle de ce pays.

France-Royaume-Uni : culture morale et crédibilité culturelle

Nous trouvons donc deux cas différents de rapport national à la « culture morale ». Précisons que nous entendons, par cette expression, un système axiologique lié à la production

1. *Cf.* l'historien britannique M. Larkin (1990, p. 3) : « Quand Disraeli parle de la Grande-Bretagne comme de “deux nations”, la division qu'il voyait est avant tout économique. Quand des auteurs français parlaient des “deux France”, ils avaient à l'esprit une division d'abord politique » et même politico-religieuse.

et à la reproduction sociale de valeurs qui imprègnent peu ou prou les consciences individuelles. Mais la culture ne se réduit pas à la culture morale, même si cette dernière en est un élément plus essentiel qu'on ne le pense généralement. La culture dépend aussi d'un système de crédibilité, lié au savoir (considéré comme) légitime en un temps et en un lieu, aux connaissances socialement admises, à la production de ce savoir et de ces connaissances[1]. La différence de situation de la religion face à la nation française et aux nations britanniques relève aussi du rapport différent que les religions existant dans ces pays ont entretenu avec l'évolution du système de crédibilité d'un XIXe siècle marqué par le développement des sciences, les « progrès » de l'instruction et l'institution de son obligation sociale.

Car le XIXe siècle est à ce niveau au cœur d'une mutation culturelle. Schématiquement (naturellement il faudrait nuancer), nous sommes passés en deux siècles – en gros du milieu du XVIIIe siècle au milieu du XXe – d'une situation type où la religion, à part quelques esprits frondeurs et quelques individualités savantes, était hégémonique dans la production des valeurs et du système de crédibilité à une situation type où cela n'est plus le cas. Nous adoptons, exprès, cette formulation très générale : des questions nombreuses peuvent se poser sur « l'autrefois » comme sur « l'aujourd'hui ». Le vécu populaire du XVIIe siècle peut être imprégné d'une religiosité à distance de la religion instituée ; celui du XXIe siècle peut comporter des ingrédients de religion – religion « religieuse » ou religion séculière[2]. On nous accordera sans doute que les deux situations sont structurellement diffé-

1. Nous prenons donc la notion de « culture » au double sens que lui a donné notamment Max Weber (1965). Par ailleurs, nous intégrons dans notre vision de la religion les trois caractéristiques mises en avant par Henri Hatzfeld (1993) : tradition, rituel, valeurs.

2. On insiste beaucoup, actuellement, sur la mort des grandes idéologies, comme dans les années 1960 on affirmait la déperdition des formes traditionnelles de la religion. Cela nous semble relever de la même illusion. Des systèmes idéologiques aussi importants que les marxismes (ou, à l'opposé, les succédanés du fascisme) continuent de subsister sous de nouvelles formes, moins structurées, plus latentes.

rentes et que la religion ne représente plus le même système d'emprise.

Invention de la modernité, religion, politique et culture

Cette mutation nous oblige – l'expression de système d'emprise nous y conduit – à nous soucier, dans la perspective des rapports entre religion et culture, de la relation entre religion et politique. Pour une raison simple : politique et religion représentent deux façons, historiquement mêlées ou distinctes, d'opérer la « gouvernance humaine » et ce qu'elle implique fondamentalement au niveau des structures symboliques. Nous désignons par là notamment la construction culturelle de ce qui est « légitime » et « illégitime » en matière d'actions, de comportements, et même de discours (malgré l'idéal de « liberté d'expression ») sociaux et individuels, la construction de significations qui peuvent permettre l'acceptation collective de la séparation entre permis (voire même socialement obligatoire), toléré et interdit (fût-il transgressé). À ce niveau, les schèmes culturels circulent, s'échangent : il existe aussi bien une gestion politique du religieux qu'une gestion religieuse du politique. Et l'invention de la modernité entretient un rapport étroit entre les deux…

Même réduit à un siècle de 114 ans (alors qu'il devrait idéalement « couvrir » une période plus longue) et à deux pays (qui sont pourtant en étroite relation avec d'autres), l'objet d'étude de cet ouvrage reste fort ample. Pour le traiter de façon ouverte, mais sans prétention exhaustive ou encyclopédique, nous avons effectué deux choix. Le premier choix consiste à nous orienter, dans l'infinie diversité empirique de la matière traitée, grâce à une problématique précise : celle de la distinction entre sécularisation et laïcisation. Le prochain chapitre posera les fondements d'une telle perspective. Ensuite, elle constituera notre fil d'Ariane sans pour autant mettre en jeu un lourd dispositif théorique. Le second choix est d'« avancer » dans notre propos par une sorte de mise en scène « cinématographique », plus que d'une façon linéaire. L'ampleur du sujet nous oblige à des panoramiques. Et tout à coup, dans ces panoramas, un texte, un personnage, un conflit ou un accommodement particulièrement significatifs dans notre optique donneront lieu à un zoom. Nous espérons ainsi nous faire mieux comprendre et rendre notre « récit » historique plus vivant. De même, nous respecterons en général la chronologie. Cependant, pour qu'elle n'aboutisse pas à un éparpillement thématique, nous ne nous interdisons ni le flash-back[1] ni l'anticipation. Ainsi les thèmes traités ne seront pas trop disloqués. Nous avons, en revanche, respecté la différenciation entre les deux pays. Nous nous sommes vite aperçus que mêler leur histoire rendrait le propos incompréhensible ou entraînerait des développements explicatifs démesurés. Mais la distinction d'un premier et d'un second XIXe siècle et les « passerelles » vers l'autre rive de la Manche contenues dans les chapitres de chaque pays permettent d'effectuer une comparaison. Nous espérons ainsi apporter notre petite pierre à la construction de l'édifice jamais achevé de la connaissance et de la réflexion historique.

1. Le chapitre II, et encore les débuts des chapitres III et IV, comportent des paragraphes sur des périodes antérieures à 1800. Cela nous a paru indispensable pour bien comprendre le XIXe siècle.

CHAPITRE II

La « toile de fond » du XIXe siècle : liberté et progrès de la modernité

Le XIXe siècle peut être défini – pour ce qui concerne le rapport entre religion et culture – comme le siècle par excellence où des notions comme la « tolérance », la « liberté de conscience », le « libre exercice des cultes », le droit à l'« indifférence » voire au « refus de religion » se sont acculturées dans de vieilles nations européennes. Certes, spontanément, c'est plutôt de la fin du XVIIe siècle (Acte de tolérance de 1689 après la « Glorieuse Révolution ») à la fin du XVIIIe siècle (article X de la Déclaration des droits de l'homme et du citoyen) que l'on considère que la liberté de religion et de conviction a véritablement émergé. Des noms de philosophes comme John Locke ou Voltaire sont emblématiques de ce cheminement de la pensée humaine. Mais la liberté en matière de religion garde encore à ce moment-là de sérieuses limites politiques et même conceptuelles. Par ailleurs, en France, elle est loin de faire partie de la culture commune, et, en Grande-Bretagne, elle ne dépasse guère les diverses formes de protestantisme. En France, outre les ambiguïtés de l'article X lui-même, les politiques religieuses successives de la Révolution montrent comment la glorification du principe de liberté pouvait aller de pair avec sa négation pratique. En Grande-Bretagne, si une pluralité légitime fait partie, au XVIIIe siècle, du paysage religieux (Voltaire s'est exclamé, admiratif : « Un Anglais, homme libre, va au ciel par le chemin qui lui plaît »), ce pluralisme implique une certaine pénalité sociale et n'est pas sans limites.

La difficile acculturation de la liberté de religion et de conviction

La liberté en matière de religion a encore beaucoup de chemin à parcourir, y compris avec quelques zigzags. En se moulant dans des cultures religieuses fort différentes et en prenant des visages dissemblables, elle sera pourtant installée dans les mœurs à la veille de la guerre de 1914-1918, même si, pour le catholicisme, il faudra attendre le concile de Vatican II pour la voir acceptée de façon officielle. Afin de pouvoir prendre ses distances avec une approche anachronique et moraliste, tentons d'évaluer rapidement la mesure des difficultés d'une progressive acculturation de la liberté de religion et de conviction. Ces difficultés sont dues à trois facteurs principaux, qu'il faudrait représenter sous la forme d'un triangle pour ne pas induire de hiérarchie entre eux et expliciter que chaque facteur est lié aux autres. Dans la réalité historique, ces trois facteurs forment un ensemble et font système. Il s'agit des paramètres suivants :

1. Le problème du *lien social.* Une société, nous apprend Émile Durkheim (1912), « n'est pas simplement constituée par la masse des individus qui la composent, par le sol qu'ils occupent, par les choses dont ils se servent, par les mouvements qu'ils accomplissent », mais aussi – Durkheim écrit même « avant tout »[1] – par « l'idée qu'elle se fait d'elle-même »[2], par l'idéal collectif qui l'anime. Il ne peut pas exister de société – au sens où une société ne se réduit pas à la juxtaposition des individus qui la compose, mais nécessite l'organisation d'un vivre ensemble entre ces individus – sans ce besoin d'entretenir et de raffermir des sentiments collec-

1. Nous préférons écrire « aussi » plutôt qu'« avant tout » car cette dernière expression risque de faire de l'idéal collectif l'élément déterminant de la construction de la société. À un niveau théorique, nous pensons qu'il est plus rigoureux d'émettre l'hypothèse d'un enchevêtrement de causes. C'est le chercheur qui, étant donné son objet d'étude, est logiquement amené à percevoir une cause comme plus importante que d'autres.

2. Cette citation s'emboîte avec celle faite dans notre premier chapitre (*cf. supra* p. 32).

tifs, des idées communes qui façonnent son unité et son identité. Or, Durkheim indique ces éléments pour analyser les « formes » de la vie religieuse, car la religion est porteuse d'idées et de sentiments collectifs. Au moment même de l'émergence de l'individualisme libéral et de la conception d'une communauté politique à partir du concept de société civile, reste l'idée que l'affiliation d'un citoyen à un État suppose la participation à des traits culturels et idéologiques communs, indispensables pour que les individus se sentent mutuellement protégés les uns des autres. Pour Hobbes, la religion d'État reste une nécessité, et Rousseau termine son *Contrat social* par l'exposé d'une religion civile.

2. Le problème du *pouvoir* est essentiel dans l'organisation du vivre ensemble. Toute société génère un système de pouvoir, même s'il peut prendre des formes très différentes. Le pouvoir ne repose pas seulement sur la domination, il repose également sur l'autorité. Pour dire les choses autrement, il se trouve en jeu dans le pouvoir des rapports de force entre dominants et dominés, mais aussi la question de l'exercice légitime de l'autorité. Et globalement, plus l'autorité du pouvoir apparaît légitime, moins elle doit imposer explicitement sa domination. Hobbes – encore lui – présente la religion comme un système qui serait moins de vérités que de lois, des lois proclamées par le souverain, assurant ainsi une stricte jonction entre politique et religion.

3. Le problème du *sens*. Un être humain « ne vit pas de pain seulement ». Il possède un besoin vital de ce qu'il est possible d'appeler une « nourriture symbolique ». Nous voulons dire par là qu'un être humain attribue, de façon spontanée ou réfléchie, consciente ou non, un ensemble de significations, de significations stables qui forment un univers de sens, à son environnement physique et social : à la masse des individus qu'il côtoie, au sol qu'il foule de ses pieds, aux choses dont il se sert, aux mouvements qu'il accomplit, à l'idéal collectif qui est le sien et qui le relie ou le distingue des autres.

Nous retrouvons là la citation de Durkheim. Nous l'avons cependant complétée, car si la religion peut donner, proposer, imposer cet univers de sens, il peut aller dans de multiples directions. De tout temps, la religion n'a pas seulement constitué un facteur de cohésion sociale et d'attestation du pouvoir établi. Elle s'est montrée également un élément de différenciation et de protestation. Mais c'est une raison supplémentaire pour le pouvoir politique de la contrôler, de faire alliance avec elle et/ou de la réprimer.

La foi dans le progrès : culture dominante du XIXe siècle

Ces divers problèmes apparaissent historiquement récurrents. Mais il faut aussi bien se garder d'une conception fixiste de l'histoire que d'une perception évolutionniste ou téléologique. Des mutations s'opèrent. En examinant la situation au tournant des XVIIIe et XIXe siècles, nous prenons, si l'on peut dire, l'histoire en cours de route. Et nous ne serons certes pas « à la fin de l'histoire » à la veille du cataclysme représenté par la Première Guerre mondiale. Pourtant, une période historique aura été franchie, celle où la liberté de religion a pu culturellement s'acclimater ; en effet, elle s'est liée avec la croyance possible en un progrès de l'esprit humain, où l'accroissement de son savoir et l'amélioration de ses dispositions morales se trouveraient en étroite symbiose.

Dans un essai fort stimulant d'histoire des idées (2001, p. 5), Pierre-André Taguieff estime que « le culte de l'avenir et la foi dans le Progrès (imaginé comme la somme de tous les progrès) représentent les deux piliers sur lesquels repose la religion civile des Modernes ».

Dès le XVIIe siècle, on peut suivre les cheminements intellectuels de cette « foi dans le progrès » et de la projection dans l'avenir qui l'accompagne, chez de grands esprits. Mais c'est au cours du XIXe siècle qu'un tel idéal collectif devient progressivement dominant dans la culture commune. Et c'est lourd de conséquences sur la place de la religion dans cette culture. Deux questions se posent : quel rapport entretient la « foi dans le progrès » avec les religions constituées et quelle place leur laisse-t-elle ?

Nous retrouverons ces deux questions au cours de l'ouvrage. Mais il est possible de définir schématiquement la situation autour de 1800 (en lui donnant sa dimension historique) par trois rapports types : un enracinement qui induit un relatif continuum, une dialectique de proximité et de distance, une rupture culturelle et politique.

Puritanisme et émergence de l'idée de progrès

L'*enracinement* : la vision progressiste de l'histoire peut s'interpréter « comme une sécularisation du millénarisme chrétien » (Taguieff, 2001, p. 12). Dans la tradition chrétienne, à partir des prophéties du dernier livre de la Bible, l'*Apocalypse*, le millenium est lié à la fin des temps et au retour de la gloire du Christ. Semblable à toute institution qui réussit et s'installe dans une situation acquise en n'ayant plus intérêt au changement, l'Église catholique a euphémisé cette attente millénariste, présente au contraire chez des théologiens hétérodoxes comme Joachim de Flore au XIIe siècle. L'émergence du protestantisme, trois siècles et demi plus tard, s'accompagne d'une reviviscence apocalyptique. Le pape est l'Antéchrist ; la coupure de l'Europe occidentale en deux apparaît comme une manifestation de l'imminence de la fin des temps. La perspective adoptée est « pré-millénariste », c'est-à-dire que la fin du monde et le retour du Christ sont perçus comme une rupture dans l'enchaînement des événements humains.

Au contraire, lors de la Première révolution anglaise[1], certains puritains adoptent une optique « post-millénariste » : le millenium est une période transitoire où, en continuité avec l'histoire, la « vraie Église » triomphe progressivement avant le retour du Christ. La victoire du puritanisme en Angleterre marque le début de cette période de 1 000 ans. C'est un changement considérable de mentalité : jusqu'alors l'histoire apparaissait décadence, la norme était ce qui était censé remonter aux temps anciens. Le nouveau paraissait une

1. D'un emploi classique par les historiens français, la désignation des événements anglais (et écossais) des années 1640 comme étant la Première révolution d'Angleterre date de Guizot. Après l'échec de Cromwell, les Anglais parlèrent, eux, de la « Grande Rébellion ».

dégradation. Maintenant, l'idée de progrès émerge[1], l'histoire future dépend de l'action présente : on peut hâter le millenium, tel est le sens de bien des sermons prêchés pendant cette première Révolution (Baubérot, 1998, p. 50-53). Encore en 1658, la *Déclaration de la conférence de Savoy des indépendants anglais* proclame : « Nous prévoyons que dans les temps à venir, l'Antéchrist ayant été détruit, les Juifs appelés et les adversaires du Royaume de son cher Fils anéantis, les Églises du Christ, agrandies et édifiées par une distribution libérale et abondante de lumière et de grâce, jouiront dans ce monde d'une condition plus tranquille, paisible et glorieuse qu'elles ne l'ont jamais fait. »

Indiquons quelques traits marquants de cette révolution qui façonne l'histoire de la Grande-Bretagne et qui explique en partie les rapports conflictuels de ce pays avec la Révolution française puis les différences avec la France tout au long du XIXe siècle. Le puritanisme engendre sur son aile gauche (les *levellers*, les *ranters…*) une véhémente critique sociale qui s'exprime grâce à une grande liberté (temporaire) de prédication. Les « cieux » qui doivent s'écrouler aux derniers temps sont les « supérieurs », et la « terre » qui doit se lever est constituée par le peuple. Des distributions de terres sont effectuées. Cromwell combat cet égalitarisme social. Mais il est lui-même membre d'une congrégation religieuse indépendante ; or cette forme d'Église résulte de l'adhésion volontaire d'adultes libres, ce qui est en affinité avec une dislocation des liens féodaux. Une idée émerge socialement : chacun n'est pas seulement une partie d'un ensemble social hiérarchisé, mais il est aussi un « individu ». Et comme la liberté est alors liée à la propriété, l'individu est déclaré libre parce qu'il est propriétaire de sa personne et de ses capacités. Dieu a créé l'homme indépendant de la volonté d'autrui.

1. Sur le plan d'une épistémologie des sciences, Francis Bacon (1561-1626) a devancé les tenants d'une Réforme protestante radicale dans la conception positive du « progrès » (chez Bacon le progrès des « sciences divines et humaines » permet un accroissement du pouvoir de l'être humain sur la nature). Mais il y a loin de la position isolée d'un intellectuel aux convictions communes des adeptes d'un mouvement social, qui façonne l'histoire.

La contestation puritaine

Les congrégations indépendantes – qui constituent une forme ecclésiale typique du protestantisme anglo-saxon – sont souvent composées de laïcs qui rédigent un pacte (*covenant*) entre « régénérés » et élisent un pasteur auquel ils demandent d'être un modèle de piété, de vie, et aussi un prédicateur éloquent. Chaque congrégation exerce elle-même son propre gouvernement spirituel, mais des relations chaleureuses doivent exister entre les diverses congrégations. Ces groupes attirent des intellectuels et certains membres de classes populaires. Ils sont à l'origine des divers non-conformismes (*dissenters*) que nous allons retrouver au tournant des XVIIIe et XIXe siècles : protestantismes de type évangélique, mais aussi protestantismes plutôt rationalistes : les expériences spirituelles vont dans des sens divers. D'ailleurs, on recherche les débats théologiques. Mais, à la longue, des scissions se produisent entre partisans et adversaires du baptême des enfants (pédobaptistes et baptistes [1]), entre partisans du ministère pastoral et ceux, comme les quakers, qui le suppriment.

Sur le plan politique, la première Révolution anglaise accomplit une transgression politico-religieuse fondamentale en exécutant Charles Ier, le 30 janvier 1649, après un rapide procès et malgré de vives protestations des puritains modérés (presbytériens). Ce meurtre « légal » du représentant de Dieu

1. La naissance du baptisme provient de la rencontre entre une congrégation puritaine anglaise exilée en Hollande à la fin du XVIe siècle et des anabaptistes « mennonites », descendants de l'aile radicale de la Réforme du XVIe siècle, qui ne baptisaient que des adultes exprimant une foi personnelle (élément de rupture avec la société de chrétienté, où la foi était d'abord un phénomène collectif). Une partie de cette congrégation revint à Londres en 1612 et y fonda la première Église baptiste. Le baptisme se développa dans les années 1640 et 1650, adoptant alors le baptême par immersion, symbole de la mort et de la résurrection. Deux tendances se forment et existeront dans notre période, les *baptistes généraux*, qui sont « arminiens » (le salut est proposé à tous et il est reçu dans la foi), et les *baptistes particuliers* (ou *étroits*), qui se réfèrent à la prédestination calviniste.

sur terre – selon la théorie absolutiste – horrifia naturellement les autorités catholiques – c'est une des causes indirectes de la révocation de l'édit de Nantes (Labrousse, 1985) –, mais aussi les protestants du continent eux-mêmes. Un intellectuel réformé (d'origine française), illustre en son temps, Claude Saumaise, professeur à Leyde, écrivit une *Apologie royale pour Charles d'Angleterre* (1649), où il affirmait qu'il s'agissait du plus grand crime commis depuis le « déicide » (mise à mort de Jésus-Christ).

Comme ce sera le cas un siècle et demi plus tard avec la Révolution française, ce n'est pas seulement le roi qui est mis à mort, mais le principe monarchique : « La fonction de roi constitue une charge et un danger pour la liberté, la sécurité et l'intérêt du peuple [...]. En conséquence, il est décrété que la fonction du roi ne sera plus, à l'avenir, confiée à aucune personne. » Le Commonwealth est proclamé. Il mêlera ferveur religieuse et sécularisation (l'instauration d'un mariage civil d'après la « législation de Moïse » est un exemple de cette ambivalence). L'idée maîtresse est que l'Église n'étant pas de « ce monde », ses armes doivent être avant tout spirituelles. Pendant quelques années, une effervescente liberté religieuse (avec des textes contestataires politico-religieux qui se diffusent sur le continent) coexiste avec des mesures d'austérité morale dont le but consiste à créer une situation convenable pour le millenium (Hill, 1977).

Puritanisme, non-conformisme, sécularisation religieuse

Après la restauration de la royauté en mai 1660, les anciens indépendants doivent spiritualiser leur message, tel John Bunyan qui écrit, en prison, *Le Voyage du pèlerin* (1678), ouvrage de piété qui aura jusqu'au début du XXe siècle un succès considérable non seulement en Grande-Bretagne, mais dans l'ensemble du monde protestant (y compris germanophone[1]).

1. Cet ouvrage influença aussi le protestantisme germanophone, surtout dans sa tendance piétiste. Certains historiens affirment qu'au début du XXe siècle c'était encore l'ouvrage le plus traduit après la Bible (la traduction française date de 1820).

Le « progrès[1] » effectué par le pèlerin (qui s'appelle « Chrétien ») n'est plus un changement radical de société, mais un combat, sous-tendu par l'attente du « monde à venir », pour la sanctification. L'ouvrage comporte néanmoins un « radicalisme latent » et « c'est *Le Voyage du pèlerin* qui, avec *Les Droits de l'homme* (de Tom Paine, d'origine quaker), constitue le texte de base du mouvement ouvrier anglais [...]. Des milliers de jeunes gens trouvèrent dans *Le Voyage du pèlerin* leur premier récit d'aventures, et ils auraient pu faire leur la formule du chartiste Thomas Cooper : c'était bien leur "livre par excellence" » (Thompson, 1988, p. 32).

D'autres *dissenters* ont réintégré l'Église d'Angleterre, d'autres encore sont « passés » dans la clandestinité. Mais la floraison de non-conformismes religieux des années 1640 et 1650, et la fragmentation du protestantisme qui en a résulté, auront une influence durable sur l'histoire de l'Angleterre (Miller, 1997, p. 307).

La seconde Révolution anglaise – ou « Glorieuse Révolution », dont la modération et le pragmatisme évitent de faire couler le sang[2] – apporte à la fois le parlementarisme et une certaine tolérance religieuse. L'Acte de Tolérance (*Toleration Act*, mai 1689) donne une liberté, partielle mais consistante pour l'époque, aux dissidents. Le schéma, classique en protestantisme, de retour à l'« Église primitive » redevient important. La tension avec une certaine attente eschatologique au moins implicite n'est pas complètement évacuée. Elle a cependant changé de signification politique sans abandonner totalement ce champ.

D'une manière générale, à la fin du XVIIe siècle et au XVIIIe, les *dissenters* combinent « un certain quiétisme politique à une sorte de radicalisme latent, qu'on retrouve dans les

1. Le titre original anglais est *The Pilgrim's Progress*.

2. Du moins pour les événements qui vont du débarquement de Guillaume d'Orange et de sa femme Marie sur le sol anglais (novembre 1688) à leur couronnement conjoint (avril 1689). Mais la « Glorieuse Révolution » n'est définitivement victorieuse qu'avec la bataille de la Boyne en Irlande (juillet 1690), dont la mémoire est, encore aujourd'hui, source de vives tensions entre protestants et catholiques d'Irlande du Nord.

images des sermons et des pamphlets, ainsi que dans des formes d'organisation démocratiques, susceptible d'être ravivé dans un contexte plus favorable » (Thompson, 1988, p. 32). Ils se regroupent dans quatre dénominations : les presbytériens (qui ressemblent aux réformés français), les congrégationalistes (les anciens indépendants), les baptistes et les quakers. Tout au long du XIXe siècle, ils vont lutter pour l'abolition des privilèges de l'Église établie, l'égalité des droits sans distinction de croyance, une éducation déconfessionnalisée et la séparation de la religion et de l'État. Ces différents combats seront menés au nom même de leurs convictions religieuses. Globalement, les non-conformistes seront donc les porteurs d'un modèle que l'on peut paradoxalement qualifier de « sécularisation religieuse [1] ».

Les Lumières en Grande-Bretagne

Dans la Grande-Bretagne de la seconde moitié du XVIIIe siècle prédomine au niveau des élites l'esprit des Lumières (*Enlightenment*), qui, à la différence de la France, ne s'oppose guère à la religion constituée. Dans l'Église d'Angleterre (*Church of England* [2]), le latitudinarisme s'est développé dès la fin du XVIIe siècle. Les latitudinaires (*Latitude Men*) sont hostiles à tout dogmatisme, insistent sur une conception universaliste

1. La distinction que nous opérons entre la notion de « sécularisation » et celle de « laïcisation » va se préciser grâce à l'exposé des différences entre les cheminements historiques du XIXe siècle. Indiquons, cependant, en première approche, que pour nous, de façon dominante, la sécularisation implique une relative et progressive perte d'influence sociale du religieux à laquelle la religion participe (« sécularisation religieuse ») ou s'adapte (« sécularisation interne »). La laïcisation, elle, est avant tout l'œuvre du politique visant à réduire l'importance sociale de la religion comme institution, voire (cas de figure français du deuxième seuil de laïcisation) à la désinstitutionnaliser.

2. L'Église d'Angleterre est l'Église mère de l'anglicanisme (dans d'autres pays, les Églises anglicanes sont appelées Églises épiscopaliennes). Au début de notre période, c'est l'Église établie en Angleterre, pays de Galles et Irlande (*Church of Ireland*). Nous reviendrons sur son statut officiel et privilégié, qui en fait alors un rouage essentiel de l'État et l'institution dominante dans la société civile.

du salut (il est offert à tous les êtres humains) et prônent la tolérance. Cette tolérance est liée à la recherche d'une religiosité universelle où Dieu apparaît avant tout comme l'auteur des lois de la nature et où compte surtout, finalement, l'attitude morale. La référence à Jésus n'est pas absente, et, dans le « christianisme raisonnable » d'un John Locke (1632-1704), s'il y a la recherche d'un accord entre la raison et la révélation biblique, la messianité du Christ reste le dogme essentiel de cette dernière. Au XVIIIe siècle, un certain nombre d'évêques anglicans – comme Benjamin Hoadly (1676-1761) et William Paley (1743-1805) – sont de tendance latitudinarienne (Rupp, 1986) ; ce courant pénètre également dans les dénominations dissidentes. Leur vitalité religieuse et sociale s'affaiblit avant d'être « réveillée » par le méthodisme.

En Écosse, un système d'enseignement primaire avec un réseau national d'écoles paroissiales est très développé et, à la fin du XVIIe siècle, « la population de la Basse-Écosse sait dans l'ensemble lire et écrire » (Bellenger, 1997, p. 34). L'enseignement secondaire des universités écossaises s'avère « le fer de lance du progrès intellectuel » et l'*Enlightenment* entraîne, à partir de 1740, « une floraison intellectuelle, littéraire et artistique sans précédent » (Duchein, 1998, p. 366), l'Église d'Écosse (*Church of Scotland*, ou *Kirk*[1]) est dominée par des pasteurs et laïcs cultivés qui se nomment eux-mêmes les « modérés » (*moderate*). Ils sont persuadés de l'accord entre la foi et la raison. Il existe aussi des philosophes radicaux, tel David Hume (1711-1776) qui estime, dans son *Histoire naturelle de la religion* (1757), que l'imagination et les passions constituent l'origine principale des convictions religieuses. Le scepticisme de Hume lui fera même rejeter le déisme. Il est notamment combattu par Thomas Reid (1710-1796) qui, dans ses *Recherches sur l'entendement humain d'après les principes du sens commun*, déclare que Dieu et l'univers échappent à toute démonstration expérimentale.

Typique du climat de ce temps est également la naissance

1. L'Église d'Écosse fait partie des Églises presbytériennes (dont l'équivalent francophone est « Église réformée »). Elle est l'Église établie en Écosse.

de la maçonnerie, avec la création de la Grande Loge de Londres en 1717. Cette maçonnerie comporte un large éventail d'appartenances religieuses, allant des calvinistes orthodoxes – comme le pasteur écossais James Anderson (1680-1739) qui publie, en 1723, les célèbres « Constitutions » – aux catholiques (mais le pape condamne la maçonnerie en 1738) et à des juifs. La maçonnerie s'avère un lieu de débat, voire de conciliation entre les remises en cause des Lumières et les pratiques chrétiennes. Elle favorise l'accès aux nouveaux cadres culturels de représentants de la petite et moyenne bourgeoisie, tels que des négociants, des entrepreneurs, des gens de boutique et d'artisanat. Il faut signaler enfin, pour compléter ce tableau, la création à Londres, en 1773, d'une nouvelle dénomination dissidente, l'Église unitarienne. Avec Joseph Priestley (1733-1804), l'unitarisme (*Unitarianism*), dont on peut trouver les prémices dans certaines congrégations de la Première révolution anglaise et de l'Amérique anglaise de la fin du XVIIe siècle, se réclame de la Bible en l'interprétant de façon rationaliste et optimiste, rejetant le dogme trinitaire et celui de la chute. Au XIXe siècle, l'unitarisme sera un non-conformisme original (non « évangélique », au sens technique du terme) et souvent radical.

Réveil, sanctification, perfectibilité humaine

Mais le XVIIIe siècle en Grande-Bretagne est aussi caractérisé par le « Réveil » (*Revival of religion*) méthodiste, et, en grande partie grâce à lui, par un renouveau des anciens non-conformismes affaiblis par l'évolution de « l'esprit du temps ». John Wesley (1703-1791) et son collaborateur George Whitefield (1714-1770)[1] prêchent la « religion du cœur », la « conversion instantanée », c'est-à-dire non pas un changement de religion – ils se considéraient comme de

1. De 1738 à sa mort (1770), la vie de G. Whitefield se partage entre l'Angleterre et l'Amérique anglaise où, sous l'impulsion de Jonathan Edwards (1703-1758), calviniste strict pourtant lui aussi influencé par John Locke, avait lieu un Réveil (*the Great Awakening*). Il contribua à mobiliser les pionniers vers la marche pour l'indépendance.

bons anglicans –, mais un changement spirituel intérieur qui se traduit par un changement de vie. L'élément le plus neuf, par rapport aux doctrines protestantes issues de la Réforme, consiste à insister sur la sanctification, « seconde grâce » qui s'ajoute à la première (« la justification par la foi ») et marque la progression dans la vie de la foi [1]. Le piétisme germanique comportait déjà une insistance un peu semblable [2]. Elle peut être comprise, dans une certaine mesure, comme une version chrétienne de la croyance en la perfectibilité humaine qui, chez les philosophes de la même époque, prend des accents plus séculiers.

Wesley et Whitefield prêchent en plein air dans des régions qui commencent à s'industrialiser. Des phénomènes de prostrations physiques, des larmes, des cris de douleur et de joie accompagnent leurs *meetings* religieux. Certaines paroisses anglicanes blâment cette « exaltation » et refusent d'accueillir les prédicateurs itinérants formés par les deux pasteurs et leurs « fidèles », parfois des ouvriers dépourvus de « bonnes manières ». Wesley institue un système de « classes », petits groupes dont les membres se réunissent chaque semaine pour s'édifier mutuellement, s'attirant le sobriquet de « méthodisme » à cause de la minutie de son organisation.

Ce qui devait être une sorte de « mission intérieure » de l'Église d'Angleterre s'engage alors sur la voie de l'indépendance. La rupture de fait commence en 1784 : Wesley

1. La sanctification est plus présente chez Calvin que chez Luther, pour qui le croyant demeure à la fois « juste et pécheur ». On peut trouver une certaine influence de la doctrine catholique de la sainteté chez Wesley, lecteur assidu de François de Sales. Cependant, le méthodisme recherche une sanctification qui s'accomplit non en se « retirant du monde » mais en œuvrant dans celui-ci.

2. Le terme de piétisme provient du titre de l'ouvrage du théologien alsacien Philipp Jacob Spener (1635-1705), *Pia desideria* (1675). Mouvance plutôt que courant constitué, le piétisme, influencé par le puritanisme et le quiétisme catholique, participe à un processus de sécularisation religieuse par son souci d'individualisation de la religion (vie religieuse personnelle), sa relativisation des frontières ecclésiales (au profit de petites communautés de « régénérés ») et son insistance (qui se traduisit par des réalisations concrètes) sur l'éducation (Stoeffler, 1973). Wesley est influencé par un groupe piétiste, celui des Frères moraves.

vieillissant organise la survie de son mouvement – tout en se proclamant toujours membre de l'Église d'Angleterre – en déposant à la chancellerie une sorte de charte (*The Deed of Declaration*) qui assure l'unité des sociétés méthodistes de Grande-Bretagne et garantit « légalement la propriété de ses chapelles et de ses autres biens » (Rataboul, 1991, p. 188).

Méthodisme, évangélisme, sécularisation religieuse

Quels ont été les effets politiques et sociaux du méthodisme ? Depuis la thèse d'Élie Halévy soutenant que le méthodisme a évité une révolution à l'Angleterre, le débat n'a pas cessé. Beaucoup d'auteurs, comme David Hempton (1984), soulignent les effets ambivalents du mouvement. Claude-Jean Bertrand (1971, p. 82) remarque avec justesse : « Le méthodisme a sans aucun doute limité les troubles de la période révolutionnaire en neutralisant d'éventuels meneurs, mais il a surtout tiré les marrons du feu contre-révolutionnaire en recrutant parmi les troupes radicales que désarmait la répression. » Précisons aussi que le méthodisme ne va pas tarder à être pluriel : la *Wesleyan Connection* sera dominée par une direction conservatrice, un chef (Jabez Bunting) adversaire de la démocratie (Ward, 1976), mais n'évitera pas de voir certains de ses membres aller vers le radicalisme et le syndicalisme. Parfois accusée d'être révolutionnaire, la *Methodist New Connection* sera en majorité libérale et réformiste. Le groupe qui soutiendra le plus les revendications des ouvriers sera celui des *Primitive Methodists*. Il recrutera ses membres notamment dans les régions où les *Levellers* s'étaient montrés actifs au XVIIe siècle. En définitive, le méthodisme a formé une partie importante des dirigeants de la classe ouvrière en leur apprenant à parler en public, à s'organiser. Il n'y a pas loin du prédicateur laïc au chef syndicaliste ou, à la fin du siècle, travailliste. Le contenu s'est sécularisé et politisé, mais la culture reste marquée par ce type de protestantisme.

Une conséquence importante du méthodisme va être d'augmenter notablement le nombre des dissidents tout en favorisant de nouveaux rapprochements. Progressivement émerge le courant évangélique (*evangelical movement*) qui réunit, de façon informelle, des non-conformistes issus du puritanisme du XVIIe siècle, les nouveaux non-conformistes méthodistes et des anglicans pieux, insatisfaits du latitudinarisme de leur Église [1]. La conversion, en 1786, de William Wilberforce (1759-1833) donne, à la fin du XVIIIe siècle, un chef à ce mouvement. Riche parlementaire, coqueluche des salons londoniens, Wilberforce s'estime investi de deux missions : abolir la traite des Noirs et « régénérer » les mœurs. *The Evangelical Magazine*, créé en 1793, exprime les opinions des « réveillés [2] », qui, progressivement, recrutent dans des milieux sociaux plus « distingués » que les anciens non-conformistes ou les méthodistes. Des femmes jouent un rôle important dans ce processus : lady Huntington donne un appui efficace au mouvement et protège ses prédicateurs, lady Maxwell contribue fortement à l'introduire en Écosse. Comme dans l'aile gauche du puritanisme de la première Révolution et dans le piétisme, le réveil va favoriser une certaine promotion féminine : des femmes fonderont des écoles, prêcheront, commenteront la Bible [3]. Les « fléaux » que les évangéliques combattent, brutalité, alcoolisme, saleté, sont des maux contre lesquels bien des femmes s'avèrent motivées pour se battre. C'est parmi les membres de ce courant évangélique que nous trouverons les porteurs d'un modèle de « sécularisation religieuse ».

Religion et foi dans le progrès en Allemagne

Le deuxième type de rapport entre la « foi dans le progrès » et la religion institutionnelle est constitué par une dialectique

1. Le terme *evangelical* a d'abord désigné les anglicans qui se rapprochaient des non-conformistes issus du puritanisme, pour maintenir une certaine orthodoxie religieuse face à des anglicans plus ou moins imprégnés par le rationalisme.

2. Terme utilisé, aussi bien en Grande-Bretagne qu'en France, pour qualifier ceux qui sont passés, à cause du Réveil, d'une adhésion plus ou moins routinière au christianisme à une militance chrétienne de type évangélique.

3. Ce qu'elles faisaient déjà chez les quakers.

de proximité et de distance. Là, le latitudinarisme anglais et, au XIXe siècle, les courants théologiques libéraux ne sont pas indemnes d'influences allemandes dues, notamment, à la proximité de la théologie et de la philosophie dans l'univers germanique, où un laïc peut ici aussi avoir une réflexion religieuse autorisée. Ainsi Gottfried Wilhelm Leibniz (1646-1716), croyant en un « progrès perpétuel » mais moins naïf que ne l'a prétendu Voltaire, a été un des principaux interlocuteurs protestants de Bossuet.

Dans l'*Aufklärung* allemande, la représentation dominante de Dieu est moins celle d'un être transcendant, souverain juge, que « celle d'un père miséricordieux éduquant avec amour l'humanité ». La religion peut être comprise « comme un vaste processus d'apprentissage de l'homme », qui ne se limite plus à une élite ni aux « connaissances traditionnelles de l'apprentissage théologique mais s'étend à de larges couches de la bourgeoisie et à toutes les sphères de la vie, l'art et l'éducation, la nature et l'histoire ». Un tel changement « vaut parallèlement pour les deux confessions chrétiennes et aussi pour les nouvelles formes du judaïsme » (Hölscher, 2000, p. 26) [1].

Une figure emblématique de cette dialectique de la proximité et de la distance est Gotthold Ephraim Lessing (1729-1781), fils de pasteur luthérien. Pour Lessing, ce qu'a apporté la révélation biblique à l'humanité se prolonge par les bienfaits de l'éducation pour chaque individu. Viendra alors, écrit-il dans *L'Éducation du genre humain* (1780), « cet âge de la perfection » où l'homme « fera le bien parce que c'est le bien, et non pas pour la raison qu'il s'accompagne de certaines récompenses ». Ce sera alors « le temps du Nouvel Évangile, de l'Évangile éternel qui, dans les livres de la Nouvelle Alliance, est promis aux hommes ». Cette apologie

1. La figure emblématique est ici Moses Mendelssohn, qui rechercha une double conciliation entre la religion et la philosophie, d'une part (*cf.* notamment son ouvrage *Phédon ou l'Immortalité de l'âme*, qui alimenta les débats de l'ensemble de l'*Aufklärung*), et entre la culture juive et la culture allemande (il traduisit les premiers livres de la Bible, le Pentateuque, en allemand). On nomma ce mouvement la *Haskalah*. Son influence a dépassé l'Allemagne.

du progrès influencera la tendance théologique libérale de l'Église d'Angleterre. L'œuvre entière de Lessing est imprégnée de thèmes religieux – il se qualifiait lui-même d'« amoureux de la théologie » – et, en même temps, cet écrivain aux dons multiples soumet à un examen historique et critique les récits de l'Ancien et du Nouveau Testament, annonçant ainsi des débats qui vont traverser l'ensemble du XIXe siècle (von Lüpke, 1989). Cette recherche d'une religion moderne, voire d'un néo-christianisme, conduit à parler de « sécularisation interne ». Elle est marquée par la figure d'Emmanuel Kant.

Sécularisation interne et laïcisation

Kant – dont il ne nous revient pas ici de développer la philosophie[1] – considère qu'après s'être posé les deux questions : « Que puis-je connaître ? » et « Que dois-je faire ? », il faut s'interroger sur : « Que m'est-il permis d'espérer ? ». Dans *La Religion dans les limites de la simple raison* (1793), le contenu de l'espérance est, en quelque sorte, une sécularisation de l'établissement du Royaume de Dieu. Les éléments historiques et relatifs que comportent les Églises seront écartés au profit de la « pure religion du Christ », conçue selon l'esprit d'une *Aufklärung* aussi différente de l'orthodoxie protestante que des dénonciations d'un Voltaire. En France, cette perspective va influencer, à partir du milieu du XIXe siècle surtout, la recherche d'une « libre religiosité ». Mais, alors qu'en Allemagne les élites protestantes accepteront une coexistence entre une religion intérieure et privée et la religion extérieure ou publique, pour laquelle l'Église-institution a compétence et peut être un organisme de l'État, en France la quête d'une « libre religiosité » prend une tournure polémique à l'égard de l'Église catholique. Kant constituera même une référence pour les tenants d'une « morale indépendante » de la religion. La morale laïque, notamment dans les écoles normales, affirmera préférer de loin le kantisme à l'utilitarisme anglais, qui ne lui semblera pas insister suffi-

1. Une synthèse sur la philosophie kantienne et ses rapports avec la religion est donnée notamment par Paul Ricœur (1995).

samment sur le « devoir ». Kant est ainsi repris, en France, dans une optique de laïcisation.

De nombreux théologiens allemands du XIXe siècle auront une influence en Grande-Bretagne, dans le sens de la sécularisation interne, ou en France, dans celui de la laïcisation ou d'une sécularisation interne impossible. Nous verrons le rôle de ces penseurs dans la naissance de la *Broad Church*. À la fin du siècle, l'orthodoxie anglicane elle-même subira une évolution significative privilégiant « l'humanisation du christianisme ». Cela est dû, en partie, à « la théologie du Royaume de Dieu empruntée au protestantisme libéral allemand d'Albrecht Ritschl et d'Adolf von Harnack[1] ». Jésus vient, non seulement pour sauver les âmes, mais pour inaugurer un Royaume, société dont « les traits principaux seraient la paternité de Dieu et la fraternité des hommes » (Mews, 1997, p. 120). Le méthodisme aussi sera sensible à cette approche. La perfectibilité humaine devient aussi une perfectibilité sociale. En France, Alfred Loisy (1857-1940) réplique à Harnack en publiant *L'Évangile et l'Église*. Pour lui, « l'Évangile est devenu l'Église, et l'Église est nécessaire aux croyants parce qu'elle est seule équipée pour assurer, de génération en génération, la lente éducation de l'humanité » (Poulat, 1996, p. 95). Chez Loisy, les formules dogmatiques ne sont pas « l'expression adéquate de la vérité absolue », mais « l'expression la moins imparfaite qui soit moralement possible à telle époque ». C'est suggérer que l'on peut réinterpréter de façon moderne d'anciennes formules et se situer dans une logique de la perfectibilité indéfinie. Ce modernisme amènera Loisy à être excommunié en mars 1908, arrêtant – pour un moment du moins – cette tentative de sécularisation culturelle interne.

1. Albrecht Ritschl (1822-1889) centre la prédication de Jésus sur l'idée du Royaume de Dieu à venir. Cela le conduit à mettre l'accent sur la dimension morale et pratique de la religion chrétienne. Adolf von Harnack (1851-1930) est le représentant le plus important de l'« école ritschlienne », et son ouvrage *L'Essence du christianisme* (1900, traduit en français dès 1902) provoque, notamment, la réplique de Loisy.

D'un « enchantement » à un autre

Il serait pourtant réducteur de s'en tenir à des formes de piété « éclairées » et sécularisantes, ou à la recherche d'une morale laïque. D'autres pratiques existent, et se prolongeront au cours du XIXe siècle, même si elles sont considérées comme « superstitieuses ». En Allemagne, en France ou en Grande-Bretagne, il est nécessaire de se protéger contre les dangers de la vie quotidienne, les menaces diverses, les « démons » et les « esprits mauvais ». Et la terre germanique, avec son bi-confessionnalisme, offre une occasion de comparer des pratiques catholiques et des pratiques protestantes de protection. Les premières témoignent d'un sacré multiple, diversifié, où un grand nombre d'objets peuvent intervenir : le chapelet, les rosaires, les scapulaires, l'eau bénite, le crucifix, les statues, images et médailles de la Vierge et des saints, invoqués par diverses prières en cas de danger immédiat. Dans les mêmes circonstances, les protestants – des classes populaires essentiellement rurales, mais aussi urbaines – auront recours « à la lecture d'un fragment d'Écriture ou au chant d'un cantique pour se protéger ». Il y a une concentration de sacré sur le livre religieux. La bible familiale est placée sous l'oreiller de l'accouchée ou à proximité immédiate du berceau du nouveau-né. Il en sera de même pour l'agonisant ; dans ce cas, « on met entre les mains du défunt sur son lit de mort une bible (ou un recueil de cantiques) et on l'enterre avec elle, comme si le livre sacré était un talisman pour l'au-delà ». Des pages de la Bible sont également parfois accrochées aux parois de l'étable pour préserver les animaux contre des maladies. La Bible se trouve donc aussi utilisée comme une « relique privée et familiale », souvent rangée dans une armoire richement décorée, sorte de « tabernacle » privé, située à l'emplacement où « les catholiques accrochent crucifix, chapelets et médailles ». De même, la « fréquente décoration de la Bible (ou du recueil de cantiques) à l'aide de reliures de prix ou de fermoirs en argent » correspond aux « reliquaires familiaux ou [aux] autels domestiques possédés par les catholiques » (François, 1986, p. 55-57).

La persistance de ces pratiques – dont l'existence est généralement occultée quand il s'agit du protestantisme[1] ! – montre que la rationalisation et la sécularisation de la piété et de la culture risquent de laisser sans réponse des problèmes essentiels de maîtrise de la vie quotidienne. Certes, à partir de la seconde moitié du XIXe siècle, la « foi dans le progrès » faisant tâche d'huile, la croyance en la protection par la science (et notamment l'art médical qui en découle, pour ce qui concerne la santé) se développera. Le rapport aux conditions de l'existence sera-t-il, pour autant, devenu complètement rationnel ? Il est permis d'en douter. Le désenchantement à l'égard du religieux peut induire un réenchantement para-religieux séculier, et le cas de la France de la fin du XVIIIe siècle en constitue un exemple très significatif.

La France : rupture et inversion de religiosité

Le troisième type de rapport entre « foi dans le progrès » et religions instituées est, en effet, celui de la rupture culturelle et politique. Cette rupture va prendre la forme d'une véritable inversion de religiosité. Elle se produit de la France des Lumières à celle du messianisme révolutionnaire. Malgré les débuts de l'époque des Lumières, semblable rupture n'apparaissait guère prévisible vers 1740. Il semblait alors, au contraire, que pratiques séculaires, réformes issues du concile de Trente et retour à l'unité religieuse, obtenue grâce à la révocation de l'édit de Nantes (1685), se conjuguaient pour faire de la « France toute catholique » véritablement la « fille aînée de l'Église »[2], une Église qui apparaissait

1. L'historiographie insiste sur le développement de la lecture de la Bible dans les pays de culture protestante. Ce n'est pas faux, mais il faut compléter ce point de vue par la description de l'usage de la Bible comme objet de protection. D'ailleurs, les deux usages ne doivent pas être trop opposés : le protestantisme vécu continue l'usage divinatoire très ancien (que rapporte de façon romancée et très vivante Ellis Peters dans les enquêtes policières du célèbre frère Cadfael) de la Bible ouverte au hasard d'une page pour percer une énigme, connaître « la volonté de Dieu » ou prévoir l'avenir.

2. Tout en admirant grandement les synthèses de Jean Delumeau, nous ne partageons pas sa thèse (1971) sur le fait que le christianisme

comme une institution englobante. À cette époque, le catholicisme encadre religieusement la vie des Français de la naissance – le baptême a lieu au plus tard dans un délai de trois jours, pour éviter que le nouveau-né ne décède en état de péché mortel – à la mort – où l'agonisant se confesse, communie, reçoit le sacrement d'extrême-onction qui lui permet d'affronter l'« au-delà » – en passant par les fiançailles et le mariage – où l'Église catholique défend le libre consentement des futurs époux face à l'État, sensible au droit des parents de marier leurs enfants au mieux des intérêts familiaux. Le calendrier liturgique, qui a réduit le nombre de fêtes, est très observé. La pratique dominicale elle-même est forte et « le comportement à la messe a changé depuis le XVIIe siècle ». Au lieu de « déambuler durant l'office, de ne pas se mettre à genoux, de rester couvert et de porter une attention distraite au célébrant, la plupart des fidèles ont adopté un comportement digne, empreint de recueillement » (Cabanel et Cassan, 1997, p. 45). La ferveur collective se manifeste par les processions, les pèlerinages, les dévotions des nombreuses confréries… et le culte des saints locaux, pas toujours officiellement canonisés, mais généralement acceptés par le clergé du lieu.

---

de ce temps n'était guère chrétien : elle nous semble se référer obligatoirement à une certaine conception du « message évangélique » comme instrument de mesure. Delumeau a insisté, avec raison, sur la pastorale de la peur (1983, p. 369-550). Il faut peut-être ajouter, dès lors, que la peur est un élément fondamental de tout message idéologique, au sens neutre du terme. Attention, alors qu'on considère les peurs comme légitimes quand il s'agit de sa propre morale et de sa propre culture, de ne pas les trouver illégitimes dans d'autres cas de figure : il s'agit alors d'un choix éthique, extérieur à une démarche historienne. Une analyse sociologique des droits de l'homme pourra insister sur les peurs liées à leur défense (peur du totalitarisme, du racisme, du sexisme…) et à l'évolution dans le temps de ces peurs (par rapport à « l'intégrisme », aux « sectes », à la pédophilie…) suivant les évaluations faites du danger principal (note rédigée avant le 11 septembre 2001).

Sécularisation silencieuse

Dans la seconde moitié du XVIIIe siècle pourtant, il se produit, dans les milieux des notables, une sécularisation relative, mise en valeur par d'excellents travaux de ces dernières décennies, même s'il ne faut pas la majorer par un regard trop rétrospectif : ses caractéristiques propres ne tranchent pas structurellement avec les évolutions qui se produisent en Grande-Bretagne et dans le terreau germanique. On constate notamment une progression de l'intériorisation et de l'individualisation de la religion. L'évolution des clauses de testaments, dans certaines provinces, montre que l'on ne choisit plus de « faire confidence » de ses préoccupations religieuses. Plus spécifique est sans doute l'adoption de pratiques contraceptives, qui amorce, malgré le lien mis par le clergé entre acte sexuel et procréation, une baisse de l'accroissement démographique. Cette baisse prend de l'ampleur dès la première moitié du XIXe siècle. Elle est nettement plus précoce que celle de Grande-Bretagne, constatée seulement à la fin du XIXe siècle, et elle constitue l'amorce d'une sécularisation silencieuse mais bien réelle. On ne comprendrait pas pourquoi les laïcisateurs ont pu finalement triompher sans déroger, pour l'essentiel, aux règles de la démocratie de l'époque (suffrage masculin) si l'on ignorait ou même sous-estimait ce fait. Enfin, si la proscription des jésuites (1762-1764) n'a pas lieu qu'en France (le pape lui-même dissout la Compagnie en 1773 par la bulle *Dominus ac Redemptor*), la querelle entre jansénistes et jésuites, la lutte contre la bulle *Unigenitus* et surtout les interventions du Parlement contre les refus cléricaux de sacrements affaiblissent le catholicisme français.

Effectivement, ce sont essentiellement les changements dans l'articulation du religieux et du politique qui constituent la spécificité de la situation française. Ils induisent une différence structurelle, qui va perdurer jusqu'au XXe siècle. Dès 1751, le marquis d'Argenson note dans son *Journal* : « Le peuple de France n'est pas seulement déchaîné contre la royauté ; presque tous les gens d'étude et de bel esprit se déchaînent contre notre sainte religion […]. Ce vent d'antimonarchisme et d'antirévélation nous est soufflé d'Angleterre et, comme le Français enchérit toujours sur les étrangers, il va plus vite et plus effrontément. » Un tel lien peut sembler paradoxal car, « dans la complexe histoire des rapports entre l'Église [catholique] et la monarchie, les années 1750-1770 [...] constituent le moment où se défait insensiblement l'accord entre les deux puissances : l'appui royal est désormais compté au clergé » et le souverain ne répond que par des « promesses dilatoires » aux protestations cléricales contre l'intervention parlementaire (Julia, 1991, p. 39 *sq.*). À la même époque, le roi abandonne ce qui symbolise, depuis le Moyen Âge, sa fonction sacrale : le toucher des écrouelles.

Mais deux facteurs interviennent pour créer une conjoncture politico-religieuse pré-révolutionnaire. D'abord, comme le rappellent André Latreille et René Rémond dans un ouvrage devenu classique (1962, p. 21 *sq.*), de « *De l'esprit des lois* (1748) au *Contrat social* (1762), du "Discours préliminaire" de *L'Encyclopédie* (1750) au *Tableau économique* de Quesnay (1758), et au *Dictionnaire philosophique portatif* de Voltaire (1754), paraissent tous les ouvrages qui assurent sinon un rassemblement cohérent de la "secte" des philosophes (car ils demeurent divisés entre eux), du moins le concert de leur offensive et le succès des efforts lancés de toutes les directions à la fois contre l'organisation politico-sociale et religieuse traditionnelle ». Ensuite, durant les décennies suivantes, « par où qu'ils abordent l'entreprise de "donner une constitution" à la France, les réformateurs trouveront devant eux la résistance des structures ecclésiales et de principes réputés irréformables puisque sacrés. Machault a échoué dans la refonte du système fiscal essentiellement à cause de l'opposition du clergé drapé dans ses immunités. On ne pourrait, sans provoquer une révolte du même genre, modifier le statut de la propriété foncière ou le régime de l'assistance publique. [... De même,] prétendre obtenir la liberté d'expression dans le domaine de la presse, élaborer un plan d'éducation nationale [...], mettre fin à la situation juridique inhumaine des huguenots, c'est inévitablement entrer en conflit avec l'Église [catholique] » (*ibid.*, p. 23). Les écrits des philosophes incitent à l'action ; or, les instances officielles du catholicisme français (notamment les assemblées du clergé) réclament le maintien du *statu quo* et la garantie des « privilèges » par le pouvoir royal. La voie suivie sera donc celle de la rupture.

Condorcet et l'espérance du progrès infini

Culturellement, son représentant le plus emblématique est Condorcet (1743-1794), seul philosophe des Lumières acteur de la Révolution avant d'en être une des victimes. Bien qu'il se méfiât de la religiosité séculière charriée par la Révolution, dès ses débuts [1], il exprime dans l'*Esquisse d'un tableau historique des progrès de l'esprit humain* (1793), un messianisme sécularisé. Pour Condorcet, une certaine égalité d'instruction permet d'exclure « toute dépendance forcée ou volontaire » et crée un cercle vertueux : elle entraîne une égalité plus grande « dans l'industrie, et dès lors, dans les fortunes », qui à son tour « contribue nécessairement à celle de l'instruction ». Plus « cette égalité sera réelle, plus elle sera près d'embrasser tout ce qui intéresse véritablement le bonheur des hommes ». Dans ce texte lyrique, où l'« espérance [2] » (terme qui revient comme un leitmotiv), tel l'horizon, dépasse sans cesse les limites qu'on lui assigne, les progrès déjà accomplis (« aujourd'hui, un jeune homme au sortir de nos écoles sait, en mathématiques, au-delà de ce que Newton avait appris avec une facilité alors inconnue ») apparaissent les gages des progrès futurs, d'une « perfectibilité indéfinie » de l'espèce humaine, affranchie « des tyrans et des prêtres ». « Il arrivera donc, ce moment où le soleil n'éclairera plus sur la terre que des hommes libres, ne reconnaissant d'autre

1. En 1792, quand il présente son *Mémoire sur l'éducation* à l'Assemblée législative, Condorcet veut fonder la morale sur les « seuls principes de la raison » et, dans cet esprit, il écrit : « Même la déclaration des droits de l'homme ne sera présentée à aucun citoyen comme des tables descendues du ciel, qu'il faut adorer et croire », prise de distance avec une religiosité révolutionnaire déjà en train de s'instaurer...

2. Intéressant rapport à l'« espérance », beaucoup moins problématisé chez Condorcet que chez Kant. À noter que la question de l'« espérance » est plus théologique que philosophique *stricto sensu* et qu'il existe un lien entre espérance et messianisme (Desroche, 1973).

maître que leur raison ; où les tyrans ou les esclaves, les prêtres et leurs stupides ou hypocrites instruments n'existeront plus que dans l'histoire et sur les théâtres ; où l'on ne s'en occupera plus que pour plaindre leurs victimes et leurs dupes […], pour savoir reconnaître et étouffer, sous le poids de la raison, les premiers germes de la superstition et de la tyrannie, si jamais ils osaient reparaître. »

Dans le cas de figure français, « la foi au progrès » entraîne une volonté d'« émancipation » collective indissolublement politique et religieuse. La rupture avec les « tyrans » et les « prêtres » s'accomplit dans le même mouvement révolutionnaire. Parvenir à « l'homme régénéré » (Ozouf, 1989) [1] suppose d'abolir l'influence sociale de la religion. Au XIXe siècle, l'anticléricalisme français s'alimente à d'analogues « espérances », partage cette vision utopique ou s'en rapproche. Pour certains, la mémoire de la Révolution rendra crédible l'aspiration à cet être humain indéfiniment perfectible : les temps nouveaux ont déjà eu lieu, même si cette nouvelle société ne fut qu'éphémère. Il faut donc travailler à un retour – glorieux et irréversible – de la « Grande Révolution ». On se situe ainsi dans une tension entre un « déjà » et un « pas encore », qui présente des aspects structurellement analogues à l'attente millénariste chrétienne, sous-tendue par le « déjà » de la première venue du Christ et le « pas encore » de son retour futur (Cullmann, 1946) – même si le contenu de l'espérance s'avère bien différent.

Combat du progrès et liberté liberticide

En même temps, comme bien d'autres, Condorcet fut victime de cette Révolution dont il était un des hérauts. Le combat frontal contre les obstacles à la « perfectibilité indéfinie

1. Ce n'est pas un hasard si le terme de « régénération », classique en théologie, et mot-clé du revivalisme évangélique anglo-saxon, surgit avec une « force extraordinaire » dès les débuts de la Révolution : rapidement, indique M. Ozouf (1989, p. 128), « la régénération » devient « un programme tout à la fois politique, philosophique, physique et moral ».

de l'être humain », la lutte pour arracher les « servitudes » forcées ou volontaires, déraciner les « préjugés » et les « superstitions », induisent un double engrenage. L'engrenage d'une liberté liberticide, où le combat contre les « ennemis de la liberté », ou supposés tels, finit par atteindre les amis de la liberté. Et cet engrenage en entraîne un autre : l'aspiration à la venue d'un chef qui puisse finir la Révolution en ordonnant l'effervescence, en reliant la rupture à des éléments de continuité qui la rendent viable. Un chef qui stabilise le progrès en limitant la liberté : ce sera Napoléon, perçant sous Bonaparte, réussite de la Révolution (puisqu'il stabilise des acquis) mais plus encore échec (nouveau « tyran » qui redonne une place aux « prêtres »). Cette ambivalence structurelle de l'expérience révolutionnaire marque le XIXe siècle français, d'un Auguste Comte qui veut conjuguer dans un même mouvement l'ordre (« condition fondamentale du progrès ») et le progrès (« but nécessaire de l'ordre ») à un Jules Ferry qui renvoie dos à dos « jacobinisme » et « despotisme », comme deux ennemis d'une liberté plus libérale chez lui que révolutionnaire (Furet, 1986, p. 77). Ce troisième cas de figure, la laïcisation, repose donc sur une ambivalence fondamentale, bien que parfois masquée : elle implique une « foi dans le progrès », à distance des religions instituées et d'autant plus polémique envers elles qu'elle comporte un aspect de religiosité séculière ; en même temps, elle implique une sécularisation de cette foi dans le progrès qui va permettre à la laïcité française de réussir historiquement là même où la Révolution française a échoué.

Pourquoi parler d'« échec » alors que, six ans après ses débuts, la Révolution a instauré une séparation de l'Église et de l'État (février 1795) où tous les « cultes » doivent bénéficier du « libre exercice »[1] ? La raison en est simple : si la

1. Le terme de « culte » implique une réduction de la représentation culturelle de l'espace social attribué à la religion : elle n'englobe plus tous les aspects de la vie mais se concentre sur les cérémonies religieuses. Dans cette perspective, le « libre exercice du culte », ou la possibilité d'un « culte public », implique la possibilité de cérémonies religieuses diverses et régulières dans des édifices prévus à cet effet et auxquels tous ceux qui le souhaitent peuvent participer (à la différence du « culte privé » qui regroupe, de façon discrète, quelques personnes

Révolution a fait émerger au grand jour le pluralisme religieux, elle l'a fait en partie volontairement, mais plus encore à son insu. Plus encore qu'un véritable pluralisme, la Révolution aura, au bout du compte, fait advenir publiquement une pluralité[1] sauvage – au sens où l'on parle de « capitalisme sauvage ». Elle est le résultat de ses différentes politiques religieuses, de leurs échecs successifs, mais aussi des strates socioculturelles qu'elles ont – en peu de temps, une dizaine d'années – déposées dans la société française, façonnant ainsi de l'irréversible : c'est la réussite, dans le long terme, de cet échec ! – dont tous les régimes successifs du XIXe siècle devront tenir compte.

Religion nationale, religion nationalisée

Rappelons qu'en 1789 le seul « culte public » légitime est celui de la religion catholique. Les protestants réformés n'ont toujours pas le droit de célébrer leur culte, même si l'édit de tolérance (1787) leur a accordé un « état civil ». Mais en fait le royaume de France n'est pas un ensemble unifié. Malgré des tracasseries, les luthériens d'Alsace sont protégés par les traités de Westphalie. Considérés comme un corps étranger, les juifs subissent des discriminations qui varient suivant les régions et les communautés (les « Nations juives »).

Les catholiques « éclairés » estiment que la « tolérance » implique la liberté de conscience dans la sphère privée sans signifier pour autant plusieurs cultes publics, qui dresseraient, dit-on, « autel contre autel ». Dans cette perspective, le catholicisme est considéré comme la « religion nationale ».

---

dans une maison sans caractéristiques religieuses extrêmement visibles).

1. Pour mieux évaluer des situations concrètes, nous distinguons la « pluralité religieuse », qui renvoie à l'existence d'une variété plus ou moins grande de groupements religieux dans une société donnée (excepté le groupe dominant, ils peuvent être plus ou moins réprimés), et le « pluralisme religieux », qui suppose une prise en compte politique et sociale de la pluralité, et rend légalement possible sa libre manifestation, sans forcément toujours supposer l'égalité entre les religions (dont les statuts peuvent être différents).

D'autres « patriotes » estiment, au contraire, que « la religion n'est pas plus nationale que la conscience » (Mirabeau). Ils souhaitent la possibilité de cultes publics différents. Lors de son adoption (23 août 1789), l'article X de la Déclaration des droits de l'homme et du citoyen apparaît comme une victoire des premiers. Il affirme : « Nul ne doit être inquiété pour ses opinions, même religieuses, pourvu que leur manifestation ne trouble pas l'ordre public établi par la loi. » C'est le seul article de la Déclaration qui limite la liberté en invoquant l'« ordre public ». Et, à l'époque, la liberté de culte peut être conçue comme source de désordre.

En fait, la Constituante va suivre deux chemins différents. En juillet 1790, l'adoption de la Constitution civile du clergé (où évêques, curés, vicaires catholiques sont élus par l'ensemble des citoyens actifs selon des modalités analogues à celles des députés et des juges) manifeste que, culturellement, l'Église catholique est perçue comme la « religion nationale »… ce qui signifie également une religion nationalisée. Le gallicanisme de l'Ancien Régime se trouve accentué. Les députés « mandataires du peuple » agissent comme s'ils étaient aussi les représentants des « fidèles » du catholicisme (Langlois, 1989). Pourtant, autre perspective, l'égalité citoyenne des protestants est proclamée dès la fin de 1789, et ils rétablissent leur culte sans être inquiétés. L'égalité des juifs sera obtenue beaucoup plus difficilement, à l'extrême fin des travaux de l'Assemblée, à la fin septembre 1791. Au début de ce mois, la Constitution votée garantit, pour chaque citoyen, la liberté « d'exercer le culte auquel il est attaché ». La liberté de conscience individuelle se prolonge donc par une liberté de culte, publique et collective. Dans la phase où elle tente d'instaurer une monarchie constitutionnelle, la Révolution établit les fondements juridiques du pluralisme religieux, résultat dont l'importance historique doit être soulignée[1].

1. C'est ce mouvement rapide d'établissement de la liberté de conscience et de culte qui constituera, durant tout le XIXe siècle, l'« héritage » révolutionnaire revendiqué par les libéraux, et notamment par les républicains anticléricaux modérés (de façon un peu paradoxale, car il s'est effectué dans le cadre d'une monarchie constitutionnelle).

Cependant, déjà, la pluralité religieuse déborde le pluralisme. L'obligation de prêter serment à la Constitution civile du clergé est refusée par environ la moitié des clercs catholiques. Le catholicisme français se scinde progressivement en deux Églises rivales, selon des disparités régionales qui vont marquer durablement la carte religieuse, mais aussi politique, de la France [1]. La remarquable étude de Timothy Tackett (1986) le montre bien, mais nous trouvons un peu unilatérale l'idée que cette obligation du serment est « à l'origine des deux France » (Cholvy, 1991, p. 10) ou provoque « la naissance des deux France » (Cabanel et Cassan, 1997, p. 56), ce qui peut faire porter la responsabilité du conflit aux seuls révolutionnaires. En fait, il ne faut pas oublier les très vifs débats – les plus houleux de tous les articles mis en discussion – qui ont accompagné la rédaction de l'article X (Baecque, 1988). Ils montrent une France qui refuse viscéralement la liberté de culte.

Le conflit des deux France existait donc virtuellement avant l'adoption de l'obligation du serment. Il existait d'autant plus que, des deux côtés, la forme des opinions était « religieuse », ce que manifeste notamment la multiplication des serments [2]. Paradoxalement mais significativement, quand la Constituante française s'arroge le pouvoir de réformer le catholicisme par la Constitution civile du clergé, le Congrès de la jeune nation américaine déclare lui qu'il ne « fera aucune loi dont le but serait d'officialiser une religion ou d'en interdire le libre exercice » ; et quand la France révolutionnaire oblige à prêter serment au nouvel ordre politico-religieux qu'elle établit, le serment de loyauté au nouvel État américain est, en revanche, remplacé par une simple affirmation pour ceux qui, tels les quakers, font objection de conscience au serment pour motif religieux [3]. La séparation à

1. Il existe une analogie entre la carte de France qui indique des forts pourcentages de refus de prestation de serment en 1791 et les cartes de forte pratique religieuse catholique et de vote électoral à droite prédominant au milieu du XXe siècle.

2. La Révolution française tourne ici le dos à la mentalité des Lumières, qui considère le serment comme une pratique religieuse irrationnelle, n'ayant plus sa place dans un système politique « éclairé ».

3. On trouvera des pistes pour comparer les politiques religieuses révolutionnaires américaine et française dans Baubérot, 2000, p. 19-21.

l'américaine n'invente pas de nouvelle religiosité et les schèmes culturels du christianisme vont devenir une sorte de « religion civile » (Bellah et Hammond, 1980).

Les politiques religieuses révolutionnaires

Il ne saurait être question ici de retracer l'histoire religieuse de la Révolution française[1]. Indiquons simplement, très vite, quelques traits significatifs pour notre propos. Rapidement l'ambiguïté de l'article X se retourne, et de façon imprévue (puisque ses limitations visaient, au départ, les religions minoritaires), contre les prêtres catholiques « réfractaires », coupables de troubler « l'ordre public établi par la loi ». La répression commence dès mai 1792. Ensuite viennent les massacres de Septembre. La Révolution, on le sait, se radicalisera de plus en plus. Paradoxe logique, grâce à la Terreur, « la première égalité réelle des cultes [s'avère] une égalité dans la répression » (Hermon-Belot, 1999, p. 66). À tort, l'historiographie commune nie implicitement ce fait quand elle qualifie de « déchristianisation » cette répression qui s'en prend indistinctement à tous les cultes existants et interdit, par exemple, l'observance du shabbat au même titre que celle du dimanche[2].

Avec la même logique paradoxale, « une société qui s'institue doit sacraliser le fait même de [son] institution » (Ozouf, 1976, p. 333). L'échec de la Constitution civile du clergé induit l'apparition de cultes révolutionnaires. Ceux-ci, même quand leur contenu apparaît « athée »[3], instaurent de nouvelles formes de religiosité (déités féminines interchan-

1. Synthèse commode et bien faite par Cousin *et al.*, 1989.

2. D'autres mesures, comme le mariage forcé du clergé, visent le seul catholicisme (puisque les pasteurs et les rabbins, qui de toute façon ne constituent pas exactement un clergé, se marient).

3. Du point de vue des sciences humaines, l'athéisme – ou refus d'un ou de Dieu(x) – ne signifie pas forcément absence de religion. De grandes religions orientales ne comportent pas forcément de Dieu(x). Et, en ce qui concerne la Révolution, Michel Vovelle (*cf.*, notamment, 1988) a bien montré les parentés entre le culte de la Raison et le culte de l'Être suprême.

geables : Raison, Liberté, Patrie ; culte de martyrs républicains ; culte robespierriste de l'Être suprême...) qui permettent des rassemblements de la communauté autour de valeurs communes, objets de croyance et de rituels.

En février 1795, l'instauration de la séparation de l'Église et de l'État et, en août, l'adoption de la Constitution libérale de l'an III (elle affirme : « Nul ne peut être empêché d'exercer le culte qu'il a choisi. Nul ne peut être forcé de contribuer aux dépenses d'un culte. La République n'en salarie aucun »), pouvaient permettre l'instauration d'un véritable pluralisme. Il n'en est rien car, de 1797 à 1799, le Directoire va renouer avec la répression antireligieuse. Par ailleurs, en février 1798, les troupes françaises occupent Rome. Le pape se réfugie en Toscane, qui tombe aux mains des Français un an plus tard. Pie VI est alors déporté à Valence, où il meurt en août 1799.

À la fin de 1799, au moment du coup d'État de Brumaire (9 novembre), la situation semble inextricable et extrêmement différenciée suivant les régions. Dans le cas limite de la Vendée, où la guerre civile cesse (janvier 1800) mais où les caches d'armes demeurent, les baptêmes effectués par les prêtres réfractaires coïncident pratiquement avec les naissances. D'une façon plus générale, l'aile réfractaire du catholicisme a bien résisté aux rigueurs de la répression (intermittente depuis 1795) et à l'ampleur de l'émigration ecclésiastique, notamment dans les régions où les « bons prêtres » ont été cachés par la population et où des laïcs – notamment des femmes – ont suppléé à leur absence. Les messes ont souvent eu lieu de façon clandestine dans des granges, des caves, des bois, des grottes. Les dernières années de la décennie 1790, des missions itinérantes se multiplient, notamment à partir de la région lyonnaise. Elles luttent contre les « méfaits » révolutionnaires et les prêtres assermentés. Les pétitions de citoyens, demandant la réouverture d'églises, se multiplient.

Ces pétitions peuvent d'ailleurs provenir d'adeptes de l'Église gallicane (formée de ceux qui avaient accepté la Constitution civile du clergé). Celle-ci se réorganise sous l'égide de l'évêque Grégoire et tient un « concile » à Notre-Dame de Paris – un moment temple de la Raison – d'août à novembre 1797. Elle adopte d'éphémères réformes, comme la création d'un rituel en français pour la lecture du Nouveau Testament et le prêche, et elle cherche à se rapprocher des réfractaires, qui la considèrent comme « hérétique et schismatique ».

Catholiques, juifs, protestants en 1800

Cette dispute contribue au détachement à l'égard du catholicisme apporté aussi par la vague révolutionnaire. Des deux côtés, on déplore le déclin des sacrements et notamment de la confession, les enfants qui grandissent sans catéchisme ni première communion, les mariages qui s'effectuent sans bénédiction nuptiale. Mais cet éloignement forcé ou volontaire du catholicisme ne s'effectue plus – l'effervescence passée – au profit de cérémonies décadaires (survivances de l'an II et officiellement codifiées par le Directoire en 1798), sauf dans certaines villes et à Paris. Là, une certaine bourgeoisie intellectuelle est également attirée par « la religion simple et naturelle » de la théophilanthropie. Ce culte sans clergé (mais avec des « orateurs ») invoque le « Père de la nature », incite à l'examen de conscience, mêle la lecture de la Bible ou du Coran avec celle d'écrits de maîtres spirituels (Confucius) ou de philosophes (Socrate, Sénèque, Fénelon) et juxtapose, dans ses hymnes, cantiques et chants révolutionnaires.

Nous l'avons dit, protestantisme et judaïsme ont subi la répression de l'an II alors que les débuts de la Révolution leur avaient été favorables. Mais – pour les juifs en tout cas – de façon ambiguë. Sous la Constituante, Clermont-Tonnerre avait prononcé une phrase restée célèbre : « Il faut tout refuser aux juifs comme nation et tout leur accorder comme individus. » En fait, la pratique fut différente : les juifs ne furent pas autorisés à prêter le serment de citoyenneté comme individus, « mais seulement à titre collectif, comme un groupe représenté par une délégation composée du rabbin et des dirigeants ». D'autre part, « les juifs ont dû s'organiser pour arracher leurs droits », et, après la Terreur, « la vie de la communauté se poursuit selon la tradition pré-révolutionnaire » même si « la discipline interne s'est effilochée ». D'ailleurs, en 1797, sous le Directoire, le Conseil des Cinq-Cents prétend que « les communautés juives ne sont pas liées par la réglementation révolutionnaire sur les corporations ». Si un ébranlement a eu lieu, « rien [pourtant] d'essentiel n'a changé » (Graetz, 1989, p. 48-50).

Après avoir subi la Terreur de façon variable suivant les régions et après avoir vu une partie de ses pasteurs entrer en politique ou, en Alsace, émigrer vers la Hesse et le Palatinat, le protestantisme se redresse lentement. Les petits-bourgeois, en général favorables à la Révolution, tentent d'en prendre la direction ; beaucoup restent attentistes, car ils s'inquiètent d'une menace de la gauche (la séparation demande que le culte ait lieu dans des édifices ; or, les protestants réformés n'avaient plus de temples depuis Louis XIV) comme d'un danger catholique de droite (dont ils pâtissent effectivement en 1797 et, dans le Sud-Ouest, lors de l'insurrection royaliste de 1799).

Quand débute le Consulat, une proclamation est faite aux Français : « Citoyens, la Révolution est fixée aux principes qui l'ont commencée : elle est finie. » La fin de la Révolution avait déjà été prédite, mais cette fois l'annonce en est exacte. Le temps révolutionnaire ne peut être éternel. Mais alors un grand problème se pose : que reste-t-il d'une révolution quand elle est terminée ?

CHAPITRE III

Le Royaume-Uni : l'ébranlement du système de Church and State

Le Royaume-Uni de 1914 est, comme la Grande-Bretagne de la fin du XVIIIe siècle, une monarchie dont le souverain est le chef de l'Église établie. Couronne et Établissement persistent aujourd'hui encore. Pourtant, malgré cette impression d'immobilisme, la situation politique et religieuse s'est structurellement modifiée. Et, dans la période que nous étudions, on est passé d'un régime parlementaire libéral mais peu démocratique à une démocratie parlementaire réelle, même si, comme pour d'autres démocraties, on peut lui appliquer la formule de Churchill : « La démocratie ? le pire régime excepté tous les autres. » De même, si le système de l'Établissement n'a pas été aboli, il s'est profondément modifié.

Il faut insister sur cette caractéristique : un changement structurel de l'Établissement (*Establishment*)[1] sans sa suppression. En effet, une vision trop française et trop tributaire du XXIe siècle risque d'être faussée par le rétrécissement du temps et de l'espace qui est notre lot. Ce qui, spontanément, apparaît comme significatif est l'aspect fort partiel – à nos yeux tout à fait inachevé – du changement interne de l'Établissement. Même prolongé par les évolutions et les réformes du XXe siècle, il apparaît étrange, pour « l'intellectuel français moyen », qu'à trois heures de TGV Londres semble vivre sur une autre planète que Paris. Le risque consiste alors

1. L'Église établie pouvant être, rappelons-le, anglicane (au début du XIXe siècle c'est le cas en Angleterre, pays de Galles et Irlande) ou presbytérienne (Écosse).

à minimiser l'ébranlement de l'Établissement, aux yeux des Britanniques de l'époque, dû aux mesures successives prises au cours du XIXe siècle, spécialement durant le premier XIXe siècle – des années 1800 aux années 1850.

Culture de l'individu et système de *Church and State*

Par un effet d'évidence rétrospective, ces mesures nous semblent être le minimum de ce que l'on pouvait faire : la pleine égalité des non-conformistes, l'émancipation des catholiques, l'accès des non-anglicans à l'université, la création d'un système scolaire indépendant de l'Église établie… L'étonnant, ce sont plutôt les restrictions qui les ont accompagnées[1]. Avec un tel regard, on risque de ne rien comprendre aux vifs débats qui ont secoué la société britannique, à la peur des uns et à l'enthousiasme des autres. On ne comprendra pas non plus la durée nécessaire pour parvenir à ces changements partiels, les coups d'arrêt récurrents devant d'autres changements, entraînant la perpétuation d'une situation (pensons-nous) incongrue – ainsi les échecs des différentes campagnes pour mettre fin à la présence des évêques anglicans à la Chambre des lords[2].

Il est donc impératif de prendre une certaine distance avec son univers culturel spontané pour pouvoir pénétrer quelque peu dans ce labyrinthe qu'est (comme tout univers culturel pour ceux qui lui sont extérieurs) l'univers culturel britannique. On pourrait presque écrire « l'univers culturel anglais », tempéré par les autres univers britanniques, et ainsi rendre compte d'une situation socioculturelle où l'Angleterre ne serait pas seulement la portion géographique la plus étendue des quatre nations du Royaume-Uni, mais la partie hégémonique de ce royaume. Il relie de façon intime et complexe le

1. Par exemple (*cf. infra*) les restrictions mises à l'émancipation des catholiques et (chap. V) le *dual système* éducatif mis en place par le *Forster Act* de 1870.

2. Où ces évêques siègent toujours et ont parfois un rôle politique important, comme ce fut le cas lors des mesures très libérales, sur le plan social, prises par Margaret Thatcher dans les années 1980 (Davie, 1996, p. 182).

mélange d'une culture de l'individu et le système de *Church and State* qui nous semble en être la dénégation.

La culture de l'individu est marquée par des références symboliques fondamentales et un dispositif juridique à valeur constitutionnelle. Les références symboliques forment un récit de l'histoire anglaise. Là s'unissent l'évocation mythique de « l'Anglais né libre » (*free-born Englishman*), qui aurait constitué la base de la société anglo-saxonne avant la conquête normande de 1066, l'idée d'une marche vers la modernité politique comme résultat d'une lutte continuelle du Parlement contre les abus commis, jusqu'au XVIIIe siècle, par le pouvoir monarchique (historiographie libérale traditionnelle, mais toujours en vogue [1]) et l'argument d'une historiographie moderne (McFarlane, 1978) selon lequel une société hautement individualiste émerge, dès le XIVe siècle, la mobilité sociale permise par l'acquisition de richesses prenant alors le pas sur le destin social fixé par la naissance. Le dispositif juridique – bien connu – s'enracine dans la Grande Charte (*Magna Carta*) de 1215 et comporte en son cœur l'*habeas corpus* (1679) et la Déclaration des droits (*Bill of Rights*) de 1689.

D'un point de vue de sociologie historique, le système de *Church and State* peut être compris comme le revers, ou l'antidote (suivant le point de vue que l'on adopte), de cette culture de l'individu. Une société qui développe une mentalité individualiste puissante a également besoin, pour assurer son équilibre sociétal, d'avoir un fondement structurel qui l'empêche d'aller à hue et à dia, de laisser prédominer les forces centrifuges, afin d'éviter que les individus – pour reprendre une boutade (significativement) publicitaire – soient « libres et ego ». Le système de *Church and State* verrouille le lien politique et social, assure l'ordre des choses au double sens d'ordonnancement nécessaire et d'ordre établi, qui permet à certains d'en dominer d'autres.

1. En témoignent, par exemple, les nombreuses rééditions de l'ouvrage classique de G. Trevelyan. Réédité encore comme « Classic Penguin » en 2000, il prolonge et radicalise l'historiographie libérale traditionnelle en donnant une part centrale au peuple par rapport au politique. Il est du reste toujours d'un grand intérêt.

Anglicanisme et non-conformisme

Ce système possède un très fort enracinement historique. Les deux archevêchés – York et Canterbury (auquel revient la primature) – ont été fondés dès le VIIe siècle. Au Moyen Âge, Oxford et Cambridge ont déjà des universités réputées – rappelons que l'Université est une création de l'Église – qui prennent part aux grands débats théologiques de la chrétienté d'alors. Le sentiment national prend corps au XIVe siècle et débouche sur « un antipapisme virulent » : sauf exception, le rôle de chef spirituel de l'évêque de Rome n'est pas en cause, mais « son autorité sur le clergé anglais [est] de moins en moins bien supportée. Les souverains, soutenus – et parfois même précédés – par le Parlement [affirment] leur autorité sur le clergé séculier » et, à la fin du siècle suivant, le pape est « surtout considéré comme un lointain souverain étranger », prélevant de façon indue une partie de la richesse nationale (Chassaigne, 2001, p. 77 *sq.*). Le succès de Wyclif et des lollards, puis l'impact des thèses luthériennes à Cambridge préparent l'introduction de la Réforme, dont le divorce d'Henri VIII constituera ensuite l'événement catalyseur. Avec lui, le souverain devient le chef de l'Église d'Angleterre.

Le fait est connu, mais on minimise peut-être en France que l'anglicanisme a, en fait, émergé dans la seconde moitié du XVIe siècle à travers un mouvement de balancier. Sous Édouard VI (1547-1553) s'est produite une protestantisation poussée, et les catholiques sont pourchassés. Au contraire, Marie Tudor (1553-1558), dite « Marie la Sanglante », impose une recatholicisation forcée. Lors de son long règne (1558-1603), Élisabeth Ire façonne une Église théologiquement protestante : les Trente-Neuf Articles (*Thirty-Nine Articles of Religion*) de 1571 sont encore aujourd'hui la plate-forme doctrinale de l'Église d'Angleterre ; ils sont inspirés par le calvinisme. Cependant, cette Église reste dans un cadre ecclésiastique proche du catholicisme. Ce compromis rallie les modérés des deux camps. Mais l'excommunication prononcée par le pape en 1572, la guerre avec la catholique Espagne en 1585, font des catholiques anglais – supposés ennemis de l'intérieur et sujets d'un souverain hostile malgré leur loyalisme – des citoyens de seconde zone privés de certains droits civils, de leurs droits politiques et de l'accès aux emplois publics.

Les deux révolutions du XVIIe siècle s'effectuent en réaction à des politiques royales soupçonnées de vouloir rétablir le catholicisme (Jacques II, chassé par la « Glorieuse Révolution », était effectivement catholique). En 1701, à l'initiative du Parlement, l'Acte d'Établissement (*the Establishment Act*) stipule que « quiconque viendra à la possession de la Couronne de ce royaume devra adhérer à la communion de l'Église d'Angleterre ». Ce n'est donc pas le souverain qui impose sa religion à la nation. Au contraire, la nation (représentée par le Parlement) oblige tout prétendant au trône à adopter la religion qui constitue son identité culturelle. Être le chef de l'Église établie est un devoir que la nation impose au personnage qui incarne l'État[1]. Cette spécificité du système de *Church and State* (et non de *State and Church*) est capitale pour comprendre sa pérennité, en dépit des bouleversements qu'elle subira. Elle ne signifie pas pour autant que l'État ne cherche pas (non sans succès) à dominer, voire à instrumentaliser l'Église établie.

Un tel système n'implique pas un monopole religieux d'une Église. L'Acte de Tolérance de 1689 exempte des « peines prévues par les lois les sujets protestants de Sa Majesté qui ont une opinion différente de l'Église d'Angleterre », sans pour autant abolir les *Test and Corporation Acts* adoptés sous la Restauration : pour exercer une fonction publique ou élective, avoir une responsabilité municipale ou siéger à la Chambre des lords ou aux Communes, il faut prêter un serment d'allégeance au roi, accepter la « conformité occasionnelle », c'est-à-dire communier une fois par an selon le rite de l'Église d'Angleterre (et – cela visait les catholiques – signer une déclaration rejetant la transsubstantiation). Par ailleurs, les universités d'Oxford et de Cambridge

1. Liah Greenfeld (1992, p. 86 *sq.*, 155 *sq.*) émet l'hypothèse que l'État-nation anglais a émergé, au XVIIe siècle, d'abord comme nation et l'État-nation français a émergé, au même moment, d'abord comme État, puis a intégré, au XVIIIe siècle, l'idée de la nation en partie par emprunt à l'Angleterre.

sont réservées aux anglicans. Cependant, les *dissenting academies* dispensent, au tournant des XVIIIe et XIXe siècles, un enseignement plus ouvert aux disciplines scientifiques que ces deux universités. Les non-conformistes ont alors – nous l'avons vu – une vitalité religieuse et sociale et sont souvent bien intégrés à la société. Certains d'entre eux jouent un rôle important – même s'il semble moins dominant qu'on ne l'a cru[1] – dans la « révolution industrielle ». Ils participent au débat social mais, contestant le système de *Church and State*, font figure d'éternels opposants. L'existence de plusieurs Églises et « chapelles » non-conformistes différentes – avec une grande variété d'organisation et de formes de pratiques – donne une impression de libéralisme religieux indéniable et de paysage religieux très diversifié.

La « laïcisation » à l'anglaise

Cette diversité reste essentiellement protestante, même si les catholiques peuvent pratiquer leur culte et ont obtenu, par les lois d'« allégement » (*Catholic Relief Act*) de 1778 et 1791 la fin de la plupart de leurs incapacités civiles. Elle va de pair avec l'unité représentée par l'Établissement. Unité de l'identité politique et religieuse du royaume en la personne du souverain, mais aussi très forte interdépendance des deux plans : « C'est le pasteur de l'église paroissiale locale qui, agissant en fonctionnaire de l'ordre établi, [est]

1. Pour réfuter Max Weber, W. D. Rubinstein (1981, p. 145-163) publie des tableaux statistiques portant sur les millionnaires et semi-millionnaires. Pour la fin du XVIIIe et le début du XIXe siècle, il en ressort qu'environ 60 % d'entre eux sont anglicans et un peu moins de 20 % dissidents (on compterait près de 15 % de presbytériens écossais et autour de 5 % de juifs). Ces pourcentages, qui portent sur un petit nombre de personnes, ne donneraient pas d'écarts majeurs avec la proportion plausible d'anglicans et de dissidents dans le pays. S'il y a là un indice, l'échantillon nous semble trop faible et le paramètre retenu trop étroit pour constituer une démonstration vraiment convaincante. Ce qu'il faudrait comparer, en fait, ce sont les taux d'enrichissement – faibles pour les grands propriétaires terriens anglicans, forts pour la petite bourgeoisie dissidente.

habilité à célébrer et à enregistrer les baptêmes, les mariages et les décès. Le nombre considérable des membres du clergé qui [sont] aussi magistrats, ainsi que l'interdépendance du collecteur séculier de bénéfices et du pasteur dans la paroisse [soulignent] l'alliance des pouvoirs politique et religieux » (Bellenger, 1997, p. 19). Depuis 1717, les « Convocations » des deux archevêchés (York et Canterbury) ont été suspendues. L'Église d'Angleterre ne possède plus d'assemblée propre. Elle est administrée par le Parlement (les deux archevêques et les vingt-six évêques anglicans siègent à la Chambre des lords) et par le Conseil privé de la Couronne, composé de magistrats civils. C'est cette étroite interdépendance du politique, de beaucoup d'éléments du civil et du religieux établi, que nous qualifions de système de *Church and State*.

Significativement, certains historiens anglais mentionnent ce qu'ils appellent une accentuation de la « laïcisation » (Sykes, 1934, p. 379) de l'Église d'Angleterre au XVIIIe siècle. Le terme de « laïcisation » est utilisé ici dans un sens très différent du sens français. Il s'agit du pouvoir des laïcs dans le gouvernement de « l'Église »[1]. Pour désigner cela, un dictionnaire français comme le *Grand Dictionnaire universel* de Pierre Larousse, paru de 1866 à 1876, utilisera l'expression d'« Église laïcocéphale ». Il y a matière à réflexion dans ces usages divergents de termes de la même famille sémantique. Le pouvoir religieux des laïcs constitue une raison importante de la non-laïcisation de la société anglaise au XIXe siècle. Inversement, la nécessité de la laïcisation de la société française à la même époque provient peut-être en partie du peu de pouvoir religieux des laïcs – de ceux qui jouent un rôle politique en particulier – au sein de l'Église catholique.

Pourtant si l'érastianisme[2] – ou intervention du prince, ou

1. « *Laïc* désigne un adepte d'une religion qui n'est pas un clerc, *laïque* un partisan actif du principe de laïcité », écrit Pierre Fiala (1991, p. 45). Cette distinction entre *laïc* et *laïque* se retrouve dans cet ouvrage tant pour les substantifs que pour les adjectifs (par exemple : « pacte laïque »). Le Royaume-Uni ignore ce glissement de « laïc » à « laïque », et nous avons là un indice d'une divergence forte avec la France.

2. Le terme d'« érastianisme » vient de Thomas Lieber dit Éraste (1524-1583), qui enseigna la médecine à Heidelberg et à Bâle et

des structures de l'État, dans les affaires ecclésiastiques – n'est pas contesté à la fin du XVIIIe siècle, sauf dans les milieux non conformistes, l'autre aspect de l'Établissement, la *comprehensiveness* ou vocation de l'Église établie (même non réalisée dans les faits) à être l'Église de tous, de l'ensemble collectif, pouvait ne plus correspondre à « l'esprit du temps », malgré la diversité interne de cette Église[1]. Le premier enthousiasme passé, le contre-modèle de la Révolution française donne cependant des arguments crédibles aux apologistes de l'Établissement.

Grande-Bretagne et Révolution française

On connaît les prises de position contrastées de deux défenseurs des colons américains insurgés : Thomas Paine, d'origine quaker et qui deviendra théophilanthrope, ne cache pas son admiration (*Les Droits de l'homme* sont publiés en 1791 et 1792); au contraire, Edmund Burke, issu d'une famille irlandaise confessionnellement mixte et politiquement *whig*, critique ce qu'il estime être une surévaluation de la raison et une atteinte à la religion, « base de la société civile » (*Réflexions sur la révolution de France*, 1790). Si des réserves se font jour tôt dans l'Église d'Angleterre et chez des méthodistes, bien des *dissenters* sont d'abord favo-

---

opposa à la conception calviniste de la discipline ecclésiastique, exercée par le Consistoire, l'idée d'une administration de cette discipline par le prince chrétien, dont le pouvoir provient (selon lui) de Dieu.

1. Depuis la « Glorieuse Révolution », deux tendances coexistent : les *high Churchmen* ou personnes se faisant une « haute idée » de l'Église, tout en refusant la tutelle et les enseignements de Rome, valorisent la tradition de l'Église ancienne, insistent sur la valeur de l'épiscopat et de la succession apostolique, ainsi que sur les usages et les ornements liturgiques; les *low Churchmen* (appellation créée par leurs adversaires), ou personnes se faisant une « idée inférieure » de l'Église, insistent sur le fait que l'anglicanisme est une composante de la Réforme protestante, relativisent la valeur de l'épiscopat et prônent la simplicité liturgique. Au début du XIXe siècle, les *low Churchmen* sont eux-mêmes divisés en deux mouvances : les calvinistes stricts et ceux qui restent influencés par le latitudinarisme et les idées rationalisantes.

rables, tel le baptiste Robert Hall : encore au début de 1793, il qualifie la Révolution française « d'événement le plus admirable de l'histoire ». En Écosse, où l'Église établie, la *Kirk* presbytérienne, est aux mains de « modérés » partisans des « idées éclairées », l'accueil de l'intelligentsia est particulièrement enthousiaste… et incite certains radicaux à prendre leur distance avec la *Kirk*, mise en cause dans des pamphlets au ton révolutionnaire.

Pourtant, sauf quelques exceptions, les partisans de la Révolution française ne tardent pas à déchanter. En 1800, le même Robert Hall la condamne comme une « fausse entreprise de régénération » (terme important) qui recherche une impossible vertu et commet des sacrilèges contre la religion. Les cultes révolutionnaires de l'an II sont visés, mais, avant même leur émergence, les récits horrifiés des massacres de Septembre, de la mort de Louis XVI (qui rappelle celle de Charles Ier) et la déclaration de guerre de la République à la Grande-Bretagne expliquent ce revirement. Évêque *whig* et professeur de théologie à Cambridge, Richard Watson affirme que supprimer le christianisme conduit soit à l'effondrement de la société civile, soit à le remplacer par le paganisme, le « mahométisme » ou autre « imposture religieuse ».

En guerre avec la France presque sans interruption de 1793 à 1815, la plupart des Anglais et des Écossais adoptent une aversion durable pour le radicalisme politico-religieux révolutionnaire. Mais la Révolution française a également deux conséquences directes sur la vie politico-religieuse britannique. L'une amorce un certain changement de regard sur le catholicisme ; l'autre, en incitant les « Irlandais unis » à se révolter, provoque, par contrecoup, l'Acte d'union de 1801.

Immigration catholique et problème irlandais

Il existe un lien entre l'apologie de « l'union de la religion et du gouvernement civil » des membres de l'Établissement et le début d'une attitude nouvelle envers le catholicisme. Plus de 7 000 ecclésiastiques français – dont des évêques et le célèbre jésuite Augustin Barruel[1] – se réfugient outre-Manche. Leur sort apparaît comme la démonstration de la « barbarie » engendrée par la dislocation du lien Église-État. Un comité d'aide au clergé français est créé pour leur porter secours. Certains deviennent des prêtres résidants ; des trappistes fondent le premier monastère depuis la Réforme et des bénédictines créent des communautés contemplatives. Certes, cela ne s'effectue pas sans susciter des réserves et même des oppositions dans le pays d'accueil. Pourtant, l'intérêt provoqué n'est pas négligeable. Ces catholiques sont plus perçus comme des persécutés que comme des « suppôts » du pape. La vie monacale devient pour certains un témoignage du passé chrétien d'avant la Réforme plus qu'une forme de vie religieuse antiprotestante. Ainsi s'amorce un processus que la conversion de Newman et de Manning au milieu du siècle va amplifier.

La situation irlandaise est plus complexe. Par une ironie de l'histoire, c'est le pape qui, au XIIe siècle, autorisa le roi Henri II à pénétrer en Irlande pour la conquérir. Mais c'est à partir du XVIe siècle, quand les Irlandais refusèrent de reconnaître la rupture d'Henri VIII avec Rome et la suppression des ordres monastiques, que les difficultés commencèrent. Malgré la pénétration et la colonisation anglaise et écossaise, l'Église catholique romaine – en anglais on précise toujours *Roman Catholic Church*[2] – est restée une puissance importante dans un pays aux trois quarts catholique. Mais le Parlement de Dublin est uniquement composé d'anglicans et l'Église établie est la *Church of Ireland*, également anglicane. Les catholiques subissent le dur régime des lois pénales et sont privés de la plupart des terres.

Une partie de la bourgeoisie protestante demande l'abrogation de ces lois et, suite aux événements américains, les Anglais adoucissent la législation. Dès 1789, les idéaux de la Révolution française ont un écho important dans l'île. Un jeune avocat protestant, Wolfe Tone, fonde les « Irlandais

1. Sur l'abbé Barruel, ancien jésuite, et le protestantisme, *cf.* Sacquin, 1998, p. 325.

2. On sait que « catholique » signifie « universel » et qu'en ce sens-là une aile de la Réforme protestante insiste sur la perpétuation de sa « catholicité ». Ainsi la liturgie anglicane intercède pour l'ensemble de « l'Église catholique ».

unis » (*United Irishmen*) et écrit, en 1791, un *Argument en faveur des catholiques d'Irlande*. Un nationalisme irlandais, à direction protestante et voulant dépasser les clivages religieux, émerge. De nouvelles mesures discriminatoires sont abolies. Mais, en 1794, le gouvernement britannique interdit le mouvement des Irlandais unis et en Ulster, déjà, sociétés secrètes protestantes et catholiques s'affrontent. Wolfe Tone prend contact avec le Directoire en 1796 et le général Hoche dirige une expédition qui n'arrive pas à débarquer. Une insurrection irlandaise éclate finalement en mai 1798, parallèlement à une nouvelle expédition française. Elle tourne « rapidement à une grande jacquerie et non à un soulèvement national » (Giffan, 1995, p. 104). Après avoir écrasé la révolte, les Britanniques imposent un *Bill* d'union au Parlement irlandais et le 1er janvier 1801 voit la création du Royaume-Uni de Grande-Bretagne et d'Irlande. Désormais l'Irlande enverra des représentants au Parlement commun du royaume. Un ultime soulèvement est réprimé en 1803 et son chef, Robert Emmet, issu d'une riche famille protestante dublinoise, mis à mort. Quand le nationalisme irlandais réémerge, dans les années 1820, sous la conduite de Daniel O'Connell (1775-1847), il sera catholique et aura pour premier objectif l'émancipation juridique des catholiques du royaume.

Cette mesure sera obtenue en 1829, un an à peine après une mesure similaire abolissant les *Test and Corporation Acts* à l'encontre des non-conformistes. La proximité des dates et la similitude des interdictions levées induisent à rapprocher ces deux lois. Mais il ne faut pas oublier que catholiques et *dissenters* ne se trouvent pas dans une situation comparable.

Vitalité sociale des non-conformismes

Les non-conformistes ont failli obtenir l'ensemble de leurs droits civiques à la fin du XVIIIe siècle[1], mais la réaction provoquée par la Révolution française bloque ensuite toute tentative en ce sens. La pratique de la « conformité occasionnelle » divise les dissidents. Beaucoup de presbytériens et

1. En mai 1789, une motion en ce sens n'échoua que de vingt voix.

certains congrégationalistes l'acceptent, estimant que la signification du sacrement est la même. Les baptistes et les quakers lui sont en général opposés. Les dissidents occupent des postes dans plusieurs villes, ils constituent même la totalité de la ville de Nottingham, la cité « la plus déloyale du royaume ». Les *Test Acts* sont aussi une occasion de trouver des recettes : ainsi, à Londres, à partir de 1730, on élit systématiquement des dissidents pour l'office de *sheriff* – et on les condamne ensuite à l'amende s'ils refusent. La « conformité occasionnelle » est enfin une manière de défendre la doctrine de la Trinité – George III y voit une nécessité pour obliger ceux qui la refusent à « se montrer chrétiens » – et une façon insidieuse d'attirer vers l'Église établie les dissidents riches et en quête de respectabilité. Aussi, qu'ils la tolèrent ou non dans la pratique, l'ensemble des non-conformistes réclament son abolition (Watts, 1978, p. 482-485).

Au cours du premier tiers du XIXe siècle, le non-conformisme prend de plus en plus d'importance en Angleterre. Seuls les presbytériens, de plus en plus rationalisants, déclinent. Les unitariens eux-mêmes ne sortent pas indemnes du renouveau évangélique. Les congrégationalistes et les baptistes sont en plein essor, et leurs activités morales et éducatives vont permettre à des membres des classes populaires d'accéder à la classe moyenne : « La meilleure éducation que le peuple peut recevoir, écrit H. Schlossberg (2000, p. 129), consiste à être membre et si possible prédicateur laïc de congrégations dissidentes. » Certes, la situation diverge suivant les régions : en beaucoup d'endroits, l'Église établie continue à encadrer la population, avec des problèmes récurrents de non-résidence de certains ecclésiastiques, même si l'absentéisme régresse (Barrie, 1997, p. 64). Le méthodisme lui fait parfois concurrence. De nouvelles cités manufacturières n'ont pas d'église. La seule présence religieuse est, au départ, celle de prédicateurs itinérants méthodistes. Ceux-ci construisent ensuite des chapelles qui deviennent les bâtiments centraux de la cité. De 1810 au milieu du siècle, dans les villes de plus de 10 000 habitants, l'Église établie – stimulée par la vitalité des non-conformistes – construit 2 547 églises, mais, pendant ce temps, ces derniers bâtissent 3 457 chapelles nouvelles (Schlossberg, 2000, p. 121).

Malgré leur tradition de contemplation spirituelle et de quiétisme, les quakers sont particulièrement actifs, et deux d'entre eux nous semblent très représentatifs de la vitalité non conformiste. Le premier est William Allen (1770-1843). En 1807, au moment où les effets du blocus continental imposé par Napoléon se font le plus sentir, il fonde une société pour la distribution de soupes et la vente d'aliments à bon marché. On lui doit aussi la création d'écoles populaires, de caisses d'épargne pour le peuple, de colonies agricoles… et un périodique, *Le Philanthrope*, pour réfléchir aux différentes manières de stimuler la bienfaisance publique. Allen combat pour l'amélioration du sort des prisonniers, l'abolition de la peine de mort, l'établissement de la paix entre les nations (il plaide cette cause auprès de l'empereur Alexandre), le progrès médical (il donne des cours à la Société des sciences de Londres et publie des articles de vulgarisation). Quant à la seconde, Elizabeth Fry (1780-1845), femme prédicateur, elle consacre sa vie à la réforme pénitentiaire. Elle visite les femmes détenues, les aide sur le plan religieux et social, et obtient un certain adoucissement de leur condition, grâce aux conseils qu'elle donne aux ministres et à l'écoute qu'elle obtient de la famille royale. Elle travaille à la réinsertion des prisonnières libérées, fonde des écoles dans ce but et d'autres pour les « enfants vicieux » (selon l'expression de l'époque). Son action s'exerce bientôt à un niveau international : elle rencontre l'empereur Alexandre et le roi Louis-Philippe, obtient une profonde modification du régime des prisons en Prusse… et, par ailleurs, met au monde onze enfants.

Une telle action réformatrice – naturellement conduite selon les conceptions dominantes du temps – habitue des protestants d'Églises différentes à travailler ensemble en Grande-Bretagne, et, à l'étranger, elle déborde les cadres du protestantisme. Au sein du courant « évangélique », un groupe se montre particulièrement entreprenant en faveur de causes philanthropiques et religieuses, celui de la « Secte de Clapham ». En est membre William Wilberforce, dont nous avons signalé l'action anti-esclavagiste. Ses campagnes rencontrent beaucoup d'échos, et en 1807, premier succès, le Parlement vote l'illégalité de la traite des Noirs. En 1833, année de sa mort, un acte d'émancipation abolit définitivement l'esclavage dans l'Empire britannique. Wilberforce et ses amis luttent également pour la « réforme des mœurs » : respect strict du dimanche (la demande échoue de six voix seulement à la Chambre des communes), interdiction des distractions « cruelles », de la littérature licencieuse et blasphématoire. Cette volonté d'imposer au pays des réformes sociales et morales au nom de l'Évangile (tel qu'il était compris) montre un profond changement par rapport à la société du XVIIIe siècle.

C'est dans ce climat que sont levées, en mai 1828, les limitations des droits publics des non-conformistes. L'obligation de communion occasionnelle dans l'Église établie pour exercer des fonctions officielles ou faire une carrière politique est remplacée par l'engagement de ne pas chercher à déstabiliser l'Église établie ou combattre les privilèges de son clergé. Une brèche est ainsi faite dans l'Établissement : désormais des non-membres de l'Église d'Angleterre peuvent participer – via le Parlement – à son gouvernement. Ce n'est pas rien, puisque ces personnes appartiennent à des dénominations qui se situent délibérément en dehors du système de *Church and State*.

Bible et alphabétisation

Dans cette première moitié du XIXe siècle, les non-conformistes impriment également leur empreinte sur la lecture et la culture en général. Au début du siècle, les évangéliques anglicans et les *dissenters*, tout comme leurs ancêtres puritains, popularisent la lecture. Ils insistent même sur la nécessité de la lecture pour améliorer la spiritualité des chrétiens. Des sociétés se multiplient, dont les membres parcourent les campagnes en distribuant des bibles. Deux des principales méritent d'être mentionnées : la *Religious Tract Society*, fondée en 1799, et *The British and Foreign Bible Society*, créée en 1804. Cette dernière, la plus importante des sociétés bibliques, profite des progrès techniques permis par la révolution industrielle pour produire des bibles en quantité massive à un prix de revient abordable. Vers 1880, elle aura distribué plus de 76 millions d'exemplaires des « Livres saints » dans de nombreux pays du globe (c'est l'époque où le Royaume-Uni exerce une hégémonie mondiale) et aura aidé, « par des subventions considérables, un grand nombre d'autres sociétés créées à son exemple et sous son influence » (Lichtenberger, 1878, vol. 2, p. 281 *sq.*). En France par exemple, elle a une action propre sous le Premier Empire et aide, en 1818, à la création de la Société biblique protestante à Paris.

La lecture de la Bible est d'autant plus encouragée qu'au début du XIXe siècle, dans la plupart des groupes protestants minoritaires, toute autre forme de loisir est prohibée : durant le dimanche, hors de question de s'adonner à la danse ou aux cartes, jeux qui promettent la « débauche ». Bien sûr, ces prescriptions sont loin de faire l'unanimité et ne sont pas respectées, mais elles existent et ont parfois force de loi.

En rendant l'univers de l'écrit plus disponible, les sociétés bibliques favorisent l'alphabétisation des masses. Pour cette masse alphabétisée, la Bible reste l'ouvrage de référence, même si les écrits d'un Thomas Paine par exemple se répandent. Richard Altick (1998, p. 99-128) montre comment les textes religieux occupent une place fondamentale dans l'accès des masses britanniques à l'écrit et à la lecture. La culture orale était fortement marquée par la Bible, l'apprentissage de la culture écrite le sera aussi. L'apprentissage de la lecture se fait sur des bases bibliques. Chez les non-conformistes, mais aussi chez les anglicans, on donne aux enfants des bibles hiéroglyphiques qui font office de livres d'images ; ils apprennent à lire dans des abécédaires bibliques ou dans la Bible elle-même, car les parents estiment que, même sans comprendre, les enfants peuvent tirer un bénéfice de cette lecture édifiante. Par ailleurs, nombre d'enfants anglais découvrent la Bible au travers du *Pilgrim's Progress* (*Le Voyage du pèlerin*) de Bunyan. L'attachement à l'autorité de la Bible reste fort. En 1860, dans ses *Essays and Reviews*, Frederick Temple explique qu'il faut lire la Bible d'une manière *secular*. Cette remarque provoque un tollé de manifestations et une pétition est lancée, qui recueille les signatures de 11 000 pasteurs et 40 000 laïcs.

Littérature de fiction et de loisir

La littérature de fiction, tels les livres de Walter Scott ou de Byron, est souvent dénoncée par les évangéliques (Altick, 1998, p. 109-113). En 1805, un pasteur baptiste écrit des *Essays in a Series of Letters to a Friend*, dans lesquels il déclare que la majeure partie de la littérature est « hostile à la religion du Christ » et fait fi des principes chrétiens. Dans la revue *Christian Observer*, des tribunes sur la « bonne » et la « mauvaise littérature » sont ouvertes. Des témoignages de jeunes filles vertueuses mentionnent les méfaits d'une littérature irrévérencieuse à l'égard de la religion. C'est le cas de Charlotte Elizabeth Browne, fille de pasteur : à l'âge de sept ans, elle tombe par hasard sur un exemplaire du *Marchand de Venise*. Dans ses mémoires (1841), elle déplore l'effet néfaste de cette lecture qui a perturbé son esprit et elle enjoint aux parents de surveiller rigoureusement les lectures de leurs enfants. Cela étant, les auteurs de fiction eux-mêmes s'adaptent à ce marché néo-puritain, et bientôt Walter Scott conformera ses écrits à l'air du temps : il ne sera plus prohibé. Au début du XIXe siècle, c'est souvent par la Bible que l'écrit rentre dans les foyers anglais les plus populaires.

À cette même période, c'est également par une voie plus séculière, celle des utilitaristes, que l'écrit pénètre dans les masses, essentiellement par le biais de journaux et périodiques. Tandis que les religieux défendent l'élévation culturelle et morale au nom de la gloire de Dieu, les utilitaristes, Jeremy Bentham (1748-1832) en tête (dans la seconde partie du siècle, l'influence de John Stuart Mill sera plus grande), exaltent pour leur part la valeur et les bienfaits du travail. Le point commun entre les deux approches est le refus de la frivolité et de l'immoralité. Les utilitaristes trouveront ainsi leurs marques dans les deux derniers tiers du siècle, marqués par le règne de Victoria. Au milieu de ces tendances rigoristes, certains, comme Herschel et Dickens, tentent à partir de 1830 (en 1836, Charles Dickens lance une souscription pour les *Pickwick Papers*) de promouvoir une littérature de loisir pour les ouvriers fatigués après une dure journée de travail. Sans pour autant les accuser d'angélisme, on peut noter que leur démarche restera longtemps un vœu pieux. Dès 1849, on offre des romans à bon marché : romans de Fielding, mais aussi l'*Histoire naturelle* de Buffon, des traités religieux. Des journaux ou des hebdomadaires religieux, qui n'hésitent pas parfois à publier des pages de romans à succès pour se garantir un lectorat, visent spécifiquement cette clientèle populaire. Le prix de la souscription est largement inférieur à ce que coûterait un roman en librairie. Un mouvement de sécularisation culturelle est en marche.

L'Acte d'émancipation des catholiques

Au début du XIXe siècle, le catholicisme anglais apparaît discret. Ses 80 000 adeptes environ, essentiellement des *recusants*, descendants de familles restées catholiques au XVIe siècle, ont des lieux de culte qui ressemblent à des chapelles non conformistes. Ensuite, il est doublement irrigué par l'apport d'une immigration d'origine irlandaise et par le fait que, à partir de 1823, l'association catholique d'O'Connell pose le problème de la situation politico-religieuse du catholicisme dans l'ensemble du Royaume-Uni. Cette organisation se développe très rapidement car elle s'appuie sur le réseau paroissial et sur un don mensuel de chaque membre. Mouvement de masse, elle organise des manifestations pacifiques, prône l'égalité des droits et fonctionne comme groupe de pression auprès des parlementaires irlandais (forcément anglicans) à Westminster. Sa dissolution en 1825 ne l'empêche pas de se reformer ; bien qu'inéligible puisque catholique, O'Connell est triomphalement élu en 1828.

Le gouvernement recherchait déjà une solution et des projets avaient été élaborés pour mieux contrôler le clergé catholique irlandais, considéré par certains comme la véritable tête du mouvement (alors qu'en fait les prêtres étaient plutôt des agents d'O'Connell). Un de ces projets proposait de rétribuer le clergé, passer un accord avec lui moyennant la possibilité d'un veto royal sur les nominations épiscopales. Mais une telle voie impliquait une reconnaissance du pouvoir du pape et la création d'un certain lien entre l'Église catholique et la Couronne. Cela n'apparaissait pas acceptable. L'Acte d'émancipation des catholiques d'avril 1829 ne contient donc rien de semblable. Il permet à ces derniers d'être élus au Parlement et de remplir toutes les fonctions publiques excepté la royauté, la régence, la chancellerie et la lieutenance d'Irlande. L'engagement de respecter la position de l'Église établie et de faire allégeance à la maison protestante de Brunswick s'accompagne de l'interdiction d'utiliser officiellement les titres d'archevêque, évêque et doyen. Le clergé catholique ne peut porter l'habit ecclésiastique en public et les legs donnés à l'Église catholique sont toujours passibles d'un refus en tant que dotation à « usage superstitieux ».

Dans deux lois distinctes de l'Acte d'émancipation lui-même, des mesures essentiellement politiques complètent ces verrous : l'association catholique d'O'Connell continue d'être interdite (ce qui ne l'empêchera pas de poursuivre son action) et le corps électoral irlandais est restreint par l'augmentation du cens.

Malgré tout, si cet *Act* va permettre, à terme, aux Irlandais de peser d'un certain poids sur la politique britannique, il ne change guère l'attitude des *recusants*, qui ont « pris l'habitude de vivre à l'écart de la vie publique » et dont le « seul rôle politique » sera finalement de se comporter en groupe de pression électoral pour obtenir des mesures en faveur de leurs écoles (Haussy, 1973, p. 126). L'Acte témoigne de deux changements majeurs. D'abord, si le catholicisme est toujours suspect de « superstition », il ne l'est plus officiellement de « fanatisme ». Avant le contrecoup de la Révolution française, ce n'était pas forcément le cas. Pour certains esprits « éclairés », le catholicisme devait être exclu du champ de la tolérance car il était lui-même (considéré comme) « intolérant ». Cela n'avait d'ailleurs rien de spécifique à la Grande-Bretagne : Jean-Jacques Rousseau raisonne ainsi à la fin de son *Contrat social* quand il préconise l'établissement d'une religion civile dont l'un des « dogmes » est le refus de faire place à « l'intolérance » ; il vise par là l'Église catholique. Le problème en tant que tel apparaît d'ailleurs récurrent et, à propos de groupes tout autres, on se demande aujourd'hui encore : « Jusqu'où tolérer ? » L'émancipation rend politiquement manifeste le changement (relatif) de perception culturelle du catholicisme.

Le débat sur l'Établissement

Le second changement est plus important encore puisqu'il porte sur le schème culturel fondamental selon lequel est organisé le lien politique de la société britannique. Donnant le point de vue des opposants à l'émancipation, l'évêque anglican Charles Bloomfield déclare à la Chambre des lords que la « véritable question » concerne le devoir d'un « État protestant d'opérer une distinction entre la vérité fondamentale et l'erreur dangereuse » et de défendre, en conséquence non des privilèges religieux, mais un « ordre politique chrétien »[1]. Cette mesure ouvre la boîte de Pandore : elle constitue un précédent pour des changements futurs dans les fondations profondes de la société politique britannique. Aucun texte ne protège plus désormais « l'Église », qui, sans gouvernement propre, se trouve sous le contrôle du Parlement. Pour leur part, les partisans de l'émancipation en minimisent la portée ; ils insistent sur les mesures de sécurité et indiquent que le génie de la Constitution britannique[2] la rend apte à assimiler, sans nuisance excessive, des incohérences internes. Rapportant un tel débat, l'historien britannique Edward Robert Norman (1976, p. 83) estime que les opposants ont bien perçu les implications de l'émancipation des catholiques : « l'éloignement logique de l'État de son caractère confessionnel ». De son côté, Dominic Aidan Bellenger (1997, p. 38) écrit que cette mesure mit fin à l'« identification État-Église protestante [...]. Elle marqua bel et bien la fin idéologique de l'ancien régime anglais ».

1. On perçoit, dans ce débat, qu'au niveau des croyances un continuum (avec du dissensus) se réalise entre les différents protestantismes : il va de la *High Church* au *Dissent* et s'oppose aux croyances de la *Roman Catholic Church*. Pour les partisans de l'Église d'Angleterre, les différents groupements non conformistes constituent d'irritantes dissidences, mais ne remettent pas en question le fondement convictionnel de la société britannique en tant que société, les vérités fondamentales qui sont à sa base.

2. Qui, rappelons-le, n'est pas une Constitution écrite mais, de fait, est constituée par un ensemble qui d'une part protège les droits de l'individu (*habeas corpus*, *Bill of Rights*...), d'autre part le structure en membre d'une société par le système de *Church and State*.

Il s'agit bien d'une rupture, d'autant plus que ce changement va être suivi par d'autres dont les effets seront complémentaires. On peut se demander pourtant si les meilleurs défenseurs de l'Établissement étaient ceux qui voulaient en quelque sorte arrêter l'histoire ou ceux qui euphémisaient autant que faire se peut les risques que comportait un certain ébranlement du système. Les premiers non seulement sous-estimaient sa capacité à trouver de nouveaux équilibres, mais surtout faisaient comme s'ils étaient les seuls maîtres du jeu. Certes, ils pouvaient s'appuyer sur un antipapisme populaire qui restait fort, mais n'allait pas forcément dans le sens de la défense de l'épiscopat anglican et de l'Établissement. Et la conception même de la liberté et des droits de l'individu était en train de se transformer. Celle héritée de l'*habeas corpus* consistait essentiellement en la défense du citoyen face aux empiétements possibles du pouvoir. Désormais, la liberté et les droits de l'individu se comprennent aussi comme la possibilité pour le citoyen de participer, de façon certes différenciée suivant sa place dans la société, à l'exercice de ce pouvoir. Dans ces conditions, bloquer le système devenait sans doute le plus sûr moyen de le faire exploser à terme. Au contraire, comprenant ou partageant cette (relativement) nouvelle interprétation de la notion de liberté, les émancipationnistes donnent une chance à l'Établissement de ne pas être renversé en acceptant qu'il soit ébranlé. Dans le long terme, ils se sont avérés être ses plus habiles partisans, même si certains d'entre eux étaient mus par d'autres raisons.

La liberté de type participatif n'était d'ailleurs pas absente de la tradition anglaise, habituée depuis longtemps au droit de pétition. Mais elle prend alors une forme plus politique. Se pose explicitement la question de l'élargissement du corps électoral, déjà apparue dans le dernier quart du XVIIIe siècle[1]. Le gouvernement *whig* de lord Grey propose une loi de réforme (*Reform Bill*) rejetée par la Chambre des lords en octobre 1831. Cette opposition provoque une vague d'indignation – y compris chez des gens non directement concernés – dont l'ampleur surprend. Elle atteint en premier lieu

1. Là encore, l'écho négatif de la Révolution française arrêta, dans les années 1790, ce mouvement.

les évêques, qui, pour la plupart, avaient voté contre la loi. Certains d'entre eux sont brûlés en effigie ou injuriés. Le palais épiscopal de Bristol est partiellement brûlé. Des tracts sont distribués pour dénoncer la richesse des évêques, d'autres vont jusqu'à mettre en cause l'Établissement (Chadwick, 1970, t. I, p. 27). Finalement, en 1832, un *Reform Bill* modéré fait passer le nombre d'électeurs de 435 000 à 810 000 personnes et supprime certains « bourgs pourris », assurant une meilleure représentation des villes industrielles d'Angleterre, d'Écosse et d'Irlande. Cela facilite la participation des non-membres de l'Église d'Angleterre au Parlement qui, entre autres, la gouverne.

Cette ouverture ne s'étend cependant pas aux 30 000 (environ) juifs, réadmis en Angleterre en 1656 grâce à Cromwell. En 1832, pourtant, la Chambre des communes vote leur émancipation. Elle est refusée par la Chambre des lords. Aux préjugés séculaires à l'encontre des juifs – prétendant qu'ils se sont eux-mêmes séparés des autres peuples – s'ajoute le refus que certains d'entre eux puissent délibérer sur les affaires de l'Église établie. Cette réforme attendra 1858 : Lionel Rothschild, élu à la Chambre en 1847, pourra siéger seulement à cette date.

La scolarisation de l'éducation

L'Établissement se trouve néanmoins sur la défensive. Dans le domaine de l'éducation, cela commence dès le début du siècle. À ce moment-là, le souci éducatif, ancien dans le puritanisme et les mouvements qui en sont issus, se généralise et se transforme en affinité avec les changements sociaux dus à la révolution industrielle.

Dès le XVIIe siècle, alors qu'il semble naturel que les masses – essentiellement paysannes – soient « ignorantes », reçoivent passivement (croit-on) ce qu'on leur dit être vrai et pratiquent les rituels codifiés, certains puritains, et notamment des congrégationalistes, ont l'idée (alors) folle que les membres de ces masses doivent avoir des convictions religieuses personnelles et pouvoir expliciter leur foi. Une des raisons du succès de la « Grande Rébellion » des années

1640 est la rupture de la solidarité entre possédants. Le puritanisme agit comme ferment interclassiste et, à Londres notamment, les petits patrons puritains ne craignent pas leurs apprentis auxquels ils apprennent à lire après dîner tout en leur inculquant leurs idées religieuses et politiques.

Mais naturellement, la plus grande partie du peuple – et notamment les paysans – reste analphabète. Dans la longue durée prédomine la crainte qu'un peuple instruit soit socialement perturbant. Les changements économiques et sociaux, une certaine prise de conscience que les masses ne peuvent pas vivre dans l'indigence « spirituelle et intellectuelle », rendent pourtant sensible aux nécessités d'éduquer le peuple. Des élites espèrent pouvoir ainsi échapper à l'alternative rébellion-répression : rappelons que plusieurs émeutes se produisent, par exemple de 1816 à 1820, amenant la suspension de l'*habeas corpus*, et que la première action du gouvernement *whig* qui va proposer le *Reform Bill* va être, en décembre 1830, à la suite de nouveaux troubles, d'exécuter 9 ouvriers et d'en déporter 457 autres. Dans leur propre compréhension des choses, l'éducation apparaît aussi maintenant – y compris dans l'Église établie – comme un élément positif dans la perspective du salut et du « bien-être » moral et matériel des classes laborieuses : dans tous les pays occidentaux, au XIXe siècle, on estime que l'éducation diminue les vices, les délits et les crimes, et favorise une vie de famille plus stable et harmonieuse.

Le changement principal n'est d'ailleurs peut-être pas tant la généralisation de la préoccupation de l'éducation – le sermon ou l'homélie étaient déjà revêtus de ce rôle éducatif – que sa transformation. Une nouvelle conjoncture culturelle induit « la généralisation du modèle scolaire comme milieu éducatif élémentaire, lieu privilégié de formation professionnelle et panacée face aux déviances sociales » (Frijhoff, 1983, p. 5)[1]. Ce modèle existe dans l'ensemble des pays occidentaux et il est même, par le biais de l'administration

1. On constate également dans des milieux socialisants (avec Robert Owen) ou protestants un intérêt pour la préscolarisation avec les *infants schools*, qui influenceront la création de salles d'asile (ancêtres des maternelles) en France (Luc, 1999).

coloniale, exporté en divers points d'Afrique, d'Asie et d'Océanie. L'école, lieu réunissant autour d'un « maître » des « élèves » en vue d'acquérir un certain savoir, devient progressivement une véritable institution dotée d'un corps professionnel, de normes et de règles codifiées. Cette nouvelle institution va-t-elle se trouver sous l'influence – la domination au sens neutre du terme – de la religion ou être autonome à son égard ? Dans quelle mesure l'éducation scolaire est-elle une affaire d'État ? De telles questions se posent, de façon différente, au Royaume-Uni et en France.

Le développement des « écoles du dimanche »

Dans ce XIXe siècle, s'il est une institution britannique marquante, en matière de religion, d'éducation et de culture, ce sont bien les *Sunday schools*, écoles du dimanche où les enfants d'ouvriers reçoivent un catéchisme et apprennent à lire et parfois à écrire. De nombreux historiens s'accordent à dire que ces *Sunday schools* ont été un instrument considérable de l'alphabétisation de masse en Grande-Bretagne et qu'il ne faut pas les considérer comme rétrogrades (Altick, 1998 ; Laqueur, 1976 ; Thompson, 1988 ; Schlossberg, 2000).

Au départ, ces écoles ne sont pas le produit des souhaits des éducateurs de la fin du XVIIIe siècle. Les *charity schools* destinées à inculquer des rudiments de culture religieuse et de moralité connaissent, à la faveur de la révolution industrielle, des difficultés : les parents ouvriers n'ont pas intérêt, pour des raisons économiques, à laisser leurs enfants fréquenter l'école. C'est l'Église anglicane qui, depuis le XVIe siècle, a le monopole en matière d'éducation. Toute velléité éducative des masses est pour ses pasteurs synonyme de sédition. L'apparition des *dissenters* (même s'ils sont *sabbatariens*[1]), et tout particulièrement des méthodistes, va modifier la donne. On peut apprendre à lire aux ouvriers des textes bibliques et moraux qui les édifieront. Les *Sunday schools*, en proposant des cours d'instruction religieuse le dimanche, sont une alter-

1. Partisans d'une observation stricte du repos dominical, comme le jour du sabbat (ou septième jour de la Création).

native intéressante qui connaît un succès grandissant dans la première moitié du XIXe siècle. Selon Philip B. Cliff (1986, p. 11-12), le succès de ces écoles doit se comprendre à partir d'un premier facteur, la masse énorme d'enfants qui surgit dès la fin du XVIIIe siècle. Ces enfants sont ceux des ouvriers qui se déplacent des zones rurales vers les nouveaux centres industriels, ce qui n'est pas sans conséquences traumatisantes socialement parlant. Un second facteur explicatif est l'hémorragie des moyens traditionnels de socialisation religieuse.

Tableau I
Nombre de *Sunday schools* (1780-1850),
en distinguant les anglicanes et les non anglicanes
(Laqueur, 1976, p. 44).

Année	Total	Non anglicanes	% de non anglicanes
1801	2 290	1 282	56,0
1811	4 687	2 288	48,8
1821	8 236	3 766	45,7
1831	11 910	5 371	45,1
1841	17 168	7 815	45,6
1851	23 135	10 427	45,0

Dans les vingt premières années du siècle, l'Église anglicane gagne du terrain. Ensuite, elle stagne et ne contrôle guère plus que la moitié de ces écoles.

Comme l'explique Laqueur (1976, p. 21), à partir de 1780 les *Sunday schools* s'accroissent rapidement dans toute l'Angleterre : c'est une des conséquences du mouvement religieux et humanitaire du XVIIIe siècle. Durant cette même période, un nombre important d'associations se créent pour améliorer le sort des enfants pauvres. Selon l'historien, les écoles du dimanche vont se substituer aux églises[1]. Si les ouvriers n'assistent plus aux offices religieux, ils envoient leurs enfants apprendre à lire sur des textes religieux, s'im-

1. Cliff (1986, p. 12) estime que Laqueur se trompe, sans doute parce qu'il ne s'intéresse à l'essor des *Sunday schools* qu'à partir de 1800 et non à partir de leurs débuts.

Tableau 2
Enrôlement dans les *Sunday schools*
(1788-1850)

(Laqueur, 1976, p. 44).

Année	Nombre	% de la population	% des 5-15 ans	% des ouvriers de 5-15 ans
1788	59 980			
1795	94 100			
1801	206 100	2,5	10,3	13,8
1811	415 000	4,4	18,2	24,2
1818	452 325	4,2	17,6	23,4
1821	730 000	6,5	27,0	36,0
1831	1 096 000	8,4	37,2	49,6
1833	1 363 170	10,2	45,0	60,0
1841	1 679 000	11,4	49,8	66,4
1851	2 099 611	12,5	56,5	75,4

prégnant ainsi de morale chrétienne. Et le souci d'une instruction religieuse et séculière n'était pas réservé aux seuls membres des classes moyennes et supérieures.

On considère que ces écoles du dimanche sont réellement amorcées en 1780 par Robert Raikes, le propriétaire du *Gloucester Journal*[1]. Cet homme voyait dans ces écoles autant un moyen de ramener le calme dans les rues le dimanche que le souci d'une occupation pour ces enfants désœuvrés. Certes, on trouvait des *Sunday schools* auparavant, mais ce fut Raikes qui en fit une institution nationale, animée essentiellement par des méthodistes soucieux de la bonne « moralité » de la classe ouvrière. Peu d'enfants des classes ouvrières, à l'exception peut-être de ceux de Londres, échappèrent à cet enrôlement massif. Puis, comme le note Laqueur (1976, p. 61), dès le milieu du XIXe siècle, les *Sunday schools* ne furent le « monopole ni d'une religion, ni d'une région, ni d'une classe sociale ». En 1785, la *Sunday School Society* est fondée.

1. Altick (1998, p. 67) raconte que c'est alerté par la clameur des voix d'enfants sous sa fenêtre, un dimanche, alors qu'il préparait l'édition du lendemain, que Robert Raikes se décida à fonder de telles écoles, afin de soustraire les enfants à la rue.

En deux ans, 201 écoles, qui regroupent 10 232 enfants, la rejoignent. En 1797, c'est le cas de 1 086 écoles et de 69 000 élèves. Et, vers 1850, environ 2 millions d'enfants des classes ouvrières fréquentent ces écoles tandis que 250 000 hommes et femmes y enseignent.

De l'instruction religieuse à l'instruction générale

Dans un premier temps, les témoignages sur les *Sunday schools* en font des maisons de redressement plus que des instances éducatives, et l'on n'hésite pas à les présenter comme des institutions de contrôle social, destinées à rendre la classe ouvrière définitivement soumise (Thompson, 1988, p. 319-363). Certains racontent même qu'on voit des enfants avec des rondins attachés aux chevilles se rendre à ces écoles, sous la conduite sévère de leurs parents, soucieux de ne pas les voir s'échapper (Altick, 1998, p. 68). Il faut dire que pour ces enfants, déjà astreints à un travail hebdomadaire colossal (ils travaillent dans les mines, les usines, les moulins et les magasins), le dimanche était le seul jour où ils pouvaient jouer : ils ne voient donc évidemment pas d'un bon œil le fait de rester enfermés dès le matin dans ces écoles où on leur apprend à lire. De surcroît, la discipline de fer qui règne dans la plupart de ces établissements leur est pénible : beaucoup vivent dans la crainte du péché, à la grande satisfaction des pasteurs mais certainement pas pour le bonheur de ces enfants, dont les témoignages, par la suite, racontent des terreurs et des cauchemars (Thompson, 1988, p. 342-343).

Cela étant, les *Sunday schools* ont largement participé à l'alphabétisation de la classe ouvrière et ont répandu le goût de la lecture. Cet enseignement est de nature religieuse. Pris en charge au début majoritairement par des méthodistes, la plupart des enfants de la classe ouvrière n'échappent pas aux *Sunday schools*. Leur éducation se fait donc sur des bases morales et religieuses, à l'abri des idées révolutionnaires. Mais, en raison de la Révolution française, l'État, et surtout les conservateurs, s'inquiètent de ces écoles, véritables lieux de création de graines d'insubordination (Altick, 1998, p. 67-73). En effet, dans les premières décennies du XIXe siècle, certains ouvriers, quand ils lisent, ouvrent plus facilement le livre de Tom Paine, *The Rights of Man*, récemment publié en édition brochée, que la Bible. Or, constatent les dirigeants, ces ouvriers ont appris à lire dans les *Sunday schools* : il faut donc veiller à ce qu'elles ne deviennent pas des lieux de subversion politique. Thompson (1988, p. 356-363) montre que, justement, les écoles du dimanche structurent la classe ouvrière autour d'idéaux communs et renforcent le sentiment d'une identité ouvrière. Ainsi l'avenir donnera, dans une certaine mesure, raison à ces conservateurs, dans la mesure où la plupart des contremaîtres et des dirigeants syndicaux du XIXe siècle seront de purs produits de ces *Sunday schools* qui leur ont appris à lire et à écrire. Les anglicans considèrent que ces écoles du dimanche font le lit du jacobinisme, surtout à une époque où la France connaît sa révolution. Hannah More, évangélique, sera même condamnée pour avoir tenté d'éduquer les pauvres.

Pourtant, l'État et les associations en faveur de l'extension de l'éducation s'en accommodent, ne serait-ce que parce que ces *Sunday schools* coûtent moins cher que les écoles communales : au début du XIXe siècle, l'éducation d'un enfant durant un an coûte, dans une école communale de Lancaster, environ 16 shillings tandis que la dépense d'une école du dimanche est d'environ 2 shillings. Et comme, jusqu'en 1833, aucun fond public n'est alloué à l'éducation, la différence est appréciable.

Les quelques heures hebdomadaires passées dans les *Sunday schools* ont largement contribué à l'alphabétisation de la classe ouvrière. Cependant, il ne faut pas exagérer l'ampleur du phénomène : le recensement de 1851 montre que seuls 67 % des hommes et 51 % des femmes peuvent signer les registres de mariage. En fait, comme le note Laqueur (1976, p. 95), les contemporains eux-mêmes sont divisés sur l'apport de ces écoles en matière éducative pour les classes ouvrières. En 1834, le secrétaire de la *British and Foreign Schools Society* considère que ces écoles apportent peu en matière d'alphabétisation. Quelques semaines plus tard, le secrétaire de la *Sunday School Union* affirme qu'en trois ans un enfant pouvait acquérir au sein des *Sunday schools* « un savoir compétent en matière de lecture ». Et finalement, lorsqu'il s'agit de classer ces écoles, on les place plutôt du côté des « institutions d'alphabétisation » que du côté des « institutions religieuses ». Les partisans du volontariat en matière d'éducation voyaient dans ces établissements un instrument d'instruction séculière. Au milieu du XIXe siècle, James Kay-Shuttleworth, le secrétaire du *Committee of Council on Education* se prononce en faveur de ces écoles du dimanche (Schlossberg, 2000, p. 262-265). Il explique que l'instruction religieuse est à la base de toute éducation, et se démarque de ses contemporains en affirmant qu'il faut intégrer cette instruction religieuse au sein d'un système scolaire public. Pourtant, à cette même période, aucun accord ne se fait sur cette question entre l'Église d'Angleterre et les *dissenters*. En 1840, James Kay-Shuttleworth crée l'école normale de Battersea, dont les principes sont forgés sur le travail rigoureux et l'esprit religieux. Selon lui, les écoles ne sont alors qu'un prolongement des *Sunday schools*.

Écoles du dimanche et sécularisation religieuse

Les écoles du dimanche divisent, bien évidemment, les partisans du respect du repos dominical. Après la mort de Wesley, les méthodistes se sont largement répandus dans la nouvelle classe industrielle ; ils sont d'ailleurs souvent issus de ce milieu. Pour les méthodistes stricts, on ne saurait apprendre à écrire dans ces écoles, dans la mesure où, comme le rappelle Thompson (*ibid.*, p. 322-323), les *Sunday schools* sont un moyen d'évangélisation plus qu'un instrument d'éducation séculière. Jabez Bunting, figure marquante du *wesleyisme* orthodoxe dans la première moitié du XIXe siècle, s'insurge en 1808, à Sheffield, contre une telle école qui apprend aux enfants à écrire. Certes, ils peuvent apprendre à lire la Bible, ce qui est un « bien spirituel », mais en aucun cas, il ne faut leur laisser l'accès à l'écrit, « art séculier ». Ainsi, pour certains de ses animateurs méthodistes, la *Sunday school* doit rester un instrument où se forgent des dispositions morales (on y enseigne les vertus d'honnêteté, de travail rigoureux, d'ordre, de ponctualité…), mais non pas un lieu d'alphabétisation, garantie d'individus impies.

Mais Thompson (1988) et Laqueur (1976) précisent que les *Sunday schools* n'étaient pas toutes aussi régressives. Certes, en certains endroits, non seulement les enfants n'apprennent pas à écrire, mais en outre ils en sortent sans savoir même lire. En revanche, dans d'autres lieux, des méthodistes dispensent un enseignement beaucoup plus humain, d'autant que souvent ce sont des professeurs laïcs bénévoles. Le dimanche 5 juillet 1834, à Bolton, une manifestation oppose les partisans d'un apprentissage de l'écrit au sein des écoles du dimanche et ceux qui refusent le travail séculier ce jour-là. À mesure que la manifestation avance, les rangs des premiers grossissent et ils finissent par l'emporter. C'est un des indices de la popularité grandissante de ces écoles – et sans doute la marque d'une sécularisation religieuse du système éducatif.

En 1843, une enquête sur les enfants travaillant dans les mines montre que la seule scolarisation provient des *Sunday schools* (Laqueur, 1976, p. 97-123). Dans la première partie du XIXe siècle, il semble qu'elles aient, dans de nombreuses régions, servi de substituts aux écoles communales [1]. Les professeurs sont de plus en plus souvent des laïcs. Une vie communautaire se forge à partir de ces écoles. En 1867, les *Sunday schools*, comme le montre une enquête réalisée par l'Église d'Angleterre, enseignent toujours la religion, mais de plus en plus on apprend à écrire, surtout lorsque ce sont des laïcs, soucieux d'amener les masses ouvrières à l'éducation, qui enseignent. Les opposants craignent, une fois de plus, que le repos dominical ne soit sécularisé.

Les enjeux religieux de l'école

C'est moins l'influence de la religion en tant que telle que celle de l'Église établie qui est objet de débat. Officiellement d'ailleurs, tout maître d'école devait traditionnellement obte-

1. Elles sont parfois complétées par des *ragged schools* pour les enfants les plus démunis : « La *Ragged School Union* créée par Shaftesbury, en 1844, [a] pour principal objet de prévenir la délinquance et d'organiser l'émigration d'enfants vers les colonies » (Haussy, 1997, p. 113).

nir une licence de l'évêque du lieu. Mais cette pratique s'était relâchée au XVIIIe siècle et, en 1812, les maîtres d'école *dissenters* se trouvent dispensés de toute licence, y compris même de celle du magistrat.

Le développement de l'école primaire est donc, dès ce moment-là, un enjeu entre les défenseurs de l'Établissement et les non-conformistes, même si ces derniers sont loin d'être d'accord entre eux sur les méthodes pédagogiques et sur les rapports entre école et religion. Globalement, cependant, nous trouvons deux points de vue principaux et une position de franc-tireur (Norman, 1976, p. 56-59).

Le point de vue dominant de l'Église établie est représenté notamment par l'évêque Herbert Marsh. Il estime que « dans chaque pays, l'éducation nationale doit être guidée par les principes de la Religion nationale ». La violation d'une telle règle constitue non seulement une « absurdité » mais elle est, pour la société, un « principe d'autodestruction ». En conséquence, on doit enseigner aux enfants, en plus d'un savoir usuel, le catéchisme de l'Église établie et les usages de son culte. Une Société nationale (*The National Society for Promoting the Education of the Poor in the Principles of the Established Church*) est créée en 1811 par le pasteur anglican Andrew Bell (1753-1832), fondateur d'une méthode originale, l'enseignement mutuel (*monitorial system*)[1]. Comme son nom complet l'indique, elle donne une instruction primaire à des enfants de classes populaires selon les principes de l'Église établie.

Mais dans cette Église, ce point de vue ne fait pas l'unanimité. Certains sont d'accord avec les non-conformistes qui

1. Inventé par A. Bell et développé par J. Lancaster (*cf.* son ouvrage *Le Système lancastérien d'éducation* en 1821), l'enseignement mutuel permet à un seul maître d'éduquer un grand nombre d'enfants. En effet, le maître explique d'abord, grâce à l'utilisation du tableau noir, la leçon aux élèves les plus âgés et les plus doués. Ensuite, ces derniers transmettent cette leçon aux autres élèves. Cet enseignement ne tarde pas à être objet de critiques car il risque de bouleverser la reproduction de la hiérarchie sociale : les élèves qui deviennent des « moniteurs » ne sont pas forcément issus des « meilleures » familles et ils peuvent se trouver en position d'autorité face à des enfants « mieux nés » qu'eux-mêmes.

souhaitent des *non sectarian schools*, c'est-à-dire des écoles non confessionnelles où seule l'étude de la Bible s'ajouterait aux matières usuelles. Outre le souci de ne pas multiplier les différentes sortes d'écoles en fonction des dénominations, nous trouvons là l'idée que le croyant puise directement ses convictions personnelles dans la Bible, comprise à travers « l'inspiration du Saint-Esprit »... et les explications du maître. Une telle position combat l'Établissement ou en effectue une critique interne. En 1811, par exemple, la publication *Edinburgh Review* estime « ruineuse pour l'Établissement » l'opinion défendue par Marsh et d'autres hommes d'Église. Elle s'opposerait, en effet, aux « tentatives plus éclairées et désintéressées » effectuées un peu partout dans le pays auprès des « classes les plus défavorisées » en vue de leur apporter « les bienfaits de la connaissance et de l'amélioration morale ». Trois ans plus tard, la *British and Foreign Schools Society*, déjà mentionnée, est fondée. Elle prend la suite et développe l'effort de la *Lancasterian Society* (1808), qui applique les principes du quaker Joseph Lancaster (1778-1838) et systématise l'enseignement mutuel de Bell. Dans les années 1830, les écoles dites « volontaires » (c'est-à-dire reposant sur des initiatives et des financements privés) dépendant de ces deux sociétés regrouperont environ un million d'enfants.

Outre ces deux systèmes éducatifs, une petite minorité de personnes aux opinions radicales, essentiellement dans l'intelligentsia, pense que l'éducation scolaire doit être entièrement « sécularisée » et dissociée de l'enseignement religieux. Ce point de vue conduit, au début des années 1830, à la création d'une Société centrale d'éducation (*Central Society for Education*) qui propose l'idéal d'une éducation nationale obligatoire et sécularisée, ainsi qu'au dépôt d'une proposition de loi en ce sens en 1833. Mais les *whigs* étant, comme les *tories*, opposés à une telle création (elle impliquerait un conflit frontal avec l'Établissement et un engagement de l'État nettement plus important que celui qu'ils peuvent concevoir) le projet n'avait aucune chance d'aboutir.

Cependant, l'idée d'un système séculier (*secular system*) d'éducation progresse parmi les non-conformistes. Pour certains, il s'agit de la seule manière de garantir qu'aucune

Église ne domine les autres. On constate ainsi que, au moment même où en France est votée la loi Guizot (qui, nous le verrons, met l'enseignement religieux au centre de l'école primaire publique), l'idée d'une éducation « sécularisée » (ou « laïque », pour prendre l'expression française) fait déjà partie du débat public britannique, même si elle est fortement minoritaire. Cette précocité est à mettre en relation avec le fait que la « sécularisation » de l'école est réclamée, outre-Manche, par des groupes religieux et pour des raisons religieuses.

En Irlande : une école d'État déconfessionnalisée

Deux ans auparavant, c'est cependant dans une autre voie que le gouvernement *whig* a engagé en Irlande une « expérimentation » (Akenson, 1970), selon ceux qui craignent, ou au contraire espèrent, la voir un jour étendue à l'ensemble du Royaume-Uni. Un réseau d'écoles publiques est alors mis en place. L'instruction ne sera pas donnée dans les écoles confessionnelles, mais « générales » ou « mixtes », sur la base d'un *Common christianity*. Cela implique que les établissements scolaires fassent un effort important pour « mélanger [*mix*] les élèves de toutes croyances en espérant qu'en apprenant à vivre ensemble comme enfants, ils deviennent des adultes se tolérant les uns les autres ». Cela signifie aussi que, pendant que les enfants apprennent ensemble à l'école, aucun enseignement religieux particulier ne leur est dispensé et que toute « controverse religieuse est strictement interdite ». La lecture directe de la Bible et le signe de croix ne sont pas autorisés (la première pratique n'est pas permise à des laïcs catholiques, la seconde peut choquer les protestants). L'enseignement moral et littéraire s'appuie sur des préceptes tirés de la Bible : « Notre Seigneur, Christ, commandait à ses disciples de "s'aimer les uns les autres". Il leur enseignait d'aimer même leurs ennemis, de bénir ceux qui les maudissent et de prier pour ceux qui les persécutent. Il pria lui-même pour ses meurtriers. » Il faut donc, « comme le commande l'apôtre Paul », « vivre en paix avec tous les hommes » (Épître aux Romains, 12, 18), « même ceux de différentes convictions religieuses » (Akenson, 1970, p. 159). Un jour par semaine est réservé à un enseignement religieux séparé. Une inspection d'État veille au respect de ces règlements et du programme des études, qui est fixé par l'autorité centrale. Celle-ci se réserve également le droit d'approuver ou non tout manuel utilisé dans ces écoles.

Le corps enseignant est en majorité laïc, mais des congrégations religieuses peuvent bénéficier de l'aide de l'État si elles respectent les règlements. Les frais de scolarité sont minimes (la gratuité sera instaurée en 1892) car le système est très fortement subventionné (Coolahan, 1983). Cette création d'un réseau d'écoles publiques interconfessionnel peut s'interpréter de deux façons. Ces deux interprétations se superposent plus qu'elles ne se contredisent. D'une part, on peut y voir une possibilité de promotion pour des enfants catholiques, qui fréquenteront ainsi les mêmes écoles que des protestants anglo-irlandais[1] ; d'autre part, il s'agit aussi d'assurer, par cette politique réformiste, la permanence de la domination britannique sur l'Irlande.

Cette mesure va donc globalement dans le même sens que celle qui, un peu plus tôt, émancipait les catholiques. On le sait, le problème irlandais s'avérera plus ardu que celui touchant à l'Établissement. Et les écoles publiques d'État, fondées sur la base d'un *Common christianity*, se heurteront à d'immédiates réserves de la part des presbytériens et de la *Church of Ireland*, qui voit dans ce système une atteinte à son statut d'Église établie. Il faut dire que cette mesure est audacieuse : catholicisme et protestantisme sont vécus alors par la plupart de leurs adeptes comme deux religions très différentes, voire pour certains même antagonistes. Beaucoup n'admettent pas la possibilité d'une base commune et, pour eux, entrer dans une telle logique ne peut que favoriser « l'indifférence en matière de religion ». Les autorités lâchent du lest : un enseignement religieux peut être donné chaque jour après les heures de classe aux enfants dont les parents le sou-

1. Dans cette optique, l'éducation peut, à terme, remplacer la conversion au protestantisme qui, au XVIIIe siècle notamment, a constitué un moyen d'intégration pour certains éléments des couches supérieures irlandaises.

haitent. Dans les années 1860, ces écoles ont 800 000 élèves, soit la grande majorité des enfants en âge d'être scolarisés.

Pluralisme et école : le débat anglais

Du côté de l'Église établie, on craint aussi une certaine contagion du système d'écoles publiques d'État enseignant un *Common christianity* en Angleterre même. En 1839, un projet de loi prévoit la possibilité d'une formation d'État des instituteurs soit sur une base confessionnelle, soit sur une base non confessionnelle. Les évêques protestent et le projet ne voit pas le jour. Mais immédiatement après, une commission du Conseil privé pour l'éducation (*Privy Council on Education*), reçoit la charge de distribuer des subventions d'État à toutes les écoles inspectées par le Conseil, sans considération de leur affiliation religieuse.

Pour les écoles liées à l'Église établie, il est décidé, l'année suivante, que deux archevêques pourront s'opposer à la nomination des inspecteurs (des *clergymen*), voire les obliger à démissionner en cas de conflit. Le projet de loi de 1839 aurait impliqué un processus de sécularisation partielle : son échec induit une politique qui favorise, elle, plutôt la pluralisation en distribuant des subventions aussi bien aux écoles de la Société britannique et étrangère (inspectées par des laïcs) qu'à celles de la Société nationale[1].

Mais cette pluralisation peut à terme menacer l'Établissement, car elle induit peu à peu une sorte d'égalisation dans le traitement des cultes, même si l'un d'eux est majoritaire et reste à ce titre favorisé par rapport aux autres. Il peut se créer, en effet, un processus analogue au système mis en place par la Belgique, dont l'indépendance a été proclamée en 1831, et qui bénéficie de la sympathie britannique. Ce système est celui de « cultes reconnus », d'autant plus formellement égaux que, malgré le poids très dominant du catholicisme, l'État belge ne signe pas de concordat avec Rome. Plusieurs cultes sont reconnus et salariés par l'État. Certes, les non-

1. Environ 80 % des écoles sont alors affiliées à la Société nationale et 20 % à la Société britannique et étrangère.

conformistes ne souhaitent pas recevoir de traitement de l'État, mais, en acceptant de lui des subventions pour leurs écoles, ne viennent-ils pas d'écorcher leur principe de stricte indépendance entre la sphère politique et la sphère religieuse (Murphy, 1971, p. 31) ?

Les risques d'un pluralisme qui permet une émulation, une concurrence entre l'Église établie et les Églises dissidentes, conduisent le gouvernement *tory*, en 1843, à revenir à une conception plus statique du pluralisme. James Graham présente alors un projet de loi (*Graham's Factory Bill*) qui limite à six heures et demie le travail journalier des enfants de huit à treize ans, pour leur permettre d'aller à l'école pendant trois heures. Le financement de cette mesure doit être assuré à la fois par l'utilisation de la *Poor-rate* (une taxe spéciale créée, fait spécifique à ce pays, dès 1597 pour assister les pauvres), par de petits frais de scolarité et par une subvention d'État. Les maîtres d'école seraient nommés par une commission de sept membres, présidée par le pasteur anglican local et soumise à l'approbation de l'évêque du diocèse, certifiant leur compétence à donner l'instruction religieuse selon les usages de l'Église établie. Les enfants des familles non conformistes n'assisteraient pas à ce cours d'instruction religieuse. L'Établissement est bien ici considéré comme la norme, et le pluralisme lié au respect de la liberté religieuse est seulement assuré par une clause dérogatoire.

Ce projet – qui ne provient pas de l'Église établie – ne reçoit pas en son sein un accueil enthousiaste : l'intervention de l'État est jugée trop importante et certains n'admettent pas la dispense accordée aux non-conformistes. Mais ce n'est rien par rapport à l'hostilité de ces derniers, qui perçoivent ce projet comme un renforcement de leur infériorité religieuse et sociale. Les méthodistes, qui souvent adoptaient des positions intermédiaires entre celles des autres non-conformistes et celles de l'Église établie, ne sont pas les derniers à protester. De mars à juin 1843, plus de 25 000 pétitions comprenant près de 4 millions de signatures manifestent leur opposition ; environ 9 000 d'entre elles, avec près d'un million de signatures, proviennent de milieux méthodistes (Hempton, 1984, p. 170). Le projet de loi doit être retiré.

Comme en 1832 au moment du *Reform Bill*, les évêques

sont surpris par l'ampleur et parfois la virulence du mouvement de protestation. Elles montrent une opposition latente qui explose périodiquement. Parfois s'y mêle un anticatholicisme populaire et des attaques contre l'Établissement (Norman, 1968, p. 46). C'est ce qui arrive quand, en 1845, Peel propose de transformer les aides occasionnelles données au séminaire catholique de Maynooth, en Irlande, en une subvention permanente du Trésor public. Le projet est adopté, mais provoque la fureur d'une partie du peuple. Et des militants non conformistes anti-Établissement tournent cette réprobation contre le système de *Church and State* en expliquant que la *Roman Catholic Religion* va être peu à peu, si l'on n'y prend garde, reconnue et protégée par l'État.

Quand ils se font les champions de la liberté religieuse ou les champions de la riposte face à un catholicisme perçu comme menaçant des valeurs fondamentales, les non-conformistes ont certes un impact, mais leur influence est beaucoup moins forte quand ils s'en prennent aux fondements même de l'Établissement. Ainsi, leur tentative, en 1834, d'exclure les archevêques et les évêques de l'Église établie de la Chambre des lords n'a pas eu un véritable soutien populaire et a été facilement rejetée par le Parlement. Jusqu'à quand ? se demandent cependant certains, qui craignent un engrenage à leurs yeux de plus en plus destructeur[1].

1. De nouvelles dénominations surgissent alors, et elles critiquent l'Église établie de façon virulente : les Frères de Plymouth (*Plymouth Brethren*), dirigés par John Darby (1800-1882), pensent que l'Église s'est définitivement corrompue, qu'il faut rompre avec elle et supprimer le ministère pastoral pour attendre le retour du Christ en se réunissant en petits groupes. L'Église catholique et apostolique, fondée à Londres par le pasteur presbytérien écossais Edward Irving (1792-1834), persuadée que les charismes ont disparu à cause du manque de foi de l'Église, demande au Christ leur restitution : des phénomènes de parler en langues (glossolalie), de prophétie et de guérison ne tardent pas à se produire.

La « grande rupture » écossaise

La critique de l'Établissement se développe en effet aussi à l'intérieur même des Églises établies. L'Acte d'Union de 1707 avait, on l'a signalé, reconnu la *Kirk* comme Église établie en Écosse, avec une loi dite de « sécurité » précisant que le système presbytéral restait le « seul gouvernement » de l'Église d'Écosse[1]. L'anglicanisme écossais restait une Église épiscopale d'Écosse, séparée de l'État. Mais l'aspect « démocratique » de l'organisation presbytérienne – les « chefs de famille » de chaque paroisse élisent des laïcs chargés de l'administrer – fut diminué par un vote du nouveau Parlement de Grande-Bretagne. Il abolissait le droit d'élire les pasteurs et établissait, comme en Angleterre, le « patronage », où ce choix est attribué à la Couronne et à un certain nombre de riches propriétaires. Cette décision favorisa des schismes, comme celui, en 1733, d'Erskine, pasteur de Stirling, ou, en 1752, du pasteur Gillespie, qui avait refusé d'installer un pasteur dans une paroisse qui n'en voulait pas. Parfois, d'ailleurs, une escorte armée surveillait l'installation des nouveaux pasteurs pour prévenir tout trouble éventuel.

Avec le temps et le climat des dernières décennies du XVIIIe siècle, la question du patronage semblait être résolue. Cependant, en Écosse aussi, le courant évangélique progresse à partir du début du XIXe siècle, et il se trouve un chef énergique en la personne de Thomas Chalmers (1780-1847), un « modéré » qui – en 1810 – fait l'expérience de la conversion intérieure. Docteur en droit de l'université de Cambridge, membre correspondant de l'Institut de France, professeur de théologie à l'université d'Édimbourg, Chalmers s'intéresse alors avant tout à l'action sociale et défend encore dans les années 1830 le système de *Church and State* comme étant le meilleur moyen de faire agir le christianisme sur une nation entière. De chaque famille à chaque ville, les besoins reli-

1. Précision très importante, car le rétablissement de l'épiscopat en 1597 par Jacques Ier puis les tentatives de Charles Ier d'imposer l'anglicanisme constituèrent une des principales raisons de l'alliance des Écossais avec les puritains anglais lors de la « Grande Rébellion ».

gieux excèdent toujours l'offre et l'État doit intervenir, alors que sur le plan économique, il peut être, selon lui, non interventionniste, car un équilibre s'établit naturellement entre l'offre et la demande[1]. Cette argumentation tranche avec celle de nombreux non-conformistes qui, eux, sont libéraux en religion comme en économie et souhaitent – dans les deux domaines – que l'État laisse faire les initiatives privées « volontaires ». Cependant, au même moment, la question du patronage refait surface. L'assemblée générale de la *Kirk* se prononce en 1834 en faveur du droit de veto à accorder aux paroisses par rapport au pasteur désigné par le « patron ». Les évangéliques ont prôné cette décision au nom de l'indépendance de l'Église. À Auchterarder, Marnoch et d'autres lieux, les candidats soutenus par les « patrons » se voient refusés. La Cour de session de la Chambre des lords déclare alors illégal le droit de veto, ce qui radicalise le conflit : les évangéliques répliquent en effet en déniant à la Chambre – où siège, rappelons-le, l'épiscopat anglican – tout pouvoir ecclésiastique sur l'Église établie en Écosse (1842).

Au printemps 1843 se produit la « grande rupture » (*Disruption*) : plus du tiers de la *Kirk* quitte l'Église établie (454 de ses 1 195 pasteurs et environ 40 % de ses paroissiens). Est fondée une Église libre (*Free Church*) presbytérienne, dont Thomas Chalmers est élu « modérateur ». Cette Église, bien implantée dans les Highlands, où les petits paysans sont hostiles aux grands propriétaires, fait preuve très vite d'une grande vitalité. Elle arrive à payer convenablement ses pasteurs et fonde ses propres écoles, ses œuvres philanthropiques (et même missionnaires, puisqu'elle essaimera en Inde et dans les colonies britanniques d'Afrique). Dans la seconde moitié du XIXe siècle vont coexister trois Églises presbytériennes : l'Église établie, l'Église libre et l'Église presbytérienne unie, née de la fusion de deux dissidences du XVIIIe siècle, celle d'Erskine et celle de Gillespie. Les trois Églises ont la même confession de foi, celle de Westminster adoptée en 1647 lors de la « Grande Rébellion ».

1. Idées exposées dans un ensemble de six conférences sur « l'Établissement et l'extension des Églises nationales », prononcées à Londres en 1838.

Elles diffèrent essentiellement sur le problème des rapports avec l'État. La première Église défend l'Établissement. La deuxième ne lui est pas opposée en principe, mais le récuse pratiquement comme une atteinte à la liberté de l'Église. La troisième n'admet plus ce système et prône un régime de séparation.

En définitive, par l'ampleur de la dissidence comme par son retentissement, les événements de 1843 en Écosse constituent un nouvel ébranlement du système de *Church and State*, effectué selon une logique religieuse.

Une autre contestation : le mouvement d'Oxford

Ce conflit de dix ans se double, en Angleterre même, d'un autre ébranlement interne, d'une autre nature, engendré par les réformes constitutionnelles et l'hégémonie, au sein de l'Église d'Angleterre, de la *Low Church*, de tendance évangélique. À la modification de la composition religieuse du Parlement – dont il a déjà été question –, il faut ajouter la modification, au profit des laïcs, de l'ancien tribunal d'appel ecclésiastique en 1831 et surtout les propositions de réformes *whig* en Irlande de 1833. L'Église d'Irlande verrait huit de ses diocèses supprimés, la suspension des bénéfices non utilisés et la nomination d'une commission royale chargée de gérer ses biens et revenus. Justifiées par le fait que l'Église établie ne représente qu'environ 12 % de la population irlandaise, ces mesures font cependant craindre à certains un interventionnisme similaire en Angleterre. Déjà, on parle d'une refonte de la liturgie, afin de mieux correspondre à « l'esprit du temps », et de l'abolition de l'impôt ecclésiastique. À Oxford, un professeur de poésie auteur d'hymnes liturgiques appréciées, John Keble (1792-1866), prononce un sermon où les changements concernant l'Irlande sont qualifiés d'« apostasie nationale ».

La prédominance du courant évangélique avait amené, par réaction contre les tendances rationalisantes du XVIIIe siècle, une volonté de retour aux « doctrines de la Réforme » et un réveil religieux qui se prolongeait par des œuvres philanthropiques, éducatives et sociales. Mais dans les années 1830 il perd de son élan, ses principaux leaders vont mourir (Wilberforce en 1833) et sa piété très dépouillée – fidèle en cela à la tradition puritaine – ne correspond plus au sens de l'adoration et aux aspirations mystiques d'une nouvelle génération. Celle-ci veut retrouver une vision de l'Église qui l'enracine dans la longue durée. Par ailleurs, elle se montre inquiète de la montée, en Allemagne, d'un nouveau rationalisme. Edward Bouverie Pusey (1800-1882), professeur d'hébreu, introduit en Grande-Bretagne certaines méthodes de l'exégèse allemande, mais manifeste aussi sa crainte devant leur radicalisation. Avec quelques autres, dont Richard Froude (1803-1836) et John Henry Newman (1801-1890), Keble et Pusey décident d'en appeler à l'archevêque de Canterbury. Les deux adresses où ils développent leurs vues sont signées l'une par 7 000 *clergymen*, l'autre par 230 000 laïcs. Le « mouvement d'Oxford » (*Oxford Movement*, on parle aussi d'*Oxford Fathers*) est lancé.

De 1833 à 1841, rédigés notamment par Keble et Newman, une série de petites brochures sont publiées et deviennent célèbres sous le titre de « Traités pour notre temps » (*Tracts for the Times*), d'où le nom de « mouvement tractarien » qui est également donné au mouvement d'Oxford.

Ce mouvement renouvelle l'esprit *High Church* qui avait décliné sous le double effet du latitudinarisme et du courant évangélique. Il remet à l'honneur des croyances et des pratiques prônées par le groupe des théologiens « carolins » (*Caroline Divines*) comme William Laud (1573-1645) et Lancelot Andrewes (1555-1626), qui sous Charles Ier (et pour certains sous Charles II) s'étaient frontalement opposés aux puritains[1]. En particulier, ses membres mettent l'accent sur l'antiquité catholique de l'Église d'Angleterre, sur la succes-

1. Cependant, alors que, dès le sermon de Keble en juillet 1833, le mouvement d'Oxford prône l'autonomie de l'Église face aux empiétements de l'État, les théologiens carolins étaient les plus fervents défenseurs du pouvoir religieux du roi. Sur ce point, le contexte a structurellement changé : on est passé d'une monarchie se prétendant de droit divin à un régime constitutionnel où le Parlement n'a plus de composition religieuse uniforme. Certains *Oxford Fathers* voulaient revenir à la doctrine du droit divin royal, mais cette exigence était loin de faire l'unanimité dans le mouvement.

sion apostolique et les doctrines des Pères de l'Église des premiers siècles. S'ils rejettent l'absolutisme papal comme une déviation, ils éprouvent beaucoup de sympathie pour l'orthodoxie orientale et valorisent la beauté des offices religieux (leurs détracteurs suggéreront qu'ils ont le « culte de la beauté » – un jeu de mots sur *the beauty of worship*, la beauté du culte, et *the worship of beauty*) ; ils insistent sur l'aspect de « lieu saint » de l'église paroissiale, contre sa fonction de lieu de rassemblement. Face à l'insistance puritaine et évangélique sur la prédication de la parole, ils veulent remettre les sacrements – baptême, eucharistie, confession – au premier plan. Ils constituent en effet, selon Pusey, « l'unique canal par lequel la grâce divine pénètre dans l'âme du pécheur ; l'incrédulité nous en ravit la jouissance tandis que la foi nous en ouvre l'accès ».

Du mouvement d'Oxford au catholicisme

Dans un premier temps, le mouvement d'Oxford apparaît comme un nouveau « réveil », à l'instar des réveils méthodiste et anglican évangélique, même s'il prend une autre direction (Pickering, 1989, p. 18). Les doctrines et les pratiques qu'il prône ont été largement abandonnées sans jamais se trouver condamnées. L'insistance, dès 1834, de John Henry Newman[1] à affirmer que l'Église d'Angleterre représente une *via media* entre Rome et le protestantisme classique, incarnant ainsi la « vraie catholicité », peut choquer certains anglicans : pourtant, elle n'a rien, en soi, d'inacceptable dans le pluralisme interne auquel l'Église établie est depuis longtemps habituée. Mais Newman et certains de ses amis évoluent vers des thèses qui les éloignent des fondements théologiques de la Réforme. En particulier, ils estiment désormais que l'Écriture ne renferme que des « germes incomplets » et que la tradition de l'Église est nécessaire pour en fixer le sens. La publication des papiers et notes de Froude, mort en 1836, révèle un glissement vers une attitude de rupture : « Nous ne possédons plus du catholicisme primi-

1. Sur J. H. Newman, *cf.* notamment Chadwick, 1989.

tif que quelques miettes tombées de la table des apôtres », peut-on y lire. Pour Froude, mais il ne l'avait jamais dit publiquement, la Réforme a si maladroitement remis la « jambe cassée » que constituaient les dérives de l'Église de ce temps, qu'il est « nécessaire de la rompre de nouveau, pour procéder à la guérison suivant les règles de l'art ». C'est ce que cherche à faire Newman quand, en 1841, dans le Traité 90, il propose d'interpréter la plate-forme doctrinale de l'Église d'Angleterre, les Trente-Neuf Articles de 1571, à la lumière de la tradition catholique.

L'université d'Oxford – dont beaucoup de membres s'étaient montrés à l'origine favorables au mouvement – réagit alors et, dans une séance solennelle à laquelle tous les directeurs des facultés (*colleges*) assistent, désavoue les traités. L'évêque d'Oxford interdit la continuation de leur publication. Quelques *fellows* se convertissent alors au catholicisme et, en 1845, Newman lui-même se rend à Rome pour être reçu comme membre de la congrégation de l'Oratoire. Au total, environ 2 000 *clergymen* de l'Église d'Angleterre – dont le futur archevêque (1865) et cardinal (1875) Henry Edward Manning (1808-1892) – se convertissent au catholicisme entre 1841 et 1855 [1]. Cinq ans avant cette dernière date, une bulle pontificale rétablit la hiérarchie catholique en Grande-Bretagne, la divise en douze diocèses et nomme le cardinal Wiseman archevêque de Westminster (octobre 1850). En revanche, d'autres membres du mouvement d'Oxford – comme Pusey (d'où le nom de « puseyisme » donné parfois à cette tendance) – restent dans l'Église d'Angleterre et forment un courant « ritualiste » qui mène une controverse avec les évangéliques, notamment sur trois points : la conception de la Cène/eucharistie, la confession auriculaire, le cérémonial du culte.

1. Une des raisons de cette conversion au catholicisme est l'« affaire Gorham ». Il s'agit d'un pasteur évangélique nommé à une cure, dans le diocèse d'Exeter, par le ministre *whig* et refusé par l'évêque anglican, qui trouve hérétiques ses idées sur la régénération baptismale. Le Conseil privé confirme la nomination de Gorham. Pour Manning et ses amis, cela signifie que des laïcs ont le pas sur un évêque en matière d'acceptation d'une doctrine.

Le mouvement d'Oxford, la conversion d'une partie de ses membres, notamment de Newman, au catholicisme et le rétablissement de la hiérarchie catholique en Grande-Bretagne suscitèrent naturellement une vive opposition. Mais, outre qu'ils ont durablement rapproché le courant *High Church* d'un cryptocatholicisme, ces événements constituent une nouvelle et essentielle étape d'une intégration du catholicisme romain dans le paysage religieux britannique. Même si Pusey et ses amis affirmeront toujours leur loyalisme à l'égard de l'Église d'Angleterre (et il n'y a pas lieu de le mettre en doute), il est possible – *mutatis mutandis* – de comparer, pour mieux faire ressortir leur contraste, l'émergence du courant évangélique au tournant des XVIIIe et XIXe siècles, et sa pratique au milieu du XIXe siècle [1], avec le mouvement d'Oxford. Dans le premier cas, il y a, au-delà des différences de dénomination, un continuum de pratiques et de croyances qui va de l'Église établie – qu'il s'agisse de l'anglicanisme ou, en Écosse, du presbytérianisme – aux Églises non conformistes et présente un caractère nettement protestant. Dans le second, nous trouvons – à cause même de la scission interne du mouvement entre ceux qui restent et ceux qui partent – un continuum de pratiques et de croyances qui s'instaure entre une tendance de l'Église établie et un catholicisme romain dont le caractère intellectuel et anglais ne peut que changer l'image, même si un vif anticatholicisme populaire se nourrit, tout au cours du siècle, de problèmes sociaux liés à l'immigration irlandaise [2].

La parenté contrastée se complète quand on constate dans les deux mouvements un même refus de tendances rationalisantes. Le courant évangélique a combattu l'« affadisse-

1. Marquée, en août-septembre 1846, par la création à Londres de l'Alliance évangélique (*Evangelical Alliance*), organisation évangélique internationale regroupant des protestants de différentes dénominations (certains de ses participants la qualifièrent d'« œcuménique »). Il faut noter que l'idée d'une telle organisation est issue d'un comité écossais, suite à la *Disruption* de 1843.

2. Les immigrants catholiques irlandais constituent une main-d'œuvre à bon marché qui fait baisser les salaires. Cela entraîne des heurts entre protestants et catholiques, spécialement nombreux à Liverpool (Neal, 1988).

ment » de la foi dû, selon lui, au latitudinarisme et à l'esprit des Lumières, et voit un recours dans le retour – en fait imprégné par des conceptions du temps – aux fondamentaux de la Réforme protestante. Le mouvement d'Oxford comporte une dimension de lutte contre le rationalisme de type nouveau – amenant une critique exégétique des textes bibliques et donc de nouvelles interrogations sur ce qui fonde leur légitimité –, mais en rend responsable la Réforme protestante : dans ses papiers personnels, Froude accuse les réformateurs d'avoir « engendré l'esprit rationalistemoderne, qui n'est autre que le faux prophète de l'Apocalypse ».

Les laïcs, défenseurs de l'Établissement

Enfin, une des conséquences notables du mouvement d'Oxford, comme de la crise écossaise et de la *Disruption* de 1843, est l'affaiblissement du système de *Church and State*. Il faut noter que, dans les deux cas, l'Établissement en tant que tel n'est pas mis en cause, du moins dans son principe. On chercherait en vain l'expression d'un idéal laïcisateur. C'est au contraire parce qu'il se produit une certaine dislocation de la société de chrétienté, soit par progrès de l'« indifférence » religieuse (qui fait apparaître le patronage comme plus contestable qu'avant, quand les riches avaient plus conscience de leurs « devoirs chrétiens »), soit par respect de la liberté religieuse (fin de l'élection du Parlement sur une base religieuse, réforme de l'Église établie en Irlande, pour moins dominer la majorité catholique…), qu'advient une réaction interne au sein des Églises établies. Chacun à leur manière, les presbytériens qui fondent la *Free Church* ou les *Oxford Fathers* ne veulent plus de l'« érastianisme » – ou administration de l'Église par le prince chrétien, qui tient son autorité de Dieu – dès lors que le « Prince » (le pouvoir laïc, l'État) n'apparaît plus si chrétien que cela. En reprenant le sens anglais (utilisé, nous l'avons vu, notamment par Sykes) du terme « laïcisation », nous pouvons écrire que c'est parce que l'Établissement se « laïcise », ou radicalise sa « laïcisation » qu'il provoque des mouvements de refus. Ceux-ci vont dans des sens divergents mais aboutissent à des résultats analogues : une mise en cause religieuse de l'Établissement[1] (nous pourrions même reprendre l'expression de Max Weber : il s'agit d'une « virtuosité religieuse » qui conteste l'Église établie).

Cependant, plusieurs hommes politiques continuent alors de prendre au sérieux leur devoir d'administrer l'Église établie et d'estimer que le système de *Church and State* est toujours le meilleur moyen, à l'époque moderne, d'assurer le lien social. De 1836 à 1840, plusieurs lois cherchent à adapter le fonctionnement interne de l'Église établie aux évolutions du temps. Les dîmes sont transformées en une rente au capital rachetable, la pluralité d'offices et la non-résidence de certains *clergymen* dans leur paroisse sont fortement limitées. Le découpage de certains diocèses est réorganisé. Par exemple, « prend fin l'aberration pastorale constituée au siècle de l'industrialisation par la dimension gigantesque du diocèse de Chester, qui incluait tout le Lancashire, de grandes parties du Cumberland et du Westmoreland et le nord-ouest du Yorkshire » (Marx, 1978, p. 110). Une certaine redistribution des revenus entre les diocèses est également opérée. Par ailleurs, certains évêques admettent de plus en plus des concessions quand elles leur semblent aller dans le sens de l'égalité des droits et de la justice. Ainsi en 1854 (à Oxford) et en 1856 (à Cambridge), on permet à des non-anglicans d'obtenir des diplômes dans ces prestigieuses universités (dont la direction reste toutefois sous le contrôle de l'Église établie). Précédemment, une université sécularisée avait déjà été fondée à Londres (1828).

Le système d'Établissement est justifié par William Gladstone (1808-1898, un des principaux initiateurs de ces mesures) en 1838, dans son ouvrage *L'État dans ses rapports avec l'Église*. « Le plus grand devoir et le plus haut intérêt d'un corps politique, écrit-il, sont de se maintenir en étroits

1. Ce qui ne signifie pas l'absence de théories laïcisatrices au sens français du terme, notamment dans le courant utilitariste. Ainsi, en 1833, J. S. Mill publie le *Bien-fondé et erreur d'une interférence publique dans la propriété corporative et ecclésiastique*, où il prône une nationalisation des biens de l'Église établie par l'État et un usage civil de la richesse ainsi obtenue.

rapports de coopération avec l'Église du Christ. » En effet, selon lui, « on ne connaît aucun principe efficace de survie autre que la religion ; ni aucune autre religion permanente, sûre et authentique que celle de l'Église ». Et, en 1851, son nouvel ouvrage *Sur la fonction des laïcs dans l'Église* insistera sur le partage des responsabilités ecclésiales entre clercs et laïcs. L'Établissement mis en question religieusement est ainsi défendu politiquement : cela semble le contraire de la vision que nous avons spontanément de la situation française. Mais ce ne pourrait être le contraire que s'il s'agissait du même système. En fait, les grandes questions du temps sont très analogues d'un côté et de l'autre de la Manche, mais les deux logiques à la fois culturelles et politiques qui les prennent en charge sont structurellement divergentes.

Religion et culture médicale

Un exemple nous semble assez significatif de ces divergences entre Britanniques et Français : c'est celui de l'anesthésie, qui à bien des égards est une bonne illustration des deux manières d'établir les liens entre religion et culture au XIXe siècle. En 1847, on considère que la première anesthésie par chloroforme, pratiquée en Grande-Bretagne, bouleverse la médecine, le rapport à la douleur et les relations entre médecins et malades. Pour contrecarrer certaines attaques d'ordre religieux mais aussi parce que c'est sa culture, Simpson, médecin écossais et fils de pasteur méthodiste, qui introduit le chloroforme, trouve des justifications religieuses à l'anesthésie. Il n'hésite pas à faire de l'exégèse des textes bibliques et, se référant au texte qui dit que pour créer la femme Dieu endormit Adam afin de lui soustraire une côte, il fait de Dieu le premier anesthésiste. On cherche ainsi une légitimation religieuse à une innovation médicale.

Très vite, cette anesthésie est pratiquée sur des parturientes. Très rapidement aussi des voix religieuses, issues de la *Church of England*, s'élèvent, arguant du verset biblique : « Tu accoucheras dans la douleur » (Youngson, 1979, p. 100-102). Le même Simpson, le premier à pratiquer ces formes anciennes de péridurale, rétorque en faisant une relecture de ce texte : la coupure se fait à l'intérieur du champ religieux, en opposant des *dissenters* à l'Église anglicane. Simpson se réfère au texte hébreu et affirme que le terme traduit généralement par « douleur » signifie en fait « efforts » : l'anesthésie, si elle atténue la douleur, n'empêche pas la femme de faire des efforts. Les détracteurs se font de plus en plus rares, et Victoria, chef de l'Église établie ne l'oublions pas, accouchera en 1853 sous anesthésie d'un nouvel enfant, malgré le regard encore parfois réprobateur de certains, une désapprobation présente dans l'opinion publique puisque *The Lancet* déclare, en mai 1853 : « L'administration du chloroforme ne peut en aucun cas se justifier pour un travail parfaitement normal » (Guillaume, 1990, p. 38). Néanmoins, on peut considérer que peu à peu les objections religieuses s'atténuent ; la plupart des médecins adoptent un compromis et déclarent n'avoir recours au chloroforme que dans des cas de douleur extrême, ce qui, pour eux, constitue d'ailleurs un devoir du médecin, soucieux d'épargner des souffrances inutiles à son patient.

En France, l'attitude à l'égard de l'anesthésie diffère : elle est peu à peu admise en chirurgie, seulement dans la dernière partie du XIXe siècle. Les oppositions religieuses sont le fait de catholiques radicaux, tandis que d'autres relativisent. Cependant, en cas d'agonie, le médecin ne doit pas user d'anesthésique, afin de laisser au mourant sa lucidité et lui permettre de recevoir l'extrême-onction. En matière d'obstétrique, l'Église catholique française reste attachée à l'accouchement dans la douleur, et les médecins ne pratiquent guère, à l'exception de ceux qui travaillent à l'hôpital Cochin, la méthode du « chloroforme à la reine » (par allusion à Victoria).

L'anesthésie est donc loin de faire l'unanimité[1]. En 1853, dans *De l'emploi du chloroforme*, Yvonneau déplore ce mépris de la douleur féminine et les effets néfastes que peut avoir un accouchement dans la douleur. Mais, en 1870, dans l'article « Anesthésie obstétricale » du *Dictionnaire encyclopédique des sciences médicales* de Dechambre, après avoir noté l'opposition à l'anesthésie obstétricale, Pajot écrit : « Nous ne conseillons pas d'employer le chloroforme dans

1. Les citations qui suivent sont extraites de Guillaume, 1990, p. 39.

les accouchements naturels. » Pourtant, tentant de relativiser les positions radicales de certains catholiques, Surbled invoque l'*Ecclésiaste* et son verset : « le médecin apaisera tes douleurs » ; il est beaucoup moins nuancé dans son ouvrage *La Morale dans ses rapports avec la médecine et l'hygiène* (1900), où il affirme que « les anesthésiques n'ont pas leur application au travail ordinaire de la femme en couches et doivent être interdits ». Les romanciers se font également les témoins de telles positions, et Zola, dans *La Joie de vivre* (1883) fait dire à une matrone irritée par une famille inquiète devant les souffrances de la parturiente et demandant l'anesthésie : « J'accouche bien deux cents femmes par an, murmurait-elle. Est-ce qu'elles ont besoin de ça pour se tirer d'affaire ?... Elles souffrent, tout le monde souffre » (cité par Léonard, 1986, p. 309). Ainsi, l'accueil fait à l'anesthésie apparaît comme une charnière entre les deux conceptions anglaise et française des liens entre médecine et religion.

Sport et « christianisme musculaire »

La religion, en Angleterre, s'implique dans le soin du corps et elle prend notamment une part importante dans le souci de la santé par le sport. Clercs et laïcs protestants s'investissent dans le sport scolaire, *physical education*, comme on ne va pas tarder à le nommer, antidote au développement des « maladies » que sont, selon eux, l'alcoolisme et l'homosexualité dans les *public schools* et *colleges*. Cet enseignement secondaire et supérieur, réservé d'abord aux enfants de la grande bourgeoisie et de l'aristocratie s'ouvre alors à d'autres couches sociales [1].

Le sport est d'abord inclus dans le cursus comme une activité libre et volontaire, acculturant des jeux de la sub-culture étudiante. C'est ainsi que le pasteur Thomas Arnold (1795-1842), de tendance latitudinarienne, conçoit les choses quand, en 1828, il prend la direction du collège de Rugby, où

1. Les différents exemples que nous allons donner concernant le rôle du protestantisme anglais dans le développement du sport moderne proviennent de Cl. Hurtebize, 1993.

il va former toute une génération de pasteurs et de professeurs sportifs. Les décennies suivantes éloignent le sport de son rôle de distraction pour en faire plus systématiquement une occasion de maîtrise technique de son corps. On recherche la performance, on établit des règles, comme par exemple celles du rugby par le pasteur Ellis, professeur à Rugby puis à Oxford, en 1842. Le sport est aussi une activité où l'on se dépense, loin des tentations « immorales » : « Je veux que tous participent, tombent au lit le soir et dorment sans même rêver », déclare un autre pasteur professeur. Et un troisième ajoute : « Plus il y a de sport, moins il y a de vice. » Il doit aussi développer l'esprit de *fair play* au sein même de l'effort et de la compétition, comme le pense l'évêque anglican de St. Andrews, Woodworth, qui crée, en 1856, la célèbre course d'aviron sur la Tamise entre les universités d'Oxford et de Cambridge.

Le sport devient progressivement une matière importante des programmes du second degré et de l'université, ce que conteste aussi bien l'écrivain Matthew Arnold (fils de Thomas) que Newman, qui estime que c'est la qualité de l'âme qui détermine l'état de santé et que la priorité doit rester à une éducation humaniste et littéraire. Pourtant, en 1859, Benson, directeur du collège de Wellington et futur archevêque de Canterbury, en fait une matière d'enseignement obligatoire. Cette création rencontre les attentes de couches montantes de la société, sensibles à la précision des règles et de l'évaluation et aux possibilités d'excellence fondées sur la capacité et non l'héritage ou la naissance. Charles Kingsley, pasteur chrétien social et sportif assidu, crée l'expression à succès de « christianisme musculaire ». Mais quand le sport se diffusera dans les classes populaires par le moyen des *Sunday schools* et des œuvres évangéliques, les étudiants bourgeois se replieront parfois sur le cricket et l'aviron, et au sein de la pratique du rugby se produira une sorte de scission entre rugby à quinze, étudiant et bourgeois, et rugby à treize, ouvrier et professionnel. Les disputes religieuses n'épargneront pas non plus l'activité sportive, et les équipes catholiques d'immigrés irlandais catholiques s'opposeront, à Glasgow par exemple, aux équipes protestantes presbytériennes. Il n'en reste pas moins que le sport est, comme le souligne Claude Hurtebize (1993, p. 402), un exemple frappant « d'action sécularisatrice du protestantisme », de « sécularisation du rapport au corps », bien « difficile à percevoir », aussi bien « pour ceux qui sont dans le camp de la laïcité que pour ceux qui se situent dans la tradition catholique », du fait de la vision française « ethnocentrée du religieux ».

CHAPITRE IV

La France : premier seuil de laïcisation et conflit des deux France

Le décentrement qui s'est avéré nécessaire pour comprendre l'univers socioculturel britannique – et son équilibre en tension entre une culture des droits de l'individu et un système de *Church and State* – va nous servir pour examiner la situation française, « notre » XIXe siècle, tellement familier que c'en devient un obstacle à une attitude d'extériorité, dimension indispensable d'une connaissance d'ordre scientifique. La spécificité historique de la construction de la laïcité « à la française » peut ainsi revêtir plus de relief, même si – nous l'avons indiqué dès notre premier chapitre – les interférences n'ont pas été négligeables.

Précisons d'emblée qu'un problème identique a taraudé les XIXe siècles britannique et français : concilier une culture de la liberté individuelle, des droits de l'individu – avec ses conséquences de plus en plus exigeantes au cours du siècle – et la nécessité de faire société, d'avoir un élément moral (et même, au sens large du terme, « spirituel ») dans le « vivre-ensemble ». Les modifications structurelles du lien religion-politique se sont effectuées, au Royaume-Uni, dans une continuité de régime, dans la stabilité d'une monarchie constitutionnelle qui a notablement évolué de l'intérieur. En France, de 1800 à 1914, de la Ire à la IIIe République, se succèdent sept régimes politiques différents. Entre 1804 et 1870, nous en trouvons cinq, d'une durée de vie moyenne de treize ans et quelques mois.

La « question religieuse » constitue un élément important de cette instabilité politique ; elle apparaît comme un enjeu culturel majeur de société parce qu'elle induit deux représentations divergentes de l'État-nation en France. Et ces deux représentations types, que beaucoup chercheront à concilier, mettent en jeu moins la valeur intrinsèque de la religion (encore que pendant la seconde moitié du XIXe ce problème sera socialement posé) que l'espace social qu'elle peut « légitimement » occuper. Notre thèse est la suivante : contrairement au Royaume-Uni, en France, dès le début du XIXe siècle, l'espace social légitime de la religion est restreint. C'est le premier seuil de laïcisation. Le second, qui se construit de 1879 à 1908, marque l'établissement (dans un sens proche du terme anglais d'*Establishment*) de la laïcité française. Contrairement à ce que l'on croit souvent, il ne s'agit pas d'expulser la religion de l'espace social (même si l'on réduit encore son champ), mais d'y refuser sa présence institutionnelle, ce qui est, nous le verrons, autre chose. Cela implique la possibilité pour la religion de faire acte de présence d'une nouvelle manière dans l'espace social. C'est pourquoi, d'ailleurs, l'Église catholique peut estimer aujourd'hui que la séparation des Églises et de l'État est un régime qui est loin de lui être défavorable[1].

Un nouveau climat culturel et politique

Cela est le résultat de tout un cheminement historique dont il nous faut reprendre le cours. En effet, au tournant du XVIIIe et du XIXe siècle, quand est élu un nouveau pape, Pie VII (en mars 1800, quatre mois après le coup d'État qui instaure le Consulat), la situation politico-religieuse française est extrêmement complexe. Suite au coup d'État « républicain » de septembre 1797, les mesures d'apaisement prises lors de la Convention thermidorienne et du début du Directoire ont été abolies. En certains endroits, une persécution politico-religieuse a repris, y compris dans des territoires occupés comme la Belgique, annexée en 1796, qui n'a donc pas connu les bouleversements de l'an II et voit ses prêtres déportés. Le pape Pie VI lui-même est mort le 29 août 1799, prisonnier des Français. Mais à l'aube du XIXe siècle, la

1. *Cf.* Dagens, 1999, p. 20.

France comme l'Église catholique sont aux mains d'hommes nouveaux. Bonaparte sait qu'il ne stabilisera pas politiquement la France sans résoudre la question religieuse. Quand les armées françaises avançaient en 1797 dans la péninsule Italienne, le nouveau pape était resté dans le diocèse d'Imola dont il était l'évêque, « prêchant à ses fidèles que démocratie et Évangile n'avaient rien d'incompatibles » (Cousin *et al.*, 1989, p. 258).

Le climat culturel a changé : c'est manifeste avec la publication des écrits d'un Chateaubriand par exemple. En 1802, au moment même où le Concordat aura force de loi, le *Génie du christianisme* traduira un changement d'optique fondamental face à Voltaire : la culture religieuse semble avoir encore de beaux jours devant elle. Chateaubriand y explique que la religion catholique crée de la civilisation et que le Moyen Âge n'est pas cette période d'obscurantisme dénoncée par les progressistes. L'auteur proclame que « la religion chrétienne est la plus favorable à la liberté, aux arts et aux lettres », et il précise que la religion obéit aux rythmes de la nature. Il redonne légitimité aux croyances populaires : « Quand le peuple croit entendre la voix des morts dans les vents, quand il parle des fantômes de la nuit, quand il va en pèlerinage pour le soulagement de ses maux », il met en « relations touchantes [...] quelques scènes naturelles, quelques dogmes sacrés, et la misère de nos cœurs ». Dans *Atala* (1801), le même Chateaubriand annonce la victoire prochaine du romantisme, contre les philosophes des Lumières. En cette première moitié de XIXe siècle, l'Église catholique en France se mobilise contre le romantisme. Sous la Restauration, un débat se fait jour sur l'aspect « protestant » du romantisme. Pourtant, ce romantisme se revendique, dès les origines du mouvement, comme profondément chrétien et catholique[1].

En juin 1800, Bonaparte propose un accord et, effectivement, un peu plus d'un an plus tard, le 15 juillet 1801, est signée la convention qui sera connue sous le nom de Concor-

1. Sur le romantisme, on peut consulter Cholvy (2001), plus particulièrement le chapitre XIII : « Face aux défis intellectuels », p. 159-170.

dat. Mais celle-ci ne devient loi de la République que par le vote définitif des Assemblées (Tribunat et Corps législatif) d'un ensemble qui, outre le Concordat, comporte des Articles organiques, rajoutés par Bonaparte, et des Articles parallèles organisant deux cultes protestants (le culte luthérien et le culte réformé).

La victoire religieuse du catholicisme romain

Globalement, le bras de fer qui aboutit au Concordat et l'ajout des Articles organiques – non reconnus officiellement par Rome mais acceptés de fait – créent une situation nouvelle qui avalise le double résultat des bouleversements révolutionnaires : la victoire religieuse du catholicisme romain et la victoire politique, sociale et culturelle de la Révolution française.

La victoire religieuse du catholicisme romain est due aux contradictions de la politique religieuse révolutionnaire. La Révolution a voulu promouvoir une Église catholique gallicane – poussant à l'extrême la logique du gallicanisme de l'Ancien Régime. Elle a créé une sorte d'Église de France, pratiquement indépendante de Rome, dont l'organisation interne – avec les conséquences ecclésiologiques qui en découlaient – était calquée sur l'ordre politique nouveau. Le pouvoir religieux que la Constituante s'attribua – justifié par les propos significatifs de Talleyrand : « L'Église est l'assemblée des fidèles » et donc, dans un pays catholique, pas « autre chose que la Nation », dont les Constituants sont les représentants légitimes – et le système d'élection, identique à celui des élections politiques et civiles, impliquent une tentative d'établir une Église gallicane laïcocéphale. Cette tentative apparaît analogue – en tenant compte de la différence profonde de logique politique – à l'entreprise qui avait abouti, un peu plus de deux siècles plus tôt, à la constitution de l'Église d'Angleterre. Mais, d'une part, le contexte de la fin du XVIIIe siècle est bien différent de celui du XVIe siècle et, d'autre part, une chose est d'agir ainsi quand on fait partie d'un système monarchique séculaire, légitime de par la tradition et bénéficiant en conséquence d'un enracinement historique et d'une intériorisation culturelle par le peuple, autre chose est de réussir une tentative analogue quand on prône un ordre nouveau, dont la légitimité est charismatique et aléatoire, et qui n'a à son actif ni épaisseur historique ni intériorisation de la part du peuple.

L'instrumentalisation par le politique est donc de nature différente [1], et l'Église de la Constitution civile du clergé est, dès le départ, compromise politiquement, comme le prouve le refus de serment de la quasi-totalité des évêques et de la moitié du clergé. Mais rapidement cette Église se trouve abandonnée par la Révolution qui l'avait créée. D'abord par une mesure qui se situe dans une logique de laïcisation (et constitue même l'acte fondamental et durable de laïcisation effectué par la Révolution) : le transfert aux municipalités de l'état civil et l'instauration d'un mariage civil (20 septembre 1792). Le clergé constitutionnel se trouve ainsi privé de ce qui lui donnait un caractère officiel (légitime) et un moyen d'action auprès des populations ; d'autre part, cette mesure choque une bonne partie du clergé autant qu'elle choque le clergé réfractaire. Pour l'abbé Grégoire, devenu évêque constitutionnel de Blois, et beaucoup de ses amis, « le peuple souverain à la place d'un roi, soit !... mais cela ne change rien au fait qu'il est impensable que la loi soit athée, qu'on puisse disjoindre le chrétien du citoyen » (Plongeron, 1984, p. 108). Ensuite, dans la tourmente de l'an II, se produit la suppression de fait du salaire de l'État, qui était pourtant une compensation de la nationalisation des biens ecclésiastiques [2]. Suppression de fait qui devient légale en septembre 1794 et que compléta la séparation de l'Église (constitutionnelle) et de l'État en février 1795.

1. *A fortiori*, cela est valable pour la différence entre le gallicanisme de la Constitution civile du clergé et le gallicanisme de l'Ancien Régime (français), où les liens de l'Église gallicane et de Rome étaient nettement moins distendus.

2. En novembre 1789, quand la banqueroute menaçait, les députés décrétèrent que « tous les biens ecclésiastiques sont à la disposition de la Nation, à la charge [pour elle] de pourvoir d'une manière convenable aux frais de culte, à l'entretien de ses ministres et au soulagement des pauvres ». La mesure avait été, en général, bien accueillie par le bas clergé, auquel on promettait une amélioration de sa condition.

Le retour à une certaine liberté des cultes (limitée par l'interdiction des cérémonies extérieures et du port du costume ecclésiastique en dehors des célébrations) reste ambigu puisqu'une loi de mai 1795 prévoyait le partage de l'église en cas de concurrence entre plusieurs cultes : à Notre-Dame de Paris s'effectua un partage de l'espace sacré entre catholicisme et théophilanthropie ; ailleurs, le même édifice servait le dimanche à la célébration de la messe et le décadi aux cérémonies décadaires. Cela ne pouvait qu'ancrer certains dans la conviction que le culte réfractaire – et sa plus ou moins grande clandestinité – constituait le seul culte catholique authentique. De plus, en juillet 1798, les *Annales du clergé*, organe de l'Église gallicane (et constitutionnelle), sont interdites. Certes, cette Église ne renonce pas : au moment même où le Concordat est signé, elle est en train de tenir son second (et dernier) concile national. Mais ce qui pouvait lui donner sens, la conciliation de la Révolution et du catholicisme, n'est plus de mise depuis longtemps.

L'Église gallicane est donc trop affaiblie pour que Bonaparte, qui n'a pas de sympathie particulière à son égard, lui donne une nouvelle chance. Tout au plus peut-elle servir d'instrument annexe dans la négociation et ses résultats. L'émissaire principal est Étienne Bernier, prêtre réfractaire, rallié de la première heure qui a œuvré pour la pacification de sa Vendée natale (janvier 1800), mais d'Hauterive, ami de Grégoire, est associé aux pourparlers. Et Bonaparte lui-même prend la plume quand il l'estime nécessaire. Il est clair, cependant, que l'Église catholique est rétablie dans son unité, ce qui implique la disparition de l'Église gallicane ex-constitutionnelle. Mais si la reconstruction du catholicisme s'effectue principalement à partir de l'Église réfractaire, le pape doit imposer une démission collective aux évêques qui lui sont restés fidèles ; l'Église reconstruite incorporera une partie des anciens « constitutionnels ». Aspect gallican : Bonaparte et ses successeurs nommeront les évêques, et le pape leur conférera l'institution canonique. Le pape redessinera les contours des diocèses, en accord avec le gouvernement. Évêques et curés prêteront un serment de fidélité audit gouvernement (et non plus à la Constitution, ce qui signifie qu'un loyalisme de fait est demandé, non un accord sur les principes). Au total, si des éléments de gallicanisme perdurent, le rôle de la papauté est retrouvé, et même en partie renforcé. D'ailleurs, le fait même d'avoir négocié directement avec le pape et ses émissaires italiens est significatif. Les deux épiscopats opposés ont été laissés de côté. Sans doute cette procédure était-elle la seule possible pour parvenir à un accord. Mais sur le plan religieux, Rome peut estimer l'avoir emporté pour l'essentiel.

La victoire politique et culturelle de la Révolution

À condition cependant de donner au terme de « religieux » une signification restrictive qui nous est familière mais n'avait rien d'évident à l'époque. Elle spécifie en effet un champ religieux distinct non seulement du politique mais aussi du social et du culturel. Sur tous ces plans, la Révolution a charrié avec elle des bouleversements plus ou moins irréversibles. Le pape se trouve obligé d'admettre ce point, ce qui va mécontenter certains évêques, prêtres et laïcs catholiques. C'est le schisme de la « Petite Église » (peu important en France, il touche surtout des évêques émigrés, donc sans troupes). Le Concordat implique de la part de Rome la reconnaissance du régime républicain. En 1801, on est toujours en république ! Plus pour très longtemps, certes, mais le caractère irréversible de la cassure révolutionnaire, à un niveau politico-juridique, se marquera par le Code civil des Français (1804).

Elle se marque aussi, dès le Concordat, par l'acceptation de la vente des biens nationaux : « Ni sa Sainteté, ni ses successeurs ne troubleront les acquéreurs des biens ecclésiastiques aliénés. » Cela s'effectue sans la contrepartie demandée d'une dotation en biens-fonds. La puissance économique et l'indépendance de l'Église catholique restent ainsi sapées à leur base[1]. Comme au début de la Révolution, évêques et curés recevront un traitement de l'État… ce qui est gage de loyalisme. On sait que les évêques, sous le Concordat, seront

1. Si le gouvernement met à disposition des évêques les églises non vendues, l'Église catholique n'en est pas propriétaire. Nous retrouverons ce problème au moment de la séparation des Églises et de l'État.

parfois officieusement qualifiés de « préfets violets ». Que, par ailleurs, cette réussite révolutionnaire (vente des biens nationaux, jointe à la suppression des droits féodaux) ait attiré durablement l'investissement vers des biens fonciers au détriment du commerce et de l'industrie, et fait peser d'un poids très lourd le monde rural dans la France du XIXe siècle, est une autre histoire. Nous le mentionnons seulement pour rappeler qu'un Royaume-Uni industriel, maritime et commercial va supplanter une France agricole et continentale.

Le talent de Bonaparte consiste à réutiliser à sa manière deux des trois bouleversements culturels charriés par la Révolution et que cette dernière n'avait pas su maîtriser. En effet, le changement radical induit plusieurs possibles. La Révolution en avait exploré trois voies différentes : la pluralisation religieuse, la laïcisation, la création d'une religion à sa mesure. Bonaparte reprend et stabilise des éléments des deux premières voies et, pour l'essentiel, laisse de côté la troisième, même si, devenu empereur et en conflit avec le pape, il fait mine de pouvoir y puiser.

La pluralisation religieuse

La pluralisation religieuse était induite par la Constitution de 1791, qui reconnaît explicitement la liberté des cultes. Mais outre qu'une voie divergente (celle de la Constitution civile du clergé) était déjà également suivie, sa réussite aurait supposé d'arriver à penser la place des corps intermédiaires dans les nouveaux principes politiques adoptés. Or ces principes ne leur donnaient pas de rôle, la Nation se trouvant, en théorie, uniquement composée d'individus « libres et égaux en droits ». En fait, nous l'avons vu à propos des juifs (Graetz, 1989, p. 48 *sq.*), et la Constitution civile du clergé en est une autre preuve, on reste de façon dominante dans un cadre culturel où le collectif est perçu de façon organique. Pratiquer les principes énoncés est alors culturellement impossible.

À sa manière – autoritaire –, Bonaparte va consacrer le pluralisme. Il apparaît déjà virtuellement dans le refus d'attribuer au catholicisme un statut de religion nationale ou officielle. Le Concordat s'en tient au constat « la religion catholique est la religion de la grande majorité des Français », malgré les protestations du pape et de ses émissaires[1]. Dès 1802, les « Articles organiques des cultes protestants » sont inclus dans la loi du 10 germinal qui ratifie le Concordat. Dans ses dispositions générales, il est précisé : « Il sera pourvu au traitement des pasteurs des églises consistoriales. » D'autres dispositions spécifient l'organisation des Églises réformées et des Églises de la Confession d'Augsbourg (= luthériennes) (Robert, 1961, p. 78-83).

Ce pluralisme se trouve complété par la réunion, en 1807, de « l'Assemblée des israélites de France et du royaume d'Italie » (plus connue sous le nom d'Assemblée des notables) et la convocation d'un Sanhédrin – institution disparue depuis plus d'un millénaire. Les questions posées montrent que l'État reste dans la perspective de la « régénération » des juifs qu'avait prônée, entre autres, l'abbé Grégoire : « Aux yeux des juifs, les Français sont-ils leurs frères ou sont-ils des étrangers ? », « Les juifs nés en France et traités par la loi comme des citoyens regardent-ils la France comme leur patrie ? », « Est-il des professions que la loi des juifs leur défend ? ». Assemblée et Sanhédrin effectuent la distinction entre des « dispositions religieuses » immuables et des « dispositions politiques » (et civiles) plus conjoncturelles, ils affirment l'antériorité et la supériorité du mariage et du divorce selon la loi de l'État par rapport au mariage et à la répudiation selon la loi mosaïque, la possibilité du prêt à intérêt entre toutes personnes, la condamnation de l'usure. En mars 1808, un décret organise le « culte israélite » de façon assez analogue aux cultes protestants (sans cependant payer les rabbins). Un autre décret prend parallèlement des mesures d'exception pour dix ans (on l'appellera parfois le « décret infâme ») pour limiter et contrôler les activités économiques des juifs (Schwarzfuchs, 1989).

1. Un élément – un reste ? – d'officialité est cependant concédé : les consuls de la République font « profession particulière » de catholicisme.

La laïcisation de la citoyenneté

La laïcisation reprise par Bonaparte est essentiellement celle, fondamentale, liée à la création d'un état civil laïque et du mariage civil en 1792. Les catholiques partisans du clergé réfractaire ne faisaient plus alors enregistrer les naissances, mariages et décès. Alors que le clergé constitutionnel tenait l'état civil, ils recevaient les sacrements de baptême, de mariage et d'extrême-onction, de « leurs » prêtres. Déjà prônée par une minorité, la laïcisation de l'état civil apparut une bien meilleure réponse qu'une quelconque reconnaissance des actes effectués par le clergé réfractaire (20 septembre 1792). De même, Louis XVI, cinq ans plus tôt, avait accordé un état civil aux protestants réformés plutôt que de reconnaître leurs pasteurs[1]. Ainsi émergeait une pratique entièrement laïque de la citoyenneté. Ce changement considérable ne pouvait s'effectuer sans heurts, c'est pourquoi on peut qualifier cette laïcisation de laïcisation frontale. Nous avons vu qu'une partie importante du clergé constitutionnel ne pouvait l'accepter, d'autant moins que la création du mariage civil s'accompagnait du divorce, que le mariage religieux lui-même devenait problématique (par interdiction de tenir des registres) et qu'une autre loi autorisait le mariage des prêtres (Garaud, Szramkiewicz, 1978).

Dans le court terme, le remplacement des curés par des officiers d'état civil, dans une situation de crise, avait induit une augmentation des inexactitudes et des omissions. Dans certaines régions, et pas seulement en Vendée, le mariage civil n'était pas pratiqué. La stabilisation d'un état civil laïque et du mariage civil par le Code civil des Français est donc, au-delà des quelques adoucissements opérés, « une consolidation de l'œuvre révolutionnaire » (Carbonnier, 1981, p. 1009). Ces adoucissements rendent la laïcisation moins frontale : la liberté du mariage religieux n'est pas limi-

1. L'édit de tolérance de 1787, en créant un état civil laïque pour les « non-catholiques » par refus du pluralisme (qui aurait consisté à faire enregistrer par les pasteurs leurs actes religieux), a introduit en France un premier élément de laïcisation.

tée, mais le Code pénal de 1810 punit tout ministre d'un culte qui aurait procédé à une cérémonie religieuse sans s'être assuré d'un mariage civil préalable ; des circulaires aux officiers d'état civil leur enjoignent de ne plus célébrer de mariages civils de prêtres. Nonobstant, le principe même du mariage civil reste et restera très longtemps un sujet de conflit avec le clergé catholique (Baubérot, 1997, p. 85-89).

Le Code civil insiste sur l'« obéissance » que la femme doit à son mari et sur les incapacités civiles de la femme mariée. De même, le divorce est moins favorable aux femmes que lors de la Révolution. Mais ce qui frappe, c'est son maintien. Portalis, à la fois conseiller de Napoléon Bonaparte pour les affaires religieuses et un des principaux rédacteurs du Code civil, le justifie par le pluralisme religieux et l'autorisation du divorce dans certains cultes (chez les protestants par exemple). Il rappelle que si la législation permet le divorce, elle « laisse à la conscience [son] usage ». Autrement dit : rien n'empêche les catholiques de s'en abstenir. Et Jean Gaudemet (1987, p. 400) commente : « C'était avancer une argumentation que l'on retrouvera beaucoup plus tard à propos de la loi sur l'avortement. » On ne peut mieux souligner l'aspect laïcisateur de cette perspective : une dissociation entre la norme légale et la norme religieuse, et le choix d'utiliser les possibilités de l'une ou d'obéir à l'autre est laissé à l'individu citoyen.

Commencé dès le début de la Révolution et mené à bien grâce à Napoléon Bonaparte et à ses conseillers, le Code civil des Français fixe, rappelons-le, les nouvelles règles juridiques fondamentales qui régissent, pour l'État, les rapports sociaux. Or, sur d'autres points aussi, le Code civil contredit le droit canon. Ainsi, le prêt à intérêt, prohibé par ce dernier, est explicitement licite[1]. D'une manière générale, le Code civil se montre muet sur la religion, indiquant ainsi que le fondement juridique de l'État est laïque (Carbonnier, 1986). Dans les rangs catholiques, il est qualifié de « loi athée », ce qui signifie à l'époque qu'il s'agit d'un Code d'où Dieu est

1. Exemple d'acclimatation sécularisante : l'Église catholique va progressivement faire tomber en désuétude les interdictions canoniques concernant le prêt à intérêt.

absent, où il n'existe pas – pourrait-on dire – de système de *Church and State*.

Légitimation religieuse du politique

La recherche, par la Révolution, d'une religion à sa mesure (Lemaire, 1989) est d'abord marquée par la tentative de la Constitution civile du clergé, puis par les différentes sortes de cultes révolutionnaires – de la déesse Raison de l'an II aux cérémonies officielles décadaires du Directoire en passant par la célébration robespierriste de l'Être suprême. Ce souci de trouver une légitimation religieuse, objet de croyances et de rituels, du politique est sans doute ce qui, dans la Révolution française – on pourrait écrire les révolutions françaises successives – a paradoxalement le plus de continuité avec l'ordre ancien. Mais, outre le bouleversement du contenu des croyances et le fait qu'on invente difficilement une religion par décret, l'attitude de la Révolution face à « ses » religions ne pouvait être qu'ambivalente. Elle avait besoin de leurs spécificités et de leurs effervescences, mais voulait en même temps les canaliser, les instrumentaliser, les réduire. Nous l'avons signalé : il est toujours potentiellement dangereux pour le politique de se légitimer grâce à une source « transcendante ». Certes, elle est là pour l'attester, mais, ressource spécifique de sens, elle peut aussi toujours contester ses accélérations ou ses freinages, ses virages et ses zigzags. Pratiques politiques et convictions ritualisées n'obéissent pas forcément à la même logique. Et cela n'est pas valable uniquement pour les religions constituées, comme le montre l'histoire du Grand Orient de France entre 1799 et 1870[1].

La solution de Bonaparte, Concordat et pluralisme de cultes reconnus, tourne le dos à cette religiosité révolutionnaire

1. *Cf.* A. Combes (2000) qui montre bien qu'à chaque changement de régime les dirigeants du Grand Orient de France ont effectué les inflexions nécessaires (même s'ils se situaient de façon plus ou moins proche), mais que, lors de régimes divers, une partie de la maçonnerie devint vite un foyer oppositionnel.

dont l'effervescence de l'an II avait effrayé Robespierre lui-même et dont l'échec du décadi montre les limites dès lors que l'on tente de la codifier. Cependant, ni le Premier Consul ni, *a fortiori*, l'Empereur, ne veut se passer de légitimité religieuse. Le 2 décembre 1804, Pie VII confère au nouveau César onctions et bénédictions rituelles… et quitte l'autel avant le serment constitutionnel, où il est explicitement question de la « liberté des cultes ». En 1806, un Catéchisme catholique unique « à l'usage de toutes les Églises de l'Empire français », enseigne : « Nous devons à Napoléon Ier notre Empereur, l'amour, le respect, l'obéissance, la fidélité, le service militaire, les tributs ordonnés pour la conservation, la défense de l'Empire et de son trône ; nous lui devons encore des prières ferventes pour son salut et pour la prospérité spirituelle et temporelle de l'État. »

À partir de 1808, le conflit s'amorce entre Napoléon et Pie VII. Il devient explicite en mai 1809, quand est décrétée la réunion à l'Empire de la totalité des États pontificaux. Pie VII réplique avec la bulle *Quum memoranda*, excommuniant « tous ceux » qui seraient coupables de la violation du patrimoine de Saint-Pierre. De nouveau, un pape est prisonnier des Français, alors que Napoléon fait annuler son mariage avec Joséphine et se remarie religieusement avec l'archiduchesse Marie-Louise. Le concile national de juin-juillet 1811 est un échec. Napoléon songe alors à une réunion du christianisme sous son égide. Il vante à l'abbé de Quelen « l'organisation politique et religieuse de l'Angleterre et de la Russie, où les deux pouvoirs [sont] réunis main dans la main, et [déclare] que son intention [est] de rompre avec Rome et de se mettre, lui aussi, à la tête d'une Église nationale ». Mais Quelen refuse d'organiser cette Église, et les velléités de l'Empereur ne vont pas plus loin (Plongeron, s.d., p. 125).

Consolidation de la rupture révolutionnaire

Beaucoup plus importants et durables, les Articles organiques concernant le culte catholique sont présentés, en 1802, comme des décrets d'application du Concordat. En fait, ils reprennent l'héritage gallican et instaurent un contrôle du clergé et des évêques par voie administrative (par le ministère des Cultes) et judiciaire (par le Conseil d'État). Ils codifient les rapports des évêques et de Rome – en cherchant à éloigner le pape du fonctionnement de l'Église catholique en France et en interdisant des réunions collectives d'évêques sans autorisation préalable. Plus encore qu'auparavant, le gallicanisme va revêtir un aspect policier.

En définitive, Napoléon Bonaparte a certes mis fin à la séparation de 1795, que les allers et retours de la politique religieuse du Directoire avaient déjà vidée de sa possible signification d'accès à la liberté religieuse par la laïcisation. Mais en rendant définitive la perte des biens ecclésiastiques, du statut de religion nationale et de la possession de l'état civil, Napoléon Bonaparte consolide dans la longue durée des éléments clés de la rupture révolutionnaire. Mutation capitale : « Sous l'Ancien Régime, l'État reconnaissait la divinité de l'Église catholique ; avec le Concordat, l'État ne se prononce pas sur la vérité du catholicisme mais [le] prend comme un fait [...] ayant une utilité sociale. À l'union dogmatique succède une union administrative, financière et de police générale » (Leniaud, 1988, p. 17). La différence avec le Royaume-Uni et le système de *Church and State* est frappante. Elle confirme[1] qu'il est scientifiquement légitime de qualifier de premier seuil de laïcisation non seulement le « Concordat napoléonien de 1801 », mais la situation française dans son ensemble, en contraste avec le système britannique.

Au Royaume-Uni, à la même époque, biens ecclésiastiques, religion nationale et état civil sont aux mains de l'Église établie. Mais la dissemblance ne s'arrête pas là. La rupture révolutionnaire et sa reprise autoritaire par Napoléon Bonaparte sont plus globales.

1. *Versus* H. Pena-Ruiz, 1999, p. 228.

L'autonomisation conflictuelle de la médecine

Cette rupture et sa reprise concernent aussi la délimitation de champs institutionnels distincts concernant la dimension symbolique du social. L'institution religieuse était jusqu'alors une institution englobante et elle exerçait sa domination sur les espérances plausibles non seulement en matière de salut, mais aussi en matière de santé et d'instruction. La Révolution change la donne. En ce qui concerne la santé, « partout en France, la Première République installe des médecins, des hospices, des hôpitaux militaires, des orphelinats, des écoles de médecine, [...] dans les couvents, les églises, les séminaires nationalisés. Le corps médical, signe des temps, accapare les dépouilles du corps clérical » (Léonard, 1981, p. 17). Ce changement s'effectue dans un contexte de liberté de l'art de guérir : tout citoyen muni d'une patente peut soigner ses semblables. La loi du 19 ventôse an XI (10 mars 1803) délimite les contours d'une institution médicale à qui échoit le monopole de la gestion légitime de la santé... et des espoirs qui y sont attachés (qui vont aller grandissants au cours du siècle) : tous les « médecins » doivent être diplômés et faire enregistrer leurs titres. Les départements dresseront des listes officielles de praticiens autorisés, et ceux qui n'y figurent pas seront considérés alors comme des guérisseurs illicites. Certes, nous allons immédiatement le voir, le projet mettra du temps à se réaliser. Il n'empêche : un demi-siècle avant le Royaume-Uni (avec le *Medical Act* de 1858) – pourtant plus en avance que la France dans le passage d'une médication « empirique » à une technicisation servie par des savoirs d'ordre scientifique – la notion d'exercice illégal de la médecine est instituée.

Cette disposition est lourde de conflits potentiels avec l'Église catholique, qui ne va pas se laisser déposséder sans réagir de son rôle sanitaire traditionnel. Certains de ses membres, ecclésiastiques et plus encore religieuses utilisant des médicaments dont les médecins veulent leur interdire l'usage, se situent au premier rang des concurrents illégaux du corps médical. Et ce corps, même lorsque ses membres sont catholiques, va jouer un rôle très actif dans le changement de la perception culturelle dominante de la maladie et de la mort. Ainsi, cette dernière sera davantage considérée comme la fin de la vie et de moins en moins comme le passage à l'« au-delà »[1].

Le XIXe siècle français est celui de la sécularisation-laïcisation de la médecine. Sous l'Ancien Régime, le médecin est sous la coupe de l'Église catholique : par exemple, il doit veiller à ce que le malade (la famille ou lui-même) appelle le curé quand l'heure de la mort approche, pour que le malade reçoive l'extrême-onction. S'il omet de le faire et que le malade meurt sans extrême-onction, le médecin est passible d'une amende de 500 livres. S'il récidive, on lui retire son diplôme de médecin. Le salut dans l'au-delà est considéré comme plus important et plus assuré que la guérison.

Le discours médical a tendance à considérer la première moitié du XIXe siècle comme celle de l'obscurantisme où la science médicale ne peut s'imposer face aux « charlatans » et à l'emprise du religieux, auxquels se soumet une population réfractaire aux progrès. Or, il faut relativiser cette image quelque peu idéologique[2] et comprendre que cette première moitié du XIXe siècle annonce la médicalisation ébauchée par la IIIe République. Certes, jusqu'au milieu du siècle, on attend des prêtres, outre qu'ils apportent le réconfort de l'âme, qu'ils aient également le souci du corps.

La loi du 10 mars 1803 institue le titre de docteur et désigne deux catégories de médecins : les docteurs titulaires d'un doctorat et les officiers de santé, qui doivent avoir réussi trois examens. Et, dans ce début de XIXe siècle de plus en plus soucieux de « la naissance et de la santé des futurs laboureurs, soldats, citoyens et mères de famille » (Léonard, 1981,

1. On peut, dans une perspective anthropologique, postuler la coexistence, à des degrés variables, de ces deux perceptions chez le même individu : de façon immémoriale, on sait qu'empiriquement la mort est la fin de la vie, et les sociologues constatent que le déclin de la pratique religieuse ne signifie pas pour autant la disparition de la croyance en un « au-delà » possible. Mais, suivant le contexte socioculturel, une perception apparaît plus convenue, on pourrait presque écrire, culturellement plus officielle, qu'une autre.

2. C'est du moins ce qu'affirme O. Faure dans un ouvrage fort stimulant (Faure, 1993).

p. 59), le médecin devient peu à peu un expert auquel on s'adresse pour les expertises judiciaires. Les Codes civil, pénal, d'instruction criminelle fixent le montant de leurs vacations. Pour autant, la légitimité sociale de ces médecins laïcs n'est pas encore totalement acquise. On en veut pour preuve la concurrence des guérisseurs illégaux (rebouteux, « charlatans », magiciennes...), mais surtout les prétentions de l'Église catholique en matière curative et l'invocation du pouvoir thaumaturgique de Jésus-Christ et des saints. De plus, l'enthousiasme laïque de l'après-Révolution étant passé, les religieuses reviennent en force à l'hôpital, sous les règnes de Louis XVIII et Charles X. À cet égard, il faut rappeler que si ce personnel religieux remporte la faveur des autorités, c'est aussi parce qu'il coûte moins cher que le personnel laïc et qu'il est plus docile.

À cette conjoncture politique favorable à une alliance du Trône et de l'Autel, il faut ajouter des fléaux contre lesquels la médecine semble impuissante et qui encouragent les manifestations religieuses. C'est notamment le cas de l'épidémie de choléra de 1832, qui emporte Casimir Perier, patient de Broussais : devant l'impuissance du corps médical, le clergé peut reprendre du terrain. Les médecins ne peuvent alors pas « empêcher les rassemblements prescrits par le clergé, les prières publiques, les processions expiatoires et les retraites qui tentent d'exorciser la malédiction suprême, au mépris de l'hygiène et de la prudence » (Léonard, 1981, p. 106). La tuberculose, enfin, porte un rude coup à la médecine. Les fumigations de sapin ou les pastilles de guimauve, remèdes utilisés à l'époque, ne peuvent endiguer cette maladie.

Religion, soin et guérison

La culture médicale, si elle se laïcise, est encore empreinte de religiosité. Religion, soin et guérison font bon ménage : dans la première moitié du XIXe siècle, les congrégations religieuses féminines sont en pleine expansion, comme le montrent les travaux de Claude Langlois (1984 et 1991). Les religieuses qui soignent appartiennent de plus en plus à des « congrégations à supérieure générale ». Elles sont présentes à l'hôpital, s'opposant ainsi à la laïcisation de cet établissement ; elles se font également les championnes du soin à domicile, tandis qu'elles ouvrent des établissements pour les vieillards et les handicapés. « Le milieu du XIXe siècle apparaît ainsi comme l'âge d'or des "cornettes blanches" » (Guillaume, 1990, p. 23).

À propos du rôle de ces femmes, il est intéressant de noter que, comme dans le cas britannique, la religion peut être synonyme, dans une mesure toute relative, d'émancipation féminine. Claude Langlois a ainsi montré que le poids grandissant des femmes dans la population cléricale, et notamment dans l'enseignement primaire, où les sœurs des congrégations féminines dirigent de nombreuses écoles, a permis une certaine émancipation de ces dernières. Alors que le Code civil maintient la femme dans une infériorité légale, le catholicisme, en lui proposant des responsabilités religieuses en matière d'éducation, de soins et de sociabilité, l'aide à s'émanciper. Du même coup, « dans le sillage de la sécularisation du champ politique et social, la religion (le catholicisme, en fait), a été rejetée vers le domaine du privé, celui justement où la société entend aussi, mais d'une autre manière, confiner la femme » (Langlois, 1991, p. 305). Comme le précise ensuite l'historien, cela n'est pas sans conséquences sur la morale matrimoniale. La limitation des naissances, perceptible en France dès le lendemain de la Révolution, caractérise la France du XIXe siècle. La méthode contraceptive la plus courante est le *« coitus interruptus »* que les théologiens appellent onanisme conjugal et qui est condamné par l'Église catholique. Mais dans le siècle une morale moins rigoriste triomphe avec Alphonse de Liguori, béatifié en 1816, canonisé en 1839, docteur de l'Église en 1871. Le « liguorisme » explique que la coopération de la femme au « crime d'Onan » ne peut lui être imputée si elle demeure dans le cadre normal de l'accomplissement du devoir conjugal. Debreyne, médecin et trappiste, reprend ces idées : la féminisation du corps religieux et la mobilisation féminine dans les combats religieux conduisent les dirigeants à faire attention à ne pas s'aliéner la femme. Et Langlois de conclure que les « bonnes sœurs […] traceront les voies difficiles d'une autre émancipation » (Langlois, 1991, p. 307).

La concurrence entre Église catholique et médecine laïque se perçoit également au travers de l'existence des deux écoles dont se réclament les médecins dans la première moitié du XIXe siècle, celle de Paris et celle de Montpellier (Guillaume, 1990, p. 31-34). À Montpellier, on se fait les ardents défenseurs du vitalisme. Cette théorie, élaborée par un Prussien, Stahl (1660-1734), identifie le principe de vie à l'« âme » ; elle est reprise dans l'université du Sud par Barthez, qui professe que, « pour que l'homme se livre à cette espèce d'enchantement, il faut une religion qui subjugue à la fois toutes les puissances de son âme, en y réveillant des dispositions naturelles, qu'une fausse et dangereuse philosophie s'efforce continuellement de détruire » (Barthez, *Discours sur le génie d'Hippocrate*, 1801). L'école de Paris, pour sa part, est l'héritière de Descartes et Leibniz. Elle est donc défendue par Cabanis et plus tard par Broussais. Ce même Cabanis qui écrit : « La médecine rend encore un service essentiel [...]. Elle tend directement à dissiper tous les fantômes qui fascinent et tourmentent les imaginations [...]. Elle étouffe dans leur germe beaucoup d'erreurs qui ne sont dues qu'à des habitudes toutes contraires : elle détruit tout particulièrement toutes celles qui se trouvent liées à des absurdités physiques ; c'est-à-dire presque toutes les croyances superstitieuses » (Cabanis, *Du degré de certitude de la médecine*, 1798). En fait, ce que revendique l'école de Paris, « c'est l'autonomie intellectuelle de la médecine vis-à-vis de la métaphysique » (Guillaume, 1990, p. 33). Ainsi, au vitalisme de l'Église s'oppose le « matérialisme » de l'école de Paris.

Mais en cette première moitié du XIXe siècle, l'Église catholique ne se sent pas forcément menacée dans ses prérogatives thérapeutiques, et elle s'oppose à toute innovation médicale : on condamne ainsi la césarienne (sauf *post mortem*, pour pouvoir baptiser l'enfant) et l'avortement thérapeutique.

Une autre autonomisation conflictuelle : l'Université

L'éducation scolarisée va constituer un autre champ institutionnel. En Grande-Bretagne, à quinze ans, on passe de l'école au collège qui, nous l'avons vu, pendant toute la première moitié du siècle à Oxford et à Cambridge, ne prépare aux diplômes que les anglicans et est intégré au système de l'Établissement. En France, après la liquidation des collèges de jésuites (1762-1764), la Révolution marque une rupture également dans ce domaine : interdiction des congrégations enseignantes (août 1792), projets éducatifs séparant la morale et la religion (Condorcet) ou se situant dans une perspective plus ou moins rousseauiste de religion civile. Surtout, la Révolution rêve d'une « école généralisée », « elle investit sur l'école son propre avenir », lui donnant la dimension d'un « enjeu central dans un affrontement politique et culturel [...]. L'école devient la figure centrale des pouvoirs illimités de la société sur le bonheur de l'individu : sous l'Ancien Régime, elle avait pour charge de former des chrétiens, sous le nouveau, elle devra faire des hommes libres et heureux » (Furet et Ozouf, 1977, t. I, p. 97). Napoléon Bonaparte va prendre ses distances avec l'utopie de la société-école pour créer l'école comme une institution spécialisée de la société, avec ce que la loi de 1806 appelle le « corps enseignant ». Mais il va rester l'idée que l'école joue un rôle fondamental dans la constitution de la nation elle-même et, dans le « conflit des deux France », cette croyance sera largement commune aux deux camps.

Sous le nom d'« Université », l'institution scolaire va se structurer de 1802 à 1808. L'enseignement secondaire domine. En France, il va jusqu'à dix-huit ans et prépare à des études supérieures spécialisées, voire, en sciences et en lettres, tient souvent lieu d'enseignement supérieur. Dans un ouvrage classique, Antoine Prost (1968, p. 23-26) indique les trois grandes caractéristiques de sa « fondation napoléonienne » : d'abord, la « coexistence d'un enseignement public et d'un enseignement privé » (qui, à la différence du Directoire, n'est pas libre mais nécessite une autorisation du gouvernement au départ et, subséquemment, le contrôle du préfet), ensuite « la constitution de l'enseignement public en une corporation laïque, l'Université » (instaurée par la loi du 10 mai 1806), enfin « l'assujettissement, sous des formes variables et plus ou moins rigoureuses, de l'enseignement privé à l'Université » (elle exerce un monopole, en fait une tutelle, sur les établissements particuliers).

Théoriquement, l'Université contrôle aussi les écoles primaires dont le Consulat a remis la charge aux communes. Faute de moyens, elles constituent un terrain privilégié de réinvestissement des congrégations : Frères des écoles chrétiennes (autorisés en 1810) et surtout congrégations féminines. Quant à l'instituteur laïc, il continue d'apparaître souvent comme une sorte de prolongement du curé (il est chantre à l'Église, joue le rôle de sacristain). Cela n'ira pas sans tension au fur et à mesure qu'il prendra conscience de son rôle social et culturel et que, par ailleurs, la préoccupation de l'éducation du peuple – et non pas seulement des élites – par l'école gagnera (en France comme outre-Manche) en importance. En effet, c'est moins l'âge qui distingue le secondaire du primaire que le type de public auquel il s'adresse et, en conséquence, le type d'enseignement qui y est donné.

Loi laïque et morale religieuse

Le développement de la médecine et de l'école contribue à restreindre la représentation de ce qui relève légitimement de la religion. Mais cette dernière reste une des principales institutions de la société. Les « cultes » – selon l'expression de l'époque – « disposent d'un ministre, d'une administration, d'un budget » ; quand, à partir de 1824, ils seront jumelés avec un autre ministère, ils ne tarderont pas, avec la « direction des Cultes », à disposer d'une administration largement autonome (Langlois, 1991, p. 116 *sq.*). Ils sont considérés comme une sorte de service public. La religion répond alors à des besoins de croyances et de rituels socialement reconnus, et aucune partie du territoire français ne doit être privée de « nourriture spirituelle », selon l'expression qu'utilisera, au milieu du siècle, le conseiller d'État Vivien. Mais la religion est également considérée comme la source de la morale, qui constitue une dimension essentielle du vivre-ensemble. Sur ce point, nous trouvons un consensus entre mentalité dominante britannique et mentalité dominante française. Mais – *dissensus* –, en France la loi est devenue agnostique et l'équilibre français, recherché au XIXe siècle, consiste précisément dans la complémentarité entre une loi laïcisée et une morale religieuse.

Portalis, à la fois un des principaux rédacteurs du Code civil et conseiller puis ministre des Cultes, explique pourquoi, en demandant au Corps législatif de ratifier le système des cultes reconnus, incluant le Concordat (Baubérot, 1990, p. 34-44). La loi, indique-t-il, réprime crimes et délits sans s'immiscer dans les relations interpersonnelles, où pourtant des actions nuisibles (soit pour autrui, soit pour la société) peuvent être commises. La religion, elle, exerce un rôle préventif et plus complet que la loi : « Nous voyons les crimes que la religion n'empêche pas, mais voyons-nous ceux qu'elle arrête ? Pouvons-nous scruter les consciences et y voir tous les noirs projets que la religion y étouffe et toutes les salutaires pensées qu'elle y fait naître ? » Voilà pour le rôle préventif. Et ce rôle est plus complet, car « les lois ne règlent que certaines actions ; la religion les embrasse toutes. Les lois n'arrêtent que le bras ; la religion règle le cœur. Les lois ne sont relatives qu'au citoyen ; la religion s'empare de l'homme ». Les « institutions religieuses » permettent de lier « la morale à des rites, à des cérémonies, à des pratiques qui en deviennent l'appui ». Tout au long du XIXe siècle, une telle argumentation constituera la justification socialement la plus convaincante du système des « cultes reconnus ». On ne la trouve pas seulement sous la plume de défenseurs du catholicisme, certains laïcisateurs eux-mêmes se demanderont si, en affranchissant totalement l'école de la religion (par exemple), on ne risque pas, fondamentalement, d'atteindre la morale.

Un premier seuil de laïcisation

Examinée dans sa différence avec ce qui prévalait avant 1789 et le système existant alors dans des pays qui n'ont pas subi l'influence française – le Royaume-Uni en est le meilleur exemple –, la situation française type peut être évaluée à l'aide d'un instrument de mesure qui en donne un portrait-robot, le premier seuil de laïcisation[1]. Il est marqué par

1. Cet instrument de mesure s'apparente à l'« idéal-type » dont les règles ont été fixées par Max Weber (*cf.* notamment 1965, p. 127). Il est construit à partir de données empiriques mais, comme un portrait-

trois grandes caractéristiques (qui rassemblent ce que nous venons d'évoquer) à partir du cadre général d'un État qui ne prétend plus s'occuper du « salut » de ses citoyens mais uniquement de leurs intérêts terrestres et s'estime, en conséquence, incompétent pour officialiser une « vérité religieuse ». Ces trois caractéristiques sont :

Une fragmentation institutionnelle où la religion ne se trouve plus socialement porteuse d'un sens qui concernerait tous les aspects de la vie. Des institutions qui, avant 1789, devaient tenir compte de ses normes, ou se situaient sous son influence, se structurent, se développent, s'autonomisent dans le cadre de l'État-nation. Ces institutions produisent des perceptions culturelles indépendantes du religieux. Elles vont aussi, progressivement, engendrer de nouveaux clercs (médecins, enseignants…), aptes à encadrer les populations, à donner sens aux conduites sociales.

Une reconnaissance de légitimité sociale qui s'inscrit dans le cadre de la fragmentation institutionnelle. La religion reste une des grandes institutions de la société. Elle répond à des « besoins religieux » que l'État prend en compte et assure ainsi une sorte de service public reconnu, protégé, mais aussi contrôlé par l'État. Elle est considérée comme la source de la morale qui permet un vivre-ensemble pacifique : si la loi est agnostique, la morale doit avoir un fondement religieux.

Le pluralisme des cultes reconnus. Le service cultuel et la socialisation morale opérés par la religion s'effectuent de façon plurielle. Le catholicisme, « religion de la grande majorité des Français », doit partager la reconnaissance de légitimité politique et sociale avec des minorités religieuses : les protestantismes luthérien et réformé, le judaïsme. L'« indifférence » en matière de religion peut être tolérée tant qu'elle n'apparaît pas socialement nuisible[1].

---

robot, dresse une silhouette, un schéma général de la situation, et non une description empiriquement réelle. Il n'est pas non plus substantialiste (il ne prétend pas saisir une « essence » des choses). Il se veut enfin non englobant (il « typifie » la situation d'un certain point de vue et ne la saisit pas dans sa globalité).

1. Problème « français » : la Révolution a donné culturellement une certaine légitimité au refus des religions constituées. Si la religion doit

L'impossible consensus culturel

Ce portrait-robot indique une logique dominante sur une assez longue durée. Cette logique ne changera structurellement qu'à partir des années 1880. Elle n'implique nullement une situation statique, figée, au contraire. D'abord parce qu'au début du XIXe siècle, nous l'avons vu, certains aspects de ces caractéristiques existent potentiellement, mais sont loin d'être entièrement réalisés. Ensuite et surtout parce que cette logique tente de conjuguer ensemble des éléments qui étaient apparus, sous la Révolution, irréconciliables. Elle suppose une compatibilité effective de la loi (post-révolutionnaire) et de la religion (essentiellement la religion catholique, puisqu'elle est celle de la « grande majorité »). Cela suppose la création d'un nouveau consensus culturel et mental au sein des élites dirigeantes, une véritable réconciliation entre deux France, que Portalis qualifie lui-même de « France libre » et de « France catholique » et dont il estime que l'opposition s'est avérée ruineuse pour le pays. Mais le respect d'un tel équilibre, imposé par le politique plus que réalisé par un consensus culturel, est lié à une volonté politique et à un pouvoir fort. En effet, cet équilibre va être l'objet de luttes où chacun tentera d'infléchir à son profit – ou même de supprimer – telle ou telle caractéristique du premier seuil. Ce sera le « conflit des deux France ».

Comme le système de *Church and State* au Royaume-Uni, le premier seuil de laïcisation est un système d'emprise sur les populations, emprise à la fois culturelle et politique. Correspond-il aux aspirations de la « grande majorité » des Français, à la façon dont ils vivent leur insertion dans un

---

« s'emparer de l'homme » pour le moraliser, celui-ci a-t-il le droit de vivre en dehors de la religion ? La réponse de Portalis est double : moralement non, légalement oui. Il justifie ce paradoxe en affirmant que les « indifférents » en matière religieuse seront quand même imprégnés par l'influence morale de la religion sur leur environnement social. Cela montre bien que, dans un tel système, si, à la différence de l'Établissement, il peut exister une égalité formelle entre des religions, le « croyant » et l'« athée » ne peuvent pas disposer de droits égaux.

contexte collectif ? La réponse, on s'en doute, devrait être plurielle et tenir le plus grand compte des diversités régionales – la situation en Vendée et en Bretagne n'est pas la même qu'en Provence, dans le Limousin ou les Cévennes. Cette réponse devrait aussi être spécifiée dans le temps. L'entreprise dépasse les limites de cet ouvrage.

Détachement silencieux et pluralisme formel

Il est cependant possible de donner deux indications globales, dont l'une est favorable à une possible intériorisation de la logique du premier seuil et l'autre, au contraire, constitue un handicap. La première concerne les comportements d'ensemble tels qu'ils se révèlent pendant la Révolution et se prolongent ensuite : « Les Français paraissent avoir offert un double visage aux événements : prêts à renoncer à certaines préoccupations de l'Église [catholique] certes, mais non point au culte lui-même » (Cousin *et al.*, 1989, p. 207). Nous avons déjà vu l'échec de ce qui est improprement qualifié de « déchristianisation ». Indiquons maintenant, rapidement, un exemple facilement compréhensible d'éloignement durable d'une prescription du catholicisme : la chute rapide de la natalité. Elle passe de 37 ‰ dans les années 1780 à 34,5 ‰ en 1792 et 31,8 ‰ en 1806. À partir de 1830, elle descend au-dessous de la barre des 30 ‰ (29,5 ‰ en 1831, 28 ‰ dix ans plus tard et 25 ‰ en 1846). Dès la Restauration, les missions intérieures catholiques dénoncent les « funestes pratiques » de l'amour « à semence perdue » – sans succès constatable. Au contraire, malgré les injonctions de Thomas Malthus, le taux de natalité britannique, qui est de 37 ‰ en 1800 culmine à 42 ‰ en 1820, pour revenir vers 35 ‰ entre 1830 et 1880. La baisse précoce de la démographie en France constitue un indice de détachement à l'égard de certaines normes religieuses. Globalement, les Français du XIXe siècle veulent pouvoir bénéficier des « secours de la religion » sans forcément lui obéir. Cela peut correspondre aux éléments de proximité et de distance contenus dans la logique du premier seuil.

Un autre élément global handicape, en revanche, les chances

de réussite de ce système. Le pluralisme des « cultes reconnus » a été instauré dans une France qui comprenait Genève, capitale symbolique de la réforme calviniste, et la rive gauche du Rhin, où vivent des minorités protestantes importantes. Le maintien d'éléments de laïcisation a été justifié, nous l'avons vu, par le respect de ce pluralisme. Mais, à partir de 1814, les frontières de la France coïncident pratiquement avec celles de 1789. Le premier recensement qui demande aux Français de mentionner leur religion date de 1851. Sur près de 35,8 millions de personnes, on compte, en arrondissant les chiffres, 34,9 millions de catholiques, 750 000 protestants, 75 000 israélites et 3 500 « sans culte ». Quinze ans plus tard – moment de pluralisme quantitatif maximal, car ensuite la France « perdra » l'Alsace-Lorraine, où les minorités protestante et juive sont consistantes –, sur un peu plus de 38 millions d'habitants, les catholiques sont 37,1 millions, les protestants 850 000, les israélites 90 000 et les « sans culte » 23 000. Les minorités religieuses sont en fait des « micro-minorités » – moins de 3 % au total –, et pratiquement personne n'ose se dire sans religion (Poulat, 1986, p. 46).

Le pluralisme apparaît alors imposé politiquement à un pays monocolore sur le plan religieux, et la hiérarchie catholique estime, sauf en quelques endroits, représenter l'ensemble de la population. Impression légitime au vu des statistiques, trompeuse si nous tenons compte de la volonté d'être dans la relation de proximité et de distance dont il vient d'être question. La défense du pluralisme permet en fait de protéger la possibilité de relations différenciées au catholicisme, d'en tirer les bénéfices que l'on en souhaite sans être sous sa coupe quand on ne le veut pas. Par ailleurs, le pluralisme religieux constitue un enjeu symbolique et culturel essentiel. Pour des catholiques militants, il doit simplement s'agir d'une amélioration de la tolérance accordée à la fin du règne de Louis XVI : on n'inquiète pas les « non-catholiques » à condition qu'ils se fassent discrets[1]. Pour tous ceux qui se réfèrent, de différentes manières, aux idéaux de la Révolu-

1. Et bien sûr, on reprochera aux protestants de se montrer, au contraire, menaçants envers les catholiques et de faire le jeu de l'Angleterre (Sacquin, 1998, p. 328 *sq.*).

tion, la reconnaissance du pluralisme constitue un symbole important des changements structurels et irréversibles consécutifs à 1789. Ainsi Michelet, qui n'aime pas Luther et sa doctrine de la grâce, édifie une histoire légendaire des protestants réformés, « premiers républicains » de France. C'est pourquoi, en dépit de sa très faible réalité statistique, le pluralisme religieux de la France du XIXe siècle est une réalité culturelle et politique importante, ce que peine à comprendre encore aujourd'hui une certaine historiographie trop sensible peut-être à l'empirisme brut.

La Restauration, « athéisme d'État » ?

Cet empirisme manifeste cependant parfois l'ampleur des tensions politico-religieuses. La Terreur blanche de l'été 1815 prend cette dimension dans le Midi : le peuple catholique s'attaque à la bourgeoisie protestante, provoquant près d'une centaine de morts et quelques incendies de temples qui, amplifiés, entraînent des démarches de non-conformistes britanniques auprès de leur gouvernement pour que ce dernier protège les protestants français. Elles restent sans suite. D'ailleurs, la Terreur blanche est rapidement maîtrisée, et le régime monarchique restauré se situe dans la continuité, puisque la Charte affirme : « Chacun professe sa religion avec une égale liberté et obtient pour son culte la même protection » (article V), et elle confirme le traitement, par le Trésor public, des pasteurs protestants (article VII). Mais entre les deux articles une déclaration semble restaurer l'ancienne logique de catholicité : « Cependant, la religion catholique, apostolique et romaine est la religion de l'État » (article VI).

Les ultras ne tardent pas à en déduire qu'il faut restituer au clergé catholique la tenue de l'état civil et abolir le mariage civil. La tentative n'aboutit qu'à l'interdiction du divorce, en mai 1816. La logique d'ensemble n'est donc pas atteinte, mais, sur ce point important, la légalité perd son autonomie par rapport à la morale de la religion dominante[1]. L'année

1. On peut dire que cela fait prévaloir la seconde caractéristique du premier seuil de laïcisation (la socialisation morale assurée par la

suivante, un nouveau concordat est signé (juin 1817). Il déclare que le serment de fidélité demandé aux ecclésiastiques n'est « relatif qu'à l'ordre civil » et projette de supprimer des Articles organiques ce qui apparaît « contraire à la doctrine et aux lois de l'Église ». Mais la Chambre n'est plus la « Chambre introuvable » ; pour faire adopter ce texte, le projet de loi réaffirme les « libertés de l'Église gallicane », ce qui, après tout, peut aussi être dans la continuité de l'Ancien Régime. Il précise que le nouveau concordat ne pourra déroger « au droit public garanti par la Charte […] et aux lois concernant l'administration des cultes non catholiques ». Le pape estime alors le projet inacceptable et le gouvernement le retire. On en reste donc à la situation antérieure. Simplement, le nombre d'évêques va notablement augmenter (de 50 à 80). Enfin, après une ordonnance royale interdisant le travail du dimanche, une nouvelle ordonnance fait obligation de décorer l'extérieur des maisons lors du passage du Saint Sacrement, le jour de la Fête-Dieu. Un protestant refuse cependant d'obtempérer et gagne en Cour de cassation.

À cette occasion, le plaidoyer de l'avocat, le catholique libéral Odilon Barrot, se fonde sur le système juridique mis en place par la Révolution et confirmé par l'article 260 du Code pénal de 1810, qui interdit de contraindre quiconque à la pratique d'un culte reconnu. Et il ajoute : « J'entends déjà certains hommes s'écrier : la loi est donc athée ? Oui, elle l'est, et doit l'être, si vous entendez par là que la loi, qui n'existe que pour contraindre, doit être étrangère à la croyance religieuse. » L'abbé de La Mennais (1782-1854) proteste. Mais il avait déjà dénoncé – malgré l'article VI de la Charte – un « athéisme d'État » dans son *Essai sur l'indifférence en matière de religion* (1817). Selon lui, puisque « toute doctrine influe en bien ou en mal sur la société », l'État ne doit pas laisser à chacun la possibilité de choisir entre des doctrines qui la sapent (protestantisme, déisme…) et celle

---

religion et le pouvoir social que cela implique) sur la troisième (le pluralisme religieux), puisque c'est au nom de ce pluralisme que le maintien du divorce avait été justifié par Portalis. Mais en fait cet élément de laïcisation intéresse des catholiques qui se situent à distance de leur Église et qui s'uniront à des membres de minorités religieuses pour réclamer le rétablissement du divorce.

qui la conforte, la vraie religion catholique. Il y a orgueil et péril à magnifier toute raison particulière qui ne se fonde pas sur la certitude émanant de « l'autorité de la raison générale », c'est-à-dire, en dernier ressort, sur « l'autorité divine exprimée par le magistère de l'Église ». Dans cette défense d'une vérité d'État, religieuse et civile, on retrouve des accents analogues à ceux des défenseurs britanniques de l'Établissement lors de l'émancipation catholique de 1829.

La Restauration : le catholicisme, vérité d'État ?

Sous Louis XVIII, ce programme n'est en rien réalisé et, si le premier seuil a subi une certaine inflexion cléricale, l'affirmation constitutionnelle du catholicisme comme « religion de l'État » n'a pas abouti, hors l'interdiction du divorce, à des changements notables. C'est pourquoi l'arrivée sur le trône de Charles X, sacré à Reims, remet en selle l'offensive cléricale. Mgr Frayssinous, symboliquement ministre de l'Instruction publique et des Affaires ecclésiastiques (pour la première fois, il y a un ministre chargé de l'éducation) cherche à ce que l'Université favorise la « catholicisation » de la jeunesse.

En avril 1825 – en même temps que l'indemnisation des émigrés – est votée la loi « sur le sacrilège ». Elle punit de réclusion les vols commis dans les églises, temples et synagogues, et de la peine de mort la profanation des hosties consacrées. Cette dernière disposition, relative à une croyance non admise par les autres cultes (la transsubstantiation), s'applique donc uniquement à la « religion de l'État ». L'enjeu est clair : sans sortir juridiquement du cadre des cultes reconnus, on cherche à y échapper symboliquement en imposant comme vérité légale une doctrine catholique. Cela permettrait de bien distinguer la « religion catholique » des autres cultes. C'est pourquoi l'important est la loi elle-même, et non pas son application : ses défenseurs disent eux-mêmes qu'ils ne comptent guère l'appliquer. Cette loi soulève de nombreuses protestations, dont celle du catholique janséniste Royer-Collard. Selon lui, la religion se trouve protégée par l'État car, « rendant les hommes meilleurs, elle concourt puissamment à l'ordre, à la paix et au bonheur des sociétés ». Mais la « vérité n'y entre pas » et le clergé a cessé « de présider à la vie civile » de la société. Ainsi, face aux attaques dont il est l'objet, la logique du premier seuil de laïcisation s'explicite.

Ces attaques sont complétées par la multiplication de missions intérieures catholiques, qui mobilisent des prêtres et des religieux pendant plusieurs semaines dans un endroit donné et se terminent, la plupart du temps, par la plantation solennelle d'une « croix de mission » en présence des corps constitués et de l'armée. Cette reprise d'une pratique courante de l'Ancien Régime s'accompagne des cérémonies de repentance et de pénitence pour les « crimes » commis sous la Révolution (Kroen, 1998). On ramène à la pratique de la communion une génération qui n'a pas été forcément socialisée dans le catholicisme – dont les progrès ont été lents sous l'Empire. On marie religieusement des personnes uniquement mariées civilement. On fait la chasse aux « mauvais livres », notamment les rééditions de Voltaire et de Rousseau ; on fait la guerre à la danse – et notamment à l'apparition de la danse en couple, « occasion prochaine de pécher ». Les résultats sont ambivalents : il se produit, çà et là, un renouveau de la pratique, mais aussi une montée de ce que l'on appellera plus tard l'anticléricalisme[1].

Un anticléricalisme religieux

Les jésuites, dont l'ordre a été rétabli par Pie VII en 1814, sont les premiers visés, ainsi qu'une mystérieuse « Congrégation » qui leur serait liée, et plus généralement le « parti prêtre », composé de ceux qui « à tout risque et à tout péril, veulent donner la société au sacerdoce ». L'auteur de la citation n'est pas un fils de 1789 mais, au contraire, un ancien émigré à Coblence et à Londres, le comte de Montlosier. Il

1. Si le terme « anticléricalisme » semble s'être répandu dans les années 1850, moment où la logique du premier seuil commence à être globalement contestée, son contraire (« cléricalisme ») apparaît dès 1815, dans le sens de « dévoué aux intérêts du clergé » (CNRS, 1974, p. 317 *sq.*).

défend une conception de la liberté de religion qui montre qu'il a, maintenant, intériorisé la fragmentation institutionnelle : comme le « médecin attend que le malade l'appelle et les écoles attendent qu'on leur envoie des sujets », le prêtre doit se contenter de « dispenser les bontés du ciel » auprès de ceux qui le lui demandent. Cela s'accompagne d'une vive polémique où Montlosier décrit la France « gouvernée non par son roi et ses hommes d'État, mais comme l'Angleterre des Stuarts, par les Jésuites et les congrégations »… ce qui a abouti à Cromwell. Il se garde bien de faire allusion à la persistance de l'Établissement au Royaume-Uni, mais tel que celui-ci était au début des années 1820, il aurait pu tout aussi bien s'y référer.

D'autres pamphlets vont dans le même sens. Un opuscule d'un magistrat jansénisant, Louis Silvy, a pour titre *Peut-on être jésuite et français ?* Le reproche de « jésuitisme » constitue une injure populaire adressée aux ultras, aux ministres, parfois même à la monarchie des Bourbons. Le « jésuite » est à la fois « esclave » et « despote », « dévot » et « luxurieux », « ennemi de l'ordre social, de la morale… et de la religion elle-même » (Leroy, 1992). Très minoritaire, la publication de normaliens proscrits de l'Université, Dubois, Darimon et Jouffroy (des amis de Victor Cousin), *Le Globe*, déclare : « Être jésuite, fonder un collège de jésuites n'est pas un acte de rébellion. Ce qu'il y a à dénoncer, ce n'est pas la tolérance pour les jésuites, c'est le servage de toutes les autres opinions » (1er août 1826).

Face à la montée de la contestation, le gouvernement Martignac prend, en juin 1828, des ordonnances auxquelles Jules Ferry se référera un demi-siècle plus tard. L'enseignement est interdit aux membres de congrégations non autorisées (comme les jésuites). C'est, en apparence, un paradoxe : les libéraux français, au contraire de leurs homologues britanniques, sont favorables au monopole de l'enseignement secondaire. La raison en est simple : ils veulent empêcher les jésuites d'être de nouveau influents dans la formation des élites dirigeantes du pays. Le nombre des élèves des petits séminaires (qui se sont développés jusqu'à faire concurrence à l'enseignement public) est limité à 20 000, un effectif estimé apte à assurer le recrutement ecclésiastique.

Le premier anticléricalisme a donc un impact certain. Mais il reste en général un anticléricalisme religieux. C'est au nom des intérêts bien compris du catholicisme que Montlosier affirme combattre le « parti prêtre » et les jésuites : « Désenivrée des folies de la Révolution, la France était alors beaucoup plus religieuse qu'elle ne l'avait été sous l'Ancien Régime […]. Cependant, à tort et à travers, voilà les processions en mouvement et les missionnaires en campagne », cherchant à « porter la vie chrétienne dans la vie dévote », entreprise, selon l'auteur, totalement contre-productive. Par ailleurs, des conflits éclatent face au refus de donner l'extrême-onction et d'enterrer religieusement des catholiques qui se sont montrés tièdes voire indifférents durant leur vie, ou qui exercent une profession réprouvée par l'Église catholique. Ainsi, lors des obsèques de l'acteur Philippe, la foule manifeste pour contraindre le clergé à organiser une cérémonie religieuse. L'anticléricalisme d'alors est donc surtout une manifestation polémique de ce catholicisme d'usagers dont il a déjà été question.

Christianiser les droits de l'homme

Les opposants au « jésuitisme » tentent parfois aussi d'exercer une action positive en faveur d'un christianisme acclimaté à la modernité. En 1821, la « Société de la morale chrétienne » se crée, présidée par un catholique anglophile, le duc de La Rochefoucauld-Liancourt, qui avait visité à Londres les sociétés philanthropiques, et avec la participation active du pasteur Marc Wilks, presbytérien anglais et intermédiaire officieux entre les sociétés évangéliques et leurs homologues protestantes françaises, de taille forcément beaucoup plus réduites. Le préambule de son règlement montre le but de cette société interconfessionnelle : christianiser les droits de l'homme. En effet, il paraphrase le préambule de la Déclaration des droits de 1789[1]. Nous ne pensons pas tout à

1. « Plusieurs amis de l'humanité, convaincus que la plupart des erreurs et des vices qui retardent le règne de la vérité, de la justice et de la paix parmi les hommes, naissent de l'ignorance et de l'oubli des préceptes du christianisme. »

fait, malgré ce que Catherine Duprat affirme dans un travail, par ailleurs excellent, sur la philanthropie au XIXe siècle (1996, p. 496 *sq.*), qu'il s'agisse d'une « anodine société de bonnes mœurs » qui se serait politisée par la suite. Il nous semble plutôt que cette dimension politique, au sens large, est présente dès le départ mais de façon implicite. En effet, la manière dont la Société promeut la « morale chrétienne », incluant catholiques et protestants (l'expression est elle-même significative) et mettant entre parenthèses les divergences doctrinales entre confessions, fait plus que défendre la logique du premier seuil : elle remplit de chair son cadre formel, l'accentue, l'intériorise et donc privilégie l'aspect libéral de la Restauration contre sa dimension cléricale.

La Société démultiplie ses activités grâce à des comités spéciaux : Comité pour l'abolition de la traite des Noirs, Comité des prisons, Comité de charité et de bienveillance, Comité pour l'abolition de la peine de mort, Comité pour la propagande et l'amélioration morale, Comité pour l'émancipation des catholiques d'Irlande, Comité pour la liberté des cultes. Ce dernier comité organise un concours sur ce sujet, et son lauréat, le pasteur Alexandre Vinet (1797-1847), propose un mémoire qui, pour la première fois, « pense théologiquement ce que pourrait être une société laïque » (Baubérot, 1993, p. 156). La Société a de nombreux contacts avec des sociétés britanniques, ils vont des sociétés évangéliques à la Société coopérative d'Owen, mais s'intéresse aussi à des sociétés américaines et hollandaises. La Fayette, Casimir Perier et, de manière assez formelle, le duc d'Orléans en sont membres. Guizot ne tarde pas à la présider. C'est bien le milieu qui arrive au pouvoir avec la révolution de 1830, dont on connaît la dimension anticléricale.

Alphabétisation et religion

L'éducation, et notamment l'alphabétisation qui se met en place au début du XIXe siècle, est au cœur de ce processus de « laïcisation culturelle ». Pour reprendre la distinction opérée par François Furet et Jacques Ozouf (1977), la « première alphabétisation » va du Moyen Âge à la Révolution et touche essentiellement les villes, sans être générale. Désormais, nombreux sont ceux qui vont apprendre à lire, même si cet apprentissage est très rudimentaire en cette première moitié de XIXe siècle : c'est la « seconde alphabétisation », celle qui conduira à faire des analphabètes des « anormaux ». Ce sont les hommes qui sont les premiers relais de cette alphabétisation. Les femmes n'en bénéficieront qu'avec un certain retard et leur maigre éducation est laissée aux soins de l'Église catholique, qui maintient ainsi son influence sur elles. Hommes ou femmes, ces « nouveaux lecteurs », pour reprendre l'expression de Jean Hébrard (1984) sont l'objet des convoitises aussi bien de l'Église catholique que des partisans de la France post-révolutionnaire.

L'on suivra Jean Hébrard quand il évoque l'alphabétisation de ces « nouveaux lecteurs » (1984, p. 471-509). Lorsque l'on apprend à lire, c'est essentiellement dans des livres religieux, et d'autant plus si l'on est une fille. Véronique Sauviat, l'héroïne du roman de Balzac *Le Curé de village* (1829), reçoit de ses parents, ferrailleurs auvergnats, une éducation très pieuse : « Dès l'âge de sept ans, elle eut pour institutrice une sœur grise auvergnate à qui les Sauviat avaient rendu quelques services. » Cette femme lui enseigne « la lecture et l'écriture », « l'histoire du peuple de Dieu, le Catéchisme, l'Ancien et le Nouveau Testament, quelque peu de calcul ». Un vicaire prête à Véronique des livres édifiants qu'elle lit à ses parents : « Le père et la mère montèrent à la nuit chez leur fille, qui, pendant la soirée, leur lisait à la lueur d'une lampe placée derrière un globe de verre plein d'eau la *Vie des Saints*, les *Lettres édifiantes* […]. » Certes, cet exemple est littéraire, mais il a pour vertu de montrer que l'alphabétisation, en cette première partie du XIXe siècle, se fait essentiellement sur des bases religieuses.

Cela étant, cette place centrale de la religion dans l'alphabétisation permet aussi à certains de s'affranchir des valeurs inculquées par celle-ci. On en veut pour preuve l'exemple de Suzanne Voilquin (Hébrard, 1984, p. 484-485), certes exceptionnel mais véridique. Cette femme, née en 1801 dans un milieu ouvrier très modeste, devient à partir de 1831, en entrant dans la famille du « Père Enfantin », une militante saint-simonienne ardente. Enfant, Suzanne est envoyée par des parents soucieux de l'alphabétisation de leurs enfants (mais celle de leurs filles importe moins que celle de leurs fils) à l'école des sœurs de Saint-Vincent. Dans ses *Souvenirs d'une fille du peuple ou la saint-simonienne en Égypte* (1865), elle explique que le programme des études se limitait à des prières, au chant de cantiques, à un faible apprentissage de la lecture et de l'écriture. Ce qui convient avant tout, c'est de faire de ces jeunes filles des lectrices à voix haute de textes pieux. Mais le frère de Suzanne l'initie à l'histoire grecque et romaine, et, d'elle-même, elle se met à lire passionnément Voltaire, Rousseau et des romans qui la laissent pleine d'émotions. De religieuse, l'alphabétisation peut mener à des pratiques culturelles séculières (les romans) voire laïcisatrices (Voltaire).

Lecture et moralité

Pendant la Restauration, l'alphabétisation s'accompagne d'un encadrement et d'un accompagnement de la lecture, avec les cabinets de lecture. Selon l'obédience, il s'agit de faire circuler des ouvrages qui ne détournent pas les esprits des Lumières ou des desseins de Dieu. Face à ces « nouveaux lecteurs », l'Église catholique mais aussi le pouvoir sentent une menace sur leurs prérogatives en matière culturelle. Il y a par conséquent les « bons » et les « mauvais » livres, fustigés par exemple par l'Index de l'Église catholique mais aussi contrôlés par le pouvoir et la classe dirigeante, qui ne veulent pas que s'ensemencent des idées immorales et subversives parmi le peuple. La lecture devient par conséquent un enjeu de taille pour qui veut garder ou conquérir le pouvoir.

Jusqu'aux lois Guizot de 1833, les petites écoles n'offrent qu'un apprentissage du déchiffrage, mis immédiatement au service d'une culture religieuse. « Une fois qu'on savait lire, on ne lisait plus que pour apprendre par cœur le *Catéchisme du Diocèse*, l'*Instruction chrétienne* ou le *Mentor des enfants*. À partir du statut de 1834, la lecture est un exercice qui se prolonge au-delà de son premier apprentissage sous la dénomination de "lecture courante" jusqu'à la fin de la scolarité » (Hébrard, 1984, p. 486). Pour ce faire, une armada de moyens va être mise à la disposition des maîtres d'école – et notamment des livres scolaires. On met en œuvre également une pédagogie adaptée. On transforme la leçon individuelle de lecture en leçon collective, en fournissant aux élèves des livres uniformes. Un vaste marché du livre scolaire s'ouvre dès 1835 avec la création d'un corps des inspecteurs de l'Instruction publique. C'est à cette époque que s'amorce la postérité d'un Louis Hachette, qui crée le « livre élémentaire » et dissocie le livre populaire du livre scolaire.

Le souci de moralité, bien évidemment, n'est pas absent de cet apprentissage de la lecture : il convient de mener les élèves vers de « bons livres ». Au début du XIXe siècle, aussi bien les libéraux regroupés autour du baron de Gerando dans la « Société pour l'instruction élémentaire » que les catholiques rassemblés dans la « Société catholique des bons livres » défendent cette nécessaire moralité de la littérature en direction de ces « nouveaux lecteurs », récemment alphabétisés. Dans ce dessein, il faut lutter contre la littérature de colportage, qui fait entrer dans les foyers une littérature jugée impropre. Et comme on ne peut contrecarrer ce pôle de distribution du livre, on crée les premières bibliothèques (Hébrard, 1984, p. 492-493). Le lecteur doit pouvoir se rendre régulièrement dans ces lieux où l'on substitue le prêt à l'achat. Pendant la monarchie de Juillet, ces établissements sont pour l'essentiel religieux et installés dans des paroisses. Le lien entre bibliothèque et école s'affirme cependant, puisque la première se trouve souvent à l'école.

Lecture et nouvelle sociabilité

En termes de production éditoriale et littéraire, le XVIIIe siècle a vu le développement d'une édition populaire avec les « livres bleus », distribués par les colporteurs (Chartier, 1984). Mais ces livres sont essentiellement des textes religieux, des livres saints. C'est donc encore un instrument de la Contre-Réforme catholique, et non pas à proprement parler une culture populaire areligieuse, même s'il existe des livres de fiction. La culture populaire reste empreinte de religiosité. Cependant, au cours du XIXe siècle, la « Bibliothèque bleue » va peu à peu disparaître pour laisser place à une littérature populaire plus « profane », vendue depuis longtemps par les colporteurs, dont les catalogues s'adaptent aux goûts d'un public changeant, mais apparaissant également sur de nouveaux supports. Les thèmes littéraires se diversifient et empruntent de moins en moins à la religion : c'est la marque d'une culture populaire qui se sécularise.

Le roman-feuilleton, déjà présent dans les « canards »[1] et dont Balzac est l'un des chantres (Thiesse, 1984, p. 457), se diffuse à partir de 1836, par le biais de deux organes créés cette année-là, *La Presse* et *Le Siècle*. Mais l'abonnement, de 40 francs par an, n'est guère accessible au public populaire, et c'est la petite bourgeoisie qui se régale de ces feuilletons. *Les Mystères de Paris* d'Eugène Sue paraissent en 150 épisodes dans *Le Journal des débats*, de juin 1842 à octobre 1843 ; dans le même journal, en 140 épisodes, d'août 1844 à janvier 1846, paraît *Le Comte de Monte-Cristo*. Cette littérature est conspuée par les autorités religieuses et par les politiques, surtout en cette époque de démocratisation de l'éducation.

Dans la bourgeoisie et l'aristocratie, les écrits des Lumières se diffusent largement. De 1817 à 1824, 1 600 000 exemplaires des livres de Voltaire sont édités. Par la suite, c'est véritablement une culture populaire anticléricale qui se développe : c'est l'époque des chansons de Béranger, aux accents anarchiques, qui se diffusent un peu partout par le biais des colporteurs. Pierre Larousse (nous y reviendrons plus tard) évoque cette littérature de colportage qui lui a fait découvrir Voltaire et Rousseau. Les livres des colporteurs, d'un prix modique, sont les seuls accessibles à la petite bourgeoisie rurale et, de plus en plus, aux couches populaires.

La lecture mais aussi les autres formes de sociabilité s'autonomisent par rapport à la religion : dans les campagnes, la veillée inquiète l'Église catholique, qui tente de réfréner et contrôler cette pratique. Les cafés se répandent dans tous les villages et deviennent des lieux – masculins, il n'est pas inutile de le préciser – de contestation de l'ordre

1. Il s'agit de feuilles d'information, diffusées par des crieurs dans les rues, avant l'apparition des journaux à bon marché (Thiesse, 1984).

religieux. Dans son ouvrage célèbre qui fait toujours autorité, *La République au village* (1979), Maurice Agulhon montre comment le modèle de sociabilité bourgeois (les cercles) descend dans les campagnes : en ces dernières, les chambrées rassemblent les hommes qui discutent et mettent en cause l'ordre politico-religieux (Agulhon, 1979, p. 207-245).

Notons également qu'à partir de 1831 le conseil municipal est élu. Devenant ainsi le représentant de la communauté, « il supporte plus difficilement que naguère l'ingérence cléricale ». Les disputes sur les sonneries des cloches deviennent alors plus nombreuses. « Le clergé a entrepris de freiner la multiplication des messages sonores ; […] à ses yeux, les sonneries civiles profanent le bronze sacré. » Mais, pour l'autorité municipale, « les cloches se font entendre au loin, évitent aux habitants la perte d'un temps précieux […] et sont le seul moyen d'obtenir dans les campagnes des réunions promptes et complètes », écrit Alain Corbin (1994). Il indique qu'alors « les cloches deviennent […] un enjeu de modernité » d'autant plus que « leur qualité s'améliore et que leur son tend à s'amplifier ». Plus tard, la cloche de l'église se verra supplantée par la densification du courrier, la diffusion de la presse et de l'affiche, la multiplication des horloges familiales.

La recatholicisation par le bas

L'avènement de Louis-Philippe, roi des Français, est marqué par une cérémonie civile à l'Assemblée nationale : elle contraste avec le sacre de Charles X à Reims. Trois de ses enfants, dont l'héritier du trône, épouseront des protestant(e)s. Dans plusieurs départements, les rapports des autorités administratives indiquent le « peu de sympathie » éprouvé par la population pour le clergé. Elle reste cependant le plus souvent attachée à l'observation de certains rites, à la croyance en Dieu et à l'enseignement d'une morale élémentaire dont elle ne conteste pas le lien avec la religion. En revanche, le clergé catholique est suspecté en maints endroits de sympathies avec le régime déchu. *L'Ami de la religion et du roi* devient, par exemple, *L'Ami de la religion.* Mais la nouvelle situation entraîne aussi chez certains la fin de l'idée d'un catholicisme s'imposant par l'autorité de l'État. Le changement de cap de Lamennais en est un exemple frappant.

Lamennais a toujours été l'adversaire d'une Église gallicane, peu ou prou instrumentalisée par l'État, alors que l'Église catholique, « divine par son institution, indépendante par sa nature », devrait voir l'État l'aider à propager la « vérité ». Dans sa volonté de recatholiciser la France par le haut, il s'en prenait à la Restauration, régime « qui paie des ministres pour enseigner des doctrines contradictoires » et n'a donc « évidemment aucune foi ». Lamennais collaborait avec des journaux « ultras ». En 1829, un nouvel ouvrage, *Des progrès de la révolution et de la guerre contre l'Église*, accentue ses attaques. 1830 le voit abandonner son attitude d'amoureux déçu de la monarchie. Désormais, il n'espère une recatholicisation du pays que par le bas, par une alliance du peuple et de l'Église catholique, cette dernière ayant rompu tout lien avec la monarchie : le clergé, « libre par la loi, sera, quoi qu'il fasse, esclave par le traitement ». Son journal *L'Avenir* met en exergue « Dieu et la liberté » et va défendre la liberté de conscience, d'enseignement, d'association, de la presse, ainsi que l'élargissement du système électoral. Malgré tout, il défend la situation française par rapport à celle d'autres pays. Un article de *L'Avenir* oppose au système de *Church and State* britannique, qui opprime les catholiques irlandais, la nouvelle Charte, « qui ne reconnaît pas au pouvoir le droit de commander à la raison ni à la conscience, indépendantes par leur nature du souverain politique » (26 novembre 1830)[1]. En novembre 1831, il appelle les catholiques de France, de Belgique, d'Irlande, de Pologne à une vaste fédération dans un article intitulé « L'Acte

1. Cette union du « catholicisme et de la liberté » se retrouve dans le rôle joué par les élites catholiques belges dans la rédaction de la Constitution du nouvel État indépendant de Belgique. Elle proclame la liberté d'association, de presse, de parole et d'enseignement. Il y a là, suivant les historiens, une « influence » de Lamennais ou une « convergence » avec les idées d'O'Connell. Le nonce écrit en tout cas au pape Grégoire XVI pour dénoncer cette Constitution « athée » instituée dans « une nation entièrement catholique » (Morelli, 1992, p. 67 *sq.*).

d'union ». À Rome, on parle de « carbonarisme religieux » et le pape Grégoire XVI, qui soutient le tsar contre les Polonais, le condamne avec les encycliques *Mirari vos* (1832) et *Singulari nos* (1834, après les *Paroles d'un croyant*). Lamennais sera désormais un homme seul, alors qu'il aurait pu représenter une voie catholique originale de sécularisation religieuse.

Ses anciens amis vont redonner de la vitalité aux ordres religieux. Henri Lacordaire (1802-1861) revêt en avril 1839 l'habit de l'ordre des dominicains, qu'il restaure en France, dans un rapport privilégié avec Rome, « l'unité vivante du christianisme ». Un autre disciple, Prosper Guéranger (1805-1875), réintroduit la liturgie romaine en France après avoir fondé, en 1837, la congrégation de France de l'ordre de saint Benoît. De façon plus générale, les ordres religieux sont en forte croissance (elle se poursuivra sous le Second Empire). Les congrégations ouvrent des écoles, organisent des missions et sollicitent des fonds pour leurs nombreuses œuvres.

Une gestion apaisée du premier seuil de laïcisation

La Charte supprime la mention du catholicisme religion de l'État et reprend, en l'adoucissant, la formule du Concordat, en indiquant que la religion catholique est « professée par la majorité des Français ». La loi sur le sacrilège est abolie. En revanche, on ne revient pas sur l'interdiction du divorce. La mesure la plus novatrice est, à la fin 1830, la loi qui assure un traitement aux rabbins, à l'égal des prêtres et des pasteurs. Son but explicite consiste à permettre une parfaite égalité entre les cultes reconnus afin que la France puisse servir d'exemple au reste de l'Europe en matière de liberté religieuse. Elle est adoptée facilement, bien que certains émettent la crainte qu'on en vienne à salarier aussi les saint-simoniens. Effectivement, on peut écrire que le saint-simonisme insiste alors très fortement sur l'enracinement religieux de la morale qu'il prône (et qui est, à cette époque, très contestée). Il le fait d'une façon telle que, si ses idées s'étaient trouvées socialement appliquées, elles auraient ramené la société française vers un en deçà de la logique du premier seuil.

Pourtant, comme l'a montré Pierre Guiral (1960), le saint-simonisme a contribué, en prônant une religion séculière, à penser le détachement de la morale par rapport aux religions instituées. À ce titre, il peut être considéré comme un mouvement laïcisateur qui, à sa façon, a travaillé à l'émergence du deuxième seuil de laïcisation.

La monarchie de Juillet tente pour sa part une gestion apaisée du premier seuil, notamment dans le domaine de l'éducation scolarisée. Pourtant, comme au Royaume-Uni, il s'agit d'un champ conflictuel. Nous y avons déjà fait allusion. Ainsi, quand la « Société pour l'instruction élémentaire », créée en 1815, s'installe en France pour propager la méthode « lancastérienne » de l'enseignement mutuel, certaines écoles juives et protestantes l'adoptent, mais elle est vite rejetée par le clergé catholique. Non seulement elle a contre elle son origine anglaise et protestante, mais le fait que des élèves eux-mêmes puissent devenir les moniteurs des autres, sans considération de milieu social, voilà qui inciterait à « n'avoir confiance que dans le mérite » et à prôner la « morale » suivante : « Le meilleur des gouvernements est celui où l'on n'obéit qu'à ses égaux [...]. C'est là évidemment un principe républicain » (abbé Affre), autrement dit elle est suspectée de libéralisme radical.

La loi Guizot sur l'instruction primaire (28 juin 1833) se veut essentiellement conciliatrice. Elle oblige chaque département à entretenir une école normale de garçons, chargée de la formation des instituteurs. En outre, elle oblige chaque commune de plus de 500 habitants à avoir une école primaire de garçons. Gratuite pour les indigents, cette école ne doit pas être obligatoire, même si le protestant Guizot est parmi ceux qui œuvreront pour la loi de 1841 limitant le travail des enfants afin de faciliter l'accès à l'école. En tout cas, par la loi de 1833, l'institutionnalisation de l'éducation scolaire franchit un nouveau cap, et ce sous l'égide de l'État. Au Royaume-Uni de la même époque, le Parlement se montre très réticent à engager l'État. L'enjeu est alors, sauf en Irlande, soit une aide monopolisée par l'Église établie, soit une aide plus diversifiée.

Une loi emblématique : la « loi Guizot »

Jean-Paul Martin (à paraître) a dégagé les quatre aspects structurants de la loi Guizot, que nous reprenons ici :

1. « Affirmation de la prééminence de l'État sur la religion à travers la constitution d'un corps enseignant relevant principalement de l'autorité étatique. » Le « corps enseignant », qui était celui des professeurs, va progressivement s'élargir aux instituteurs, même si les deux catégories sont bien distinctes. Les instituteurs restent, pour le moment, des employés municipaux, mais formés par les écoles normales, titulaires d'un brevet de capacité et contrôlés par des inspecteurs, ils ont de plus en plus conscience de participer à une mission d'ampleur nationale. Leur esprit de corps constituera une base d'appui pour la laïcité. « À travers tout le travail de codification étatique qui ponctue l'émergence de ce corps [1] s'affirme progressivement la fragmentation institutionnelle caractéristique du premier seuil », écrit Jean-Paul Martin, qui ajoute : « On touche ici à un aspect particulier de l'école à la française : sa logique d'autonomisation vis-à-vis de la religion réside dans l'autorité "libératrice" de l'État. » Autonomie incomplète non seulement à cause de la vitalité des congrégations religieuses, mais aussi de par les interférences qui existent alors entre école et religion, « principalement à cause du rôle de socialisation morale dévolu à cette dernière, dans la logique du premier seuil de laïcisation ».

2. En effet, « l'instruction religieuse est considérée comme le socle irremplaçable de la moralité et du civisme scolaire ». Tel était déjà le cas pour l'enseignement secondaire, fondé, selon le décret du 17 mars 1808, sur « les préceptes de la religion catholique » et « la fidélité à l'empereur [...] dépositaire du bonheur des peuples [...] et de toutes les idées libérales proclamées par les Constitutions ». Ce qui suppose une compatibilité entre ces préceptes religieux et ces idées libérales. Guizot se situe dans une optique analogue, puisqu'il met

1. Cette codification étatique se marque par la définition de programmes d'enseignement, de compétences professionnelles et de normes d'exercice de la profession.

« l'instruction morale et religieuse » en tête des matières de l'école élémentaire et les « ministres du culte » dans les comités locaux de surveillance. « Rien n'est plus désirable que l'accord du prêtre et de l'instituteur », écrit-il, et ce dernier intervient seulement comme répétiteur (et non plus comme maître) quand il s'agit du catéchisme. Là encore, précise Martin, « ceci nous ramène à un aspect essentiel du premier seuil : l'utilité sociale de la religion, son rôle dans la structuration du lien moral et socio-politique [... Mais] ne risque-t-on pas de revenir sur la fragmentation institutionnelle au nom d'une vision "englobante" de la religion ? ». Normalement non, si les deux caractéristiques qui suivent fonctionnent bien.

3. « Liberté de conscience pour les minorités religieuses » appartenant à un culte reconnu. Dès 1803, l'arrêté qui créait des aumôniers catholiques dans les lycées obligeait les proviseurs à « faire instruire les [autres] élèves dans la religion, d'après le vœu des parents ». De même, la loi Guizot précise : « Le vœu des pères de famille sera toujours consulté et suivi en ce qui concerne la participation de leurs enfants à l'instruction religieuse. » L'application de ces textes est difficile dans les régions où les cultes non catholiques sont très minoritaires, mais, pour l'école primaire, des établissements protestants ou juifs seront communalisés et des écoles interconfessionnelles seront créées. Jusqu'à l'application dans un sens restrictif, par l'Empire autoritaire, de la loi Falloux (1850), les minorités religieuses ne se plaindront pas. Le pluralisme est, autant que faire se peut, respecté.

4. « Régulation étatique du rôle des congrégations enseignantes et du clergé séculier. » Dans les comités de surveillance issus de la loi Guizot, à côté des « ministres du culte » on trouve des notables, dont les intérêts ne sont pas forcément identiques. Par ailleurs, on exige une compétence professionnelle des congréganistes, qui doivent, individuellement, réussir à passer un brevet de capacité. Ceux-ci veulent, au contraire, que l'ordre auquel ils appartiennent soit considéré comme une congrégation enseignante, bénéficiant d'une capacité collective à enseigner, en donnant des lettres d'obédience.

L'Université, enjeu des deux France

La liberté de l'enseignement devient une revendication catholique importante. On assiste à la formation progressive d'un « parti catholique » décidé à batailler pour la liberté de l'enseignement secondaire. Son nouveau leader, Charles-René de Montalembert (1810-1870), qui a passé son enfance en Angleterre et admire les institutions parlementaires britanniques, cherche à obtenir cette liberté « par une campagne moderne d'opinion inspirée de l'exemple anglais » (Langlois, 1991, p. 139). La mention des rédacteurs du *Globe* nous a déjà conduits à faire allusion aux proscriptions de la Restauration. L'École normale supérieure a été fermée de 1822 à 1826. Divers professeurs libéraux ont été écartés ou ont subi des tracasseries. Au contraire, la monarchie de Juillet apparaît comme le triomphe de l'Université, dont les adversaires ont été mis en déroute par les « Trois Glorieuses ». Cela convient aux laïcs catholiques réunis autour de Montalembert et héritiers du courant mennaisien. Ils envisagent « la renaissance catholique au XIXe siècle sous le patronage de Rome, voyant dans l'avenir une succession de papes tolérants et cultivés, qui encourageraient le savoir et restaureraient l'Église [catholique] dans sa position de centre de la vie intellectuelle en Europe. Dans le même temps, toutefois, ils voient dans la papauté elle-même le dépositaire de l'ultime vérité et l'interprète autorisé des productions de l'esprit humain ». Le réveil religieux dans l'ordre intellectuel doit permettre « d'inverser le courant dominant en faveur des Lumières » : « Il revient aux professeurs catholiques […] de conquérir les universités par la seule force du raisonnement fondé sur les faits. […] Il faut que les porte-parole du protestantisme et du scepticisme avancent leurs arguments en toute liberté, pour être ensuite défiés et vaincus » (Gough, 1996, p. 88 *sq.*)[1].

1. Hors Université, la réalisation la plus marquante liée à cette optique reste l'*Encyclopédie théologique* (1844-1873) de l'abbé Migne. Elle consacre 10 à 15 % de ses 171 volumes à des sciences déjà constituées ou en voie de formation. L'objectif est double, il s'agit de « les rendre intelligibles pour un public spécialisé (le clergé) mais non

Mais, professeurs au Collège de France, Jules Michelet et Edgar Quinet font, eux, de leur chaire des tribunes critiques du catholicisme. Le premier, Michelet (1798-1874), a un itinéraire assez révélateur : né dans une église « occupée », écrira-t-il, « et non profanée » par l'imprimerie que son père y avait établie, il aida ce dernier dans sa fonction d'imprimeur sous l'Empire et partagea son combat pour la liberté d'opinion. En 1816, il devint un catholique croyant et se fit baptiser. Mais il était aussi politiquement et idéologiquement un libéral, et, quand il est nommé, en 1838, à la chaire d'histoire et de morale (noter le lien mis entre les deux), son romantisme s'est progressivement détaché du catholicisme. Son œuvre restera toujours imprégnée de religiosité alors qu'elle deviendra de plus en plus nettement anticléricale. Pour lui, le christianisme originel, la Réforme et la Révolution représentent trois étapes capitales dans l'histoire de la liberté humaine. La dernière étape, révolutionnaire, constitue une nouvelle révélation et remplace le règne de la grâce par celui de la justice. L'étude de la Révolution permet d'ailleurs de donner aux nouvelles religiosités, celle des saints-simoniens mais aussi celle des fouriéristes, qui procèdent par « écart absolu », un fondement historique. Michelet publie avec Edgar Quinet (1803-1875), titulaire d'une chaire de littérature, les leçons qu'ils ont donné en 1843 sur *Les Jésuites*. Cet ouvrage, dont les éditions et traductions seront nombreuses, entraîne immédiatement de nouvelles polémiques. Des interpellations ont lieu à la Chambre. L'archevêque de Paris accuse les professeurs « d'attaquer le clergé tout entier », sous couvert de s'en prendre aux jésuites. Quinet répond dans son cours de l'année suivante sur *L'Ultramontanisme* (paru également en livre) : « Le jésuitisme a compromis le catholicisme, prenez garde que le catholicisme engagé ne compromette le christianisme[1]. »

Ce type d'enseignement est favorisé par le fait qu'en lettres

---

qualifié ; [et de] les rendre [également] compatibles avec la doctrine catholique » (Langlois et Laplanche, 1992, p. 9).

1. Précisons que « les jésuites français sont [alors …] constamment en délicatesse avec Rome pour cause de "libéralisme" » (Gough, 1996, p. 58).

l'enseignement supérieur se caractérise par l'absence d'étudiants réguliers ; les professeurs s'adressent au grand public, transformant leur chaire en tribune mi-mondaine, mi-politique. C'est ainsi qu'un boulimique de savoir, l'instituteur Pierre Larousse, part à Paris et suit divers cours à la Sorbonne et au Collège de France.

Une réconciliation des deux France ?

La polémique a lieu en fait avec un catholicisme qui, moins lié avec le pouvoir, fait preuve de vitalité. Comme Michelet, Jean-Baptiste Lacordaire s'est converti dans sa jeunesse au catholicisme. Mais son itinéraire est ensuite fort différent. Ordonné prêtre en 1827, il participe activement à *L'Avenir* de Lamennais, puis se soumet après *Mirari vos*. Chargé des conférences de Notre-Dame, il inaugure un style de prédication moderne qui relie l'exposition des doctrines catholiques aux mutations de la société et aux grands événements de l'actualité : liberté, nationalité, Pologne, système pénitentiaire, développement de l'industrie, et aussi aux questions permanentes de la famille, de l'amour et de l'amitié. Son style romantique, la liberté et parfois la hardiesse de ses idées, lui valent un immense succès. Une de ses formules est restée comme une des plus saisissantes critiques du « laisser-faire » libéral : « Entre le fort et le faible, entre le riche et le pauvre, entre le maître et le serviteur, c'est la liberté qui opprime et la loi qui affranchit. » Au même moment, Frédéric Ozanam (1813-1853) anime la Société Saint-Vincent-de-Paul, qu'il a créée en 1833. Elle allie la diffusion de la foi et celle de la charité. Vaste organisme catholique d'assistance (et foyer de propagande ultramontaine pour ses adversaires), elle joue un rôle important pour faire prendre conscience à des catholiques de la nécessité de secourir les pauvres, les malades, les détenus en leur apportant une certaine instruction et une aide matérielle et spirituelle.

Ainsi, à travers les itinéraires contrastés de membres de la génération romantique, on perçoit à quel point deux France culturelles se trouvent, au bout du compte, face à face. Leur éloignement ne s'effectue pas sans débats intérieurs. George

Sand en témoigne, elle qui écrit en 1833 : « Il y a des jours où je suis pieuse et croyante, mais il y en a aussi où je suis impie et railleuse. » Les deux France vont-elles arriver à se comprendre ? La mémoire légendaire des débuts de la IIe République est marquée par une image d'Épinal : le clergé catholique, dont certains membres semblent penser que c'est une « faute » d'identifier l'Église à un régime quelconque, bénit les arbres de la liberté. Moins présente dans le souvenir, une autre image d'Épinal doit la compléter : les insurgés s'agenouillent devant le Saint Sacrement. *L'Ère nouvelle* (fondée par Lacordaire et Ozanam) écrit : « L'Église doit respecter la République et, en retour, la Nation doit respecter l'Église. » Cette publication se réclame du modèle américain (15 avril 1848)[1]. La plupart des évêques proclament leur adhésion au nouveau régime. Un court moment, on peut espérer de façon plausible une réconciliation des « deux France », à partir de la logique du premier seuil interprétée de façon libérale. En effet, malgré la propagande de quelques protestants évangéliques qui, à l'exemple de *dissenters* anglais, réclament la séparation des Églises et de l'État, et de l'archevêque de Paris, Mgr Affre, qui n'est pas hostile à une suppression du Concordat avec maintien du budget des cultes, il n'est nullement question de réaliser cette séparation.

Cette conciliation des deux France prend sens dans la perspective générale d'une conciliation entre ordre et liberté, paix sociale et démocratie bourgeoise. Mais, si la bourgeoisie républicaine se réfère à 1789, le peuple de Paris, de nouveau en armes (et qui s'était vu confisquer « sa » révolution en 1830), célèbre un Robespierre « prolétarisé ». Dans *Le 18 Brumaire de Louis Bonaparte*, Marx effectuera un diagnostic lucide : « La révolution de 1848 ne sut rien faire de mieux que de parodier tantôt 1789, tantôt la tradition révolutionnaire de 1793 »… avant qu'un autre ne parodie l'Empire. L'échec de la tentative d'émeute du 15 mai 1848 et les journées de Juin ne tardent pas à créer un front de conser-

1. Dès les débuts de la monarchie de Juillet, le modèle américain constitue une référence souvent utilisée. On sait que Tocqueville en a donné l'expression la plus forte avec son célèbre ouvrage, *De la démocratie en Amérique* (1835-1840).

vation sociale où des catholiques rallient le « parti de l'ordre ». Inversement, des bourgeois autrefois voltairiens, comme Thiers, considèrent maintenant le catholicisme comme un rempart idéologique de la propriété. Les petits notables des cantons, dont l'influence se développe avec l'instauration du « suffrage universel » (en fait masculin), perçoivent la religion comme le ferment d'une morale qui privilégie l'esprit d'économie, la probité, le sens du travail, la tempérance et n'a guère intégré des préoccupations de justice sociale (Vincienne et Courtois, 1958).

L'inflexion cléricale de la loi Falloux et ses suites

C'est dans ce contexte que la loi Falloux (15 mars 1850) poursuit l'institutionnalisation de l'enseignement primaire en faisant obligation aux communes de plus de 800 habitants d'ouvrir une école de filles ; elle consolide le personnage social de l'instituteur en relevant son traitement. Par ailleurs, sa nomination est confiée au préfet, mais en même temps on renforce le contrôle des notables et des ecclésiastiques. L'application de la loi, faite en plusieurs circonstances (Second Empire, « Ordre moral »), conduit l'instituteur, de plus en plus conscient de sa valeur sociale, à subir l'influence du curé s'il ne veut pas se voir muté ou même démis. Un certificat de stage pour les religieux, une lettre d'obédience de leurs supérieurs pour les religieuses, remplacent le brevet de capacité, ce qui certes favorise la liberté de l'enseignement, mais aux dépens de sa professionnalisation. De même, on établit la liberté de l'enseignement secondaire dans une optique analogue : il faut être bachelier pour ouvrir une école mais aucun titre n'est exigé des maîtres. L'Université, dont l'aile militante du catholicisme voulait la suppression, est départementalisée, ce qui favorise un certain contrôle des évêques. Au total, les changements sont moins considérables que ne le souhaitaient les partisans d'une réaction politico-religieuse. La loi se veut un compromis qui sauvegarde l'Université, les écoles normales d'instituteurs (accusées de propager des idées révolutionnaires), les corps d'inspection, et, par ailleurs, elle fait progresser l'enseignement féminin.

Cependant, elle constitue une inflexion cléricale de la logique du premier seuil.

Face au processus d'élaboration de cette loi, des républicains laïcisateurs précisent leur position. Victor Hugo stigmatise ceux qui croient que la France sera sauvée quand on « aura mis un jésuite partout où il n'y aura pas un gendarme » ; il se déclare partisan de la liberté de l'enseignement, mais sous le contrôle de « l'État laïque, purement laïque ». Quant à Edgar Quinet, dans *L'Enseignement du peuple* il réclame la séparation de l'instituteur et du prêtre. L'école d'une société laïque sera une « alliance pacifique de toutes les croyances, de toutes les opinions, de toutes les sectes dans le sein d'une même nation » (1849).

Cette vision utopique s'accompagne d'un enjeu politico-idéologique essentiel. Pour Quinet, sans éducation laïque, un peuple libre va au-devant de la servitude volontaire, comme le montrent les élections de 1849, gagnées par le « parti de l'ordre ». Le coup d'État du 2 décembre et le rétablissement plébiscitaire de l'Empire, réalisés par un prince-président élu au « suffrage universel », confortent cette analyse et lui donnent une grande importance dans la longue durée. Les enjeux politico-idéologiques de l'éducation scolarisée, déjà portés par la Révolution française, se trouvent réactualisés. Or, l'Église catholique possède un appareil d'encadrement du peuple avec, dans presque toutes les communes, un représentant (souvent) payé et (toujours) légitimé par l'État[1]. L'instituteur ne devrait-il pas combattre cette influence (réelle ou supposée : à certains endroits, dans le dernier quart du siècle, une très forte pratique catholique ira de pair avec un vote républicain) ? L'idéologie républicaine de l'école va s'enraciner dans le combat antibonapartiste.

Celui-ci va être politique et religieux. L'alliance entre le nouvel Empereur et l'Église catholique ne peut se targuer des affinités naturelles qui existaient sous les Bourbons, lorsque le monarque et le clergé croyaient à la royauté de droit divin. Elle prend des formes ostentatoires : manifestations de zèle des ministres envers le catholicisme, hausse du budget des cultes, constructions d'églises et de monuments (comme la

1. Le Concordat n'accorde pas de traitement à tous les desservants.

gigantesque statue de la Vierge au Puy fondue avec le bronze des canons de Sébastopol), processions autorisées là où les Articles organiques tendaient à les interdire. Cela empêche de percevoir que ces relations sont parfois plus ambivalentes qu'il n'y paraît : le même Fortoul, qui accepte la surveillance plus étroite qu'auparavant du corps clérical sur le corps enseignant, rétablit, dès qu'il le peut, les recteurs d'académie, capables de s'imposer face aux évêques. Napoléon III refuse de supprimer les Articles organiques, comme le souhaite Pie IX.

La défaite cuisante des républicains, malgré les soulèvements en province juste après le coup d'État, exige qu'ils trouvent un responsable. Or, le catholicisme intransigeant d'un Louis Veuillot, rédacteur de *L'Univers*, semble faire tout ce qu'il faut pour être désigné comme tel (Pierrard, 1998). La presse libérale cite régulièrement ses articles, où sont affirmés l'incompatibilité entre la société issue de 1789 – la Constitution de 1852 se réfère toujours à ses principes – et le catholicisme. Un catholique modéré, Ange-Hippolyte Rigault, écrit alors : « Les honnêtes gens qui ne veulent entrer ni dans l'Église de *L'Univers* ni dans le temple de la déesse Raison ne savent plus où se mettre à genoux pour prier Dieu à leur manière. » De fait, les conciliateurs vont se trouver entraînés par la radicalisation du conflit et sommés, des deux côtés, de choisir leur camp.

Le conflit des deux France va donc hypothéquer une modernité catholique. Pourtant celle-ci existe. Quand les innovations industrielles deviennent visibles pour le grand public (avec les navires à vapeur et les chemins de fer), seule une minorité bruyante – avec naturellement Veuillot – les combat. « Les autres [catholiques] au contraire, en particulier dans l'épiscopat, ne [tarissent] pas d'éloges devant le nouveau monde industriel : ils [rejoignent] en fait les sentiments dominants dans l'opinion éclairée, marquée par le saint-simonisme, tout en lui donnant une évidente note chrétienne » (Lagrée, 1999, p. 21). Le progrès technique reçoit une « bénédiction » catholique, en entendant ce terme au sens propre – « l'acte liturgique de bénédiction effectué par des prêtres » – et au sens métaphorique – « la louange » et « les linéaments d'une théologie de la technique » (*ibid.*, p. 45 *sq.*).

CHAPITRE V

Le Royaume-Uni : pluralisme, néo-confessionnalité et sécularisation

Si l'on porte un jugement synthétique sur les rapports entre religion, société et culture à l'époque victorienne, deux points de vue apparaissent plausibles. Le premier insiste sur les conflits socio-religieux qui ont traversé cette période et qui conduisent Christiane d'Haussy (1997, p. 89) à se demander si « le domaine religieux n'était pas le seul où la *pax britannica*, dont les victoriens étaient si fiers, ne régnait pas ». En effet l'Église établie, nous dit-elle, « se sent menacée par la montée du sécularisme, par un catholicisme triomphant et un protestantisme [*dissenter*] agressif » ; de leur côté, les non-conformistes craignent la « collusion des catholiques et des anglicans ».

Conflit et consensus culturel

Cette opposition recoupe d'une certaine manière la lutte que le poète philosophe Samuel Taylor Coleridge (1772-1834) voyait se dessiner entre les forces de la permanence et celles de la progression, dans son essai célèbre sur *La Constitution de l'Église et de l'État* (1830). La permanence, garante de l'unité organique et holistique de la nation, d'une morale du devoir et de la réalisation des potentialités humaines se réalise dans l'Église d'Angleterre, soutenue par l'aristocratie et la *gentry* et idéalement proposée à l'ensemble du pays. Les éléments de progression, toujours pour Coleridge, sont représentés dans les chapelles non conformistes, dont la pluralité et les particularismes sont dus à une fragmentation culturelle risquant de dépendre d'une morale liée à l'intérêt individuel et collectif des classes moyennes. Pourrait-on alors, en se débarrassant des jugements de valeur liés à une telle analyse, parler d'un « conflit des deux Grande-Bretagne », analogue au conflit des deux France ?

Ce n'est pas l'optique de François Bédarida (1990, p. 120-129), qui, sans aucunement nier les « frictions », insiste sur l'existence d'un « consensus assez général sur les finalités de la société », où « la reconnaissance des grands principes du christianisme », et notamment de « la morale chrétienne », figure en bonne place à côté de la liberté d'entreprise, du « culte de l'indépendance individuelle » (*self-help*), de l'attachement à la monarchie, du sens patriotique et de « l'acceptation du principe hiérarchique et des inégalités sociales ».

Avec justesse, Bédarida distingue trois niveaux dans la culture religieuse britannique. Le premier est celui de l'« intériorité », où la religion se situe comme quête personnelle de vérité et d'absolu et où la vertu d'autonomie (*self-dependence*) est prisée : « L'Angleterre victorienne a connu une aspiration profonde à la vie intérieure, une piété ardente, des élans de foi incarnés par de grands esprits religieux. » Un deuxième niveau est constitué par les « Églises organisées ». Presque toute la population se rattache « au moins nominalement » à l'une ou l'autre de ces Églises. Là, effectivement, « entre dénominations religieuses le climat n'est guère à l'irénisme : antipapisme virulent, querelles acides entre non-conformistes et anglicans, conflit sur les privilèges de l'Église d'Angleterre, furieuses batailles autour des applications de la science aux origines de l'homme ou aux textes bibliques » en témoignent. Enfin, un niveau *undenominational*, où « un substrat religieux se maintient, gouvernant les conceptions morales, les rapports sociaux et jusqu'aux plus humbles usages ». La culture de la Grande-Bretagne du XIXe siècle, y compris la culture politique, serait incompréhensible si l'on mettait entre parenthèses l'« omniprésence » de la Bible dans les mentalités : elle est le « manuel par excellence de toute éducation, religieuse et profane » ; les enfants sont initiés par elle à la culture globale comme aux croyances religieuses et, même ensuite, « les images bibliques, la langue biblique, les citations bibliques composent un paysage mental au milieu duquel les personnages bibliques se promènent, aussi familiers que les habitants du quartier ou du village voisin » (cf. également Haussy, 1988).

Des tensions, parfois virulentes, existent donc, mais comme encastrées entre une culture de l'autonomie religieuse personnelle – naturellement plus accordée aux membres des classes moyennes et supérieures qu'au peuple lui-même – et une adhésion à un fonds culturel commun. Il ne peut donc exister un conflit frontal semblable à celui qui se développe progressivement en France, après les échecs de la conciliation entre « religion » et « liberté ». Pourtant, il est possible de décrire, schématiquement, la situation britannique au début de la seconde moitié du XIXe siècle en reprenant les notions de « permanence » et de « progression », mais à condition de les nuancer. À ceux qui veulent la permanence par l'évolution s'opposent ceux qui souhaitent la progression par un changement non révolutionnaire.

Une situation « préoccupante » pour les Églises établies

Les partisans de la « permanence » sont nombreux, en effet, dans les années 1850, à admettre, ou même à promouvoir, une certaine évolution. Dans les deux décennies précédentes, déjà, certaines réformes avaient tenté d'améliorer le fonctionnement de l'Établissement face aux atteintes qu'il subissait. Le rétablissement de la hiérarchie catholique en Angleterre, en 1850, entraîna une réaction législative dont on comprit vite la complète inefficacité [1]. Le problème principal venait d'ailleurs, et on en prit conscience avec le dénombrement, le 31 mars 1851, de tous ceux et celles qui suivirent, ce jour-là, un office religieux. La manière dont le comptage de

1. « L'*Ecclesiastical Titles Act*, qui prétendait réserver à la Couronne les titulaires des églises dans tout le royaume (1er août 1851). Gladstone s'éleva aussitôt contre la mesure qui aggravait la tension en Irlande, où se forma une *Catholic Defence Association* [...]. La loi resta lettre morte avant d'être abrogée par Gladstone en 1871 » (Gadille, 1995, p. 235). Par ailleurs, les clauses restrictives de l'Acte d'émancipation de 1829 tombent progressivement, pour la plupart, en désuétude.

l'assistance dominicale, dans environ 34 400 lieux de culte, a été effectué pose quelques problèmes méthodologiques aux historiens actuels. Mais, outre qu'une relative exactitude lui est concédée, l'important est essentiellement l'impact social qu'ont revêtu la publication des chiffres et les rapports et commentaires effectués les années suivantes. Les résultats sont apparus doublement inquiétants. D'abord, le total des pratiquants de ce dimanche : si l'on enlève les absences dues à l'âge, à la maladie, voire à une obligation professionnelle, guère plus de la moitié de la population susceptible de se rendre dans une église a été décomptée. Ce pourcentage apparaîtrait aujourd'hui très élevé ; en ce temps-là il provoque la stupeur, puisqu'il signifie que pratiquement l'autre moitié s'abstient d'aller à un office religieux. Et le contraste apparaît net entre des régions rurales et des petites villes, où la pratique dominicale reste forte, et les zones urbaines et industrielles, où il se produit, particulièrement dans le monde ouvrier, une désertion des lieux de culte.

Or, l'environnement urbain et industriel se développe rapidement. La moitié de la population de l'Angleterre vit déjà à ce moment dans un tel environnement, et, en Écosse même, des villes comme Glasgow et Édimbourg se développent rapidement (Chadwick, 1970, t. I, p. 363 *sq.*).

Deuxième motif de préoccupation pour les partisans de l'Établissement : les Églises établies apparaissent globalement minoritaires. L'Église d'Angleterre a regroupé ce dimanche-là à peine plus de la moitié des pratiquants en Angleterre même (alors que les trois quarts de la population lui sont affiliés) et à peine 20 % au pays de Galles, où les dissidents se taillent la part du lion. L'Église d'Écosse ne se voit attribué guère plus du quart des pratiquants, mais le pourcentage réel doit être plus élevé : un bon nombre de pasteurs ont refusé leur coopération. Malgré cela, ses adeptes pratiquants ne semblent pas être plus nombreux que ceux de l'Église libre (35 %), le troisième groupe presbytérien (les presbytériens unis) regroupant 22 % des pratiquants. Si nous retournons en Angleterre, nous constatons un équilibre entre les pratiquants des anciens non-conformistes (11 % de congrégationalistes, 8 % de baptistes, 1 % de presbytériens) et les méthodistes (22 % pour l'ensemble de leurs Églises). Les catholiques forment environ 4 % des pratiquants et le petit reste se partage entre un grand nombre de dénominations, dont plusieurs n'existent que dans telle ou telle région.

Cette sociographie religieuse précoce – nous n'avons aucune donnée comparable pour la France – incite les membres lucides de l'Établissement à un double effort : effort face à la concurrence des autres formes religieuses et surtout effort face à la montée de l'indifférence ecclésiale (*unchurched masses*). L'existence dans les églises de chaises payantes réservées aux gens aisés, la mauvaise répartition de ces églises face à une Grande-Bretagne en pleine mutation démographique et sociogéographique [1], la distance grandissante entre la vie interne de l'Église établie et les aspirations de la classe des travailleurs – dont divers indices montrent alors qu'elle n'était pas irréligieuse (Norman, 1976, p. 125) – sont considérées, avec la sécheresse reprochée à une part du clergé anglican, comme les causes principales du déclin. On redouble alors d'efforts pour la construction de nouvelles églises, et 2 500 sont bâties pour l'Église d'Angleterre lors du troisième quart du siècle, les non-conformistes n'étant pas en reste. Ces églises sont souvent complétées par des écoles et diverses salles qui permettent des activités sociales et culturelles.

La tendance « Haute Église [2] » restaure des bâtiments anciens ; les évangéliques anglicans, eux, organisent dans certaines grandes villes des offices religieux dans des salles de réunion ordinaires, voire dans des théâtres, pour retrouver le contact avec les personnes dont la pratique cultuelle faiblit. Leur collaboration avec des non-conformistes dans des sociétés missionnaires urbaines se développe. Dans les années 1850, « ces sociétés étaient devenues un trait permanent de la mission évangélique interconfessionnelle tournée vers les pauvres dans la plupart des grandes villes. Dans la seule ville

1. La fréquentation moins forte qu'on ne le croyait et la nette prédominance des Églises dans des régions rurales en voie de dépeuplement ont fait qu'environ les deux tiers des places disponibles dans les églises de l'Église d'Angleterre ne furent pas occupées ce jour-là. Information qui fit sensation.

2. Sur la « Haute Église », *cf.* p. 78, note 1. Sur sa revitalisation par le mouvement d'Oxford, *cf.* p. 109 *sq*.

de Londres, la mission employait 235 laïcs qui faisaient du porte-à-porte dans les districts » (Royle, 1997, p. 75). Un travail d'équipe, qui peut réunir clercs et laïcs, se développe malgré des réticences de la tendance « Haute Église ». Par ailleurs, on cherche à améliorer la formation pastorale du clergé et à la démocratiser par l'octroi de bourses.

Érastianisme contre cléricalisme

La lutte contre une certaine désaffection religieuse va de pair avec une volonté d'autonomisation face à un pouvoir politique laïc dont la composition confessionnelle est devenue bigarrée. Deux solutions paraissent possibles : une solution cléricale consiste à renforcer le pouvoir des évêques. Elle risque alors de porter atteinte aux tendances minoritaires d'un diocèse – la mouvance évangélique si l'évêque est *High Church* ou inversement, par exemple. C'est pourquoi une autre solution prévaut : le rétablissement des Convocations – supprimées de fait en 1717 – des deux archevêchés de Canterbury et d'York en 1852 et 1861. Chaque Convocation comprend alors deux Chambres : celle des évêques et celle du clergé. Cette instance collégiale reste donc une affaire de clercs, mais, également en 1861, on commence à réunir annuellement un Congrès d'Église (*Church Congress*), forum de débats entre clercs et laïcs. Les Convocations elles-mêmes sont des assemblées délibératives et non législatives : le Parlement garde ses prérogatives dans ce domaine.

On comprend que certains ne soient nullement satisfaits et continuent de combattre le « joug » de l'érastianisme. Mais, en même temps, la coexistence des tendances dans l'Église d'Angleterre de la seconde moitié du siècle devient plus conflictuelle. Il se produit des antagonismes grandissants entre des évangéliques et des ritualistes et autres « anglo-catholiques » *High Church*. Intervient aussi, face à l'évolution intellectuelle, la structuration relative d'une « Église large » (*Broad Church*), une nouvelle tendance qui rassemble des éléments libéraux parfois suspects d'« hérésie » bien qu'ils aient leurs propres « fidèles ». De nombreux *clergymen*, accusés de franchir les limites du pluralisme interne légitime, subissent des procès devant des tribunaux ecclésiastiques. Ils peuvent alors faire appel devant une instance composée de magistrats laïcs. Ceux-ci peuvent soit pondérer les jugements des clercs, soit reprendre à leur compte les demandes de nombreux laïcs qui veulent limiter l'influence du courant crypto-catholique (et considéré comme clérical) au sein de l'Église établie[1]. Ainsi l'érastianisme maintenu sert aussi de contrepoids à un cléricalisme interne qui se développe, face aux « menaces » ressenties et aux tiraillements divers. Il existe un lien permanent entre érastianisme et anticatholicisme (même si l'anticatholicisme peut aussi jouer dans l'autre sens). Ce lien se renforce après le concile de Vatican I (1869-1870) : l'infaillibilité pontificale apparaît comme une manifestation de « fanatisme » catholique, face auquel la protection de l'État semble nécessaire.

Peut-être l'autonomisation de l'Église établie et sa limite sont-elles dues à un souci – qui n'a pas besoin d'être conscient pour s'avérer historiquement efficace – de tempérer l'érastianisme par un pouvoir clérical et le cléricalisme par le maintien de certaines formes d'érastianisme. La situation change en partie avec la création, dans les deux Convocations, d'une Chambre des laïcs en 1885. Mais ce changement ne bouleverse pas les données du problème : les laïcs qui composent la Chambre sont en général des chrétiens anglicans militants, et par cela même peuvent apparaître « cléricaux » aux yeux d'autres laïcs à l'appartenance plus distanciée. Or, la prétention de l'Église d'Angleterre est d'être une Église nationale « multitudiniste » qui s'adresse idéalement à tous, croyants convaincus comme croyants plus tièdes. C'est cette possibilité d'un christianisme anglican d'usagers, c'est une certaine pluralité non seulement des contenus mais des formes d'appartenance qui semblent, à une large partie de l'opinion publique, mieux défendue par le maintien d'un contrôle de l'appareil d'État que par une autonomie complète de l'Église d'Angleterre.

1. L'aile militante de l'anglo-catholicisme s'organise autour de deux associations : la *Society of the Holy Cross*, fondée en 1855 et l'*English Church Union*, créée cinq ans plus tard (Pickering, 1989, p. 44 *sq.* ; p. 71-75).

La lutte contre l'Église d'État

L'érastianisme, dans le cadre d'une société qui se démocratise, peut donc apparaître à certains comme protégeant la liberté religieuse contre un cléricalisme interne. C'est une vision spécifique de la liberté religieuse. Une autre, en fait différente, consiste à rechercher le désétablissement de l'Église d'Angleterre, qui deviendrait alors simplement la plus importante des dénominations religieuses du pays. Ceux qui veulent la progression par le changement luttent pour ce désétablissement, seul capable à leurs yeux de promouvoir une égalité des droits religieux. Dès avant le milieu du siècle, en 1844, ils ont créé une Association contre l'Église d'État (*Anti-State Church Association*). Elle est fondée sur les principes suivants : « Dans le domaine de la religion, l'homme est responsable devant Dieu seul et toute législation d'un gouvernement séculier en matière religieuse est une atteinte aux droits de l'homme et un empiétement sur les prérogatives de Dieu. » Consacrer des ressources de l'État à un culte ou à une instruction religieuse est donc « contraire à la raison, hostile à la liberté humaine et directement opposé à la parole de Dieu ».

On le constate, arguments religieux et arguments séculiers non seulement coexistent mais sont insérés dans une logique commune. Nous sommes loin des oppositions françaises de la seconde moitié du XIXe siècle. L'association veut, « par des moyens légaux et pacifiques », informer le public du « mal qui résulte et qui est inséparable de toute forme d'alliance entre l'église et l'état [*sic*] [1] ». Elle veut aussi enlever à la question de l'Établissement toute « sensibilité de parti » pour la porter, « par d'énergiques appels à la conscience », devant les sentiments religieux de « toutes les classes » de la communauté nationale et des « intérêts temporels et spirituels du peuple » ; il faut constituer « un groupe de pression auprès du Parlement et du trône pour obtenir l'abrogation de toutes les lois existantes impliquant directement ou indirectement l'union de l'Église et de l'État » et la promulgation de lois

1. Ces mots *church* et *state* étant écrits en minuscules.

apportant ou élargissant « les principes de liberté religieuse » (Thompson, 1972, p. 124 *sq.*).

Cette association comprend, outre des presbytériens non établis d'Écosse et du pays de Galles et certains méthodistes, des congrégationalistes et des baptistes des régions industrialisées du Nord et du Centre de l'Angleterre. Depuis la levée des restrictions civiques frappant les dissidents, complétée par une loi de 1835 (*Municipal Corporation Act*), les conseils municipaux de plusieurs villes en plein essor sont dominés par des membres de la classe moyenne commerciale et industrielle non conformiste, typiques de ces éléments de « progression » dont parle Coleridge. En 1853 l'Association contre l'Église d'État devient la Société pour la libération de la religion du droit de patronage et de contrôle de l'État (*Society for the Liberation of Religion from State Patronage and Control*), plus connue sous son appellation raccourcie de *Liberation Society*. Le titre complet doit être cependant rappelé car il témoigne d'un désir d'attirer tous ceux que choque l'érastianisme. La nomination, en 1847, d'un évêque latitudinaire par l'État heurte aussi bien des anglicans évangéliques que la *High Church*. Des tractariens envisagent de constituer une *Free Church of England*, mais finalement, avec Manning, ils deviennent catholiques et se séparent de l'Établissement sans le mettre en cause (devenu cardinal, Manning considérera au contraire l'Église établie comme un rempart face à la sécularisation).

Malgré cette volonté d'ouverture, la *Liberation Society* n'abandonne pas ses arguments plus classiques comme celui de la justice fiscale : pourquoi les non-conformistes doivent-ils payer des impôts et des taxes pour entretenir l'Église établie, alors qu'ils font déjà vivre leurs propres chapelles par leurs dons volontaires ? Prenant pour modèle la séparation des Églises et de l'État américaine, elle se montre fort active à la Chambre des communes, où elle possède d'importants relais. Un historien a même pu écrire qu'elle devint, un moment, comme « une rivale semi-établie de l'Église établie » (Machin, 1977, p. 163).

Le principal changement, avant les mesures du tournant des années 1860-1870, est la loi qui transfère les procès de divorce des tribunaux ecclésiastiques vers des tribunaux civils et autorise le remariage civil des divorcés. L'application en fut, de fait, limitée aux classes moyennes et supérieures, car la procédure avait un certain coût. Mais il est intéressant de constater qu'en matière de divorce nous trouvons là un des rares exemples de mesure que l'on peut qualifier de laïcisatrice, dans le sens français du terme, où le Royaume-Uni précède nettement la France[1].

Le milieu du XIXe siècle voit également se développer dans les villes industrielles du Nord et du Centre de l'Angleterre un mouvement en faveur d'écoles sécularisées (*secular schools*), où l'enseignement de la Bible et toute forme d'éducation religieuse dénominationnelle seraient exclus. Après une association d'éducation dans le Lancashire (*The Lancashire Public School Association*), fondée en 1847, juste après l'abrogation des *corn-laws*, une association nationale (*The National Public School Association*) voit le jour sept ans plus tard. Elle défend des objectifs identiques et prône l'enseignement à l'école d'une morale pratique, religieusement neutre. « Les membres de la NPSA, constate D. K. Jones (1983, p. 90), n'étaient pas des agnostiques. À quelques exceptions près, il s'agissait de membres dirigeants de chapelles non conformistes. » Un de leurs leaders, Richard Cobden, était anglican. Ils sont partisans de la sécularisation « quant à l'administration et au cursus de l'école, estimant que, dans une société pluraliste, c'est au bras temporel de l'État et non à son bras spirituel qu'il revient de contrôler un système d'éducation nationale ». Là encore, la référence est américaine, et notamment le réseau d'écoles mis en place par Horace Mann, dans le Massachusetts, au cours des années 1840. Les non-conformistes estiment inacceptables de faire payer par la taxe l'entretien d'écoles de l'Église établie alors qu'ils résistent déjà, certains au prix de confiscations de leurs biens, au paiement de la taxe (*Church rate*) qui entretient les bâtiments de l'Église d'Angleterre. Or l'extension rapide de villes industrielles, où cohabitent des enfants de classes populaires qui vont dans des églises différentes ou dans

1. Cela à cause du mouvement d'aller et retour français, puisque le divorce, instauré en 1792 et confirmé en 1804, fut interdit en 1816 et de nouveau instauré en 1884.

aucune église, et qui ne vont pas non plus à l'école, demande pour eux la création urgente d'un système gratuit d'éducation administré par des comités élus par les gens assujettis à la taxe locale.

Self-help

Ainsi se conjuguent non-conformisme religieux et esprit d'indépendance civique, qui trouvent le modèle éducatif français ou prussien trop centralisé et jugent la morale utilitariste, issue de la philosophie de Bentham, compatible avec leur lecture de la Bible. Le prouve, entre autres, le très grand succès de l'ouvrage de Samuel Smiles (1812-1904) en 1859. Son titre, *Self-Help*, est significatif. Il se traduit difficilement en français : à l'idée de s'aider soi-même – pour Smiles, le dicton « Aide-toi, le ciel t'aidera » synthétise l'expérience humaine –, il faudrait adjoindre les notions de « développement de l'individualité », d'« autonomie de l'individu » et d'« effort personnel », au sens où ces notions étaient comprises à l'époque. Smiles rappelle l'admiration de Voltaire pour la « hardiesse des Anglais », ainsi que pour leur indépendance d'esprit. Aucune institution, selon lui, ne peut dispenser de l'effort personnel, et chacune d'elles doit laisser l'être humain libre de son développement propre et de l'amélioration de sa condition. Son essai paraît à un moment où les Britanniques sont conscients de l'hégémonie mondiale qu'exercent leur pays et son Empire colonial[1]. Il constitue un vibrant plaidoyer pour un individualisme libre et énergique, dans la tradition du *free born Englishman*. Mais on trouve aussi des accents proches du républicanisme français et américain avec l'idée qu'un peuple vertueux sera gouverné de

1. Ce qui ne favorise pas l'ouverture vers des cultures et des religions non chrétiennes : en 1857, la révolte des cipayes (auxiliaires indigènes de l'armée britannique en Inde, soit hindous, soit musulmans, et donc ayant habituellement entre eux un fort antagonisme religieux) est due au fait que les cartouches d'un nouveau type de fusil sont enduites d'un mélange de graisse de vache (animal sacré des hindous) et de graisse de porc (animal tabou des musulmans).

façon digne et libre, au contraire d'un peuple ignorant et corrompu.

L'apologie d'une liberté fondée sur l'individualité aboutit, chez Smiles, à une conception de la nation comme résultante historique de l'effort de tous, y compris des personnes considérées comme « les plus insignifiantes ». Cultivateurs, ouvriers comme ingénieurs, industriels, inventeurs, poètes, penseurs et politiciens, tous ont été de « nobles travailleurs », des « artisans de la civilisation », et chaque génération a successivement apporté sa pierre à l'édifice pour établir « la prospérité du pays sur de solides fondations ». La génération actuelle a perçu cet héritage. Son « devoir » consiste à le transmettre « non seulement intact mais amélioré » aux générations futures (Golby, 1986, p. 86 *sq.*). Cet idéalisme démocratique, dont l'impact (plus de 250 000 exemplaires vendus) montre qu'il représente bien l'idéologie des classes productives de l'Angleterre victorienne, sera repris dans la France de la IIIe République par la morale laïque, avec la « doctrine de la solidarité » (Baubérot, 1997, p. 251-278). Rappelons aussi qu'au même moment, exilé à Londres, Marx travaille dans la salle de lecture du British Museum, avec une optique certes bien différente…

Avec Smiles et les activistes de la classe moyenne industrielle et commerciale, nous sommes loin de l'émancipation des travailleurs par la lutte des classes, mais loin également d'un chacun pour soi : l'« égoïsme » (le terme anglais de *selfishness* est aussi significatif, puisqu'il comprend également le mot *self*) se trouve constamment dénoncé. Action autonome et responsabilité sociale vont de pair. L'idée, déjà présente chez Bentham, qu'une action s'évalue par un critère moral prenant en compte ses conséquences proches ou lointaines sur l'ensemble de la vie individuelle et sociale est systématisée par le néo-puritanisme victorien[1], où se mélangent des ingrédients utilitaristes et des préoccupations des

1. Qui, comme le puritanisme du XVIIe siècle (E. Leites, 1988), développe beaucoup plus une perspective (protestante) du *self-control* qu'une perspective (catholique) de l'ascèse hors du monde, ce qui provoque parfois, en France, des contresens dans l'interprétation qui en est faite.

évangéliques. Deux croyances dans la marche du progrès et dans son lien avec la perfectibilité morale de l'être humain s'articulent et imprègnent l'ensemble de la société – d'une élite ouvrière à la cour de la reine. Seuls des éléments frondeurs de l'aristocratie et, bien sûr nettement plus nombreux, les laissés-pour-compte des « classes laborieuses » restent en dehors de ce quasi-consensus.

Un « Établissement moral » victorien ?

L'action de non-conformistes mais aussi de maints anglicans en faveur des défavorisés se veut à la fois sociale et morale : les deux domaines sont à leurs yeux intimement liés. Ainsi du combat pour la tempérance, qui manifeste un changement profond de l'attitude religieuse dominante à l'égard de l'alcool, même si des historiens comme Alan D. Gilbert (1976, p. 165) rappellent les divisions qui se sont manifestées à l'intérieur des différentes confessions. Le *Temperance Movement* agit d'abord selon le principe de l'action volontaire et cherche à convaincre de la valeur de l'abstinence de boissons alcoolisées. Malgré des résultats certains, l'alcoolisme continue de se propager et, abandonnant plus ou moins les positions du *voluntaryism* et du *self-help*, une Alliance du Royaume-Uni (*United Kingdom Alliance*) réclame le vote d'une loi. Elle obtiendra effectivement, en 1872, le *Licensing Act*, qui limite la consommation d'alcool dans les débits de boisson.

Ce type d'action morale, joint à celles entreprises pour le respect du jour du dimanche[1] et contre les jeux d'argent et la sexualité hors mariage, a naturellement donné au néo-puritanisme victorien la réputation durable de fortement « corseter » la société britannique, voire de lui imposer une « chape de plomb » morale. Nous ne revenons pas sur ce thème si

1. Le (tristement) célèbre « dimanche anglais » est aussi un « dimanche écossais » : la circulation des trains ce jour-là donne lieu à des controverses passionnées, et des laïcs presbytériens se montrent plus acharnés que leurs pasteurs. Ainsi, le pasteur de Glasgow, N. McLeod, proteste contre la fermeture dominicale des parcs publics, obligeant les pauvres à rester « enfermés dans leurs misérables taudis le jour du Seigneur » (Duchein, 1998, p. 437).

souvent traité, sauf pour effectuer deux constats absents de certaines analyses. D'abord, la réussite même de l'action des non-conformistes change son sens. De farouches défenseurs de l'action autonome et volontaire aboutissent à son contraire. Leurs idées morales devenant dominantes, elles exercent alors une pression sociale, implicite et explicite, et génèrent un développement de l'hypocrisie collective : l'ordre moral victorien coexiste avec le développement de la prostitution dans les grandes villes. Il en est une conséquence, mais aussi une des causes. La prostitution, moyen pour les femmes de classes populaires d'augmenter les revenus de leur ménage, se nourrit en effet de l'acceptation d'une double morale (*double standard*) où l'homme de la « bonne société » peut rechercher des plaisirs hors du foyer conjugal alors que sa femme doit se montrer d'une fidélité exemplaire.

Longtemps, les non-conformistes laissent impensée une telle contradiction. Cependant, nous le verrons, une réaction se produit à partir des années 1870-1880. Elle porte également sur la manière dont l'État peut cautionner des hypocrisies morales par des lois. Mais la valeur d'évidence conférée à une « bonne » moralité (selon les critères de l'époque) ne remet guère en cause le fait qu'une action volontaire aboutisse à des lois à teneur morale. Pourtant, cette intervention de l'État en faveur des options morales dominantes non conformistes (et plus généralement évangéliques) aboutit à une sorte d'établissement moral qui n'est pas sans analogie avec l'Établissement religieux. L'alliance objective des non-conformistes et des sécularistes radicaux (pour certains, libres-penseurs) va se distendre en partie durant le dernier quart du siècle, à cause notamment de cette forme implicite d'Établissement (Royle, 1980, p. 304 *sq*.).

Mais – second constat – ce recours à l'État qui nous paraît maintenant en général éthiquement suspect quand il s'agit de morale, nous le trouvons beaucoup plus normal et légitime dans le domaine de l'éducation[1]. Pourtant, le virage pris est

1. Et dans le domaine social (socio-économique), où à la fin du siècle, face à une profonde récession, beaucoup de dirigeants chrétiens (toutes confessions confondues), sans abandonner l'action volontaire, réclameront l'intervention de l'État.

identique. Les non-conformistes réclament de plus en plus l'intervention de l'État : un historien comme Edward Robert Norman (1976, p. 115), qui ne leur est guère favorable, souligne la contradiction entre « leur croyance au *self-help* et à l'entreprise privée [*voluntaryism*] » et leur action pour une *collectivist solution* où « l'État devient l'instance appropriée pour éduquer les enfants de la nation ».

Interventionnisme social, éducatif et moral

De fait, les années 1860 entraînent une relance de la pression non conformiste dans ce domaine, et son centre est cette fois Birmingham. Depuis le XVIIIe siècle, cette ville constitue un centre important du *dissent* et ses familles dirigeantes forment un réseau bien organisé, pratiquant une forte endogamie et mettant en avant un évangile civique (*civic gospel*). Là encore, le changement provient d'une prise de conscience de l'insuffisance des moyens volontaires pour remédier à l'indigence éducative. Les écoles gratuites pour les pauvres créées à Manchester, Birmingham ou ailleurs n'ont pas eu le succès escompté auprès de ceux qui en auraient eu le plus besoin. La demande d'une intervention de l'État consiste essentiellement en l'instauration d'une éducation séculière nationale et obligatoire. L'administration et l'inspection de ce système éducatif sont toujours prévues de façon décentralisée. On souhaite même, à la Ligue de l'éducation nationale (*National Education League*), créée en 1869, que les « conseils d'école » (*school boards*) ne représentent plus seulement les personnes assujetties à la taxe, mais qu'ils soient plus démocratiques.

Il n'empêche, de façon plus structurelle et surtout plus durable que les campagnes d'ordre moral, la campagne pour l'obligation de l'instruction marque un tournant par rapport à l'optique du *self-help*. Samuel Smiles estime que le plus grand service que les meilleures institutions peuvent rendre à l'homme consiste à « le laisser libre de se développer par lui-même et d'améliorer sa condition personnelle ». Loin de lui l'idée qu'une institution puisse être créatrice de liberté : il défend explicitement la thèse que l'expérience de la vie quotidienne chez soi, dans la rue, au travail, par l'observation et l'action propre, est la meilleure pour devenir un homme libre (*free man*), bien meilleure que celle reçue dans un cadre scolaire (Golby, 1986, p. 107 *sq.*). Mais si son ouvrage a eu un tel succès, ce n'est nullement parce qu'il représente des idées en mouvement, mais plutôt parce qu'il constitue le brillant feu d'artifice d'idéaux de la fin du XVIIIe siècle et de la première moitié du siècle.

Dès les années 1840, le projet du *Graham's Factory Act* manifeste une prise de conscience que l'État peut être légitimement interventionniste[1]. Ces années-là, lord Ashley (1801-1885 ; il deviendra en 1851 comte de Shaftesbury), député *tory*, mène une campagne promue à un bel avenir sur la nécessité d'une législation sociale. Il y entraîne anglicans évangéliques (sa propre tendance) et non-conformistes. « Sa campagne de réformes la plus célèbre est celle qu'il mena à propos des usines, particulièrement en ce qui concerne la réduction des horaires et les restrictions apportées au travail des enfants. La loi de 1847 et les lois qui suivirent sont le fruit de son travail de pionnier » (McLeod, 1997, p. 355). Conservatisme bien compris – ces lois suivent la période d'agitation chartiste[2] –, souci religieux humanitaire mais aussi moral guident cette action : Shaftesbury et nombre de non-conformistes veulent que l'État interdise le

1. L'interventionnisme socio-moral se manifeste déjà dans les campagnes contre la traite et l'esclavage menées par Wilberforce et les évangéliques à la fin du XVIIIe siècle et au début du XIXe ainsi que dans celles d'Elizabeth Fry en faveur de la réforme des prisons. Cet interventionnisme vise alors ceux qui sont privés de liberté. À partir des années 1840, il concerne de façon beaucoup plus générale les « pauvres » et les « classes laborieuses » ; progressivement, il vise l'ensemble de la société.

2. Le mouvement chartiste a une action revendicative bien différente de l'option de diverses Églises. Il comprend d'ailleurs des personnes qui s'éloignent d'elles tandis que d'autres, comme certains mouvements socialistes utopiques, se réfèrent à un Jésus ouvrier. Il y eut en Écosse quelques chapelles chartistes et H. Schlossberg (2000, p. 131) indique que la démocratie religieuse interne de plusieurs mouvements non conformistes a fait partie de la culture chartiste ; certains *dissenters* (tel le quaker Joseph Sturge) furent des membres actifs du chartisme.

travail des femmes car ils estiment aussi que les faire travailler à moitié nues constitue un « attentat à la pudeur » permanent. Là encore, l'interventionnisme moral ne se sépare pas de l'interventionnisme social et éducatif.

Un déplacement de légitimité

Les démocraties libérales vont trier entre ces différents domaines. L'interventionnisme religieux de l'État a été longtemps légitime, comme en témoignent aussi bien le gallicanisme que l'anglicanisme. Il va apparaître progressivement plus problématique, même si nous constaterons l'ambivalence de laïcisateurs français dans ce domaine et verrons les non-conformistes britanniques ne pas obtenir le « laisser-faire » religieux qu'ils souhaitaient. L'interventionnisme moral de l'État a subi de tels chocs culturels dans les dernières décennies du XXe siècle que la culture morale dominante d'aujourd'hui, centrée sur une conception large de l'autonomie de l'individu et la liberté-responsabilité de chacun, peine à en comprendre les raisons ; la façon quelque peu caricaturale dont il en est parfois rendu compte (Bonnet, 1997, p. 25) en témoigne. Mais nous sommes beaucoup plus sensibles que les « victoriens », ou les républicains français de la fin du XIXe siècle, à une certaine vision de « la femme » liée à la culture dominante, aussi bien morale que « scientifique », de cette époque. L'interventionnisme social et éducatif va au contraire gagner progressivement en légitimité, même si les cultures britannique et française restent fort différentes. Outre-Manche, la permanence de l'esprit du *self-help* et du *voluntaryism* est frappante, surtout pour un auteur français.

De façon globale, cependant, il se produit un changement de cap dans la perception de l'interventionnisme étatique légitime. Il est lié à des mutations dans les représentations culturelles du « Bien » et du « Mal ». Au début du XIXe siècle, la sphère économique tend à apparaître comme moralement neutre, même à des esprits aux fortes préoccupations morales. Or, spontanément, quand nous prenons connaissance des conditions de travail et des inégalités de l'époque, cela nous indigne. Inversement, n'importe quel membre de l'« élite » du XIXe siècle – un de ceux dont l'opinion compte en la matière –, même avec des préoccupations morales tout à fait moyennes, trouverait absolument scandaleuse notre vision de la morale personnelle. Il faut donc penser en termes de déplacement ce qu'implicitement nous nous représentons encore largement en termes de « progrès ».

Le *dual system* éducatif du *Forster Act*

Au Royaume-Uni comme en France, l'intervention de l'État en matière d'éducation signifie une perte de l'influence socioculturelle de la religion dominante. Les non-conformistes, les radicaux et les membres des syndicats qui composent la *National Education League* (NEL) conçoivent un système national d'éducation comme une nouvelle étape dans le désétablissement, même si leur mouvement comprend aussi certains anglicans. Leurs vues sont d'ailleurs partagées entre un enseignement fondé sur le *Common christianity*[1], auquel certains non-conformistes sont eux-mêmes favorables, et une minorité active qui défend une éducation purement séculière. « L'éducation pour être nationale doit être non sectaire [*unsectarian*] », déclare Joseph Chamberlain. Au contraire, la plupart des anglicans et des catholiques sous la conduite de l'archevêque Manning, ainsi que certains non-conformistes hostiles à la sécularisation ou souhaitant garder le contrôle des écoles qu'ils ont fondées, défendent une « éducation chrétienne » sauvegardée par un système d'éducation le plus souvent dénominationnel, comportant une clause de conscience. Ils constituent une Union d'éducation nationale (*National Education Union*, NEU) qui prône une augmentation de la subvention de l'État sans ingérence de celui-ci. L'instruction séculière ou religieuse *unsectarian* est considérée comme impropre.

La loi sur l'éducation (*Education Act*) de 1870, principale-

1. Assez analogue au *Common christianity* dont nous avons parlé à propos de l'Irlande (p. 102 *sq.*), avec, cependant, un plus fort rapport à la Bible.

ment rédigée par Forster, un ancien quaker converti à l'anglicanisme, réalise « un compromis entre les politiques opposées de la Ligue et de l'Union et ainsi ne [peut] pleinement satisfaire aucun des deux groupes » (Machin, 1987, p. 33). Certes, elle facilite en Angleterre et au pays de Galles la création d'écoles primaires d'État (*broad schools*), administrées par des conseils (*school boards*) élus (par les personnes assujetties à la taxe). Elle permet aussi aux écoles administrées par des associations privées volontaires, la plupart du temps dénominationnelles, de se maintenir. Ces écoles bénéficient d'une subvention de l'État pouvant aller jusqu'à 50 % des frais, le reste étant financé par des souscriptions volontaires. Par ailleurs, la clause 25 permet aux conseils élus de payer les frais des enfants pauvres inscrits dans les écoles volontaires.

En fait, les non-conformistes de la Ligue sont plus déçus encore que les anglicans et les catholiques de l'Union. Le montrent, d'une part, les vives protestations lors de l'élaboration de la loi – en quatre jours des pétitions sont signées par 5 173 pasteurs, dont la majorité des pasteurs wesleyens – et la désaffection non conformiste à l'égard de la politique de Gladstone et du parti libéral qui suivit sa promulgation. D'autre part, cette loi est facilement adoptée par la Chambre des lords, à majorité conservatrice et anglicane. St. James' Hall à Londres voit la tenue de deux grands meetings rivaux de la Ligue et de l'Union, témoignant de leur mécontentement respectif. Les catholiques organisent leur propre manifestation contre la loi à Liverpool, le jour anniversaire de saint Patrick. Le *Forster Act*, comme on le nomme souvent, constitue à la fois un exemple de la reconnaissance du pluralisme de la société anglaise et des difficultés, voire des conflits, engendrés par ce pluralisme.

Cependant, si vif soit-il en 1869-1870, ce conflit est d'une autre nature que le conflit des deux France. Des deux côtés on se réclame activement, et avec une légitimité reconnue, d'engagements religieux. L'aile gauche de la NEL, qui demande un enseignement sans aucune instruction religieuse, est elle-même à majorité non conformiste[1]. De plus, les

1. Ainsi, c'est le pasteur congrégationaliste Henry Richard (dont nous avons vu que le point de vue intéressa beaucoup Jules Ferry), qui

frontières entre les deux camps ne sont pas tranchées : certains anglicans militent à la NEL tandis que des non-conformistes sont membres de la NEU. Enfin, s'il y a désaccord, celui-ci n'est pas référé à des mémoires historiques contraires, comme c'est le cas en France, où la Révolution continue d'habiter symboliquement les esprits. Le *dual system* établi par le *Forster Act* s'avère être un compromis à l'anglaise, entre l'interventionnisme d'État et le maintien du *voluntaryism*. Le secteur éducatif public « en Grande-Bretagne ne pourra jamais être complètement centralisé comme en France, ni extrêmement localisé comme aux États-Unis. Il devient un service central administré par des autorités locales » (Jones, 1983, p. 94), les conseils d'école décidant même de la gratuité et de l'obligation de l'instruction jusqu'en 1880. L'éducation reste donc un enjeu politique local (Murphy, 1971, p. 65 *sq.*). Suivant les résultats aux élections des *school boards*, non seulement le secteur scolaire public mais aussi le secteur volontaire (par application différente de la clause 25) se trouveront affectés. Il favorisera aussi une certaine démocratie de proximité non seulement dans l'expression et la mise en application de points de vue différents sur la religion, l'éducation et leurs rapports, mais aussi sur des problèmes politiques généraux comme le vote à scrutin secret ainsi que le vote et l'éligibilité des femmes (Sutherland, 1973).

En Écosse, la loi sur l'enseignement (*Scottish Education Act*) de 1872 instaure une éducation d'État nettement plus importante qu'en Angleterre. Les écoles paroissiales de l'Église établie, des autres Églises presbytériennes et d'autres écoles non conformistes sont intégrées dans un système éducatif national obligatoire financé par la taxe. Les frais des enfants de familles pauvres sont pris en charge (la gratuité

---

demande à la Chambre des communes une éducation purement sécularisée dans les *broad schools*. Il n'obtient que 60 voix. De fait, seule une petite minorité d'écoles publiques – localisées essentiellement au pays de Galles où les non-conformistes sont majoritaires – seront, jusqu'au début du XXe siècle, dépourvues d'une instruction religieuse non confessionnelle. Les rendre entièrement sécularisées les aurait mises en porte à faux par rapport à la concurrence des *voluntary schools*.

complète sera instaurée en 1899) et un comité contrôle leur scolarisation effective, en imposant des amendes aux parents qui y contreviendraient. L'instruction religieuse reste possible sur la base d'un *Common christianity*. Les conseils d'école administrent les établissements scolaires. Les écoles épiscopales (c'est-à-dire anglicanes non établies) et catholiques peuvent rester en dehors de ce système. La préoccupation de l'instruction, traditionnellement plus importante en milieu presbytérien qu'en milieu anglican, se traduit donc par le maintien d'une forte spécificité écossaise.

La lutte autour de l'Établissement

Les lois de 1870 et 1872 contribuent par conséquent à modifier le système de *Church and State* en relativisant (Angleterre, pays de Galles) ou en enlevant (Écosse) l'emprise de l'Établissement sur l'instruction. De fait, d'autres mesures changent la situation de l'Établissement ou l'atteignent de la fin des années 1860 au milieu des années 1880. Conjointement au développement de l'instruction, des réformes politiques élargissent le droit de vote aux classes moyennes (réforme de 1867) et à la couche supérieure des classes populaires (1884). Le scrutin est devenu secret à ce moment-là et environ 60 % des hommes y prennent part. L'Église établie est alors, par le biais du Parlement, plus dépendante qu'auparavant du peuple. Or, celui-ci peut se souvenir que ce sont des *dissenters*, et notamment le pasteur congrégationaliste Edward Miall, directeur du périodique *Nonconformist*, qui ont lutté pour élargir le suffrage dans le même mouvement où ils mettaient en cause le *political religionism* et défendaient d'autres causes radicales (Schlossberg, 2000, p. 127). Des publications populaires, certaines rédigées par des artisans, existent également, surtout dans les milieux méthodistes. Tout cela ne constitue-t-il pas une nouvelle « menace » pour le long terme ?

En fait, on peut se demander alors si le processus de désétablissement n'est pas directement engagé. Certes, en 1868, l'abolition du caractère obligatoire des taxes au profit de l'Église établie s'effectue, après de longs débats, d'une façon qui « convient à la fois aux non-conformistes et aux anglicans » et « réserve le caractère national de l'Église d'Angleterre » (Machin, 1977, p. 354). Mais l'année suivante, l'Église d'Irlande (anglicane) n'est plus une Église établie (*Irish Church Disestablishment and Disendowment Act* du 26 juillet 1869). Gladstone aurait préféré une autre solution : l'Établissement conjoint de l'Église catholique irlandaise et de l'Église d'Irlande. Politiquement, ce cas de figure lui semble meilleur : il peut plaire à une partie de l'opinion publique irlandaise. Nous sommes alors à un tournant dans ce pays : juste après l'échec de l'insurrection du mouvement *Fenian*, juste avant la longue tentative de politique d'autonomie interne (*Home Rule*). Mais la *Liberation Society* entretient de nombreux contacts en Irlande. Elle fait implicitement alliance avec les évêques catholiques, qui, en octobre 1868, prennent position pour le désétablissement de l'Église d'Irlande. En fait, cette campagne semble avoir davantage mobilisé des militants non conformistes anglais que des catholiques irlandais.

Au-delà de la situation propre à l'Irlande, qui peut justifier une solution spécifique, c'est bien l'Établissement en général qui se trouve visé. Les cinq premiers mois de 1871, environ 150 meetings tenus surtout au Centre et dans le Nord de l'Angleterre le contestent. La *Liberation Society* pratique la politique de la main tendue envers les ritualistes, insatisfaits de l'Établissement pour de tout autres raisons qu'eux. Mais des associations se créent pour la défense de l'Église établie. La reine Victoria veille personnellement au principe de l'Établissement, et, à la Chambre des communes, seule une faible minorité (96 en 1871) vote contre. Après la semi-victoire (qu'ils ont plutôt perçue comme une presque défaite) du *Forster Act*, il faut attendre dix ans pour que les non-conformistes obtiennent une nouvelle mesure en leur faveur : en 1880, le droit d'être enterré dans le cimetière paroissial est accordé à tous sans que le service religieux soit nécessairement effectué selon le rite anglican (*Burial Act*).

La saga du libre-penseur Bradlaugh

À la faveur des élections, des non-conformistes viennent de mener encore une campagne en faveur du désétablissement. Certains d'entre eux élisent comme député à Northampton Charles Bradlaugh (1833-1891), libre-penseur notoire qui attaque vivement le christianisme par la parole et la plume. C'est le début d'une « Bradlaugh saga » : par 289 voix contre 214, la Chambre des communes autorise d'abord le nouveau député à prêter serment sur la Bible, puis le lui refuse par 275 voix contre 230. Le problème devient récurrent : Bradlaugh est réélu aux élections provoquées par sa non-nomination. Son cas divise la Grande-Bretagne. L'Église d'Écosse se déclare opposée à une loi qui permettrait à Bradlaugh de siéger et la majorité de la direction des deux autres églises presbytériennes est du même avis. 13 000 membres du clergé anglais signent une pétition d'une organisation de défense de l'Église établie (*the Church Defence Institution*), mais des membres de la *High Church* engagés dans l'action sociale soutiennent le député au nom de la liberté de conscience. Chez les non-conformistes, les méthodistes sont divisés alors que baptistes, congrégationalistes et unitariens se montrent en général favorables à Bradlaugh. Les catholiques irlandais et le cardinal Manning lui sont hostiles, au contraire du cardinal Newman qui affirme : « Depuis bien longtemps, le christianisme a cessé d'être la religion du Parlement » (Royle, 1980, p. 298.). En 1886, Bradlaugh est enfin autorisé à « affirmer » son loyalisme constitutionnel au lieu de prêter serment (*Parliamentary Oaths Act*, complété en 1887-1888 par l'*Affirmation Act*).

L'affaire Bradlaugh comporte deux aspects emblématiques. D'abord elle constitue l'aboutissement politique d'un fait culturel majeur de la seconde moitié du siècle. La sécularisation ne correspond plus seulement à la demande d'une militance religieuse liée à des évolutions sociales : elle s'affirme comme un mouvement global d'éloignement, parfois polémique, à l'égard des Églises et du christianisme. Dès 1846, George Hoysake (1817-1906) et sa publication *The Reasoner* prônent une optique rationaliste. Vingt ans plus tard, Bradlaugh lui-même fonde la Société nationale sécularisté (*National Secular Society*), qui milite pour une émancipation de toute religion. D'autres groupes de libres-penseurs (*freethinkers*) se sont créés durant l'ère victorienne. Ils mettent en cause la « bibliolâtrie », l'« obscurantisme religieux », les campagnes d'évangélisation à l'américaine qui inculquent une piété sans moralité, le simplisme des chants de réveil, justes bons pour « des enfants et des Noirs » (Royle). Grâce à cette affaire, leur point de vue a un retentissement national. Ensuite, cette contestation provoque un conflit qui met en cause directement la liberté de conscience. Et le vif débat qui s'instaure à ce sujet se situe explicitement à l'intérieur du christianisme. Même devenue autonome par rapport à la religion, la sécularisation britannique peut donc apparemment être toujours soutenue par des personnalités et des groupements ecclésiaux.

Vers une nouvelle sécularisation

Il faut préciser en quoi la sécularisation de la seconde moitié du XIXe siècle apparaît spécifique. En effet, dès la fin du XVIIe et surtout le XVIIIe siècle, nous l'avons vu, des phénomènes de sécularisation interne se sont produits. Mais il ne s'agit pas encore véritablement d'une sécularisation autonome. Revendication d'une « religion éclairée » d'un côté (mis à part quelques francs-tireurs), constitution d'une culture qui se passe de religion de l'autre. La différence n'est pas mince, même si le changement s'est plus effectué par glissement que par véritable rupture.

Le latitudinarisme s'accommodait de la sécularisation interne, qui ne touchait guère les masses rurales. Wesley, Whitefield et quelques autres avaient cependant pris conscience de l'existence d'une nouvelle couche sociale que le christianisme n'atteignait plus. Ils en avaient appelé, non sans succès, à un « Réveil » religieux. Ce réveil et le renouveau évangélique qui en est résulté s'adressent au « cœur » de l'être humain, à ses affects, mais il se veut aussi orthodoxie doctrinale, réaffirmation du message biblique tel qu'il a été interprété et transmis par le christianisme des premiers siècles ainsi que par la Réforme et ses suites. Autre renouveau, le mouvement tractarien avec ses diverses conséquences prône lui aussi une orthodoxie religieuse dont les références ne sont pas exactement les mêmes : la tradition est invoquée à côté de la Bible, le Moyen Âge et l'anglicanisme laudien du XVIIe siècle sont des époques privilégiées. Parallèlement, nous en avons aussi parlé, une culture « profane » existait. Les problèmes qu'elle pouvait éventuellement poser à ces renouveaux, et plus largement à l'ensemble des Églises, se situaient au niveau moral, plus que doctrinal.

De la science puritaine au darwinisme

Qu'en était-il au niveau du savoir ? Robert K. Merton (1965, p. 372-403) a soutenu fortement la thèse d'un rôle important du puritanisme, et du piétisme, dans le développement scientifique. L'éthique puritaine, affirme-t-il, « exalte la raison » et, « à l'encontre du rationalisme médiéval », elle en fait « l'auxiliaire de l'empirisme ». Cromwell fonda l'université de Durham (la seule créée entre le Moyen Âge et le XIXe siècle), destinée à « l'enseignement de toutes les sciences » ; les académies dissidentes, création des non-conformistes, donnèrent une place importante notamment à la mécanique, à l'anatomie et à l'astronomie. En milieu anglican, Isaac Newton (1642-1727) apparaît comme un représentant typique d'une sécularisation interne, à la fois religieuse et hétérodoxe : sorte de théologien laïc, il se passionne pour une lecture plutôt ésotérique de la Bible, où, à partir de la chronologie du livre de Daniel, il conclut que l'Apocalypse surviendra entre 2060 et 2344 (Calame, 1995, p. 1074).

En 1844 paraît le premier ouvrage en anglais qui ébauche une théorie de l'évolution, *Vestiges de l'histoire naturelle de la Création*. L'auteur, anonyme [1], se place délibérément sous l'autorité de Newton : tout comme la loi de la gravitation, la loi de l'évolution suppose un Créateur. Pourtant, une vive polémique s'engage. Plusieurs raisons y concourent. D'abord,

1. On a soupçonné Charles Lyell (1797-1875), auteur des *Principes de géologie* (1830), qui cherchait à expliquer les phénomènes géologiques du passé par ceux constatables dans le présent, et dont l'ouvrage vulgarisait certaines thèses, puis… le prince Albert (époux de Victoria). En fait, l'auteur était un journaliste-écrivain écossais, Robert Chambers (1802-1871), éditeur avec son frère du *Chambers's Edinburgh Journal*, sorte d'encyclopédie périodique au style simple, voire humoristique.

cette science balbutiante – les savants de la génération suivante comme l'« agnostique » Huxley (1825-1895), zoologue, accorderont peu de crédit au livre – porte le débat sur la place publique, une différence fondamentale et irréversible par rapport aux siècles précédents. Ensuite, l'enjeu du débat devient plus explicitement anthropologique : si autant de passion s'en mêle, c'est peut-être moins parce que la représentation de Dieu est en cause que celle de « l'homme » comme « créature de Dieu ». La réponse du géologue évangélique écossais Hugh Miller (1802-1856) place déjà la controverse sur ce terrain : comment croire à la nature rationnelle, morale et spirituelle de l'être humain si l'on adopte l'idée d'une évolution graduelle à partir d'espèces inférieures ?

Darwin (1809-1882) termine, quinze ans plus tard, son ouvrage sur *De l'origine des espèces* par cette sorte de profession de foi : « Il y a de la grandeur dans une telle manière d'envisager la vie et ses diverses puissances, animant à l'origine quelques formes, ou sous une forme unique, un souffle du Créateur. Et tandis que notre planète a continué de décrire ses cycles perpétuels d'après les lois fixes de la gravitation, d'un si petit commencement, des formes sans nombre, de plus en plus belles, de plus en plus merveilleuses, se sont développées et se développeront par une évolution sans fin. » Mais là encore le succès immédiat et les implications d'une théorie – cette fois mieux fondée même si elle divisera les savants – déplacent rapidement le débat sur un terrain non scientifique. Dès 1860, une controverse oppose Samuel Wilberforce (1805-1873), fils de William, évêque d'Oxford, ornithologiste à ses heures (alors que Darwin a failli devenir *clergyman*), à Huxley. On a retenu de cet échange la question ironique de l'évêque anglican demandant au savant si c'était par son grand-père ou sa grand-mère qu'il descendait du singe, et la réponse, qui fit mouche, du scientifique répliquant qu'il préférait une parenté avec un tel animal qu'avec un homme ignorant qui se mêle de traiter de questions auxquelles il ne comprend rien.

Revenant sur cette dispute, Cosslett (1984, p. 10), déclare avoir eu la surprise de constater que « les objections de Wilberforce à la théorie de Darwin étaient essentiellement scientifiques », contrairement au souvenir qui en est resté.

Cet historien insiste sur le fait que les milieux protestants furent loin d'être tous des adversaires de Darwin et que, à côté de réactions négatives comme celles de Wilberforce ou du pasteur-géologiste Adam Sedgwick, d'autres clercs ont jugé positivement de telles idées. Parmi eux, le chrétien social Charles Kingsley, pasteur et naturaliste. Pour lui, la théorie d'une Création se développant par elle-même peut figurer dans les doctrines d'une nouvelle théologie naturelle. L'évêque Frederick Temple, futur archevêque de Canterbury, pense également que le Créateur peut être l'auteur de la loi de l'évolution. Cosslett en conclut que le « conflit victorien » n'a pas eu lieu entre science et religion, mais a traversé les milieux scientifiques et religieux, opposant ceux qui pensaient que la science pouvait être « religieuse » et ceux qui estimaient qu'elle devait être « irréligieuse ».

La montée en puissance de la légitimité de la science

Sans doute le conflit se démultiplie : il est d'abord frontalement entre science et religion, et ensuite entre deux visions de la science et entre deux visions de la religion. Il faut rappeler qu'au Royaume-Uni – il en va de même dans d'autres pays comme la France – la croyance commune consiste alors à dater la Création d'environ 4000 ans avant Jésus-Christ. On conçoit donc facilement le choc provoqué par les découvertes géologiques, choc redoublé par la question encore plus troublante qui découle des nouvelles idées évolutionnistes : « Mais alors, descendons-nous de l'orang-outang ? » Le conflit va s'avérer durablement très aigu en Allemagne, notamment avec la radicalisation « matérialiste » du darwinisme effectuée par Ernst Haeckel, et en France. Si vif soit-il, il prend assez vite outre-Manche une tonalité différente. Peut-être parce que, dans une certaine mesure, ce conflit se déroule autant à l'intérieur des individus eux-mêmes qu'entre les individus et les groupes. Au début du XXe siècle, Edmund Gosse évoque le trouble qui s'est emparé de son père Philip Gosse (1811-1888), savant naturaliste et protestant non conformiste d'un groupe très littéraliste (les Frères de Plymouth) : en 1857, « en découvrant qu'il y avait deux théories de la vie physique, deux théories vraies, mais que la vérité de l'une était incompatible avec la vérité de l'autre, l'esprit de mon père fut secoué et bouleversé ». Et Gosse fils de commenter : « Si seulement il avait pu comprendre que ce n'était pas vraiment un paradoxe, mais une erreur de raisonnement » (Bédarida, 1974, p. 113). Ce que Gosse ne comprenait pas, d'autres ne tarderont pas à l'admettre : les « six jours » décrits comme le temps de la Création dans la Genèse doivent être interprétés, aux dires des théologiens « concordistes », comme signifiant six ères géologiques différentes, chacune d'une longue durée.

Progressivement donc, l'intensité du conflit diminue. En 1864, le professeur McLeod, du Collège royal de chimie de Londres, prend l'initiative d'une pétition, signée par 716 personnalités. Elles veulent exprimer leurs « regrets sincères » que les recherches de la « vérité scientifique » se trouvent parfois détournées de leur but en devenant des occasions de « doute quant à la vérité et à l'authenticité de l'Écriture Sainte » (Chadwick, 1970, t. II, p. 7). Cette pétition ne rencontre pas tout à fait le succès qu'escomptait son auteur. Elle peut être comprise, en effet, de deux manières : l'affirmation de la distinction nécessaire entre science et religion, la défense de la religion face à la montée en puissance de la science. Certains redoutent cette seconde interprétation. Ils se disent en accord avec le contenu de la pétition, mais ne veulent pas la signer de peur d'imposer une nouvelle forme de conformité, une sorte de « schibboleth » aux scientifiques[1]. En 1871, le nouvel ouvrage de Darwin, *La Descendance animale de l'homme et la Sélection naturelle*, provoque des polémiques moindres que *De l'origine des espèces*. Il est pourtant plus explicite. En 1882, la dépouille du célèbre

1. « Schibboleth » signifie « épi » en hébreu et renvoie à un récit biblique (Juges 12, 6) : après une bataille, les Galaadites (vainqueurs) demandèrent à tous ceux qui voulaient franchir les eaux du Jourdain de dire le mot « schibboleth ». S'ils le prononçaient mal, c'est qu'il s'agissait de fugitifs d'Ephraïm (vaincus). Ces derniers étaient alors égorgés. Ne pas imposer un « shibboleth » aux scientifiques : l'image est parlante. Et il est très révélateur de la culture ambiante que l'on ait recours à cette allusion biblique pour défendre l'autonomie de la science face à la religion.

naturaliste est déposée à l'abbaye de Westminster, non loin de celle de Newton et… des rois.

En 1894, dans *L'Ascension de l'homme*, Henry Drummond reprend des éléments de la théorie de l'évolution à des fins apologétiques : elle continue, entraînant l'homme vers une humanité supérieure. Nouveau concordisme, mais qui change structurellement les rapports entre science et religion : ce n'est plus la science qui doit tenir compte des enseignements de la religion, mais cette dernière qui, pour ne pas être intellectuellement disqualifiée, effectue une double mutation. D'abord elle ne peut plus prétendre constituer un savoir totalisant, permettant une compréhension globale de l'homme et du monde qui l'entoure et donnant la vérité ultime des autres savoirs. Ensuite, de façon savante puis de plus en plus spontanée, il lui faut interpréter métaphoriquement certains textes bibliques dont la compréhension traditionnelle est devenue « incompatible » avec « les données de la science ».

L'antagonisme euphémisé entre science et protestantisme

Une telle rupture épistémologique ne s'effectue pas de façon tranquille et consensuelle. Les débats sur la critique biblique au sein des Églises établies, nous allons le voir, le montrent de façon significative. Et certains individus ou groupes, au sein de la pluralité protestante, refusent autant que faire se peut cette double réduction. La naissance du fondamentalisme dans la période 1870-1925, au sein du courant évangélique (Marsden, 1980), représente la structuration américaine d'une sensibilité largement présente au Royaume-Uni. Désormais, groupes et Églises évangéliques vont se retrouver face à un dilemme : ou camper sur une position défensive, voire de repli, devant la modernité culturelle, eux qui se sont montrés si souvent novateurs pendant environ un siècle, ou trouver, par d'autres moyens, une nouvelle crédibilité (qui n'évitera pas une accommodation au moins relative). L'Armée du Salut, entre autres, va être considérée comme représentative d'un anti-intellectualisme évangélique moderne qui, après des débuts difficiles, obtiendra une reconnaissance sociale.

Le nouveau concordisme qui se cherche dans les dernières décennies du siècle est le fait d'individualités et non d'un mouvement d'ensemble. Il obtient pourtant assez de reconnaissance religieuse et sociale pour que la situation britannique, malgré des problèmes analogues, ne ressemble pas à la situation française. Celle-ci, du *Grand Dictionnaire universel* de Pierre Larousse (1866-1876) à la libre-pensée, puissante au tournant du siècle, oppose pratiquement terme à terme l'« obscurantisme » du dogme religieux au « progrès » libérateur de la science. *A priori*, le « best-seller » de William Draper, *Histoire des conflits entre religion et science*, paru en anglais en 1874 avant d'être traduit en sept langues, se situe dans la même veine : à l'inverse de la religion, fixiste et immuable, le savoir scientifique permet une constante progression. Mais curieusement, Draper, alors même qu'il relie l'absolu de la religion à la révélation divine, « exempte presque le protestantisme de [son] accusation » : si certains protestants se sont montrés hostiles aux innovations scientifiques, le protestantisme dans son ensemble aurait bien accueilli les progrès du savoir et posséderait une tradition de révérence par rapport à toute forme de vérité (Chadwick, 1976, p. 161 *sq.*). Précisons que Draper est fils d'un pasteur méthodiste et qu'il vaudrait la peine d'analyser le rôle de médiateur des enfants de pasteurs entre la société religieuse et la nouvelle culture de la société civile britannique au XIXe et au début du XXe siècle. Précisons aussi qu'une loi punissant le « blasphème » subsiste, quoique limitée par un arrêt important de 1883 : l'infraction du « blasphème [consiste] désormais dans les dénégations de la doctrine chrétienne qui sont de nature à blesser sérieusement les sensibilités religieuses des chrétiens » (Spencer, 1993, p. 57). Malgré la création d'une association, la *National Association for the Repeal of the Blasphemy Laws*, où des chrétiens sociaux côtoient des libres-penseurs, cette loi ne sera jamais abolie.

À l'attitude contrastée de Draper envers le protestantisme et le catholicisme, on peut ajouter celle parfois un peu analogue d'Huxley. Malgré son « agnosticisme[1] », il défend le maintien d'un enseignement d'ordre biblique dans les *broad*

1. Rappelons qu'il est l'inventeur de ce terme.

schools et attaque, plus encore que le protestantisme, « cet ennemi puissant, inébranlable de la vie intellectuelle, morale, sociale de l'humanité à son plus haut niveau : l'Église catholique » (Brooke, 1997, p. 263). Certes, le *Syllabus* puis Vatican I ont exacerbé le conflit, mais de telles prises de position peuvent aussi être comprises grâce au proverbe « Battre le chien devant le loup ». Focaliser l'antagonisme sur les rapports entre science et catholicisme peut être un moyen, pour des intellectuels et savants britanniques, de critiquer la religion sans s'en prendre trop ouvertement à ses formes dominantes dans leur pays. Le même Huxley affirme d'ailleurs à la fin de sa vie (1894) que savants et clergé anglican ressemblent « aux citoyens de deux États » dont « la langue des uns est incompréhensible aux autres et inversement », nouvelle preuve des limites du néo-concordisme britannique.

L'émergence de la *Broad Church*

Car il ne s'agit pas seulement d'une séparation des deux sphères : comme un boomerang, des démarches scientifiques prennent la religion comme objet d'étude. Là encore, la prétention est plus ancienne mais un seuil se trouve franchi quand les méthodes nouvelles de la critique biblique, à l'honneur dans certaines chaires universitaires allemandes, pénètrent peu à peu au Royaume-Uni. En 1846, a paru la traduction anglaise de la *Vie de Jésus* de David Strauss (qui date de 1835). Elle propose une interprétation « mythique » des Évangiles et nie l'historicité des miracles de Jésus. De sa vie historique subsistent surtout ses discours. Certains opposent un refus global à cette thèse radicale, initiatrice des critiques contre le christianisme venues de l'hégélianisme de gauche. D'autres tentent de faire la part du feu. Ainsi émerge, dans l'Église d'Angleterre, une mouvance nouvelle, où l'ancien latitudinarisme est revisité par la critique biblique moderne : l'« Église large » ou *Broad Church.*

En 1860 est publié *Essays and Reviews*, qui sera considéré comme le manifeste de cette tendance. Il s'agit de sept textes, dont six proviennent de *clergymen.* L'initiative en a été prise par Frederick Temple (que Gladstone nommera évêque en

1869). Il la place sous le patronage de *L'Éducation du genre humain* de Lessing, dont nous avons dit qu'il constituait un texte type de la sécularisation interne du messianisme chrétien[1]. Les principales thèses de l'ouvrage indiquent qu'une distance est en train de s'instaurer entre les gens cultivés et la « doctrine chrétienne ». Il est temps de chercher une réconciliation entre le christianisme et « l'esprit moderne » : toute vérité venant de Dieu, il ne faut avoir peur d'aucune sorte de recherche de la vérité. Celui qui en a peur se rend coupable de trahison envers la foi. La vérité chrétienne ne doit pas être confondue avec le détail des événements qui sont rapportés dans la Bible. Paraboles, mythes, légendes peuvent comporter une vérité religieuse même si les événements auxquels ils se réfèrent n'ont en fait pas eu lieu. Enfin, on ne prouve pas la vérité de la révélation en citant des miracles et des prophéties, car cette vérité est manifestée par sa valeur morale : la vérité de la révélation de Dieu ne dépend pas des miracles, mais la vérité des miracles dépend de la révélation de Dieu (Chadwick, 1970, t. II, p. 75-78).

Ce manifeste provoque un vif débat sur les méthodes exégétiques et, par-delà, sur l'inspiration biblique. Deux des sept auteurs sont suspendus pour un an de leur charge de *clergyman* pour avoir nié cette inspiration, mais ils sont acquittés des autres chefs d'accusation. Cela laisse une latitude assez forte dans l'usage de l'exégèse critique au sein de l'Église établie. Naturellement, des tensions internes existent avec des évangéliques et des membres de la Haute Église inquiets de la progression du « doute » au sein même du clergé anglican. Mais, dans une certaine mesure, l'érastianisme protège cette nouvelle tendance – et peut-être aussi, le sens du compromis britannique. Ainsi, un ministre de la *Free Church* évangélique écossaise, Roberton Smith, choque cette Église par la présentation critique qu'il fait des textes bibliques dans l'*Encyclopaedia Britannica*. Il perd son poste de professeur de théologie au *College*, mais reste pasteur. La Haute Église elle-même ne se montre pas insensible aux nouveautés : un groupe de jeunes *clergymen* sous la direction du

1. *Cf. supra*, p. 52 *sq*.

futur évêque de Worcester, le chrétien social Charles Gore (1853-1932), publie *Lux Mundi* (1889) : « Ils y acceptent une lecture critique de l'Ancien Testament, inscrivent au cœur du christianisme la doctrine de l'incarnation de préférence à celle de l'expiation, et admettent la notion d'une autolimitation divine [...], [ce qui] deviendra la position théologique dominante de l'orthodoxie anglicane cinquante ans durant, de 1890 à 1940 » (Mews, 1997, p. 120).

Ainsi, après le continuum qui s'est instauré, au tournant du XVIIIe et du XIXe siècle, entre des anglicans et des non-conformistes grâce à la tendance évangélique, le continuum du milieu du XIXe siècle entre les membres du mouvement d'Oxford restés anglicans et le catholicisme, un nouveau continuum se fait jour, à la fin du XIXe siècle, entre une certaine conception de la religion et une certaine conception de l'agnosticisme, avec la constitution de la *Broad Church* puis d'une orthodoxie anglicane modérée. Encore une fois, cela ne signifie pas l'inexistence de tensions, de conflits. Mais cette manière de faire multiplie les ponts au sein même des divergences, empêche les oppositions d'être durables et globales. À l'importance du pouvoir local par rapport à un État centralisé correspondent, de façon analogique et quelque peu métaphorique, une localisation des conflits et un mode pragmatique de leur gestion.

Christianisme social et socialisme chrétien

Le modernisme théologique se trouve en relative affinité avec l'action chrétienne-sociale : il s'agit d'accompagner religieusement la contestation socialiste comme l'on recherche un accompagnement théologique de la modernité culturelle. Déjà en 1848 un petit groupe d'anglicans prône un socialisme chrétien (*Christian socialism*) qui reprend certaines idées d'Owen et insiste notamment sur l'importance des coopératives. Son fondateur, John Malcolm Ludlow (1821-1911), un juriste, avait séjourné en France. Il s'associe avec un professeur de philosophie morale au King's College de Londres, Frederick Denison Maurice (1805-1872), qui va éveiller ses étudiants à une sensibilité sociale, ainsi qu'au jeune recteur d'Eversley (Hampshire), Charles Kingsley (1819-1875). Ce dernier s'adresse aux « ouvriers d'Angleterre », juste après la démonstration de masse des chartistes en avril 1848. Si la théologie de ce mouvement est « spécifiquement anglaise », ses positions en matière d'économie sociale sont « influencées par certains théoriciens socialistes [chrétiens] français des années 1830-1840 », tels les catholiques Buchez et Lamennais (P. d'A. Jones, 1968, p. 14). Les socialistes chrétiens anglais tentent, sans grand succès, de persuader les protestants que le socialisme fait appel « aux instincts nobles et non aux instincts bas de la classe ouvrière ». Ils cherchent à donner une assistance financière, légale et technique aux *workingmen* et créent pour eux un *college* à Londres en 1854. Mais le mouvement ne survit pas à la guerre de Crimée.

Sans avoir la même perspective socialisante, les unions chrétiennes de jeunes gens (*Young Men's Christian Association*, YMCA), fondées à Londres en 1844 par un employé drapier, George Williams (1821-1905), et rapidement complétées par une branche féminine (les YWCA), connaissent un essor important dans le second XIXe siècle. Animées par des évangéliques anglicans et non conformistes, les unions proposent aux jeunes gens migrant des campagnes vers les villes un lieu d'activités de loisir et de convivialité qui doit les détourner des « tentations » du « vice » et assurer leur développement physique, intellectuel, moral et spirituel. Les unions prennent une dimension internationale dès 1855 (congrès de Paris) (Ladous, *in* Cholvy, 1985).

Les préoccupations sociales se développent à partir du milieu des années 1870. Un mouvement des « fraternités » (*Brotherhoods*), est créé en 1875 pour remédier à la désaffection du culte parmi les ouvriers. Il propose des *pleasant Sunday afternoon adult Bible classes for men*. On y insiste de plus en plus sur les préoccupations de justice sociale inscrites dans la Bible et la nécessité de construire une « Cité de Justice » réalisant les aspirations sociales du christianisme. Une fédération nationale se constituera plus tard, en 1905, et ses chefs comprennent alors nombre de membres connus du Parti travailliste, tel William Ward. En 1907, le cinquième congrès du Parti social-démocrate russe se tient à la Brotherhood Church de Londres, ce qui semble à Maxime Gorki le « comble de l'absurdité » (Pelling, 1954, p. 147).

En 1877, deux groupes aux orientations convergentes sont fondés en Allemagne et au Royaume-Uni : le Mouvement évangélique social et la Guilde de Saint-Matthieu (*Guild of St. Matthew*). En Allemagne, peu après, Adolf Stöcker, prédicateur à la cour impériale, politise le mouvement : il fonde le « Parti chrétien-social », conservateur et antisémite, et compte sur l'empereur Guillaume II pour réaliser des réformes. La Guilde, pour sa part, aura un devenir fort différent. Animée par un ancien élève de F.D. Maurice, Stewart Headlam (1847-1924), de tendance *High Church*, elle publie un périodique, *Le Réformateur de l'Église*, que George Bernard Shaw (pourtant fort peu tendre à l'égard des croyances chrétiennes) considère comme « un des meilleurs journaux socialistes ».

Leur action n'est pas pour rien dans la déclaration de la conférence anglicane internationale de Lambeth[1] de 1888 – trois ans avant *Rerum novarum* – déplorant « l'inégalité excessive dans la distribution des richesses de ce monde, une immense abondance coexistant avec une excessive pauvreté ». La conférence incite les Églises à suivre « l'enseignement du Maître » (Jésus), en soutenant toutes « les tentatives sérieuses dont l'objet est le bien-être matériel et moral des pauvres ». Le clergé peut, dès lors, indiquer dans ses sermons à quel point « ce qui est juste et vrai dans le socialisme peut être fondé sur les préceptes du Christ » (Cort, 1988, p. 153 *sq.*). À ce moment, la prospérité des années 1860-1870 a fait place à une récession. Elle correspond à une mutation de l'économie britannique, préfigurant un système « post-industriel » et entraînant le développement du chômage, la multiplication des grèves et des manifestations.

En 1899, une dure grève des dockers de Londres éclate :

1. Depuis 1867, des conférences de Lambeth, rassemblant des évêques anglicans du monde entier, ont lieu environ tous les dix ans. Les décisions prises ne sont contraignantes pour aucune Église, mais l'autorité morale de ces conférences et des motions qui y sont adoptées devient très vite importante (Rouse et Neill (éd.), 1968, p. 264 *sq.*).

l'évêque anglican Frederick Temple et, plus encore, le cardinal catholique Manning jouent un rôle très important de médiateurs. Une prise de conscience s'accélère et entraîne, la même année, la fondation de l'Union chrétienne-sociale (*Christian Social Union*) qui va « rapidement devenir une institution fort distinguée et respectable » : de 1889 à 1913, seize des cinquante-trois évêques anglicans de cette période en sont membres (P. d'A. Jones, 1968, p. 164). Charles Gore en prend la direction et dénoncera non seulement les criantes inégalités sociales, mais aussi les camps en Afrique du Sud. Les Églises non conformistes ne sont pas en reste. Le méthodiste gallois Hugh Price Hugues (1847-1902), qui deviendra en 1896 le premier président du Conseil des Églises indépendantes, lance à Londres, dès 1887, le « Mouvement de Central Hall ». En plus des cultes du dimanche, il propose un ensemble d'activités sociales qui vont de la crèche au dispensaire pour les mourants et malades en passant par une bourse du travail. Dans les années 1890, pratiquement chaque dénomination a alors une société chrétienne-sociale ou socialiste-chrétienne et des leaders qui se déclarent socialistes. Et les différentes Églises prônent alors des mesures dirigistes qui montrent l'abandon de l'optique libérale en économie et la promotion du *Welfare State*.

La recherche d'une morale indépendante

Mais la rencontre du monde ouvrier induit parfois des remises en question. En 1888, paraît le roman de Mrs. Humphrey Ward, *Robert Elsmere*. En se fondant sur des cas réels, elle raconte l'histoire d'un pasteur œuvrant dans les bas-fonds de l'*East End* londonien, qui se met à douter de la validité de son ministère. D'autres contestations concernent le rôle moral de la religion. Algernon Charles Swinburne (1837-1909) proclame son athéisme et son rejet de la morale chrétienne, adversaire de la passion sensuelle. Il se veut défenseur du paganisme antique et de toutes les formes d'amour libre. George Eliot (1819-1880), de son vrai nom Mary Ann Evans, avait traduit en anglais la *Vie de Jésus* de Strauss et était passée de l'influence évangélique à l'agnosticisme. Avec John

Morley et Leslie Stephen, ces auteurs veulent dissocier la morale de la religion. En effet, si la religion décline, comme ils l'espèrent, le lien étroit mis entre religion et morale risque d'entraîner à son tour la morale vers le déclin, ce qu'ils ne souhaitent pas. À leur suite, des philosophes de Cambridge et d'Oxford posent le problème des bases naturelles de la morale. Dès 1877, la publication *Nineteenth Century* avait organisé un débat à ce sujet, et des journaux comme *The Spectator* ou *The Guardian* tentent de populariser le problème.

Cette préoccupation reste le fait d'une minorité. L'opinion dominante est que des athées peuvent être des personnes tout à fait morales – le philosophe utilitariste Henry Sidwick (1838-1900) est même considéré souvent comme un « saint agnostique » –, mais ces athées moraux ont été élevés dans une société chrétienne, ont été imprégnés de ses valeurs morales et même, pour beaucoup, ont reçu eux-mêmes une éducation chrétienne. Un individu peut être athée : mais la société doit pour sa part conserver les valeurs du christianisme parce qu'on ne peut pas juger de l'impact de l'athéisme à partir de cas individuels (Chadwick, 1970, t. II, p. 121-124). Ce raisonnement fin de siècle est très analogue à celui tenu par Portalis devant le Corps législatif français en 1802, pour justifier et le Concordat et l'absence de contrainte en matière religieuse (Baubérot, 2000, p. 31). Mais en France, au cours du XIXe siècle, la prédominance progressive d'un catholicisme ultramontain et intransigeant et la radicalisation de l'anticléricalisme rendent impossible de référer la morale commune au christianisme. L'État se fait le promoteur d'une morale laïque et le modèle du savant moral, celui qui met sa science et son dévouement au service d'autrui, est le médecin, dont Pasteur – bien qu'il soit chimiste – devient la figure emblématique.

Morale et religion contre la médecine

Au contraire, au Royaume-Uni, le champ sanitaire est un domaine où les liens entre moralité et religion s'affirment : les différentes Églises luttent contre ce qui choque la respectabilité et vont même jusqu'à se dresser contre l'État et le pouvoir médical. Comme l'explique Frank Mort (2000, p. 26-28), au début de l'ère victorienne il existe une « alliance médico-morale ». Mais elle est remise en cause à la fin du siècle, et bientôt, la médecine britannique ne pourra plus prétendre au magistère moral de la population. Son pouvoir moral est sérieusement ébranlé à la fin du siècle, par le biais des courants religieux qui se constituent en ardents défenseurs de la moralité.

C'est ce dont témoigne le conflit à propos de la condition des prostituées. La prostitution, contradictoire avec les vertueux principes victoriens (et fruit de leur hypocrisie ?), connaît un développement sans pareil. Le péril vénérien effraie les autorités, mais l'on ne parle guère de « syphilis », de « gonorrhée »… et l'on préfère employer le terme euphémique de « maladie contagieuse ».

Des lois, les *Contagious Diseases Acts* de 1864, 1866 et 1869, en autorisant l'arrestation et l'hospitalisation de prostituées malades, tentent de mettre un terme à ce fléau (Mort, 2000, p. 54-59). John Simon, médecin, l'un des instigateurs de cette législation, s'inscrit dans une volonté sanitaire et morale, à l'égal des médecins hygiénistes français de la même époque. Il établit la célèbre équation entre misère de la prostitution, immoralité et misère de la classe ouvrière. L'intervention de la médecine dans la législation sur la sexualité confirme son pouvoir moral. Les *Contagious Diseases Acts* s'appliquent essentiellement aux ports et aux villes de garnison, où une lutte acharnée contre les prostituées est menée. Les médecins sont les plus fervents défenseurs de telles lois et, puisqu'ils sont en mesure de faire arrêter et hospitaliser les « femmes coupables », ils détiennent par là même un pouvoir non négligeable en matière de questions sanitaires et de régulation de la sexualité. Ils désirent même aller plus loin et élaborer un système de surveillance nationale.

Rapidement, ces lois sont contestées par des associations, essentiellement d'obédience religieuse, qui les considèrent comme une atteinte à la liberté individuelle et surtout comme la marque de l'immoralité de la population masculine (Mort, 2000, p. 67-77). À l'été 1885, la *Pall Mall Gazette* se fait l'écho des horreurs de la prostitution juvénile et provoque l'émoi et l'indignation des foules. L'indignation prend un tournant religieux : en juillet 1885, l'assaut final est donné par une vaste campagne en faveur de la moralité menée par l'Armée du Salut. Le Parlement est submergé de pétitions pour l'abolition de ces lois : de 1870 à 1885, 17367 pétitions, qui recueillent 2 606 429 signatures, parviennent à Londres.

La moralisation féministe de la sexualité

Fait non négligeable pour notre propos : cette contestation est surtout le fait d'associations féministes (toutes choses égales par ailleurs), pour la plupart évangéliques, qui, d'une part, déplorent le statut dégradant implicite donné à la femme dans ces lois et, d'autre part, soulignent l'immoralité de telles lois qui, somme toute, ne font rien pour réprimer à la base ce fléau. En particulier, les revendications mettent en avant qu'à aucun moment les tenanciers de bordel ne tombent sous le coup de la loi, et pas davantage les clients bourgeois de ces prostituées.

Des figures féminines notoires se font les apôtres d'une moralisation de la sexualité. C'est notamment le cas d'une Josephine Butler (1828-1906), fervente chrétienne évangélique, qui, en 1869, fonde la *Ladies National Association* (LNA). Cette association, soutenue par la célèbre Florence Nightingale (1820-1910)[1], déclare que les *Contagious Diseases Acts* sont non seulement une atteinte aux libertés civiques des femmes, mais surtout la marque d'une démission de l'État, qui ne sanctionne finalement pas les hommes de « mauvaise conduite ». Ellice Hopkins, également évangélique, et qui a fait ses débuts en enseignant dans des *Sunday schools*, est une autre de ces figures féministes qui veulent introduire de la moralité en matière de sexualité et imposer le respect envers

1. Florence Nightingale se forme aux soins en Allemagne chez les diaconesses (protestantes) et en France chez les Filles de la Charité (catholiques). Elle devient célèbre pendant la guerre de Crimée en soignant les blessés de façon parfois plus efficace que le service de santé britannique. Elle ouvre ensuite une école de formation d'infirmières. Alors qu'en France cette profession apparaîtra comme une réplique laïque aux religieuses soignantes, en Grande-Bretagne, elle est instituée par une protestante militante.

les femmes. En février 1883, elle fait un discours remarqué dans un village de mineurs, à l'invitation de l'évêque de la région. Le succès qu'elle rencontre est énorme, alors qu'elle enjoint aux hommes qui l'écoutent de mieux traiter leur femme, à se conduire de façon vertueuse et égalitaire envers elle et à rester purs et moraux.

Ces féministes chrétiennes veulent créer un climat moral et éthique d'après les principes de la religion (Mort, 2000, p. 81-106). Selon elles, la réforme morale ne peut se faire en s'appuyant sur une intervention sanitaire qui maintient l'oppression de la femme. Certains médecins chrétiens, dont John Simon, se rallient à cette cause, qui devient celle d'une morale chrétienne. Mais la plupart des médecins restent à l'écart, et cette bataille contre les *Contagious Diseases Acts* devient la marque de la séparation entre médecine et moralité. Finalement, c'est en 1885 que ce mouvement l'emporte avec le vote du *Criminal Law Amendment Act*. Les tenanciers de bordel tombent désormais sous le coup de la loi, puisque leur activité est considérée comme un délit. Ils peuvent subir des amendes et être envoyés en prison. Des sanctions très lourdes sont également prévues contre ceux qui incitent à l'ouverture de maisons closes et contre tous les proxénètes. « L'abrogation des *Contagious Diseases Acts* constitue une défaite cuisante pour la profession médicale » (Mort, 2000, p. 83), qui va perdre peu à peu son droit de regard en matière de moralité.

Dans la foulée, les militantes féministes et d'autres associations tentent de faire considérer l'inceste comme un délit, ce qui provoque tout d'abord l'opposition des magistrats et des avocats, qui considèrent qu'en rendant le phénomène public cela augmentera les déclarations. En 1908, l'*Incest Act* est adopté par le Parlement, ce qui constitue un autre triomphe pour ces féministes moralistes, dont les « suffragettes » seront les héritières.

Toutes ces campagnes montrent que l'hégémonie médicale britannique en matière de principes sanitaires sur la sexualité n'est pas, loin s'en faut, absolue et continue durant ce XIXe siècle. Les médecins, sur ce terrain de la moralité, sont concurrencés par des personnalités qui revendiquent un surplus de moralité, sur fond de religion. En la présence d'autres

« entrepreneurs moraux », c'est la fin de l'alliance « médico-morale », comme le souligne Frank Mort (2000, p. 116-117). Là où, en France, les médecins hygiénistes appuyaient les fondements de leur pouvoir sur une morale sanitaire laïque, les médecins anglais échouent face au poids énorme que représente la religion dans les mentalités.

De la provocation à la respectabilité : l'Armée du Salut

Ce changement de mentalité a été en partie provoqué par un mouvement qui a choqué la respectabilité anglaise, avant d'être intégré à son tour dans le paysage religieux anglo-saxon : l'Armée du Salut. En 1878 paraît *Ordres et Règlements*, dans lequel son fondateur William Booth (1829-1912), pasteur méthodiste, aidé de sa femme Catherine, décrit l'organisation de son nouveau mouvement calqué sur la structure militaire. À cette époque, l'armée britannique se transforme : l'achat des nominations est aboli et la promotion devient fondée sur le mérite. Pour Catherine Booth, un pauvre est aussi capable d'annoncer l'Évangile qu'un évêque. Structure hiérarchique, cérémonial militaire et discipline ascétique conjuguent une possibilité d'ascension sociale et une forte efficacité. L'Armée du Salut, qui ne craint pas la « promiscuité des sexes », comprend des soldates et des officières qu'elle utilise de manière très ambivalente : les jeunes filles, les *sallies* (*i.e. Salvation lassies*), défilent en cortège et en fanfare, distribuent aux hommes des invitations aux réunions, assurant à chacun que celle qui la lui a remise l'attendra personnellement. Elles leur demandent, avec un large sourire, de choisir entre la damnation ou le salut. Parfois, le but véritable de la réunion n'est pas indiqué. On y annonce des attractions, ce qui d'ailleurs n'est pas complètement faux, car l'annonce de l'Évangile s'effectue sur un mode théâtral avec des salutistes déguisé(e)s, la venue sur l'estrade d'officiers à cheval, l'utilisation d'accessoires comme des cercueils.

Appâts féminins, méthodes publicitaires, tintamarre dans les rues et même près des églises, annonce du salut et dénonciation du « mal » aux abords des débits de boissons et des « mauvais lieux », provoquent parfois des désordres entre manifestants salutistes et contre-manifestants : tout cela choque… mais peut-être aussi attire l'Angleterre victorienne. Ces jeunes filles, par exemple, à qui l'on propose de se montrer en public, d'avoir des conduites si peu en accord avec la « réserve qui sied aux femmes »… mais dans le combat pour le bien ! Même la « persécution » peut présenter bien des attraits : défilant dans les endroits où les manifestations sont interdites et refusant de payer des amendes, quelques salutistes se retrouvent en prison, attirant ainsi un mouvement de sympathie d'une partie de l'opinion publique distinguée (des membres du Parlement payent lesdites amendes) (Allner, 1994, p. 112).

Mais l'Armée du Salut fait aussi scandale en attirant l'attention sur ce que la société ne veut pas savoir. En 1884, elle « achète » une fillette de treize ans qu'elle envoie à Paris pour démontrer l'existence de la traite des jeunes filles. L'année suivante, elle organise une grande manifestation contre la corruption sexuelle, qui réunit plus de 200 000 personnes. L'Armée et les journalistes avec qui elle travaille s'en prennent à la débauche des riches, responsables de la prostitution des filles pauvres, et leur campagne morale prend, comme celle de Josephine Butler, une tonalité féministe. Cette volonté de « régénération » aboutit, en 1890, à un ouvrage écrit par Booth, *Les Ténèbres de l'Angleterre et leur issue* (plus connu sous le titre raccourci de *Darkest England*[1]). Il provoque un vif débat : le tableau n'est-il pas noirci à dessein ? Non, rétorquent beaucoup, ces « bas-fonds » existent. On sait gré à Booth de proposer à ses troupes un vaste programme pour éliminer la misère sociale ; il sert de base à l'action sociale de l'Armée, dont le mot d'ordre « Soupe, savon, salut » veut allier « rédemption sociale » et « rédemption spirituelle » et qui va multiplier, dans de nombreux pays

1. Booth effectue une comparaison qui fait mouche : « Il y a une Afrique des ténèbres, n'y a-t-il pas aussi une Angleterre des ténèbres ? La civilisation, qui peut engendrer ses barbares, ne peut-elle pas également créer ses Pygmées ? Ne trouve-t-on pas au pas de nos portes, à un jet de pierre de nos cathédrales et de nos palais, des horreurs semblables à celles rencontrées par Stanley dans la grande forêt équatoriale ? » Ainsi, Booth relie implicitement son combat contre la misère sociale à celui de William Wilberforce contre l'esclavagisme.

du monde, ses œuvres sociales. Tout en continuant à susciter des critiques – Huxley affirme que l'Armée du Salut est un « socialisme autoritaire masqué par sa face théologique » –, le mouvement acquiert une reconnaissance sociale certaine : la reine Victoria elle-même, à la fin du siècle, appelle William Booth « général ».

Religion et monde du travail au début du XXe siècle

En contraste avec la situation continentale, celle de la France entre autres, beaucoup de syndicalistes et de socialistes anglais du tournant du XIXe et du XXe siècle se réclament du christianisme. En 1908, une délégation de 400 d'entre eux se rend à Lille, à la demande des chrétiens-sociaux protestants français actifs dans les villes industrielles du Nord. Ils défilent avec des pancartes et des banderoles qui stupéfient la population : « Nous proclamons la paternité de Dieu et la fraternité des hommes », « Jésus, réformateur social, nous conduit et nous inspire »... À la tête de la délégation se trouve le mineur écossais Keir Hardie (1856-1915). Né de parents libres-penseurs, il s'est converti à dix-huit ans au non-conformisme évangélique et prône l'abstinence d'alcool en même temps que le socialisme. Élu député en 1892, fondateur d'un parti travailliste indépendant, il crée avec des fabianistes, des anarchistes et des socialistes marxisants le Comité de représentation du travail (*Labour Representation Committee*), qui devient en 1906 le *Labour Party* (dont naturellement certains membres, telle la majorité des socialistes londoniens, sont plus réservés à l'égard de la religion).

Cette même année, au sein du clergé anglican, une ligue (*the Church Socialist League*) tente d'élaborer une interprétation socialiste des grands thèmes chrétiens : l'incarnation de Jésus-Christ implique la plénitude de la vie de l'âme et du corps et légitime la protestation socialiste envers un système qui « laisse douze millions de personnes sans moyens suffisants pour vivre ». La doctrine de la Trinité signifie que la personnalité de chacun se réalise dans la vie collective ; la crucifixion, suprême *self-sacrifice*, contredit le libéralisme économique du *self-interest* ; le Jugement dernier examinera

« notre vie sociale et économique » ; les sacrements symbolisent le fait que tout l'éventail de l'existence – travail, plaisir, art, science, danse, théâtre – est consacré à Dieu… (P. d'A. Jones, 1968, p. 233-235). En outre, depuis les années 1890, les Églises du travail (*Labour Churches*) tentent, au sein du non-conformisme, d'instaurer avec le travaillisme la sorte d'alliance (parfois conflictuelle il est vrai) que le *dissent* a entretenu avec les *whigs* puis le parti libéral (Inglis, 1964, p. 227).

De cet ensemble, il serait naturellement abusif de conclure au passage massif des membres des diverses Églises à une perspective socialisante. Le détachement du monde ouvrier à l'égard du christianisme continue et la pratique religieuse diminue. Tout cela s'effectue cependant sans rupture brutale. Et, de même que l'anticléricalisme intellectuel reste un phénomène parcellaire, limité, de même on ne peut percevoir un véritable mouvement social anticlérical dans le peuple. Dans une certaine mesure, l'action sociale menée, les théologies élaborées, les motions votées dans les assemblées, donnent l'impression que le monde de la religion n'est pas coupé du monde du travail. Dans ce domaine encore, un certain continuum fonctionne.

La nouvelle donne des années 1900

Malgré l'Armée du Salut, les *Labour Churches* et d'autres initiatives, les non-conformistes ne sont plus la seule avant-garde des innovations sur le plan social. Au contraire, le ritualisme anglican, devenu un courant beaucoup plus populaire que le mouvement tractarien, agit depuis longtemps dans « les zones mortifères où la civilisation industrielle entassait sa main-d'œuvre et ses déchets […], rivalisant avec les “papistes” et les non-conformistes pour tenter de remonter le courant » (Ladous, 1985, p. 36). Par ailleurs, le développement d'une culture de fait sécularisée rend moins sensible l'opinion à l'antagonisme entre l'*Establishment* et les *dissenters* et diminue l'impact d'une demande sécularisté pour motif religieux. Les dissidents ne restent pas inactifs face à une telle évolution. De 1891 à 1896, ils créent un organisme pour débattre entre eux de façon régulière et coordonner leur action. Mais le nom même qu'ils adoptent, *National Council of the Evangelical Free Church*, qui évite les termes de *dissent* ou de *non-conformism*, montre un affaiblissement de leur esprit protestataire. La situation politique, religieuse et morale (l'ère victorienne prend fin) leur est moins favorable. Leurs alliés libéraux sont divisés par la guerre des Boers (1899-1902), qui leur pose des problèmes de conscience, au contraire de l'Église établie, qui soutient de façon générale l'impérialisme britannique. Les baptistes et les méthodistes non wesleyens souhaitent un règlement pacifique. Ils protestent contre les camps où sont enfermés des civils, avec femmes et enfants. L'opinion publique, quant à elle, veut la victoire et le signifie aux élections de 1900.

Un autre facteur d'affaiblissement de la cause du *dissent* est la question irlandaise et ses implications religieuses[1]. La campagne pour le *Home Rule* et la redistribution des terres a certes été menée sous la double direction de Charles Parnell, *landlord* protestant, et de Michael Davitt, petit-bourgeois catholique. Cependant, les antagonismes religieux ne tardent pas à se réveiller : « De nombreux nationalistes catholiques comme Michael Davitt [refusent] d'intégrer l'importante minorité protestante dans l'identité irlandaise, lui demandant simplement de se placer sous la houlette de la majorité catholique. En revanche, les protestants favorables au maintien de l'Union [s'efforcent] de persuader leurs coreligionnaires que le *Home Rule* [est] un “complot papiste” et l'on [voit] alors fleurir des slogans : *Home Rule is Rome Rule* ou *Home Rule is Pope Rule* » (Guiffan, 1995, p. 154). Gêneur des deux côtés, Charles Parnell, accusé d'adultère, se trouve écarté et meurt peu après (1891). Refusé par la Chambre des lords en 1893, le *Home Rule* continue de diviser l'opinion et surtout affaiblit le parti libéral.

1. La manière dont a été adopté le dogme de l'infaillibilité pontificale, ainsi que le dogme lui-même, renforce la « suspicion protestante traditionnelle contre les monastères et les couvents et, en général, la propagande anti-catholique », et diminue le soutien des protestants britanniques à la cause irlandaise (Norman, 1968, p. 82-84).

La nouvelle loi sur l'instruction

La dimension religieuse du problème irlandais prend encore plus d'importance que par le passé. Tout cela rend possible l'adoption d'une nouvelle loi sur l'instruction en 1902 par le gouvernement Balfour. Par certains côtés, elle semble constituer un retour en arrière.

La préoccupation première, dans une Angleterre alphabétisée à 97 % (ce qui est alors supérieur aux pays du Continent, notamment à la France), concerne le développement de l'enseignement secondaire du peuple (les *public schools* étant des établissements privés destinés à l'élite). Mais la réforme est plus globale : elle enlève la gestion des écoles primaires du secteur public aux remuants conseils d'école et la confie, comme la création d'écoles secondaires, aux conseils municipaux et de comtés. Ces conseils peuvent donner de l'argent provenant des taxes locales (les célèbres *rates*, objets de tant de disputes) aux *voluntary schools*, en échange d'une participation à leur conseil d'administration. De même, ces taxes peuvent être accordées aux écoles secondaires du secteur volontaire, à condition de superviser la partie non religieuse de leur enseignement. Après beaucoup de débats – 57 jours étalés sur 9 mois, contre 32 pour le *Forster Act* – le nouvel *Education Bill* est adopté par les deux Chambres.

Pendant ce temps, la polémique fait rage. Certes, les écoles anglicanes ont reculé face à un secteur public soutenu par les non-conformistes. Elles restent pourtant encore prépondérantes dans bien des secteurs ruraux. Et voilà que la loi va leur donner un nouvel essor, alors même que l'anglo-catholicisme est puissant dans l'Église établie et qu'il apparaît si proche – aux yeux des évangéliques – de pratiques et de doctrines romaines[1] ! D'autre part, des écoles catholiques

1. Depuis plusieurs décennies, cette tendance recherche l'unité avec le catholicisme. Dès 1854, ritualistes et catholiques prient ensemble dans l'*Association for the Promotion of the Union of Christendom*. Elle est condamnée par Rome en 1864-1865. L'infaillibilité pontificale de 1870 décourage Pusey. Mais l'action pour l'unité se poursuit sous la houlette de lord Halifax, qui dirige l'*English Church Union*.

vont bénéficier de la nouvelle loi. Refus d'un retour en force de l'Établissement dans le domaine scolaire et anticatholicisme se conjuguent donc pour provoquer, une nouvelle fois, une résistance principalement non conformiste, qui gagne aussi certains évangéliques anglicans. Voulant populariser la cause auprès de cette tendance, le pasteur baptiste John Clifford lance le slogan célèbre : « *Rome on the rates* » (« Rome aussi doit payer »). Il demande l'adoption « de mesures semblables ou, à défaut, comparables aux mesures adoptées en France avec la laïcisation de l'école publique » (Mews, 1997, p. 136 *sq.*). La contestation s'organise. Le Conseil national des Églises libres évangéliques la soutient tout en laissant la direction du mouvement à un Comité de résistance passive (*National Passive Resistance Committee*).

En effet, les méthodes de résistance passive – déjà éprouvées lors des combats contre les *Church rates* – sont reprises (plus tard, elles inspireront Gandhi) et conduisent les contrevenants à des procès pour refus d'acquitter leurs impôts. La « clause de conscience » qu'ils invoquent n'est pas admise par les tribunaux. Des biens sont saisis et vendus aux enchères, et si cela est rendu impossible par des donations à d'autres membres de la famille, l'emprisonnement est ordonné. En mars 1906, 70 880 citations à comparaître ont été lancées, 568 mises aux enchères ont eu lieu et 176 fautifs ont été mis en prison (Machin, 1987, p. 267). Mais le soutien de l'opinion publique fait défaut.

Nouvelle respectabilité, nouvelle pédagogie

Si les militants non conformistes sont toujours mobilisés, un décalage s'est produit avec le reste de la population, y compris avec une partie de leurs troupes. Après avoir obtenu la fin de leurs handicaps civiques et grâce à leur dynamisme, de nombreux *dissenters* se sont parfaitement intégrés à la bonne société, la marquant de leurs convictions propres.

Avec un prêtre français, Fernand Portal, ils tenteront, en vain, d'obtenir du Saint-Siège la reconnaissance des ordinations anglicanes (Ladous, 1985).

La Grande-Bretagne de 1870 à 1914, selon un historien comme D. W. Bebbington (1982), est profondément imprégnée par la « conscience non conformiste ». Cette réussite morale et sociale change la donne. Les petites contre-sociétés que forment les chapelles, avec une forte endogamie et avec leurs académies spécifiques produisant leurs élites, se sont ouvertes vers l'extérieur. Les nouveaux non-conformistes, qui maintenant étudient voire enseignent à Cambridge et Oxford[1], prennent des conjoints d'autres confessions, sont sensibles à des expressions religieuses nouvelles, se trouvent parfois aussi atteints par la modernité sécularisée et n'ont plus des liens aussi forts que par le passé avec leur dénomination d'origine. Certains même franchissent le Rubicon et deviennent membres de l'Église établie. La campagne s'enlise donc, même si elle dure plusieurs années : jusqu'en 1914, John Clifford comparaît 41 fois devant un tribunal et, en 1911, désespéré par le peu d'impact de cette action, un de ses leaders, le pasteur méthodiste Thomas Law, secrétaire du Conseil national des Églises libres évangéliques, se donne la mort.

Si l'école reste une préoccupation majeure, la mutation qu'elle a opérée dans le mode de vie des enfants et des adolescents entraîne une réaction littéraire et pratique, qui est également liée à l'impérialisme britannique alors à son apogée. Petit-fils d'un pasteur méthodiste, Rudyard Kipling (1865-1936) est marqué par l'œuvre colonisatrice de son pays – son célèbre poème « Le fardeau de l'homme blanc » (1899) en témoigne – et fasciné par l'Inde. Ses deux *Livre de la jungle* (1864 et 1895) mettent en scène Mowgli, enfant perdu dans la forêt indienne et élevé par une louve, qui devient membre de la société animale… avant de prendre conscience de sa différence et de retourner vers les humains.

On retrouve Mowgli et ses compagnons animaux dans la mythologie scoute. Pourtant, le scoutisme naît de la guerre des Boers. Son fondateur, Baden-Powell (1857-1941), fils de pasteur et officier dans l'armée coloniale, devient un héros en résistant victorieusement lors du siège de Mafelsing (1899).

1. Les dernières restrictions concernant les non-anglicans ont été levées en 1882.

Il cherche ensuite à adapter sa méthode d'instruction militaire à la jeunesse anglaise et organise un premier camp « scout » en 1907. C'est une rupture pédagogique et culturelle car « des pratiques "primitives" sont données en modèle à l'éducation du jeune européen alors qu'elles sont couramment présentées de façon péjorative dans le discours scientifique » de l'époque. Les jeux de piste conduisent sur les traces des « trouveurs de voies » peaux-rouges ; les techniques d'exploration en forêt reprennent et adaptent des éléments de pratiques d'initiation des jeunes Zoulous et de Souazi de l'Afrique australe. Baden-Powell est fasciné par la force des rites et la vitalité des hommes qu'il a côtoyés : « Dans ses dessins et caricatures, le Blanc – rachitique et asthénique – fait pâle figure face à "l'indigène" respirant une force triomphante [...] un équilibre dont l'origine tient [... aux] pratiques d'initiation dont le scoutisme va dès lors chercher à se réapproprier les mystères » (Denis, 1998, p. 8 *sq.*)[1].

De l'Établissement à... l'*Establishment*

La résistance à la loi de 1902 a été populaire au pays de Galles, où elle a pu s'appuyer sur des conseils de comté, dans des régions à majorité non conformiste. Un mineur, Evan Roberts, prédicateur laïc, anime un réveil de tendance pentecôtisante. L'inspiration donnée par l'Esprit est privilégiée. De nombreux ouvriers retrouvent le chemin des chapelles, ne boivent plus ni bière ni gin et entonnent des cantiques. Ce réveil apparaît également porteur de changement politique : tous les députés conservateurs sont battus au pays de Galles lors des élections de 1906, et le parti libéral, animé par le gallois Lloyd George – qui s'est soigneusement abstenu de tenir ses meetings aux mêmes heures que les réunions de réveil –, va prendre plusieurs mesures sociales. D'un autre côté, le désétablissement en Irlande a accru le désir des Gallois d'en finir avec l'Église établie, qu'ils identifient à la *gentry* et à la domination culturelle et politique des Anglais.

1. *Cf.* sur l'implantation du scoutisme en France et le débat entre protestants et catholiques à son sujet, A. Baubérot, 1997, p. 61-78.

Il faut dire que, pendant longtemps, obtenir un évêché au pays de Galles fut souvent considéré comme un marchepied pour postuler un autre, moins pauvre, en Angleterre même. La lutte contre la loi de 1902 et le Réveil ont donné un nouveau coup de fouet au combat pour le désétablissement gallois. Celui-ci est voté en 1914, même si l'entrée en guerre retarde son application jusqu'en 1920.

Nouveau succès non conformiste certes, mais ambivalent : l'Établissement a abandonné, une nouvelle fois, un bastion périphérique pour mieux subsister là où se situent le cœur du pouvoir et le noyau dur de l'identité collective britannique : l'Angleterre. Il a, comme il l'a fait régulièrement au cours du XIXe siècle, lâché du lest. Ainsi, il peut continuer sa route, car il a enlevé à ses opposants les arguments essentiels de leur contestation. Significativement, à partir des années 1920, le terme d'*Establishment* prend un nouveau sens. Il n'a plus rien de religieux, mais désigne une réalité sociale et culturelle qui a pris forme lors de l'époque victorienne. Il s'agit maintenant de la classe dirigeante. Ses membres peuvent être non conformistes, membres d'une Église établie, catholiques ou indifférents à l'égard de la religion. L'*Establishment*, c'est désormais, de façon dominante, le nouvel ensemble que forment les élites traditionnelles et la bourgeoisie commerciale, industrielle et financière. Ce glissement de sens atteste que la sécularisation est aboutie, et qu'elle conclut par un compromis l'antagonisme historique entre l'Établissement religieux et sa dissidence. Une période de l'histoire s'achève. Une autre s'emboîte sur elle. Elle est porteuse de nouveaux problèmes, de nouveaux conflits.

CHAPITRE VI

Du conflit des deux France au « pacte laïque »

Dans la France du second XIXe siècle, si l'on s'en tient au dispositif juridique, le pluralisme en matière de croyances est assuré de manière plus égalitaire qu'outre-Manche. Sous la IIIe République, des personnalités considérées comme « cléricales » revendiqueront des droits analogues pour le catholicisme à ceux de l'Église d'Angleterre. Ils se réclameront donc du modèle existant dans une démocratie libérale. Ils apparaîtront pourtant comme des nostalgiques d'un absolutisme d'Ancien Régime. Et, tout au long de la période, le problème de la liberté de conscience apparaît plus aigu en France qu'au Royaume-Uni. Un tel paradoxe prouve que nous nous trouvons dans deux rapports culturels à la religion très différents dans leur structure. Par exemple, la représentation sociale de l'influence légitime que peut exercer la religion sur la société n'a rien d'identique.

En fait, des problèmes liés au pluralisme existent, la situation difficile de communautés protestantes nouvelles – créées sous la monarchie de Juillet –, entraîne quatre interventions anglaises de 1854 à 1858. Elles réclament plus de liberté religieuse pour les protestants[1]. Mais à eux seuls, ces problèmes

1. À partir de 1853-1854, dans l'Yonne, la Sarthe, l'Orne, la Haute-Vienne et quelques autres endroits, les écoles de ces communautés sont fermées et les cultes interdits au motif que la division religieuse (récente dans les localités où de telles mesures sont prises) constitue une « rébellion morale » contre les autorités et que le protestantisme n'est qu'un prétexte pour troubler l'ordre social (on parle d'ailleurs dans les documents du ministère des Cultes de « parti méthodiste », d'appel aux « plus mauvaises passions » et à l'« or étranger »). Des

ne mettent nullement en cause la logique du premier seuil de laïcisation. Beaucoup plus important est le conflit des deux France, vif à certaines périodes de la Restauration et au moment de la révolution de 1830 et dans les années qui suivent, moins aigu ensuite, à tel point qu'on a pu le croire terminé durant les premiers mois de la IIe République. Il redevient une donnée majeure au cours du second XIXe siècle et finit par faire basculer la logique du premier seuil vers une nouvelle donne.

Le conflit des deux France ne met pas aux prises des « croyants » et des « incroyants ». Il s'agit, en schématisant, plutôt d'un antagonisme entre les tenants de deux visions de la France. Certains veulent que le catholicisme constitue l'« âme » même du pays, le cœur de son identité nationale ; d'autres affirment que la France moderne ne peut s'établir que sur les « principes de 1789 » (« notre Évangile », dira Jules Ferry qui, pourtant, combattra toute religion civile, comme le montre Olivier Ihl, 1996, p. 79-83), auxquels les religions doivent, au minimum, s'acclimater. Resurgissant périodiquement, ce conflit constitue une dimension importante de l'instabilité des régimes politiques en France. Ces représentations antagonistes se lient, en effet, à des projets politiques qui se combattent et triomphent de façon alternée.

Cléricaux et anticléricaux

Les mouvances en conflit sont, en fait, constituées de minorités actives : les « cléricaux » et les « anticléricaux ». Ces termes font partie du langage commun, mais il est possible de problématiser les notions de cléricalisme et d'anticléricalisme dans la France du XIXe siècle en les situant, de façon « idéal-typique », par rapport à la logique du premier

---

Britanniques interviennent auprès de l'Empereur : lord Shaftesbury (avril et juillet 1854) ; une vingtaine de membres du Parlement (là auprès du ministère des Affaires étrangères) ; lord Clarendon, chef du *Foreign Office* (mars 1856) et sir Culling Eardley, frère ou gendre (suivant les sources) du chancelier de l'Échiquier (mai-juin 1858).

seuil de laïcisation. Celui-ci induit une fragmentation institutionnelle où la religion cesse d'être une institution englobante et où d'autres institutions se structurent et produisent de nouvelles perceptions culturelles, à distance du religieux. Le cléricalisme voudrait que la religion catholique conserve ou retrouve une prépondérance institutionnelle et puisse exercer une forte influence sur d'autres institutions – notamment l'institution scolaire. L'anticléricalisme va tendre au contraire à nier toute validité à la religion en tant qu'institution et à prôner une libre religiosité ou même une option matérialiste. Ainsi se trouve mis en cause le fait que la religion est une des principales institutions sociales.

La légitimité du statut de la religion provient – seconde caractéristique du premier seuil de laïcisation –, outre les besoins de croyances et de rituels, du rôle de socialisation morale qui lui est dévolu. Le cléricalisme revendique que cette utilité morale reconnue soit référée à la « vérité » des doctrines religieuses catholiques. Il veut aussi que l'État aide ces « vérités doctrinales » à conserver (ou à retrouver) une légitimité sociale. En revanche, l'anticléricalisme va affirmer de plus en plus fort que les religions instituées sont moralement nocives. Ainsi, la thèse du philosophe Eugène Vacherot dans *La Démocratie*, parue en 1860, est que toute religion structurée tend à être intolérante, autoritaire et passéiste, alors que la démocratie suppose une morale de tolérance et de la coresponsabilité dans la constitution d'un avenir commun.

Enfin, selon la logique du premier seuil, le service cultuel et la socialisation morale effectués par la religion supposent une pluralité de cultes reconnus. Le cléricalisme tend à maximaliser l'écart entre la reconnaissance du catholicisme et celle des autres cultes reconnus (à ne pas donner les mêmes droits à la « vérité » et à l'« erreur »), à ne pas admettre, de surcroît, que l'on puisse vivre sans les « secours de la religion ». Au contraire, l'anticléricalisme va privilégier, dans la liberté de conscience, le droit à l'indifférence et au refus de religion.

La période la plus faste du cléricalisme (ainsi défini) est sans doute la Restauration, et la loi sur le sacrilège de 1825 en est le zénith. Mais ses résurgences ultérieures, sous le

Second Empire et lors de l'Ordre moral et du Seize-Mai[1], même si elles ne vont pas forcément aussi loin dans la volonté d'un retour « en deçà » du premier seuil, apparaîtront à beaucoup comme une agression à l'égard de « l'esprit du siècle ». Religieux ou libéral, l'anticléricalisme du premier XIXe siècle lutte contre les tendances cléricales, de façon plus ou moins virulente, en explicitant les idéaux du premier seuil. Les caractéristiques que nous venons de donner correspondent à la radicalisation et à la globalisation de l'anticléricalisme dans la seconde moitié du siècle[2]. La victoire durable des républicains permettra-t-elle à cet anticléricalisme de réaliser ses objectifs ?

L'ultra-gauche de Dieu

Dans les années 1850 et 1860, plusieurs groupements forment ce qu'Yves Hivert-Messeca appelle « l'ultra-gauche de Dieu ». Cette perspective se trouve déjà dans les tendances libérales du judaïsme et du protestantisme. Les premiers forment l'« Alliance israélite universelle » en 1860. Elle se réclame des principes de 1789 et les propose comme modèle d'émancipation aux juifs du monde entier (Graetz, 1989, p. 380-430). Ces juifs établissent des relations cordiales avec les protestants libéraux, qui eux recrutent dans la moyenne

1. Rappelons que l'on qualifie d'« Ordre moral » la période (1873-1874) qui, suite au renversement de Thiers et à l'élection de Mac-Mahon à la présidence de la République, est marquée par une tentative de restauration de la monarchie. Le « Seize-Mai » fait allusion à la démission du chef du gouvernement (le républicain modéré Jules Simon) imposée par Mac-Mahon, le 16 mai 1877. Il est remplacé par Albert de Broglie (déjà chef de gouvernement sous l'Ordre moral). La Chambre des députés (à majorité républicaine depuis les élections de 1875) renverse de Broglie. Mac-Mahon dissout la Chambre. La campagne électorale est marquée par de fortes pressions gouvernementales. Les républicains, avec Gambetta, dénoncent le « cléricalisme » du pouvoir et gagnent les nouvelles élections (octobre 1877). Mac-Mahon démissionne en janvier 1879. Commence alors la « République des républicains ».

2. C'est d'ailleurs à ce moment-là que le terme « anticlérical » est utilisé, contrairement à « clérical » qui, lui, apparaît vers 1815.

bourgeoisie des partisans d'un « christianisme de l'esprit », relativisant ou interprétant les dogmes et les miracles pour éviter toute rupture dans « les lois de la nature ». Ils insistent sur les aspects moraux de la « prédication de Jésus » et mettent en avant un « Dieu de vérité et d'amour », pour reprendre la formule de l'un d'entre eux, Félix Pécaut (Encrevé, 2001, p. 171-197). Ces deux mouvances se heurtent aux autorités consistoriales mises en place par les Articles organiques et beaucoup plus prudentes théologiquement (Nord, 1995, p. 64-114). L'un d'entre eux, Henri Carle, juif et franc-maçon, fonde l'« Alliance religieuse universelle » en 1860, dont le périodique s'intitule significativement *La Libre Conscience*. Carle cherche à montrer que le « progrès religieux », en élevant peu à peu la représentation de Dieu au-dessus des doctrines des religions constituées, est « l'expression la plus élevée du progrès des civilisations ». Ces diverses mouvances s'opposent à la fois au « surnaturalisme » et au positivisme, même si ce dernier, avec le *Catéchisme positiviste* d'Auguste Comte (1852), prône désormais une religion de l'humanité où chacun doit se sentir « organe » du « Grand Être » formé par l'ensemble des morts, des vivants et des personnes à naître.

Ces bourgeois cultivés, bonapartistes de gauche ou républicains libéraux, plutôt francs-maçons, parfois curieux de spiritisme, se retrouvent dans l'ouvrage de Jules Simon, *La Religion naturelle* (1856). L'existence de Dieu, l'immortalité de l'âme et la croyance en une vie à venir qui remplira toutes les promesses de celle-ci et compensera les injustices en sont les fondements. Le culte, prière et examen de conscience, doit rester privé et personnel. L'optique des croyants libéraux comme des libres-penseurs religieux consiste en définitive à ne pas dissocier l'idée de Dieu et les idéaux modernes (notamment l'idée de progrès) et à vouloir maintenir une origine transcendante à la morale. Leur Dieu est sans visage, échappant aux anthropomorphismes des religions révélées, et sans Église. Il permet ainsi une réconciliation entre foi et science et réalise la synthèse parfaite des deux pôles de l'être humain : la raison et le sentiment. Mais cette perspective ne va pas tarder à se trouver écartelée entre la montée d'un catholicisme militant et une vision plus critique de la « morale indépendante ».

Un catholicisme militant et populaire

Le catholicisme militant prend plusieurs visages. L'un d'eux est populaire et se manifeste notamment par des apparitions miraculeuses. En 1846, deux bergers gardant leurs troupeaux sur les flancs de La Salette avaient vu une « dame en larmes » leur prédire des calamités agricoles – à moins d'une conversion. Elle s'exprimait en patois du terroir. L'enthousiasme des pèlerins contrasta avec la réserve de départ des autorités ecclésiastiques. Douze ans plus tard, une « belle dame » apparaît à une adolescente, fille d'un meunier de Lourdes, et lui déclare : « *Qué soi l'Immaculado Councepcion* » (« Je suis l'Immaculée Conception »). Religieuses, prêtres et autorités civiles ne la croient pas et craignent les complications. Mais la nouvelle se répand très vite et la foule afflue à la grotte miraculeuse. Les pèlerinages rituels se développent, avant même qu'en 1862 l'évêque de Tarbes proclame l'apparition authentique et l'eau de la grotte capable de faire des miracles. Quelques années après, on construit une voie de chemin de fer vers cette bourgade de quelques milliers d'habitants, désormais le centre d'un pèlerinage international. Une mutation s'effectue donc des « prudences de la tradition tridentine et romaine » aux « certitudes explicites et tangibles que réclament désormais croyants et dévots » (Boutry, 1991, p. 498).

L'Église catholique montre alors qu'elle peut guérir en dehors de la science rationnelle. La seconde moitié du XIXe siècle est ainsi l'époque des miracles, que certains prêtres, et l'on n'est pas sans songer au fameux curé d'Ars, Jean-Marie Vianney, ne cessent de rappeler. On multiplie les pèlerinages, les processions qui affirment le pouvoir thérapeutique de la foi catholique. Dans les campagnes, l'institution catholique, sans pour autant, par prudence, les cautionner publiquement et pour ne pas prêter le flanc aux critiques rationalistes, passe sous silence les pratiques de certains prêtres, celle par exemple d'imposition des mains (Guillaume, 1990, p. 65).

Cette « dévotion moderne » provoque bien des polémiques. Le *Grand Dictionnaire universel* de Pierre Larousse dénonce, peu après, les « prétendus miracles » qui n'ont « rien à envier aux pratiques les plus grossières du paganisme ». Il donne deux explications – significatives par leur aspect contradictoire – de l'apparition de Lourdes : il s'agit d'abord « d'un phénomène pathologique fort commun : l'hallucination », ensuite de la comédie jouée par une dame « en rendez-vous galant au fond de la grotte » et qui aurait trouvé ce stratagème pour préserver son secret « peu édifiant ». La religion démasquée par la science et par la gauloiserie : les deux se conjugueront souvent, de fait, dans la polémique anticléricale, et uniront ainsi discours savant et discours populaire. Inversement, la religiosité populaire liée à cette vision, si elle a pu déconcerter un catholicisme plus officiel, atteste et crédibilise sa nouvelle orthodoxie : Marie elle-même se déclare « Immaculée Conception », quatre ans après la promulgation du dogme par la papauté, dogme qui lui-même tranche avec les réserves exprimées à ce sujet par de nombreux théologiens, d'Augustin aux membres du concile de Trente[1].

Cette évolution du catholicisme va continuer et sera marquée, au début des années 1860, par l'encyclique *Quanta cura* et le *Syllabus*. Elle explique l'échec des conciliateurs, et l'itinéraire d'un Pierre Larousse en constitue un exemple frappant. Pierre Larousse (1817-1875) est d'abord un autodidacte, formé par la littérature de colportage : sa mère tient une auberge où logent justement des colporteurs. On trouve de tout dans leur besace, et le jeune Pierre lit avidement histoires édifiantes, recettes de cuisine, conseils d'hygiène ou de médecine populaire, pamphlets, romans, morceaux choisis d'auteurs des siècles passés – Montaigne, Rabelais, La Fontaine… – et philosophes du XVIIIe siècle : Voltaire, Rousseau, Diderot notamment[2]. Après une brève carrière d'instituteur,

1. La promulgation de ce dogme ravive l'anticatholicisme religieux en Grande-Bretagne. En France, le journaliste de *La Presse* Alphonse Peyrat publie, en 1855, une *Histoire de l'Immaculée Conception* bien documentée où il montre la nouveauté du dogme.

2. On retrouve cet aspect d'encyclopédisme hétéroclite, mélangeant volontiers les genres, dans le *Grand Dictionnaire universel* (1866-1876), paru d'abord en fascicules, qui se situe dans le prolongement de la littérature de colportage. Son succès auprès des nouvelles élites républicaines (enseignants, journalistes, cadres administratifs le lisent et l'utilisent pour leurs cours, leurs articles, leurs discours) montre

il publie à partir de 1858 un bulletin, *L'École normale*, qui propose aux instituteurs et institutrices une pédagogie active et parfois ludique. Autant que faire se peut, sa publication se tient à l'écart du conflit des deux France, même si elle innove en confiant à des laïcs femmes la rédaction des « cours d'histoire sainte », à l'époque où cet enseignement est dispensé à l'école publique par des clercs ou sous leur contrôle. Lui-même témoigne d'une religiosité éclectique, fruit de ses lectures, et publie des textes de Voltaire aussi bien que ceux de prédicateurs et de moralistes catholiques bien en cour. La publication de *L'École normale* rencontre un succès croissant auprès des congrégations enseignantes, surtout féminines, alors en plein essor. Les religieuses ne semblent pas rebutées par ce qui différencie *L'École normale* d'une publication catholique militante. Elles aussi veulent concilier religion et « esprit du siècle » (Baubérot, 1997, p. 27-44).

Mais le conflit des deux France rattrape Pierre Larousse et ses lectrices. Son succès, en effet, inquiète, et en 1863 des autorités ecclésiastiques mettent en garde les religieuses contre les phrases très pernicieuses que comportent les exercices grammaticaux de *L'École normale*. Elles enseignent une tolérance qui leur paraît bien complaisante face à l'erreur. Or nous sommes à un moment où le conflit se radicalise. Ainsi, Clémence Royer, préfaçant (1862) *De l'origine des espèces* de Darwin, absolutise l'enjeu en affirmant, contrairement à l'auteur, que l'évolutionnisme et le christianisme constituent « deux principes en lutte ». Elle somme le lecteur de choisir entre la « révélation rationnelle [...], résultante des progrès de la science », et la religion, « voile obscur de toutes les intelligences ».

---

l'influence durable de ce type de culture. Elle s'accorde mal, bien sûr, avec celle de l'intelligentsia savante et, au tournant du XIXe et du XXe siècle, la *Grande Encyclopédie* de Marcellin Berthelot ne se prive pas de propos très condescendants : la « vogue très grande » du *Grand Dictionnaire universel* vient du « caractère anecdotique » de ce « très amusant dictionnaire », mais « le manque de plan méthodique et de proportion entre les articles, l'absence presque complète d'esprit critique en rendent l'usage hasardeux ». Au Royaume-Uni, le *Chambers's Edinburgh Journal*, sorte d'encyclopédie périodique publiée à partir de 1832, représente un type de littérature analogue.

Inversement, pour un évêque comme Mgr Meignan, l'ouvrage de Darwin constitue « la contradiction la plus nette de l'anthropologie biblique ». Là encore un assez large public va être mis au courant d'une opposition plus ancienne ; en effet la théorie transformiste de Lamarck avait déjà provoqué d'analogues fins de non-recevoir. En 1825, par exemple, Mgr Frayssinous avait polémiqué contre « ces docteurs bizarres qui, traçant la généalogie des êtres, nous font l'honneur de nous faire descendre de la race des singes, doctrine dégoûtante, qu'on a voulu fonder sur des ressemblances d'organisation physique ». Notons que la France va avoir aussi ses conciliateurs, tel Albert Gaudry, professeur de paléontologie, qui affirme, en 1868 : « C'est sous la direction du Divin Ouvrier que les espèces poursuivent leur évolution à travers l'immensité des âges » (Laurent, 1989). Mais les conciliateurs français n'auront pas, et de loin, la même légitimité religieuse que les conciliateurs britanniques et ils n'éviteront pas l'impression dominante d'un conflit frontal entre religion et science.

En 1862, Ernest Renan, nommé à la chaire d'hébreu du Collège de France, est révoqué pour avoir qualifié Jésus d'« homme incomparable » (et non de Fils de Dieu). Il récidive l'année suivante en publiant sa célèbre *Vie de Jésus*. Il s'inspire de la science historique de savants allemands ou alsaciens qu'il vulgarise (en se montrant moins radical que David Strauss, non traduit en français) et déclenche de vives polémiques. Avec un certain humour, le pasteur évangélique Edmond de Pressensé indique que le Jésus de Renan est « adorable », dans le sens même où un homme emploie volontiers cette expression pour qualifier une belle femme. D'autres se montrent plus scandalisés. L'important pour nous est la diffusion considérable de l'ouvrage – dont une version bon marché populaire est très vite publiée – et son influence diversifiée. Parmi les ouvriers, il prolonge la tradition du socialisme dit « utopique » de la première moitié du siècle, en inspirant du respect pour le personnage de Jésus. Dans certaines campagnes, au contraire, il répand auprès des « philosophes du village » l'idée que croire en la divinité de Jésus-Christ n'a rien d'évident.

Le *Syllabus* et son impact

La « question romaine » prend alors un tournant qui éloigne en partie le Second Empire du catholicisme : en 1860, la France a laissé faire le démembrement des États pontificaux, Rome exceptée, et en 1864 une convention avec l'Italie prévoit le retrait des troupes françaises dans un délai de deux ans. C'est dans ce contexte que paraissent *Quanta cura* et le *Syllabus*, qui suivent de quelques années l'affaire Mortara. Il s'agissait de l'enlèvement d'un enfant juif à ses parents par les gendarmes pontificaux pour l'élever dans la religion catholique. En effet, l'enfant était malade et la servante de cette famille l'avait secrètement baptisé. Cela déclencha un scandale européen, notamment en Grande-Bretagne et en France, où la presse libérale suivit avec passion les rebondissements de l'affaire. Ici un principe de morale élémentaire – le « droit naturel » des familles sur leurs enfants – s'oppose au catholicisme, dont la légitimité sociale en France provient précisément de son rôle dans la socialisation morale. Et maintenant, Pie IX avec le *Syllabus*, ou liste des « principales erreurs de notre temps », condamne tout ce qui constitue, selon une expression générique très utilisée alors, « les progrès de la civilisation ». D'ailleurs, la dernière affirmation rejetée est précisément celle-ci : « Le Pontife romain peut et doit se réconcilier et transiger avec le progrès, le libéralisme et la civilisation moderne. »

Moins qu'une exégèse qui tenterait de montrer que ce texte est plus subtil qu'il n'en a l'air – en distinguant par exemple entre « contraire » et « contradictoire » –, ce qui importe, ce sont les effets sociaux immenses et durables de ce document. Pour la première fois s'établit un « contact direct entre la production romaine et l'opinion publique, sans qu'interviennent les médiations des théologiens » et « un large lectorat réagit au jour le jour au rythme même de la presse quotidienne » (Langlois, 1998, p. 86). Des catholiques eux-mêmes sont atterrés. « Chacun se demandait comment on allait pouvoir accommoder avec la religion ainsi interprétée les habitudes et les nécessités de la vie commune. Les pères de famille s'inquiétaient de savoir si c'était la doctrine qu'on allait enseigner dans le catéchisme à leurs enfants. Et pendant que les croyants étaient ainsi confondus et éperdus, les incrédules poussaient un formidable cri de triomphe », écrit Albert de Broglie. Vingt ans plus tard, Lavigerie, alors évêque, affirmera que l'un des « plus douloureux souvenirs de sa carrière est celui de cet égarement furieux de l'opinion publique, contre lequel personne ne pouvait bientôt plus rien d'efficace ». Le *Syllabus*, ajoute-t-il, « est en un mot le nom par lequel on nous voue à la haine du genre humain en prétendant que le genre humain est lui-même objet de notre haine »[1]. Le *Syllabus* prend donc valeur de symbole. Encore au moment de la séparation des Églises et de l'État, nombre de républicains affirmeront : « Entre le *Syllabus* et la Déclaration de 1789, entre la loi romaine et la loi française, il faut choisir. » Inversement, Charles Maurras fondera une chaire du *Syllabus* à l'institut d'Action française, créé par le mouvement du même nom.

Morale indépendante et lutte pour le droit au divorce

En 1865, Pie IX complétera le *Syllabus* par une allocution *Multiplices inter machinationes* où il renouvelle fermement la condamnation de la franc-maçonnerie. La même année, trois maçons fondent une revue, *La Morale indépendante*. Marie-Alex Massol (1803-1873), son directeur, est un ancien saint-simonien devenu l'ami de Proudhon. Avec ses amis, dont deux médecins aliénistes, ils défendent l'idée que « la loi morale transcende tous les cultes, religions, coutumes, philosophies ; elle est donc universelle et ne peut être dérivée par rapport à ce qu'elle dépasse ». La transcendance de la morale

1. Dans ce contexte, la publication très rapide par Mgr Dupanloup d'une brochure, *L'Encyclique du 8 décembre*, permet de rassurer certains en distinguant « la thèse » (l'affirmation des principes) de « l'hypothèse » (leur application concrète). Mais elle est aussi dénoncée comme une « colossale raillerie » (*Revue des Deux Mondes*). Et, joignant à la réfutation de Mgr Dupanloup une critique ironique face à la vie mondaine du nonce, on traduit ainsi la distinction faite : « La thèse consiste à condamner les juifs, l'hypothèse à dîner chez M. de Rothschild. »

elle-même se substitue à la représentation de la morale fondée sur la transcendance. L'origine de la morale ne se situe pas hors de l'être humain. Elle « s'appuie sur un fait avéré et sensible à tous, le sentiment ou la perception intime par l'homme raisonnable de sa liberté et donc de sa responsabilité » (Ognier, 1998, p. 156)[1].

La Morale indépendante, comme avant elle *La Libre Conscience*, ne touche qu'un public restreint, mais elle sert de laboratoire d'idées et annonce l'évolution d'une partie de la franc-maçonnerie. En 1877, sous l'instigation de l'ex-pasteur Frédéric Desmons, le Grand Orient de France, après d'autres loges comme celles d'Italie, fait supprimer la référence au Grand Architecte de l'Univers (GADLU). Une réforme des rituels mettra ensuite en place une symbolique religieusement neutre. Par ailleurs, *La Morale indépendante* met en cause frontalement ce qui fonde en bonne part, dans la logique du premier seuil, le système des cultes reconnus : l'utilité morale de la religion.

L'abrogation du divorce en mai 1816 avait renforcé le rôle de la religion dominante catholique dans le domaine moral. Après la révolution de 1830, ce retour en arrière avait fait l'objet de nombreuses attaques. Elles prennent de l'importance dans la seconde partie du siècle. Les arguments invoqués (Ronsin, 1992) sont particulièrement significatifs. D'abord, il s'agit de l'identité nationale : la loi d'interdiction date de la Restauration, régime imposé par des princes « étrangers ». Elle a été votée par une « Chambre aussi peu française qu'elle était peu philosophe ». Naturellement, la séparation de la « loi civile » et de la « loi religieuse » (fragmentation institutionnelle) et la « liberté religieuse » (pluralisme des cultes reconnus) sont aussi invoquées. Mais l'argumentation occupe surtout le terrain moral lui-même.

En l'absence de divorce, la séparation de corps devient la

1. Comme tout mouvement de pensée, la « Morale indépendante » évoque des précurseurs. Quelques textes mentionnent Rabelais, Montaigne, Voltaire, Diderot et Stendhal, mais la grande référence est « le philosophe immortel », Emmanuel Kant. Cette filiation n'est pas dépourvue de critique : l'erreur de Kant serait d'avoir considéré la liberté comme un postulat de la raison, alors que le sentiment de liberté est un fait fondateur.

solution imposée aux couples désunis. Cela met les époux en désaccord « dans la position du vœu de chasteté ». Or, « les physiologistes » indiquent que la chasteté peut entraîner des maladies et des « écarts épouvantables ». La science se trouve donc convoquée pour accuser la morale religieuse dominante de nuire à la santé et de conduire à l'immoralité. D'ailleurs, certaines femmes trouvent toujours « dans les congrégations qui pullulent sur le sol de notre malheureuse France » des confesseurs indulgents, et elles deviennent ainsi « de véritables courtisanes légitimement mariées ». On le voit, la religion catholique est surtout accusée de propager l'immoralité… de la femme[1]. Le principe implicite de la double morale selon le genre fonctionne dans la culture française comme dans celle de l'Angleterre victorienne. En revanche, est-il dit et répété, le divorce permettrait de « sauvegarder la sainteté du nœud conjugal » et la moralité de la famille française. Identité nationale et nécessité d'une nouvelle culture morale commune, en lien avec la science, fondent le combat pour le rétablissement du divorce.

Il sera victorieux en 1884 grâce à la République des républicains. La proposition de loi provenant d'un juif libre-penseur, Alfred Naquet, le député évêque Mgr Freppel dénonce la « campagne antifrançaise, anticatholique » appuyée par « une poignée d'israélites ». Il lance à ses collègues députés : « Allez vers les juifs ! Nous restons, nous, du côté de l'Église et de la France. » Propos hautement significatifs (s'il est besoin de le préciser). Deux ans avant *La France juive* de Drumont, ils excluent les citoyens français juifs de la communauté nationale et ils lient une vision de l'identité française à une autre vision de la culture commune, où la morale catholique a valeur légale, comme étant celle de la « fille aînée de l'Église ». Le problème du divorce montre à quel point la logique, qui se voulait pacificatrice, du premier seuil de laïcisation a été supplantée par un conflit qualifié

1. Dans les faits c'est, bien sûr, tout le contraire : « l'érotisation de la danse » devient « une obsession complète du clergé français du XIXe siècle », et « sa condamnation vise presque exclusivement les filles », privées alors d'absolution, de communion, et parfois dénoncées du haut de la chaire (Gibson, 1989, p. 93 *sq.*).

avec justesse de « conflit des deux France » puisque chaque camp pense représenter à lui seul l'identité symbolique du pays et considère l'autre camp comme celui de l'anti-France, dépourvu de légitimité.

« Le grand diocèse des esprits émancipés… »

Plus généralement, un enjeu primordial de l'anticléricalisme consiste à délégitimer moralement le catholicisme. Il ne s'en privera pas : description du curé « gras et jouisseur » (à côté du prêtre froid et fanatique), obligation « antinaturelle » de la chasteté des clercs aboutissant inévitablement à des amours vénales, adultères et pédophiles (le « confessionnal entrée du vice », « l'enfance livrée au monstre »…), accusations de brutalités (« les nonnes qui font crever leurs orphelines », les « coups de poing apostoliques »), de captation d'héritage, de vie d'opulence (Lalouette, 1997, p. 219-255). Mais, outre que le « cléricalisme » n'est pas non plus en reste dans une dénonciation de « la glorification de la chair » par les libres-penseurs [1], la crédibilité du discours laïcisateur dépend de sa capacité à fonder solidement une nouvelle morale qui puisse fonder le lien social. Mgr Dupanloup publie en 1866 une brochure, *L'Athéisme et le Péril social*, où il contre-attaque sur ce terrain : l'athéisme ne sait que détruire, il est incapable de proposer une morale commune. Ce propos n'est pas sans écho même chez des personnes assez indifférentes en matière de religion. Elles se demandent si attaquer cette dernière ne va pas entraîner la morale dans la chute. La réplique consiste alors à insister sur la science comme étant désormais l'autorité apte à guider les conduites morales.

Le débat est donc, à partir des années 1860, global. Il porte à la fois sur la science et la morale, et, selon certains, sur les

1. Les publications cléricales font du cochon la personnification des libres-penseurs (il est l'animal qui représente le mieux la chair dans ce qu'elle a de plus positivement charnel) et parfois même l'objet présumé de leur adoration, car « l'homme adore toujours quelqu'un ou quelque chose » et, « quand il cesse d'adorer Dieu, il n'y a plus de limite à son abaissement » (*cf.* J. Lalouette, 1997, p. 249).

dangers du matérialisme. Ainsi, au Sénat en 1868, la faculté de médecine est mise en cause à propos d'une thèse (annulée par le ministre Duruy) intitulée *Étude médicopsychologique sur le libre-arbitre humain.* Bel exemple d'une nouvelle conception qui envisage l'être humain et le monde à partir de la physiologie et non plus de la métaphysique, et cherche à priver philosophes et théologiens d'un de leur séculaire sujet de débat ! Le baron Dupin s'insurge : « Si le matérialisme est vrai, nous sommes irresponsables [... et] les condamnations prononcées contre les criminels sont d'odieuses comédies que rien ne doit justifier. » Il s'attire alors une réplique cinglante de Sainte-Beuve dénonçant « l'attitude agressive et envahissante [... du] parti clérical » et magnifiant la force nouvelle qui se développe : « Le grand diocèse des esprits émancipés, diocèse immense qui compte par milliers des déistes, des spiritualistes et disciples de la religion dite naturelle, des panthéistes, des positivistes, des réalistes, des sceptiques et chercheurs de toute sorte, des adeptes du sens commun et des sectateurs de la science pure. »

Hygiène et culture morale médicale

Au début des années 1860, un corps médical laïque commence à s'affirmer. On doit essentiellement à Michel Foucault (1963) d'avoir montré comment la médecine, dans la seconde moitié du XIXe siècle, avec l'avènement de la méthode anatomo-clinique et de la médecine expérimentale, s'est constituée comme champ autonome et lieu de pouvoir, même si le terme de « bio-pouvoir » choisi par le philosophe peut apparaître excessif. C'est à cette époque que l'Association générale des médecins de France fait restreindre l'activité des religieuses en matière médicale – déjà, le congrès médical de 1845 s'était attaqué farouchement aux pratiques des sœurs soignantes – et fait instaurer un arsenal de poursuites juridiques contre les « charlatans » (Léonard, 1977). À cette même époque les progrès de la médecine se confirment. La révolution de l'anesthésie, dont nous avons parlé, qui sera stimulée vingt ans plus tard par la découverte de l'asepsie, a fait faire des progrès considérables.

En outre, ce qui s'impose désormais, c'est la méthode anatomo-clinique dont les maîtres mots sont : voir, explorer, écouter. On invente le stéthoscope, on mesure les signes cliniques, on compte les pulsations et l'on mesure la fièvre. Dans les hôpitaux, qui se laïcisent[1], des internes peuvent collecter des données au lit des malades. C'est la naissance de la médecine expérimentale. Des figures illustres de la médecine s'imposent : Claude Bernard, Charcot, Broussais, Bichat. Un chimiste, Louis Pasteur, qui se veut un conciliateur entre les deux France[2], confirme ce triomphe de la science. Dans un monde où se diffuse le positivisme, la croyance dans le progrès permet à la pensée scientifique de s'émanciper du religieux, et pour certains la science doit remplacer la religion comme guide moral.

Cette culture médicale laïque trouve son apogée avec les défenseurs de l'hygiénisme, qui devient un mot d'ordre pour de nombreux médecins. Une nouvelle culture morale se met en place. Dès 1848-1849, la IIe République organise une pyramide de conseils d'hygiène publique et de salubrité, à Paris et en province. Ce sont des médecins qui dominent ces institutions. Selon eux, les fléaux qui menacent certaines catégories sociales (au premier chef les ouvriers), avant tout l'« alcoolisme » (désigné comme tel vers 1846-1852), sont le fait d'une vie « dépravée ». Pour faire des travailleurs sains, il convient de leur inculquer des règles de propreté et d'hygiène strictes. Autres menaces, et non des moindres, pour la bonne santé d'une nation : la syphilis et l'augmentation de la prostitution clandestine. Cet hygiénisme connaît son apogée lors des débuts de la IIIe République (Murard et Zylberman, 1996). À partir de 1870, la lutte contre l'alcoolisme est organisée : on crée des sociétés de tempérance qui se diffuseront dans les écoles normales en 1895 et auront des sections sco-

1. La chapelle va progressivement être remplacée par la salle d'opération comme centre symbolique de l'hôpital.

2. Pasteur, en opérant une distinction entre science et foi, ce que la majorité des savants de l'époque refuse de faire, est apprécié par l'instruction religieuse catholique, avant la laïcisation de l'école, et devient ensuite, pour la morale laïque, une sorte de « saint laïque », célébré pour ses découvertes, sa « piété filiale » et sa contribution aux « progrès du genre humain ».

laires cadettes dans les écoles primaires. On lie l'alcoolisme et un autre fléau, la tuberculose : « La phtisie se prend sur le zinc » (Dr Hayem) ; « L'alcoolisme fait le lit de la tuberculose » (Dr Landouzy). Malgré la découverte du bacille de Koch, on ne néglige pas « l'influence du terrain » (Léonard, 1981, p. 314-316).

Ce discours hygiéniste, on ne peut que le rappeler, est extrêmement misogyne [1] : son conformisme moralisateur fait de la femme une personne qui doit avant tout être une bonne mère de famille et accomplir au mieux ses fonctions de reproduction (en Grande-Bretagne, le discours religieux en fait une pécheresse qui doit, pour échapper à ce statut, respecter les mêmes règles). Les concepts d'« hérédité » et de « dégénérescence » sont utilisés à profusion par ces défenseurs d'une morale pas nécessairement chrétienne. « Le souci du corps remplace celui du salut de l'âme » (Léonard, 1981, p. 169).

De l'anticléricalisme à la sécularisation de la médecine

C'est dire que la culture médicale française se laïcise pour produire une morale spécifique. Pour autant, les liens entre religion et médecine ne sont pas définitivement rompus dans cette France de la seconde moitié du XIXe siècle. Certains médecins anticléricaux sont vivement critiqués par les cléricaux et les pratiquants catholiques (pour des actes symboliques comme la participation à un banquet lors d'un vendredi saint) [2]. Avec le courant hygiéniste, l'Église catholique voit la possibilité de se réaffirmer, et Surbled, un médecin

1. À tel point que le discours peut s'inverser : des médecins se méfient d'un « usage intempestif de l'eau » chez les femmes. Les « exigences de la pudeur » font craindre « les soins indiscrets », et un gynécologue indique que « la courtisane doit son infériorité à ses excès de toilette » (A. Corbin, 1982, p. 209).

2. En septembre 1867, à l'issue d'un congrès médical parisien, un banquet est organisé en l'honneur des savants matérialistes allemands Carl Vogt (pour qui la pensée a, avec le cerveau, le même rapport que « l'urine avec les reins ») et Rudolf Virchow. Il est présidé par Paul Broca et Jean Martin Charcot y assiste.

catholique, peut écrire en 1900 que « l'hygiène est une des dimensions de la vertu ». Comme en Grande-Bretagne, les militants religieux, catholiques mais aussi protestants, luttent contre l'alcoolisme en fondant des associations.

Ainsi, l'Église catholique réagit, tente de reconquérir du terrain dans le domaine du soin et cherche des soutiens, parfois parmi ceux-là mêmes qui ont contribué à la révolution de la médecine : on en veut pour preuve, en 1868, à la fin du Second Empire, l'immense cérémonie organisée à Quimper pour l'inauguration de la statue de Laennec, médecin chantre de la méthode anatomo-clinique certes, mais tout aussi réputé pour sa ténacité religieuse[1]. En 1875, les médecins catholiques réussissent à créer une faculté de médecine catholique à Lille, reconnue par Pie IX et Mac-Mahon. En 1884 est créée la Société Saint-Luc, Saint-Côme et Saint-Damien, qui regroupe des médecins pieux (Léonard, 1981, p. 265). Une figure devient emblématique : le médecin catholique, compétent scientifiquement et aussi contraint à un devoir de charité.

Cependant, à la fin du siècle, en dépit de ces efforts religieux, c'est véritablement une culture médicale laïque qui s'impose. Le 30 novembre 1892 est promulguée « la loi qui réforme enfin la profession médicale » (Léonard, 1981, p. 275). L'article Ier : « Nul ne peut exercer la médecine en France s'il n'est muni d'un diplôme de docteur en médecine, délivré par le gouvernement français, à la suite d'examens subis devant un établissement d'enseignement supérieur médical de l'État. » Lentement, les officiers de santé vont disparaître (les derniers exerceront encore au début de la Seconde Guerre mondiale). Les médecins ont désormais toute légitimité et constituent un des piliers du pouvoir républicain (de 1877 à 1906, il y a entre 41 [1885-1889] et 60 [1881-1885] députés médecins, soit entre 9 % et 12,3 % des députés, qui sont comme les « nouvelles couches » évoquées par Gambetta). De Paul Bert à Émile Combes, les médecins sont parmi les fers de lance de la politique anticléricale. Inversement, dans la République laïque, la médecine

1. Et sa morale catholique : ainsi Laennec a inventé le stéthoscope pour ne pas devoir toucher avec son oreille la poitrine des femmes.

devient, beaucoup plus nettement qu'ailleurs, une « obligation morale » (Nicolet, 1982, p. 310). À partir de 1893, les vaccinations des enfants sont gratuites, et la loi du 15 février 1902 rend la vaccination obligatoire, en dépit des moyens qui manquent encore. « La République est fière de "ses" savants » (Léonard, 1981, p. 299) : on organise des funérailles publiques pour Claude Bernard en 1878, pour Paul Bert en 1886.

Le 27 décembre 1892, le jubilé de Louis Pasteur, pour son 70e anniversaire, est une grande célébration républicaine où l'on voit le savant, affaibli par la paralysie, recevoir les honneurs du pouvoir en une cérémonie qui n'a rien à envier aux plus ferventes manifestations religieuses. Et, dans ce dernier cas, l'Église catholique n'hésite pas à faire de Pasteur un « grand chrétien », ce dont témoigne l'article « Pasteur » de *L'Ami du clergé* (1901) : « Pasteur fut un grand savant ; il fut aussi un grand chrétien qui sut inspirer le respect de sa foi aux pires ennemis de l'Église et se servit, dans ses expériences, de la méthode scientifique non à la façon des impies modernes, mais comme un homme loyal qui ne prétend pas y trouver, en dehors de la raison et de la foi, des systèmes de philosophie qui n'y sont pas. La France a fait à Pasteur de magnifiques funérailles nationales ; il le méritait bien, car il a été une des gloires de la patrie et l'honneur de l'Église » (Guillaume, 1990, p. 96).

Ainsi, à la fin du XIXe siècle, les choses ne sont plus si tranchées entre une Église catholique qui serait partisane et instigatrice d'une médecine « obscurantiste » et un corps médical résolument moderne. Une accommodation peut avoir lieu entre les avancées scientifiques et l'Église catholique. L'ère de la sécularisation médicale est peut-être arrivée. Le XXe siècle verra d'ailleurs une certaine « recatholicisation » du monde médical. Les débats impulsés par la Société Saint-Luc en fournissent peut-être une des raisons (à côté d'autres, plus sociales) : portant sur les conflits de normes entre morale catholique et pratique médicale, ils habituent des praticiens à faire face à des dilemmes éthiques dont beaucoup de médecins anticléricaux, nouveaux clercs à leur manière, imprégnés par leurs croyances scientistes, n'ont alors aucune idée.

Le dogme de l'infaillibilité pontificale

Mais avant de tels changements, le conflit des deux France a encore de nombreux jours devant lui, d'autant plus que la défaite des catholiques gallicans devient explicite avec le concile de Vatican I (1869-1870). Sous l'influence notamment du cardinal Manning, et malgré les réserves d'évêques de différents pays (dont en France Mgr Darboy et Mgr Dupanloup), le concile suit la volonté de Pie IX et promulgue le dogme de l'« infaillibilité pontificale » : « Le pontife romain, lorsqu'il parle *ex cathedra* [*i.e.* du haut de sa chaire] […] jouit […] de cette infaillibilité dont le divin Rédempteur [*i.e.* Jésus-Christ] a voulu que soit pourvue son Église lorsqu'elle définit la doctrine sur la foi ou sur la morale ; par conséquent, ces définitions du pontife romain sont irréformables » (451 *placet* ou oui, 62 *placet juxta modum*, oui sous certaines conditions, 88 *non placet* et 70 évêques refusant de prendre part au vote, juillet 1870) [1].

Quelques jours après le vote, la guerre prussienne éclate. Deux mois plus tard, profitant du retrait des troupes françaises assurant la protection de l'État pontifical, l'armée italienne occupe Rome. Le pape proroge le concile *sine die* et refuse les « garanties » que lui propose l'État italien, se considérant comme prisonnier dans son propre palais. Au printemps 1871 (le 22 mai), Mgr Darboy, archevêque de Paris, le plus populaire des prélats gallicans, est fusillé par la Commune avec d'autres otages. Cet ensemble de faits a une portée considérable et entraîne une nouvelle radicalisation du conflit. L'absolutisation du pouvoir de principe du pape compense idéologiquement, d'une certaine manière, sa perte de pouvoir politique. Cette dernière réduit au silence bien des critiques d'un catholicisme français aux prises avec les problèmes de la guerre et le choc de la Commune. Le « schisme » des « vieux-catholiques » se produit surtout en Allemagne et en Suisse. Même là, d'ailleurs, son influence restera limitée.

1. La déclaration sur l'Église *Lumen gentium* adoptée en 1964 lors de Vatican II confirme ce dogme en y ajoutant l'idée d'une collégialité entre le pape et les autres évêques.

À Paris, en 1872, la pastorale de carême du nouvel archevêque, Mgr Guibert, prend une tonalité d'apocalypse. Elle reflète bien les sentiments d'un catholicisme militant : la « captivité » du pape est comparée à la passion du Christ et elle signifie, pour le temps présent, la destruction de toute légitimité politique.

La lecture « libre-penseuse » de ces événements est naturellement très divergente. Venant après le dogme de l'Immaculée Conception et le *Syllabus*, le dogme de l'infaillibilité pontificale signifie, dans cette optique, le « triomphe complet de l'ultramontanisme » (avec tout l'affect de mépris nationaliste que ce terme charrie alors) et l'avènement d'un « nouveau catholicisme », un « catholicisme à outrance ». Cette infaillibilité constitue, en effet, une nouvelle « déclaration de guerre » à la science – qui, elle, se remet toujours en question pour se perfectionner sans cesse – et au progrès moral – qui conduit à réviser ses jugements par la découverte de nouvelles valeurs. Cette « guerre », le catholicisme va la perdre. Beaucoup d'anticléricaux estiment que le pouvoir temporel du pape est un aspect indispensable d'une Église dont la visée leur apparaît autant politique que religieuse. Rome « libérée », le catholicisme ne va pas tarder à s'effondrer, y compris en France, pour peu que l'on y institue, conformément au programme républicain de Belleville (1869), la séparation des Églises et de l'État.

Cléricalisme et conflit des trois France

La Commune décrète cette séparation et transforme certaines églises en salles de club, en magasins ou en prisons. Elle se veut fille de la Révolution, proclame le principe d'un enseignement obligatoire et laïque, prend certains prêtres et religieux en otages et les fusille. Ces mesures, prises face à une Assemblée versaillaise conservatrice qui fait craindre que la République (proclamée le 4 septembre 1870) ne soit qu'un leurre, traduisent le fossé profond qui sépare le catholicisme, comme ordre politique et social, et une partie du peuple. Lors de la meurtrière reprise de Paris, Albert de Mun, jeune lieutenant, demande à ses soldats qui portent un homme ensanglanté : « C'est un insurgé ? », lequel, moribond, répond : « Les insurgés, c'est vous. » Et de Mun commente : « Entre ces révoltés et la société légale dont nous étions les défenseurs, un abîme nous apparut » (Tranvouez, 1988, p. 53 *sq.*). De Mun va retenir la leçon et participer, en décembre 1871, à la fondation de l'Œuvre des cercles catholiques ouvriers. Elle se donne « pour but le dévouement de la classe dirigeante à la classe ouvrière » et « pour principes, les définitions de l'Église sur ses rapports avec la société civile ».

L'optique catholique contre-révolutionnaire peut ainsi, contournant le libéralisme bourgeois, se rapprocher des classes populaires urbaines. Trois France et non deux : avec la Commune, les souvenirs révolutionnaires se sont mêlés aux aspirations nouvelles du monde du travail, et la répression terrible de la « Semaine sanglante » a uni les deux France en conflit pour soumettre cette France à la fois ancienne et nouvelle qui, depuis longtemps, fait peur. Le « danger » communard écarté, les deux France vont reprendre leur querelle, mais chacune tentera d'attirer vers elle la troisième France, populaire et ouvrière. Le conflit politique frontal se doublera implicitement d'un conflit triangulaire (Poulat, 1977).

Pour le moment, l'affrontement s'exacerbe entre une France restauratrice, temporellement monarchiste et spirituellement catholique, et une France politiquement républicaine et religieusement anticléricale. Le départ de Thiers (mai 1873) manifeste la victoire de la première. Président de la République, le maréchal Mac-Mahon affirme alors : « Avec l'aide de Dieu […], nous continuerons l'œuvre de libération du territoire [de l'occupation allemande due à la défaite] et de rétablissement de l'ordre moral dans notre pays. » L'expression « Ordre moral » est devenue un symbole à l'égal du *Syllabus*. Maurice Agulhon (1996, p. 256) insiste sur le contresens souvent effectué : cet ordre moral a « fort peu moralisé », dans le sens qu'a pris ce terme aujourd'hui. En fait, Mac-Mahon et ses partisans « voulaient un ordre conservateur complet. Ayant obtenu l'ordre matériel, celui de la rue, ils voulaient le renforcer par l'ordre moral, celui de la pensée politique ».

Complétons ce propos par l'idée que cet ordre moral est un « ordre clérical » qui veut donner au catholicisme une place centrale dans la vie de la nation et prendre des mesures contre la libre-pensée. L'une, à valeur symbolique, déclenche alors beaucoup de polémiques : les enterrements civils sont interdits à Lyon après sept heures du matin[1]. D'autres ont une portée plus générale, comme celle qui réserve une place au clergé dans les commissions administratives constituées par les municipalités pour les établissements de bienveillance, ou encore la loi du 12 juillet 1875 sur l'enseignement supérieur. Dans le prolongement de la loi Falloux, elle le partage entre établissements d'État et établissements catholiques. Surtout, elle refuse à l'État le monopole de la collation des grades en créant la possibilité de jurys où siégeront des professeurs de ces universités catholiques (ces mesures seront abolies en mars 1880).

La Chambre n'a pourtant pas une orientation aussi unilatérale qu'il n'y paraît. Après le refus du comte de Chambord – le prétendant légitimiste que d'aucuns appellent déjà Henri V – d'accepter le drapeau tricolore et devant la menace d'un retour du bonapartisme, le célèbre amendement Wallon, comportant le terme de « république », est voté par 353 voix contre 352. Le visage de cette République s'écarte cependant de la tradition républicaine française et se rapproche quelque peu du régime parlementaire anglais, avec un Sénat élu au suffrage universel indirect, selon des modalités qui avantagent la France rurale. Mais, à distance des décisions de l'Assemblée, il faut noter le messianisme pénitentiel qui rassemble une partie du bas clergé et des petites gens. Les pèlerinages, où l'on chante « Sauvez Rome et la France au nom du Sacré Cœur », se multiplient. La colère divine s'est manifestée par un ensemble de catastrophes (guerre, perte de l'Alsace-Lorraine, Commune, *Kulturkampf* en Allemagne), mais la régénération approche grâce au retour de la « monarchie chrétienne » et à la nouvelle croisade qu'elle mènera pour restaurer la souveraineté du pape. Ce climat – symbolisé par l'érection sur la colline de Montmartre d'une basilique

1. L'engagement de « mourir en dehors de tout culte religieux » est constitutif de la démarche du libre-penseur. Il donne lieu à beaucoup d'affaires diverses (polémiques autour des « dernières volontés » du défunt, position de la famille et spécialement de l'épouse, la libre-pensée étant une sociabilité à forte prédominance masculine, etc).

dédiée au Sacré Cœur et surplombant Paris – compte autant, sinon plus, pour expliquer l'affrontement clérical/anticlérical du 16 mai que les mesures prises par la Chambre. On connaît l'expression que Gambetta dit avoir empruntée à son ami Peyrat : « Le cléricalisme, voilà l'ennemi » (en fait, ce dernier avait parlé du catholicisme). Ce mot d'ordre focalise sur l'adversaire « clérical » l'échec de la Révolution française à avoir engendré une société heureuse et pacifique[1]. Il faut y ajouter, pour expliquer le succès républicain, la menace d'une guerre nouvelle liée à l'atmosphère de certains pèlerinages, voire même aux déclarations de certains évêques. Gambetta a compris l'enjeu et déclare : « Veux-tu, paysan, qu'on envoie tes fils se faire tuer pour remettre le pape sur le trône ? »

Liberté de conscience et liberté de penser

Nous l'avons indiqué, l'anticléricalisme de la seconde moitié du XIXe siècle tend à confondre liberté de conscience et droit à l'indifférence et donc à refuser toute religion. En fait, ce droit prend place dans un combat plus global : celui de la liberté de penser conçue comme la possibilité de penser par soi-même et d'avoir une certaine attitude par rapport aux croyances : « Elle implique, selon Claude Nicolet (1988, p. 45 *sq.*), sinon une méfiance à l'égard de toute transcendance, du moins le refus de toute aliénation de l'esprit face à tout dogme quel qu'il soit. » Il ne s'agit pas là d'une conception pluraliste de la liberté, mais de la liberté comme « libre examen » et émancipation de la pensée face aux « dogmes autoritaires » ainsi qu'aux « superstitions » et autres « pré-

1. Dès ses discours de 1872, Gambetta désignait, en fait, le « cléricalisme » comme « l'ennemi ». Début 1876, à Lille, il précisait que la cause « des avortements qui ont suivi la Révolution française dans ce pays et qui l'ont empêché d'y installer pacifiquement son règne dans la concorde et dans l'union de tous les citoyens » est « le duel déclaré » par « l'esprit ultramontain » à la « France moderne ». La « nation libre, joyeuse et fière qu'est la patrie de Voltaire » n'allait pas devenir le « dernier asile de domination cléricale », le « dernier refuge de l'esprit du Vatican » (*cf.* R. Rémond, 1999, p. 177-180).

jugés » et coutumes, de la liberté comme conquête d'un esprit éclairé par la raison et la science (science encore plus invoquée que la raison dans le second XIXe siècle).

Tant que les républicains ne sont pas véritablement au pouvoir, la cause de la liberté de conscience et celle de la liberté de penser tendent à se confondre pour l'ensemble du « grand diocèse » de la libre-pensée (avec toutes les mouvances dont parlait Sainte-Beuve) comme pour les minorités religieuses (pendant l'Ordre moral, des protestants évangéliques éditent un hebdomadaire intitulé *Le Réformateur anticlérical et républicain*) et même pour des catholiques en délicatesse avec leur Église. Le problème va changer de nature avec la République des républicains. Se posera alors la question de la liberté de conscience des catholiques, dans la mesure où elle implique la liberté de religion du catholicisme.

Dans cette perspective, il ne faut pas oublier ni minimiser des lois générales à tonalité libérale votées au début des années 1880. La liberté de colportage, de presse, de réunion et d'association professionnelle (syndicat) signifie davantage de liberté… y compris pour les catholiques. Ainsi, la presse catholique ne se privera pas d'user largement de la loi sur la presse pour mener campagne contre les gouvernements républicains. Ferry en prendra argument, lors de la discussion sur la laïcisation de l'école, pour affirmer que le catholicisme n'a jamais été aussi libre en France. Mais cela signifie également plus de liberté pour les autres, et le catholicisme sera désormais soumis à une concurrence plus vive de groupes religieux et irréligieux. Par exemple, la loi sur le colportage interdit de prendre désormais des mesures pour atteinte aux « cultes reconnus » ou à la « religion de la majorité des Français ». Or, non seulement des brochures irréligieuses mais, parfois, la diffusion de la Bible par des protestants (Encrevé, 1985) avaient été touchées par des interdictions. Il serait possible de faire des remarques analogues pour la loi portant sur la liberté de réunion, qui donne moins une liberté nouvelle au catholicisme qu'aux réunions de « cultes dissidents » et de libres-penseurs.

Laïcisation incomplète ou trop radicale ?

Des mesures plus spécifiques accentuent, de façon directe, le pluralisme entre religions, troisième caractéristique du premier seuil, et la neutralité de l'État en matière religieuse, qui tend à inclure la libre-pensée dans ce pluralisme mais aussi à désofficialiser la religion. En juillet 1880, l'ordonnance prise au début de la Restauration sur l'observation du dimanche et des fêtes religieuses est abrogée. Le 5 avril 1884, une loi municipale interdit d'établir dans les cimetières des distinctions ou des prescriptions particulières, en raison des croyances ou du culte du défunt, ou encore des circonstances qui ont accompagné la mort. Plusieurs affaires avaient trait à des convertis au protestantisme ou à des suicidés enterrés dans la partie du cimetière considérée comme « terre maudite » (espace symbolisant qu'on était promis à rôtir en enfer). Peu après (juillet 1884), nous l'avons vu, le divorce est rétabli.

Cependant, les libres-penseurs n'obtiennent pas la suppression de la référence à Dieu dans les serments prononcés par les jurés : « Vous jurez et promettez devant Dieu et devant les hommes… » En 1882, la Cour de cassation confirme que « l'élément religieux ne peut, à peine de nullité, être éliminé de la formule du serment ». Cas intéressant : nous avons déjà signalé l'importance fondamentale du serment sous la Révolution (contre la pensée des Lumières). Il s'agissait alors d'un serment civique, où la forme religieuse sacralisait le contenu politique. Là, la forme religieuse du serment sacralise l'esprit moral dans lequel la justice (au contenu agnostique) doit être rendue. Il faut que les jurés jugent « en conscience ». Cette conscience, en fait, ils en sont les maîtres. On tente donc de les contraindre symboliquement à l'objectiver par le « devant les hommes » (la France, l'humanité, la société en tout cas) et par le « devant Dieu » (du Dieu catholique au Dieu robespierriste, un Dieu garant de la vertu, au sens fort, et de l'ordonnancement du monde). Les libres-penseurs ont beau protester contre cette « négation absolue de la liberté de conscience » (Lalouette, 1997, p. 270 *sq.*), ils n'obtiennent pas satisfaction. Au début du XXe siècle, combisme et séparation des Églises et de l'État ne changeront rien à l'affaire[1].

Lois donc incomplètes d'un certain point de vue, trop radicales de l'autre, puisque la fin de l'obligation de l'observation du dimanche ou le rétablissement du divorce peuvent être compris comme un déclin de la reconnaissance d'une utilité morale de la religion. Ajoutons que les religions elles-mêmes peuvent bénéficier de leur relative désofficialisation du fait qu'elles sont, en partie, déliées de la nécessité de cautionner le pouvoir politique. Le 14 août 1884, une révision constitutionnelle abroge l'obligation des prières publiques dans les édifices religieux lors de la rentrée des Chambres. Cette disposition est prise conformément à un amendement déposé par un député catholique légitimiste, M. de Belcastel.

L'enjeu de l'éducation scolaire

L'enjeu principal reste l'éducation scolaire. Le Second Empire a vu un développement très important des congrégations enseignantes. Du coup, les efforts d'un Victor Duruy, à la fin des années 1860, pour fonder un enseignement secondaire de jeunes filles ont eu une portée limitée. La Ligue de l'enseignement, fondée en 1866 par Jean Macé (1815-1894) à partir de l'exemple donné par la Belgique (et, peu avant, la création de la *National Education League* de Birmingham) agit d'abord par la création de bibliothèques, de sociétés ouvrières d'instruction, de centres d'enseignement pour jeunes filles… Elle réclame cependant de plus en plus nettement une instruction gratuite et obligatoire voire laïque. Avec la République des républicains, la Ligue va devenir un complément associatif indispensable de la laïcisation de l'école. Dès avril 1881, elle se constitue en fédération nationale d'associations sous le nom de « Ligue française de l'enseignement »,

1. Seul changement : une circulaire d'avril 1904 du garde des Sceaux demande d'enlever les crucifix des prétoires. La suppression de la référence à Dieu dans le serment n'interviendra qu'en 1972, lors d'un processus de laïcisation qui concernera surtout la sexualité (entre les lois sur la contraception et celle sur l'IVG).

lors d'un grand congrès tenu au Grand Orient de France et en présence de Gambetta. Elle adopte sa fameuse devise « Pour la Patrie, par le livre et par l'épée », à un moment où le thème du patriotisme et de la « revanche » fait consensus (Martin, 1992).

En 1867, des laïcs catholiques ont répliqué à la création de la Ligue de l'enseignement par la fondation de la Société générale d'éducation et d'enseignement (SGEE). Cette organisation se développe dans les années 1880 pour résister aux mesures laïcisatrices. Ses membres sont « souvent des magistrats démissionnaires, de hauts fonctionnaires de l'Ordre moral révoqués, d'anciens serviteurs du bonapartisme ». Malgré cette composition, en contraste avec une presse catholique très combative et qui va accuser les évêques de tiédeur, elle fait preuve d'une relative modération et d'un grand respect de la hiérarchie ecclésiastique. « Appréciée pour sa compétence juridique », elle restera dans le cadre légal (Lanfrey, 1995).

Significativement, en août 1879, la première loi votée sur l'instruction oblige chaque département à entretenir une école normale d'institutrices ; elle est complétée par la loi Camille Sée du 21 décembre 1880, créant lycées et collèges de filles [1] : « Il faut que la femme appartienne à la science [et non] qu'elle appartienne à l'Église », avait déclaré Jules Ferry quelques années auparavant. Outre qu'aujourd'hui la formulation apparaît révélatrice (« la » femme ne pourrait-elle pas s'appartenir à elle-même ?), le problème de l'école publique est posé là en termes de combat frontal avec le catholicisme. C'est ainsi qu'une certaine tradition historiographique comprend effectivement la laïcisation scolaire. Nous soutiendrons, avec d'autres (Mayeur, 1985), une interprétation plus dialectique : il se produit chaque fois une rupture et une (relative) modération, une attitude conflictuelle et la recherche d'un nouveau consensus.

Le problème des congrégations manifeste le plus vivement

1. Cette loi exclut l'enseignement religieux des heures de classe mais assure la possibilité d'un tel enseignement (facultatif) à l'intérieur de l'établissement par un aumônier. La mesure sera étendue aux lycées de garçons par le décret du 24 décembre 1881.

l'aspect le plus conflictuel. Leur œuvre scolaire est visée par l'article 7 d'un projet de loi, refusé par le Sénat. Jules Ferry rédige alors deux décrets substitutifs. Le premier oblige les jésuites à se disperser. Le second impose aux congrégations non autorisées de se faire enregistrer (mars 1880). Personne n'obtempère et, à l'automne, 271 établissements tenus par des congréganistes masculins sont fermés, au milieu de manifestations et de contre-manifestations où chaque camp crie « Vive la liberté » (liberté de conscience d'un côté, liberté de penser de l'autre !). Le souvenir de ce conflit est resté vif dans la mémoire commune. Pourtant la modération n'en est pas absente : un rapport (non daté) remis à Ferry par son cabinet indique (sans doute un ou deux ans plus tard) que, dans les établissements privés tenus désormais officiellement par des évêques, des prêtres séculiers ou des catholiques laïcs, « nulle part rien n'a été changé [...] dans les procédés et les méthodes d'enseignement hostiles à la République ». Le rapport conclut à la nécessité de mesures plus énergiques. Ferry ne bouge pas et refuse, en 1882, un projet de loi rédigé par Waldeck-Rousseau qui aurait interdit les congrégations. En règle générale, après s'être dispersés par petits groupes, les congréganistes vont progressivement réintégrer leurs locaux les années suivantes (Baubérot, 1997, p. 45-50).

École laïque et promotion sociale

« Gratuite, laïque et obligatoire », telle serait l'école en France depuis Jules Ferry. Le raccourci n'est pas vraiment exact. L'instruction est obligatoire mais la liberté de l'enseignement n'est pas – et ne sera jamais – abolie. La gratuité de l'école publique, déjà réalisée à près de 60 %, est établie par la loi du 16 juin 1881. L'obligation de l'instruction entre sept et treize ans et la laïcisation[1] de l'école publique sont l'objet

1. Le terme de « laïcité », par prudence, ne figure pas dans la loi, dont les dispositions laïques consistent dans l'indication de l'instruction morale et civique en tête des matières enseignées (le catéchisme est donc supprimé à l'école publique), la vacance un jour par semaine,

de la loi fondatrice du 28 mars 1882. Ce lien n'est pas factice : s'il n'est pas obligatoire de mettre ses enfants à l'école publique – des familles riches peuvent même continuer à les faire éduquer par un précepteur –, cette dernière a cependant vocation à s'adresser à tous les enfants, et cette ouverture implique, pour les républicains, de la laïciser.

Tentons de démêler une question où les mémoires restent vives. Les progrès quantitatifs de la scolarisation des enfants sont constants au cours du XIXe siècle, et l'obligation de l'instruction accélère le mouvement sans réaliser du jour au lendemain la fréquentation de l'école par tous les enfants du « peuple ». Des réticences profondes continuent face à une scolarisation régulière. Certains socialistes ne sont pas les derniers à les exprimer : « forcer l'enfant du pauvre à aller à l'école » signifie pour eux, en effet, « arracher à la famille ouvrière une ressource dont elle ne peut se passer », écrit la publication *L'Égalité*. « Cela valait aussi bien pour les pauvres des campagnes que pour les pauvres des villes », commente Eugen Weber (1983, p. 464). On peut ajouter que cette réserve socialiste, privilégiant la survie économique immédiate dans l'espoir d'un renversement social futur, se situe dans l'optique pré-millénariste d'une situation qui se dégrade jusqu'à son bouleversement final.

Les républicains bourgeois, au contraire, se montrent proches d'un post-millénarisme : pour parvenir sans révolution ni violence à une société plus libre et plus égalitaire, il faut que les enfants du peuple effectuent une ascension sociale progressive, qui s'étalera sur plusieurs générations. Le cordonnier Grégoire, personnage mis en scène par Ernest Lavisse en 1887, se fait le chantre d'une telle ascension sociale par l'instruction et le travail : « Mon père n'avait rien,

---

pour faciliter la tenue du catéchisme hors de l'école publique (mesure que contesteront des libres-penseurs), l'abrogation des dispositions de la loi Falloux donnant aux ministres des cultes reconnus un droit d'inspection, de surveillance et de direction. En revanche, la laïcisation du personnel, c'est-à-dire l'interdiction pour les congréganistes d'enseigner à l'école publique (avec un délai de cinq ans pour les garçons et une progressivité plus grande pour les filles), est décidée par une autre loi, la « loi Goblet » du 30 octobre 1886.

j'ai quelque chose ; mes enfants, s'ils font comme moi, doubleront, tripleront ce que je leur aurai laissé ; mes petits-enfants seront des messieurs. C'est ainsi que l'on s'élève dans la société »... et qu'en quatre générations on change de classe sociale. Peut-être cet espoir d'un monde meilleur, qui doit conduire à ne pas faire prédominer le besoin immédiat, concorde-t-il avec la temporalité intellectuelle du positivisme et avec celle des paysans, habitués à planter des arbres à l'épreuve des siècles. Progressivement, l'école primaire, jusqu'alors suivie de façon intermittente et préparant à la première communion, va devenir l'institution qui conduit au certificat d'études, nouveau rite de passage qui permet d'obtenir plusieurs types d'emplois.

Promotion sociale et enseignement moral sont liés, car les valeurs de la morale laïque : travail (*versus* paresse et oisiveté), hygiène (*versus* saleté), épargne (*versus* gaspillage), esprit de progrès (*versus* routine), tempérance (*versus* ivrognerie) et aussi, bien que cela tienne plus de l'évidence profonde que du discours explicite, autocontrôle de sa sexualité (*versus* immoralité des mœurs)... sont les valeurs nécessaires à cette ascension sociale. Dans cette perspective, l'instruction elle-même (*versus* ignorance) apparaît la première des qualités morales car elle dispense des connaissances « utiles » (avec une représentation de l'utile qui privilégie le travail de celui qui sait lire et écrire en français) et assure également une éducation morale.

Le problème des « devoirs envers Dieu »

Ce point a donné matière à des débats parlementaires importants et de qualité. L'évêque-député Charles Freppel critique l'idée d'une « neutralité » religieuse de l'école : « Ne pas parler de Dieu à l'enfant pendant sept ans, alors qu'on l'instruit six heures par jour, c'est lui faire accroire positivement que Dieu n'existe pas, ou que l'on n'a nul besoin de s'occuper de lui. » L'auteur de *La Religion naturelle*, Jules Simon, n'est pas éloigné d'une telle préoccupation : il propose de mettre en tête des matières obligatoires l'enseignement des « devoirs envers Dieu » et « envers la patrie ». Jules

Ferry s'en tire en refusant de faire figurer ces fameux « devoirs envers Dieu » dans la loi et en les acceptant comme chapitre final des programmes. Directeur de l'enseignement primaire jusqu'en 1896, Ferdinand Buisson (1841-1932), son principal collaborateur[1], qui vient du protestantisme libéral, défend cette conception spiritualiste de la laïcité (Cabanel, 2000, p. 58). A-t-elle été réalisée dans les faits ? L'instituteur et l'institutrice se trouvent devant un dilemme : comment concilier morale et justice sans faire appel à un monde à venir permettant, contrairement à ce qui peut se passer dans ce monde-ci, la récompense du juste et la punition du méchant ? La référence à Dieu est là opératoire. Mais alors que la morale laïque met en avant la réciprocité des droits et des devoirs dans une société démocratique (les devoirs de l'un permettent les droits de l'autre), comment parler des devoirs envers un Dieu qu'il est impossible d'instaurer comme fondements des droits de l'homme ? Ce serait revenir en deçà de 1789 et faire la part belle au cléricalisme !

De plus, contrairement au Royaume-Uni, le Dieu non confessionnel dont il serait question ne peut prendre visage grâce à des récits bibliques. Comment dès lors lui donner une figure concrète auprès des enfants ? La Bible reste un livre consensuel outre-Manche, quelle que soit la critique savante qui en est faite. Elle ne l'est pas en France, où l'influence de Voltaire perdure dans le mouvement libre-penseur (Lalouette, 1997, p. 203-212). La différence est fondamentale. Elle est complétée par une représentation différente de la légitimité religieuse. Jules Ferry l'accentue quand il affirme au Sénat : « L'instituteur protestant est tout naturellement professeur de religion, parce que l'interprétation des Écritures appartient

1. Il est coordinateur du *Dictionnaire de pédagogie et de l'instruction primaire*, paru d'abord en fascicules puis en 4 volumes, de 1878 à 1887, c'est-à-dire au moment même des réformes de l'école. Guide théorique de tous ceux qui s'occupent d'enseignement primaire, « ce n'est pas un dictionnaire de mots, mais un dictionnaire de leçons. Autant il y a dans la science de grands sujets à traiter, autant on trouvera d'articles fournissant à l'instituteur la leçon ou la série de leçons qu'il devra y consacrer » (P. Nora, 1984, p. 357). Ainsi, les instituteurs qui le souhaitent sont guidés sur le plan du savoir comme sur celui de l'idéologie laïque et républicaine.

non pas à un clergé constitué mais avant tout et fondamentalement aux pères de famille [...]. Au contraire [du] régime de la communion catholique ».

Le propos doit être nuancé. En s'opposant au *Common christianity* des *broad schools* prévues par le *Forster Act*, Disraeli notait précisément que les commentaires de l'instituteur sur la Bible « ne seront pas les opinions du pasteur anglican, ni du ministre presbytérien, ni celle du ministre non-conformiste », mais les siennes propres. Et il apostrophait Gladstone : « Vous inventez et vous constituez une nouvelle classe sacerdotale » (Baubérot, 1997, p. 54-70). Mais, fait significatif, ce propos, assez représentatif d'une vision *High Church* de la distinction clerc/laïc, n'apparaît pas convaincant au Parlement britannique. Et recevoir une légitimité religieuse pour dispenser une morale et une religiosité chrétienne aconfessionnelle ne fait pas peur aux instituteurs des *broad schools*[1]. Bien qu'une étude plus systématique méritât d'être faite, l'échantillon de cahiers d'écoliers que nous avons analysé semble montrer que l'instituteur français ne se sent pas investi de la même légitimité religieuse (Baubérot, 1997, p. 147-162). Le discours sur Dieu est réservé au clerc et au catéchisme. L'école laïque ne vaque-t-elle pas un jour par semaine pour faciliter sa tenue ?

Une laïcité progressive

Cette séparation de la morale et de la religion provoque naturellement l'ire de l'Église catholique, dépossédée d'un aspect essentiel de son rôle de socialisation morale. Cependant, contrairement à ce qui se passe en Belgique à la même époque[2],

1. Certains de ces instituteurs (et même institutrices) sont (ou ont été) des prédicateurs laïcs ; d'autres (ou parfois les mêmes) sont des enfants de pasteurs. La plupart ont une familiarité avec la Bible qui manque, sauf exception, aux instituteurs français. D'ailleurs, même Buisson ne souhaite pas référer l'enseignement des « devoirs envers Dieu » à la Bible mais à une divinité, aux contours assez vagues pour être la source du vrai, du bien et du beau de façon quasi consensuelle.

2. En 1879, après la victoire du parti libéral aux élections belges, une loi laïcise le contenu de l'école publique (remplaçant l'instruction

elle ne s'oppose pas frontalement à la loi, mais circonscrit le conflit en faisant mettre à l'index par Rome quatre manuels de morale, dont celui de Paul Bert, assez militant dans sa présentation de la morale laïque. Tout en refusant de transiger sur le principe (mais une nouvelle édition quelque peu épurée du « Paul Bert » paraît), Jules Ferry explique dans sa célèbre lettre à « Monsieur l'instituteur » que ce dernier ne doit pas mettre son « amour-propre » à « adopter tel ou tel livre ». L'important, lui dit-il, est que les populations « dont on a cherché à exciter l'inquiétude » puissent reconnaître que « vous n'avez d'autre arrière-pensée que de rendre leurs enfants plus instruits et meilleurs [...]. Alors la cause de l'école laïque sera gagnée » (novembre 1883). De même, un an auparavant, Ferdinand Buisson avait réfréné l'ardeur de ceux qui enlevaient précipitamment les crucifix des écoles laïques : la loi instaurant la laïcité n'est pas « une loi de combat », mais « une de ces grandes lois organiques » destinées « à vivre avec le pays [...] à faire partie de son patrimoine ». En conséquence, l'enlèvement des crucifix des salles de classe doit se faire suivant le « vœu des populations ». Aux préfets de l'apprécier au cas par cas.

Un tel irénisme mécontente les libres-penseurs, qui trouvent que cette circulaire remet en cause l'égalité devant la loi établie par la Révolution. Mais la fermeté modératrice de Ferry et de Buisson s'avère efficace, car ils ne sont pas en dissonance avec ceux qui veulent concilier un catholicisme d'usager et une adhésion à la République. En termes polémiques (« athéisation » est-il écrit, là où nous mettrions « laïcisation »), un bulletin catholique donne en septembre 1886 une clé du succès de l'école laïque, malgré les inévitables conflits qu'elle a suscités : « L'athéisation brutale contenue dans la loi [de 1882] est, dans l'application, une athéisation

---

religieuse par l'instruction morale) et son personnel enseignant. Il se produit alors une vive réaction des évêques, qui, en dépit des conseils de modération du nouveau pape Léon XIII, organisent massivement la désertion des écoles laïques au profit d'écoles confessionnelles qui se développent avec le personnel congréganiste rendu disponible. Le parti catholique gagne les élections de 1884 et abolit progressivement la loi.

cauteleuse, savante et progressive. Dans les parties de la France encore très catholiques […], les préfets et les inspecteurs s'entendent pour la laisser, en grande partie, lettre morte : les crucifix sont en place, la prière se fait, et si le catéchisme s'enseigne trop ouvertement, on ferme les yeux. Dans ces cantons, un instituteur qui voudrait être aussi laïque que la loi serait dénoncé par l'inspecteur et déplacé par le préfet […]. En un mot, on ne donne aux populations que la dose d'athéisme qu'elles sont capables de porter, mais on veille à accroître constamment la dose » (Ozouf, 1963, p. 116). Une telle démarche peut être lue autrement : comme un souci de principe (par libéralisme idéologique) et de réalisme électoral pour ne pas aller au-delà de ce que permet la manière dont la majorité de la population se représente (ne serait-ce qu'implicitement) la liberté de conscience…

Avec comme mission de faire progresser la liberté de penser ! L'école primaire publique du peuple [1] est investie en France d'un rôle global qu'elle ne revêt pas dans d'autres pays et notamment au Royaume-Uni. Pierre Nora (1984, p. 353) note avec justesse que l'architecture même du *Dictionnaire de pédagogie* de Ferdinand Buisson est construite pour montrer « dans toute la richesse de ses constellations, le lien absolu qui unit tout droit la Révolution à la République, la République à la raison, la raison à la démocratie, la démocratie à l'éducation et qui, de proche en proche, fait donc reposer sur l'instruction primaire l'identité même de l'être national ».

1. Du « peuple » et non de tous. Comme au Royaume-Uni, l'instruction reste séparée selon les classes sociales. Les enfants de la bourgeoisie continueront de fréquenter, en très grande majorité, les classes élémentaires payantes des lycées et collèges. Les républicains prendront même des mesures pour en augmenter le nombre. Ch. Lelièvre et Ch. Nique (1993) ont raison de s'attaquer à la légende dorée. Mais il faut ajouter que non seulement cette séparation correspond à l'idée que l'ascension sociale prend du temps – Ferry n'a jamais prétendu être un socialiste –, et que jamais une loi mettant fin à cette ségrégation sociale n'aurait été adoptée à cette époque.

La morale laïque et son usage par les écoliers

La lecture des cahiers d'écoliers confirme et nuance à la fois cette analyse. Elle la confirme, car l'instruction donnée éduque effectivement à la République libérale contre ses ennemis des deux bords : la monarchie et le césarisme d'une part ; le socialisme insurrectionnel de l'autre. Elle la nuance ou la complexifie, car la République apparaît, dans les leçons du maître ou de la maîtresse, comme un régime moral, reposant démocratiquement sur la coresponsabilité de tous les citoyens (silence est fait sur le non-suffrage des femmes). Cela suppose de tous une morale personnelle fondée sur le sentiment autant que sur la raison. Une véritable culture morale de l'affection est enseignée par la morale laïque, ce que l'on passe trop souvent sous silence. Et cette morale, même si elle enseigne que la passion ne doit pas « enchaîner » la raison, part du « sentiment » de la dignité humaine pour aboutir au « sentiment » de la solidarité entre humains.

La dignité humaine est inconditionnelle et permet d'enseigner l'égalité formelle de tous, en dépit des inégalités de fait. La dignité morale qui doit en être la conséquence varie selon la conduite, et la liberté relie et sépare à la fois ces deux dignités : l'être humain « doit » faire le bien, alors qu'il peut faire le mal. La solidarité relie les êtres humains dans le temps et dans l'espace, et, dès 1883, le manuel de Gabriel Compayré modifie ainsi la devise républicaine en « Liberté, égalité, solidarité fraternelle ». Il explicite les raisons du sentiment de solidarité : « Nous sommes les héritiers de tous ceux qui sont morts, les associés de tous ceux qui vivent, la providence de tous ceux qui naîtront. » Les « ancêtres » sont les agents du progrès et on ne craint pas de citer parfois Confucius pour demander de les vénérer. À la fin du XIXe siècle et au début du XXe, la « doctrine de la solidarité », popularisée par le leader radical Léon Bourgeois, tentera d'apporter une réponse aux problèmes sociaux, par une voie se situant à mi-chemin entre libéralisme et socialisme (Baubérot, 1997, p. 115-284).

Instruction, éducation morale et liberté de penser sont étroitement liées. Savoir lire et écrire, pouvoir parler français

– la langue de culture et de diffusion de la pensée –, permet une autonomie personnelle dans la « grande patrie »[1] qui est désormais, avec les apports de la modernité que sont chemin de fer, poste (le facteur est devenu un personnage important) et journal, l'espace social. On ne dépend plus d'une autorité extérieure pour effectuer ses choix (il ne faut pas oublier l'importance des mises à l'index pour le tri des livres dans l'enseignement congréganiste). L'instruction, indique un instituteur, est alors « un préservatif aux penchants bas et mauvais »[2]. Elle permet, complète un élève réaliste, de « ne pas être obligé d'aller chez un voisin toutes les fois qu'on veut envoyer une lettre ou en recevoir une, ces lettres peuvent contenir des secrets, ces secrets sont [sinon] entre les mains de ce voisin ». On peut ainsi rédiger une facture, faire un reçu, un billet à ordre ou un compte d'arrérages sans devoir consulter un avoué ou un notaire. De même, des adultes plus ou moins illettrés vont dépendre de leurs enfants et de leurs petits-enfants pour lire les lettres (encore celles des « poilus » pendant la guerre de 1914-1918), le journal et faire les comptes. Le maître est sensible à l'ouverture intellectuelle donnée par les instruments qui permettent la liberté de penser, les élèves plus préoccupés de ses aspects utiles.

De nouveaux modes de lecture

Sous l'impulsion des progrès de l'alphabétisation, les pratiques culturelles se diversifient. Les lois scolaires propagent les progrès de la lecture. La lecture populaire se renforce avec l'apparition des journaux. La révolution de 1848 a déjà multiplié le nombre des titres jugés subversifs par l'Église catholique puis par le Second Empire policier, qui réprime la

1. Sur le problème des langues minoritaires et du discours sur la « petite patrie » locale, *cf.* J. F. Chanet, 1996.

2. En fait, l'instruction ne s'avère pas – et de loin – suffisante, et A. Stora-Lamarre (1990) montre bien que la censure constitue un instrument au service des « entrepreneurs moraux » républicains pour réprimer d'en haut les « mauvaises » et licencieuses publications qui, avec le développement de l'instruction, se multiplient.

presse. Le colportage entre dans sa dernière phase, en partie, comme le rappelle A.-M. Thiesse (1984, p. 455-469), parce qu'il ne peut faire face aux mesures restrictives dont il est l'objet. Le 27 juillet 1849, le colporteur est soumis à une autorisation préalable délivrée par le préfet, et en 1852 le ministère de Police générale crée une estampille qui doit être apposée sur tous les ouvrages. La même année, une Commission d'examen des livres colportés est instituée. Les délais administratifs, le poids de la censure, handicapent singulièrement l'activité des colporteurs. Malgré un fonds renouvelé – les ouvrages de piété sont remplacés par des romans plus « modernes » –, la concurrence d'autres modes de diffusion se fait nettement sentir. Et finalement, à l'époque où le télégraphe et le chemin de fer se développent, « le principal problème du colportage [...] est sans doute sa lenteur » (Thiesse, 1984, p. 457). Les débuts de la IIIe République voient, malgré la levée des restrictions en 1881, le déclin final de cette forme de diffusion de la littérature.

Les entreprises du livre vont diffuser alors, par des moyens de transport rapides, les périodiques à bas prix et souvent renouvelés. C'est donc à cette époque que les feuilletons se multiplient dans les journaux. Cette forme littéraire accroît encore davantage le public des lecteurs. Mais c'est surtout vrai à la fin du Second Empire, qui voit un abaissement considérable du prix du journal, le rendant accessible à un public populaire. En 1863, Moïse Millaud crée *Le Petit Journal*, au prix de cinq centimes. Se déclarant apolitique, ce journal n'est pas, en cette fin de Second Empire, censuré (Thiesse, 1984, p. 457-464). Les récits sont loin des images pieuses diffusées par les livres distribués par l'Église catholique au début du siècle et ne constituent pas non plus des modèles de vertu pour les laïcs. Désormais, la frontière entre « culture populaire » et « culture légitime » n'est plus celle entre « oral » et « écrit », mais entre « littérature légitime » et « littérature populaire ». Cette dernière n'a pas le prestige culturel de la première, portée par la bourgeoisie.

Le pouvoir s'émeut de ces écrits considérés comme peu « moraux » et tente d'encadrer encore les lectures : les bibliothèques communales sont instaurées dès 1860 et doivent promouvoir mais aussi guider les lectures (Hébrard, 1984,

p. 493-495). Des bibliothèques associatives, comme en 1861, à Paris, la « Bibliothèque des amis de l'Instruction du IIIe arrondissement », voient le jour. Dans ces bibliothèques, les œuvres des philosophes des Lumières figurent en bonne place, mais ce n'est que plus tard, au début du XXe siècle, que les livres de Zola y seront considérés comme des ouvrages de base : en cette dernière partie du XIXe siècle, ils sont quasiment absents des bibliothèques populaires, placées sous l'égide du ministère de l'Instruction publique (Luquet, « Les lecteurs d'Émile Zola », *in* Hébrard, 1984). Le souci de moralité est également très présent chez les promoteurs et défenseurs d'une culture laïque.

Par ailleurs, dès le Second Empire, l'amélioration des communications rurales rend le village plus accessible, et les lieux de rencontre vont se déplacer et devenir davantage publics. Les cafés du XVIIIe siècle, bourgeois et parisiens, trouvent un lointain écho avec les estaminets ruraux : les hommes se mettent à déserter la veillée pour fréquenter les cafés. Dans ces lieux, on boit, on discute : une telle pratique culturelle devient difficile à encadrer.

Dans la dernière partie du XIXe siècle, ce sont sans doute la plupart des pratiques culturelles, au cœur des questions d'éducation, qui s'autonomisent ainsi des prérogatives cléricales. Elles imposent ainsi une culture laïque légitime. Pourtant, les témoignages sur la scolarisation de l'époque évoquent la grande part du religieux dans l'apprentissage de la lecture. Le cas d'Antoine Sylvère évoqué par Hébrard (1984, p. 475-476) et rendu célèbre par ses mémoires, *Toinou, le cri d'un enfant auvergnat* (1980), est à cet égard intéressant. Toinou, dont le père, métayer, est alphabétisé (tandis que la mère ne l'est pas), fréquente dans un premier temps l'école des « sœurs blanches » d'Ambert. Là, on ne lui explique aucun des mots, et la plupart des termes ne peuvent de toute façon être compris par les enfants qui parlent le patois. Plus tard, en quatrième chez les frères, il déplore que l'essentiel de l'apprentissage se fasse sur les *Devoirs d'un chrétien*. Cependant c'est là qu'il apprend à lire, ce qui lui permettra de faire la lecture du *Moniteur du dimanche* à sa mère et de découvrir ainsi une autre forme d'écrit. C'est aussi pour rationaliser cette lecture « sauvage » que l'État laïque prend en charge l'école (avec les lois scolaires de Jules Ferry) : une nouvelle « morale laïque », propagée par les livres scolaires, se constitue.

Une laïcisation culturelle

Le Tour de la France par deux enfants est un bon exemple de cette laïcisation culturelle (Furet et Ozouf, 1997). Dans ce livre, dont la première édition date de 1877, l'auteur ne se prive tout d'abord pas de quelques références à la culture religieuse : les deux héros rentrent dans des édifices religieux célèbres, entendent parler de saints ou d'écrivains fervents. Mais il n'y a pas de prêtres dans les églises dans lesquelles entrent les deux enfants. Ce ne sont ni les dimanches ni les fêtes religieuses qui rythment l'itinéraire d'André et Julien. Dans les éditions postérieures, le trait s'accentue et l'anticléricalisme ambiant des dernières décennies du XIXe siècle fait que Dieu est finalement remplacé par le « Devoir », dans l'édition de 1907. Toutes les versions seront désormais expurgées des illustrations de cathédrales et de personnalités religieuses comme saint Bernard, Bossuet et Fénelon. Pour la même raison, les deux jeunes héros, André et Julien Volden, n'invoquent plus Dieu à leur départ de Lorraine. Par ailleurs, ce texte, à l'origine manuel scolaire, se transforme en référence littéraire : c'est l'indice d'une victoire de l'école laïque et républicaine, qui devient une sorte de valeur éducative universelle. Les lectures « prescriptives » permettent d'encadrer des pratiques culturelles laïques. On tâchera désormais de ne pas mettre les filles à l'écart de cette alphabétisation : les dirigeants de la IIIe République pousseront à la scolarisation des filles, qui devient, comme celle des garçons, obligatoire en 1882.

Cette laïcisation culturelle n'est pourtant pas univoque : la culture duale entre villes et campagnes se maintient. Dans ces dernières, les grandes fêtes du calendrier chrétien se perpétuent et la messe dominicale reste un moment de sociabilité privilégié, surtout pour les femmes. C'est la religion qui semble imposer son rythme aux fêtes. Mais Maurice Agulhon (1979, p. 150-158) consacre de larges développements à la sociabilité populaire et aux fêtes municipales et montre fort bien comment les autorités collectives communales se réapproprient, en les organisant, des fêtes autrefois à caractère religieux (la Saint-Jean par exemple). C'est finalement sur les bases de la culture religieuse que les pratiques culturelles se sécularisent et se laïcisent (cela ne se fait pas toujours sans conflits). Même d'origine religieuse, la fête devient peu à peu républicaine. Par ailleurs, d'autres fêtes, telles que le carnaval et les charivaris, conspués par l'Église catholique, sont célébrées. Certes, il faut nuancer selon les régions, mais, de plus en plus, la fête s'autonomise de la religion.

Tandis que la « Bibliothèque bleue » disparaît, les succès littéraires s'affranchissent du religieux. Des livres de piété comme les *Devoirs d'un chrétien* de Lamennais (1847) et *Le Syllabaire* du frère Bernard (1848) font encore de bons tirages après 1850, mais il ne s'agit désormais que de quelques titres dans une offre de plus en plus diversifiée, grâce, d'une part, à l'accroissement des publics cultivés et, d'autre part, aux progrès techniques considérables de l'édition. Tallandier, Fayard et Flammarion éditent de la littérature populaire et proposent des rééditions d'Eugène Sue et de nouveaux succès (Béthouart, 2001), comme *Le Bossu* de Paul Féval, *Arsène Lupin* de Maurice Leblanc, *Rouletabille* de Gustave Leroux, *Fantomas* de Marcel Allain et Pierre Souvestre. C'est l'apparition de la bande dessinée, avec *Le Savant Cosinus* et *La Famille Fenouillard* de Christophe, pseudonyme de Georges Colomb, *Bécassine*, *Les Pieds-Nickelés*, que l'on retrouve dans les magazines *La Semaine de Suzette* ou *L'Épatant*. La comtesse de Ségur connaît un immense succès : *Les Malheurs de Sophie* sont vendus à 700 000 exemplaires et 1,7 million en réédition. Il y a donc diversification culturelle, signe d'une sécularisation culturelle.

Un nouvel intransigeantisme catholique

La volonté des fondateurs de la République, et notamment des deux personnalités qui dominent cette période charnière, Gambetta et Ferry, consiste à fonder un régime stable et donc culturellement hégémonique, pour être à l'abri de tout coup d'État (les deux premières Républiques avaient fini dans l'aventure militaire) et d'un renversement de régime par le système électoral. La stratégie à l'égard des masses, l'espoir d'une progression sociale raisonnable par l'école, réussit mieux auprès des masses rurales que des masses urbaines, et la législation sociale française aura un certain « retard » par rapport au Royaume-Uni et à l'Allemagne. La République, sur ce plan, fait moins bien que la monarchie ou l'Empire ! En particulier, obsédé par l'« instituteur prussien » qui a gagné la guerre, la France construit son école publique à la fin du XIXe siècle, alors que l'ex-Prusse, devenue l'Allemagne, bâtit de son côté sa législation sociale. Malgré les grèves et les heurts parfois violents (grève de Carmaux en 1892, tuerie d'Aigues-Mortes en 1893, vague d'attentats anarchistes de 1894), le ciment interclassiste (complexe, ambigu) de l'anticléricalisme continue d'être une donnée culturelle et politique importante. La stratégie à l'égard du catholicisme, qui alimente un courant antirépublicain, conjugue rupture et recherche d'une nouvelle unité nationale. « La guerre à toujours contre le catholicisme », prévient Ferry, ne peut être un programme de gouvernement, car les gouvernements sont établis pour faire « la paix ».

Le début des années 1890 semble offrir la possibilité de conclure effectivement cette paix, après l'échec de la tentative du général Boulanger, qui, parti du radicalisme, a finalement été dénoncé comme « le chef des cléricaux ». Certes, le discours du cardinal Lavigerie, archevêque d'Alger (novembre 1890), n'a guère rencontré d'écho. Mais Léon XIII lui-même se charge de prôner le ralliement à la République le 20 février 1892, avec l'encyclique *Inter innumeras sollicitudines (Au milieu des sollicitudes)*. L'Église catholique n'est liée à aucune forme de gouvernement, et accepter le régime républicain ne signifie pas admettre les « abus » de la législation qui touche à la religion : telle est la signification de ce ralliement conditionnel qu'Émile Poulat (1977) analyse comme le passage du « vieil intransigeantisme » à un « nouvel intransigeantisme qui entend reprendre l'initiative ». L'année précédente, *Rerum novarum* avait déjà donné l'impulsion à un « catholicisme de mouvement » sur le plan social.

Le Ralliement crée une crise dans le catholicisme français.

Certains, comme le comte d'Haussonville, estiment qu'on exige d'eux une « reddition » dont ils ne veulent pas. D'autres se sentent désavoués et paralysés, ne voulant ni désobéir au pape ni renier leur fidélité royaliste. Mais, face à ce « vieil intransigeantisme », on peut distinguer trois tendances parmi les ralliés. La première est celle des assomptionnistes et de leurs publications de la « bonne presse », qui se développent depuis les années 1880 : *Le Pèlerin*, hebdomadaire populaire, *La Croix*, quotidien parisien bientôt suivi de *Croix* départementales ou régionales. Le Ralliement est pour eux une continuation du conflit des deux France par d'autres moyens. La volonté de refaire de la France une nation catholique reste intacte, et le drapeau tricolore est accepté en y ajoutant sur le blanc l'effigie du Sacré Cœur, signe de la consécration de la France au Christ. En fait, les assomptionnistes seront dans une sorte de soumission/désobéissance qui contribuera à l'échec de la tentative.

Le deuxième groupe est formé de catholiques conservateurs, qui estiment possible un regroupement entre catholiques ralliés et républicains modérés. Cela permettrait la « formation d'un parti tory » (Jacques Piou), capable de prétendre devenir une majorité de gouvernement et d'offrir ainsi la possibilité d'une alternance à l'anglaise au sein du parti républicain. Quelqu'un comme Jules Ferry, il est vrai à ce moment-là écarté du pouvoir, ne voit pas cela d'un mauvais œil. Dès août 1892, il déclare : « [La République] ne réside pas dans une formule unique, inflexible comme un dogme. Nous l'avons conçue et pratiquée selon certaines idées auxquelles nous restons obstinément fidèles. Les conservateurs ralliés à la République en apporteront d'autres. Cela est naturel et n'a rien d'inquiétant. » Dans cette optique, la volonté de « défense sociale » peut l'emporter sur le conflit des deux France. Cela n'implique pas de renoncer à changer les lois laïques, mais ce changement pourrait s'effectuer progressivement et sans aboutir à une République confessionnelle. Ces ralliés sont, sans doute, politiquement en phase avec le souhait de Léon XIII.

Le troisième groupe est, lui, surtout en phase avec le Léon XIII de *Rerum novarum*. Ces catholiques veulent « aller au peuple » et faire « l'éducation chrétienne de la démocratie » (titre d'une brochure de l'abbé Callipe). Ils cherchent donc à recatholiciser la France par le bas, beaucoup plus que par le haut. Ce sont les « abbés démocrates », avec leurs diverses publications [1], et ceux qui organisent un mouvement ouvrier catholique : syndicats de salariés, cercles d'études sociales. Ils constituent à Reims un éphémère Parti démocratique chrétien, dont le mot d'ordre est : « Religion, famille, propriété », et qui, se situant surtout sur le plan social, laisse la liberté à ses composantes de mener ou non une action politique. Ceux qui le font « doivent se déclarer nettement républicains démocrates » (Tranvouez, 1988, p. 78) [2].

« La République des honnêtes gens »

Le Ralliement entraîne un effondrement de la droite (dû en partie à l'abstention d'électeurs catholiques troublés) aux élections de 1893 et ensuite l'appel à des gouvernements de centre, animés par ce qu'Eugène Spuller nomme « l'esprit nouveau ». Ils doivent « faire prévaloir en matière religieuse un véritable esprit de tolérance » alors que la République, parce qu'elle était menacée, a pu prendre quelques mesures « d'apparence vexatoire, tracassière, oppressive de la liberté de conscience de tel ou tel groupe ». Que vise Spuller, ancien gambettiste ? L'expulsion, en 1880, des congrégations enseignantes ? On ferme effectivement de plus en plus les yeux sur le retour des congréganistes dans leurs écoles. Sans doute aussi l'épuration de l'administration effectuée au tournant des années 1870 et 1880, en réplique à l'épuration précédente, datant de l'Ordre moral et du Seize-Mai. La victoire électorale fut prolongée alors « en éliminant des fonctions

1. *Le Peuple français*, *La Démocratie chrétienne*, *La Justice sociale*, *La Vie catholique* et bientôt la fondation par Emmanuel Desgrées du Lou et par l'abbé Trochu de *Ouest-Éclair* (en 1899).

2. Ces initiatives se situent aussi dans la filiation de Léon Harmel, qui depuis les années 1850 effectue ce qu'il appelle « l'organisation chrétienne de l'usine » dans sa filature de Val-des-Bois près de Reims où il a mis sur pied un réseau d'associations religieuses, économiques et sociales, professionnelles et de loisirs administrées par un conseil mixte patrons/ouvriers (Tranvouez, 1988, p. 63 *sq.*).

clés de l'administration ou de la justice des tenants des idées adverses. L'épuration eut pour principal caractère de sanctionner chez les fonctionnaires frappés non point une faute, mais une opinion politique détestée ». Elle fut aussi le « moyen de satisfaire une clientèle politique », de « récompenser les services rendus tout en constituant un puissant moyen d'action », notamment dans les recettes des finances et les débits de boissons (Machelon, 1976, p. 286-290). Cette « révolution des emplois », jointe à des démissions volontaires et au souhait de certains de ne pas servir « la Gueuse », a engendré chez de nombreux catholiques le sentiment d'être des « émigrés de l'intérieur ».

Ce sentiment s'exacerbe avec le Ralliement, et un catholicisme militant oppose la « République des honnêtes gens » à construire, et le régime républicain présent qui se trouve aux mains d'un « complot juif, franc-maçon et protestant ». *La Croix* et les *Croix* de province jouent un rôle important dans le développement de l'antisémitisme en lui donnant « un brevet de respectabilité » ; en effet, à la différence de *La Libre Parole* d'Édouard Drumont, elles le lient à la défense « du Christ crucifié » (Larkin, 1974, p. 85 *sq.*). Il ne faut pourtant pas minimiser l'importance de *La France juive* de Drumont, parue en 1886, qui s'avère, avec *La Vie de Jésus* de Renan, un des plus grands succès de vente de ces décennies. Sans doute parce que Drumont arrive à conjuguer un séculaire antisémitisme chrétien et un plus récent antisémitisme socialiste. Alors que l'anticléricalisme entraîne, comme le remarque un Jules Guesde, une alliance de la France ouvrière et socialiste et de la France bourgeoise et libérale au profit de cette dernière, l'antisémitisme de Drumont vise à un renversement d'alliance. Reprenant le schéma triangulaire de Poulat, on peut lire son ouvrage comme l'appel à la réconciliation des France catholique et cléricale d'une part, ouvrière et socialiste de l'autre, augmentées de tous les déçus de la France libérale et bourgeoise, contre le péril d'une mythique « France juive » (Baubérot et Zuber, 2000, p. 239-254).

Parallèlement à Drumont, d'autres thèmes visent les protestants, accusés de « propagande anglo-biblique », d'espionnage au profit de l'Angleterre et aussi de détruire l'âme même de la France par « une pullulation sans fin de sectes opposées entre elles » ; les francs-maçons, eux, sont accusés de célébrer des « messes au diable » et d'encourager toutes sortes de « turpitudes ».

Le conflit des deux France exacerbé

Les catholiques sociaux démocrates-chrétiens favorables à une « République transformée » fondent un journal populaire, *La France libre*, dont les deux devises sont « La France aux Français » et « Christ et liberté ». Le premier congrès de la démocratie chrétienne, tenu à Lyon en novembre 1896, décline quatre thématiques : antisémite, antimaçonnique, sociale et de l'union nationale. Tandis que la bénédiction pontificale ne mentionne que les trois derniers points et que l'archevêque de Lyon critique la dimension antisémite de la manifestation, certains regrettent que la « question protestante » ne soit pas clairement posée, même si le protestantisme est attaqué pour sa participation à la « République sectaire ». D'autres reprochent aux promoteurs de « pactiser avec la Révolution » en se déclarant républicains, ou de mettre en cause le « capitalisme » et pas seulement le libéralisme. Un débat s'engage pour savoir s'il faut parler du « capitalisme » ou du « capitalisme païen », ce qui viserait surtout la « finance juive » (Mayeur, 1986, p. 156-169)[1].

Comme un catholique libéral, Anatole Leroy-Beaulieu l'explique fort bien dès l'époque : une des raisons principales des « doctrines de haine » provient du sentiment d'exclusion des catholiques de la Fonction publique (l'armée et la diplomatie constituant leurs secteurs refuges). Cependant, alors qu'elles n'atteignent pas la totalité des catholiques, loin s'en faut, ces doctrines sont également portées par des libres-penseurs

1. Le congrès de 1897 sera moins antisémite et moins anticapitaliste et tentera de mettre sur pied une « fédération électorale » pour les élections de 1898 (tentative plus ou moins contrée par les assomptionnistes). Le troisième congrès, l'année suivante, sera un demi-échec et, faute de moyens, *La France libre* cessera de paraître en 1899 : les ouvriers la jugeaient trop « cléricale » et de nombreux catholiques trop « révolutionnaire ».

comme le boulangiste Georges Thiébaud, l'ex-communard Henri Rochefort ou Charles Maurras.

Agnostiques ou athées, ils peuvent être pourtant qualifiés de catholiques identitaires, car ils pensent que, face aux menaces, les « bons Français » doivent « se rallier autour de la tradition catholique ». Ainsi, on retrouve une fois encore en jeu une vision symbolique de l'identité française : d'un côté la France légitime, composée de catholiques ou de personnes détachées du catholicisme, mais en gardant une empreinte culturelle ; de l'autre, des éléments (considérés comme) hétérogènes au pays (protestants et juifs) ou traîtres à ses valeurs (francs-maçons) (Baubérot et Zuber, 2000, p. 90-92). Du coup, comme le remarque Bernard Joly (1992, p. 206 *sq.*), tous les thèmes qui séviront pendant l'affaire Dreyfus sont déjà en place avant qu'elle n'éclate. Mais, en ce qui concerne l'antisémitisme, la propagande haineuse a atteint un tel degré qu'au moment des élections de 1898 elle imprègne activement ou passivement de larges couches de la population (Birnbaum, 1994, 1998). À ce moment-là, seuls des francs-tireurs défendent le capitaine. La campagne électorale se focalise sur « l'esprit nouveau » – apaisement nécessaire selon les uns, retour d'influence des notables « cléricaux » selon les autres. Deux faits changent la donne : la découverte du « faux Henry » (août 1898) et les manifestations de plus en plus agressives des ligues nationalistes et antisémites, que la Ligue des droits de l'homme créée à cette occasion tente de contrer et qui aboutissent à des rumeurs de coup d'État. Celui-ci est effectivement tenté par Paul Déroulède (février 1899). Il échoue piteusement. Mais son promoteur, acquitté (mai 1899), promet de recommencer. La République va-t-elle être emportée dans la tourmente ?

Le conflit des deux France est plus que jamais d'actualité, et les risques de déstabilisation du régime font basculer la Chambre – malgré le match nul électoral entre partisans et adversaires de « l'esprit nouveau » – vers un gouvernement de « Défense républicaine ». Les dreyfusards, en infime minorité, note Philippe Levillain (1994, p. 442), n'obtiennent gain de cause « devant les parlementaires que lorsqu'ils ont prouvé qu'ils ne défendaient pas seulement Dreyfus, mais encore la République et la laïcité ». Le nouveau président du Conseil, Waldeck-Rousseau est partisan du Concordat (« N'est-ce donc rien qu'un traité qui ne permet à l'Église ni de nommer les curés, ni d'avoir une autonomie, ni de tenir en France des conciles ? »), mais il veut combattre les jésuites et d'autres congrégations, responsables à ses yeux de la déstabilisation de la République : du fait qu'ils ne sont pas bridés par le système concordataire, ils ne reçoivent de l'État aucun salaire et sont libres de contrôle épiscopal.

La lutte anticongréganiste

Le degré d'engagement des ordres religieux dans les menées antirépublicaines est une question complexe. L'historien britannique Maurice Larkin (1990, p. 3-28) a dépouillé, en France et au Vatican, les divers fonds d'archives portant sur cette question : la propagande active pour un État fort, revenant sur la laïcité et hostile aux juifs, francs-maçons et protestants, n'est pas douteuse. L'appui à un coup de force beaucoup moins évident. Mais, outre que les républicains ont pris au sérieux de nombreuses rumeurs, que les archives ne confirment guère, Larkin (1974, p. 83 *sq.*) met l'accent sur l'attirance qu'exercent les écoles secondaires catholiques sur la bourgeoisie républicaine. Ces écoles, qui se rapprochent selon lui du modèle anglais des *public schools*, donnent une éducation personnalisée. Pour les préfets, les magistrats, y mettre leurs enfants permet à ces derniers de côtoyer la meilleure société. *Mutatis mutandis*, cette attirance vers la respectabilité ressemble à l'évolution de certains dissidents anglais dès lors qu'ils fréquentent Oxford et Cambridge. Les établissements secondaires catholiques regroupent 32 % des élèves de sexe masculin en 1887 et 42 % en 1898. Un ethos[1] de parvenus prend le pas sur une tradition culturelle antireligieuse. Celle-ci est pourtant forte en France : depuis le XVIIIe siècle, existe une dévalorisation de la vie des religieux

1. On peut schématiquement définir la notion d'« ethos » comme rendant compte d'un ensemble structuré de comportements, voire de valeurs, largement non conscients et communs à un groupe ou à une société.

et des religieuses. Les vœux qu'ils prononcent (pauvreté, obéissance, chasteté), le mode de vie qui est le leur, comme l'aspect supranational de certaines congrégations, semblent une atteinte à la liberté et au sentiment national.

Les assomptionnistes sont également mal vus par le Saint-Siège, et Léon XIII leur retire la direction de *La Croix*, confiée à un groupe de laïcs manufacturiers du Nord ; en même temps, leur congrégation étant dissoute par le gouvernement, ils deviennent des prêtres séculiers. Le discours récurrent sur les « deux jeunesses » est repris par le président du Conseil d'une façon qui, significativement, privilégie le conflit des deux France face aux clivages de classe. Ces « deux jeunesses » sont « moins séparées par leur condition sociale que par l'éducation qu'elles reçoivent, grandissant sans se connaître jusqu'au jour où elles se rencontrent si dissemblables qu'elles risquent de ne plus se comprendre ». Les congrégations se spécialisent dans « l'occupation stratégique de toutes les avenues par lesquelles on doit passer depuis l'enfance pour arriver à l'âge d'homme. C'est la mainmise sur les esprits, sur les intelligences », bref une grave menace sur la liberté de penser. Et d'ailleurs, elles ne sont pas seulement enseignantes, elles sont aussi commerçantes car, « à une immense entreprise, il faut d'immenses moyens ». En fait, en exacte réplique au « juif » des antisémites, « elles sont partout où peut se jouer la partie décisive ». Et que l'on ne vienne pas parler de liberté religieuse, car elles présentent une « thaumaturgie grossière à l'usage des foules, la dévotion facile mise à la place de la foi ». Sans compter leurs « énormes ressources » (« le milliard des congrégations ») et « d'innombrables relations », au total « une influence qui ouvre toutes les avenues » et rend nécessaire une action préventive (Sorlin, 1966).

De telles citations étaient nécessaires pour relativiser l'opposition souvent faite entre Waldeck-Rousseau et Combes. Certes, ce dernier va bien radicaliser l'application de la loi de 1901 [1] avant de faire adopter une nouvelle loi en juillet

1. La loi du 1er juillet va plus loin que la simple logique du contrat et apparaît, « du point de vue républicain comme un compromis qui doit concilier l'individualisme issu des Lumières et de la Révolution

1904 qui prévoit leur dissolution, mais c'est bel et bien Waldeck-Rousseau qui a relancé l'opposition de l'État et repris les arguments différenciant de manière absolue l'association et la congrégation. D'ailleurs, dès 1882, Waldeck-Rousseau s'était opposé à Jules Ferry, qui tolérait la réorganisation des maisons de congréganistes, et il se prononçait pour la suppression pure et simple des congrégations. Pour lui, dans l'association, des hommes se groupent avec un objectif commun et constituent un contrat temporaire qui porte seulement sur ce but déterminé. L'association n'existe que par ce contrat et, idéalement, disparaît une fois l'objectif atteint. Au contraire, « la congrégation n'est pas une association formée pour développer les droits de l'individu ; elle les supprime. Le pacte [constitué] dans de pareilles conditions comportant la renonciation aux droits individuels […] est illicite ». Même si la loi du 1er juillet 1901 se montre moins logique quant à l'association et demande aux congrégations d'accomplir des démarches pour être autorisées, la représentation mentale reste globalement la même. L'intérêt de l'État guidera l'autorisation éventuelle, et, si le président du Conseil cherche à tranquilliser le pape et les catholiques sur ses intentions, « ses initiatives paraissent très contradictoires [… et laissent] toutes les voies ouvertes » (Sorlin, 1966, p. 448).

Un mouvement social et culturel : le combisme

Les élections de 1902 se déroulent dans un climat qui rappelle, vingt-cinq ans après, celui de 1877. Le régime parlementaire n'est pourtant plus en danger et des mouvements de grève de forte ampleur ont montré l'urgence des réformes sociales. Mais parlementaires socialistes et chefs syndicaux servent plus ou moins de tampon, et le conflit des deux

---

et la nécessité de reconstruire des corps intermédiaires […] maillon(s) indispensable(s) entre des individus atomisés et la “grande association de tous les hommes” qu'est l'État » (J.-P. Martin, 2001, p. 467 *sq.*), mais elle distingue la « bonne » association volontaire et libre et les congrégations dont l'existence légale est soumise à une autorisation parlementaire et, pour leurs établissements, à un décret en Conseil d'État.

France domine plus que jamais la culture politique. Les années décisives de 1902 à 1904 hantent encore l'imaginaire national, et le personnage d'Émile Combes (1835-1921) fascine ou révulse. Cet homme a plusieurs facettes : ancien séminariste, médecin, représentant typique du radicalisme maçonnique d'une petite ville de province (Pons, en Charente-Inférieure), pourtant capable de prendre à revers ses partisans en exprimant à la Chambre des convictions spiritualistes à une époque où la libre-pensée ne l'est plus guère. Si son hostilité aux congrégations est entière, il entretient une longue relation « d'amitié amoureuse » avec la princesse Jeanne Bibesco (dont les lettres ont été publiées par Gabriel Merle en 1994), en religion mère Bénédicte de Jésus, prieure du carmel d'Alger. Il est également l'auteur d'un rapport sur l'enseignement primaire en Algérie, qui parle très positivement de l'islam. Surtout, il est un des présidents du Conseil de la IIIe République les plus populaires (et peut-être le plus haï aussi).

Combes voyage volontiers en province, où sa venue donne lieu à des manifestations de foule : on y remarque beaucoup de femmes (« personne n'a embrassé autant de femmes que moi », peut-il déclarer), ce qui est un indice que l'opposition commode homme libre-penseur/femme catholique doit être relativisée[1]. Dans les difficultés, les pétitions de soutien au gouvernement se multiplient, alors que ce type d'action fait moins partie de la culture française que de la culture britannique. Il existe donc un mouvement social et culturel qu'on appelle « le combisme ». L'expression est juste, puisque Combes lui a donné une expression politique et qu'il s'est

1. Elle correspond, certes, à une réalité empirique, mais sans doute faut-il l'envisager comme une stratégie familiale permettant et proximité et distance à l'égard du catholicisme. Dans la répartition des rôles – non forcément consciente et pouvant donner lieu à des tensions –, la femme maintient le contact avec « l'Église » et l'homme se permet d'être un « esprit fort ». Mais, le plus souvent, les deux parents tiennent à ce que leurs enfants suivent le catéchisme et fassent leur première communion (rite de passage religieux et moral). De même, la grande majorité des gens veulent pouvoir se marier religieusement et être enterrés de même sans avoir à suivre pour autant le mode de vie que souhaiteraient leur voir suivre les clercs.

reconnu en lui. Elle est cependant fallacieuse, car ce mouvement préexiste à l'arrivée au pouvoir de Combes et subsiste après lui. On pourrait alors parler de « laïcisme » mais, contrairement à d'autres termes, polémiques à l'origine et devenus d'un emploi neutre par la suite, cette expression garde une connotation négative, ce qui rend son usage malaisé dans une perspective historienne. Examinons les grandes caractéristiques de ce mouvement et les raisons, outre les événements déclenchants comme « l'esprit nouveau » et l'« affaire Dreyfus », qui lui donnent sa vigueur au début du XXe siècle.

Laïcité militante contre laïcité conciliatrice

Un tel mouvement représente une tendance qui interprète la laïcité dans le sens d'une « émancipation » de la religion. En 1870, une Association française de libres-penseurs réclame « l'instruction exclusivement laïque et matérialiste », car elle considère que « l'idée de Dieu est la source et le soutien de tout despotisme et de toute iniquité [... et] que la religion catholique est la personnification la plus complète et la plus terrible de cette idée » (Lalouette, 1997, p. 39). D'autres dissocient « l'idée de Dieu » de ce qu'en font les religions constituées, mais le résultat est le même : la laïcité doit « affranchir » les humains de la religion. Cette tendance ne peut qu'être déçue de la laïcité-neutralité ferryste : l'école laïque telle qu'elle a été créée n'est pas vraiment la leur. De plus, vingt ans après son établissement, elle conserve des accommodements qui paraissent en contradiction avec les lois des années 1880 : certaines salles de classe comportent toujours des crucifix, des écoles publiques de filles gardent des religieuses parmi leurs enseignantes et les « devoirs envers Dieu » figurent dans les programmes. Cela n'apparaît plus supportable, d'où les mots d'ordre de « laïcité intégrale » et « laïciser la laïque ».

Cette nouvelle exigence de laïcisation est notamment portée par des laïques qui estiment que la morale enseignée à l'école publique doit plus explicitement se fonder sur la science. L'exigence d'une « morale scientifique » à l'école se popularise alors qu'un nouveau climat culturel s'éloigne de ce que l'on appelle commodément le « scientisme ». La vague qui incite certains intellectuels à se convertir – ou à se reconvertir – au catholicisme est déjà commencée (Gugelot, 1998). Mais ce qui crée le plus d'émoi, à la fin du XIXe siècle, est le revirement de Ferdinand Brunetière, alors fervent partisan de l'évolutionnisme. Il proclame en 1895 les « faillites partielles » de la science. Cette faillite concerne non les résultats eux-mêmes, mais la capacité à donner une explication de l'homme et du monde qui fasse sens et qui fonde des valeurs morales. Ces idées rencontrent un débat sur la morale laïque, où certains de ses partisans eux-mêmes sont inquiets. Les délits juvéniles augmentent (comme, en fait, dans d'autres pays d'Europe), contrairement aux espérances d'un Victor Hugo, pour qui ouvrir une école équivalait à fermer une prison. Ne serait-ce pas parce qu'on a ôté à la religion son rôle de frein moral ? Non, répliquent les partisans de la « laïcité intégrale », « la morale n'a d'autres bases que celles que lui fournit la science » (Marcellin Berthelot). C'est au contraire parce que l'on propage encore de l'obscurantisme non scientifique à l'école et, ajoutent certains, parce que la morale laïque n'est pas imprégnée des idéaux modernes pacifistes, féministes, voire socialistes, que ses résultats sont décevants.

Dans un tel contexte, le combat continue et même s'exacerbe. La loi de 1901 est d'abord appliquée de façon très rigoureuse, et même rétroactive. La troupe est mobilisée, et le 28 avril 1903, par exemple, un bataillon du 140e de ligne, un détachement du 4e génie, deux escadrons du 4e dragon et des gendarmes à cheval expulsent les chartreux, soutenus par des milliers de Dauphinois. D'autres mesures sont prises, comme celles qui tentent d'interdire aux prêtres des Côtes-du-Nord, du Morbihan et du Finistère le prêche en breton (Lagrée, 1992, p. 248-254). Pendant ce temps, le congrès radical de 1903 réclame le monopole de l'enseignement, car « il n'y a pas de liberté du citoyen contre la cité » (Eugène Lintilhac) ; couronnement de tout, la loi votée le 7 juillet 1904 interdit « l'enseignement de tout ordre aux congrégations » et déclare que les congrégations « seront dissoutes de plein droit par le fait de la fermeture de leur dernier établissement ». Ce dispositif s'applique à la République française mais non pas à l'Empire (colonial) français : outre-mer, les missions catholiques enseignent en français et constituent un instrument de la présence française face aux missions protestantes, souvent anglo-saxonnes.

Deux représentations divergentes de la démocratie

Donnant une vue synthétique du combisme, Jean-Marie Mayeur (1984, p. 189) écrit : « Un petit peuple anticlérical et libre-penseur, petit-bourgeois mais aussi ouvrier, se retrouve derrière le président du Conseil, incarnation d'une France démocratique, ennemie des autorités sociales », après avoir noté que la pratique politique de Combes a « dépassé les limites habituelles » de l'État républicain qui, pourtant, « au temps de la République militante » n'est pas « toujours un État de droit ». Cette citation montre bien les deux univers culturels coexistant en France, souvent chez les mêmes personnes, et donnant à la notion de « démocratie » deux sens divergents. Un sens libéral – commun avec le sens anglo-saxon – connote un ensemble de règles formelles qui permettent pluralisme et alternance, bref une vie politique ouverte et la possibilité pour un ensemble divers d'opinions de s'exprimer et de concourir pour le pouvoir. La démocratie ainsi comprise permet une vie politique formellement pacifique. Même s'il ne faut pas idéaliser la paix, elle n'en reste pas moins, malgré ses tensions et ses coups fourrés, un ordonnancement social différent de la guerre. Cependant, quand Mayeur parle d'une « France démocratique, ennemie des autorités sociales », l'inclusion même du terme « ennemie » montre bien qu'il ne s'agit pas de cela, mais d'un camp démocratique à l'intérieur du conflit, de la « guerre des deux France », pour reprendre l'expression de Poulat (1987).

C'est ainsi que Combes comprend la situation. Son biographe (Gabriel Merle), en forte empathie avec lui, mentionne l'opposition à sa politique de grands intellectuels comme l'historien Gabriel Monod, ou de laïques convaincus comme René Goblet (l'auteur de la loi de 1886) : ils défendent la « liberté de l'erreur » ; elle est pour eux « l'essence de la liberté ». Merle remarque que de telles critiques n'affectent pas la ligne de conduite du président du Conseil, cela « comme si d'excellents propos en temps de paix n'[avaient] plus cours en temps de guerre » (Merle, 1995, p. 280). Selon Combes, « la République périra si elle faiblit devant la congrégation » et « c'est un abus de logique que de prétendre que la notion de liberté implique le droit de la détruire ». Ici, la démocratie est moins une règle du jeu politique et social qu'un contenu de valeurs, le bien symbolique d'un camp qui en a la charge dans une situation de légitime défense. Cette représentation de la démocratie donne le droit de ne pas appliquer à l'autre camp les règles de la démocratie libérale. Les discours tenus multiplient les références à la Révolution *versus* la monarchie, sous-entendue « absolue » alors qu'à quelques centaines de kilomètres de Paris, au Royaume-Uni, en Belgique, aux Pays-Bas, des monarchies constitutionnelles ont engendré des régimes démocratiques.

La « guerre », si guerre il y a, est de l'ordre d'une dispute idéologique et non de la querelle autour d'un territoire. Mais le sens second de la démocratie, à trop s'écarter du premier, risque de perdre le bien qu'il veut défendre. Combes, qui dit ce qu'il fait et fait ce qu'il dit, voit ses amis politiques le lâcher : dans une protestation quelque peu tardive, Waldeck-Rousseau affirme : « Nous n'avons pas protesté contre les huis clos du Conseil de guerre pour admettre jamais les huis clos des commissions », et Clemenceau parle de « jésuitisme retourné » lorsque Combes, après la rupture des relations avec le Vatican, dépose à la fin de 1904 son projet de séparation. Celui-ci vise à instaurer une domination durable sur le catholicisme et, accessoirement, sur les autres religions. Séparées de l'État, les Églises [1] ne sont pas libres pour autant. Elles se trouvent soumises à une étroite surveillance (les édifices du culte, propriétés publiques, leur seront loués pour des périodes de dix ans renouvelables sous condition, les mesures de police des cultes sont sévères, voire arbitraires). Elles doivent s'organiser dans le cadre du département (chaque union départementale possédant un budget distinct)

1. Le terme d'Église est pris ici au sens durkheimien de groupement religieux.

et de telle manière que leur existence est rendue difficile (contraintes budgétaires nettement plus strictes que le droit des associations de 1901). Combes se situe ainsi dans la lignée d'une stricte conception révolutionnaire de la citoyenneté. Il se méfie à l'extrême du groupement secondaire que constitue un culte, principalement le culte catholique. Face à ce type de séparation, un « croyant » n'a guère d'autre choix que le refus. Les protestants par exemple, jusqu'alors plutôt alliés aux républicains anticléricaux, font savoir qu'ils vont rentrer en résistance (Baubérot, 1990, p. 60-69).

Un conflit interne au camp républicain

Critiqué par l'Association nationale des libres-penseurs (pourtant fer de lance de la lutte anticléricale !) pour ses aspects « d'arbitraire administratif » et de « tracasserie policière », le projet de Combes est également désavoué par la commission parlementaire. Pourquoi une telle opposition (significativement exclue de la mémoire française) ? Parce que là n'est plus seulement mise en cause la volonté de domination symbolique d'un certain catholicisme sur l'identité nationale française, mais la survie du même catholicisme en tant que collectivité autonome. La réduction de la liberté aux seuls droits individuels du citoyen et l'engrenage logique du conflit mènent à s'écarter explicitement des règles de la démocratie libérale. Autrement dit, le projet de Combes déplace le conflit : il ne s'agit plus seulement de l'identité symbolique de la France – nation catholique ou nation fondée sur les principes de 1789 –, mais de savoir si une France fondée sur les principes de 1789 donne le droit d'exister pleinement à une communauté dont les caractéristiques collectives peuvent apparaître menaçantes.

On comprend donc la nécessité, pour un pays démocratique (et qui entend le rester), de parvenir un jour à terminer un conflit frontal. Le combat anticlérical avait déjà écorné certains principes démocratiques. L'adoption du projet combiste de séparation aurait cependant fait franchir le pas vers des pratiques discriminatoires. Néanmoins, à l'inverse, tourner le dos à la logique du conflit frontal ne peut se faire sans concessions. Le camp républicain a dû en consentir plusieurs, dont une particulièrement importante. Être catholique, en effet, ne signifie pas seulement pouvoir pratiquer son culte dans la seule contrainte du respect de l'ordre public démocratique, rappellent les évêques, mais être membre d'une Église hiérarchique liée à Rome. Or, après la démission de Combes, due significativement à l'« affaire des fiches[1] », la future loi, épurée de ses éléments de législation d'exception, se rapprochait de la loi sur les associations votée en 1901. Le pouvoir reviendrait aux laïcs de chaque confession, quitte à ce que, pour le culte catholique, ceux-ci le confient ensuite librement aux évêques. La logique catholique romaine implique, au contraire, un pouvoir hiérarchique *a priori*. Précisément, affirment ses adversaires, cela prouve que, telle quelle, l'Église catholique constitue une menace pour la République et qu'il est bon, dès lors, de l'obliger à se démocratiser.

Cependant, les auteurs de la séparation, Aristide Briand et ses mentors Jaurès et Pressensé (Larkin, 1974, p. 106-116), vont conduire la nouvelle loi à assumer un paradoxe : d'un côté la République ne « reconnaît » aucun culte (tout en garantissant « leur libre exercice », articles 2 et 1), de l'autre elle remet les édifices du culte aux seules associations qui se conformeront « aux règles d'organisation générale de [leur culte] » (article 4), donc elle connaît et cautionne le principe hiérarchique de l'Église catholique romaine et empêche, de fait, la création d'associations catholiques dissidentes, espérée par bien des laïques… et aussi certains protestants. Cette disposition, on le comprend facilement, n'est acquise qu'au prix d'un conflit interne au camp républicain anticlérical et grâce à l'appoint des députés catholiques : la rédaction de cet article 4 donne lieu à des tractations entre certains de ces députés et le leader socialiste Jean Jaurès. Francis de Pressensé emprunte la formulation de cet article à la législation écossaise (qui conjugue Église établie et Églises

1. Rappelons qu'il s'agit de la surveillance, par le ministère de la Guerre, avec l'aide de loges maçonniques, de la vie privée des officiers pour freiner ou accélérer leur promotion suivant qu'ils font ou non acte de catholicisme.

séparées de l'État) et celle d'États américains[1]. Et c'est Aristide Briand, rapporteur de la commission parlementaire (avant de devenir le dernier ministre des Cultes, chargé de réaliser l'application de la loi), qui propose et défend la loi devant le Parlement, ferraillant au besoin contre ses amis politiques (le ministère Rouvier, qui a succédé à celui d'Émile Combes, reste très discret dans cette affaire pourtant capitale).

Une difficile « pacification des esprits »

Le renversement opéré par rapport à la politique précédente se marque dans le vocabulaire. Celui de Combes était offensif, guerrier. Au contraire Briand recherche l'apaisement. Il récuse ceux qui voudraient une loi qui « d'une manière indirecte, sournoise [soit] une entrave à l'exercice des cultes, une atteinte à la Constitution des Églises ». Il estime impossible que « la loi impose des règles que les Églises n'auraient pu accepter ». Elle doit être, au contraire, « franche, loyale et honnête », se montrer « susceptible d'assurer la pacification des esprits », parce que les Églises ne trouveront « aucune raison grave de bouder le régime nouveau », sentiront d'elles-mêmes « la possibilité de vivre à l'abri de ce régime et [seront], pour ainsi dire, obligées de l'accepter de bonne grâce ». Deux membres de son cabinet, Louis Méjan (un protestant), et Grunebaum-Ballin (un juif) l'aident dans sa tâche. Mais Briand doit parfois présenter la liberté qu'il revendique pour « l'adversaire » catholique d'une façon qui rassure ses propres partisans : la loi ne donne aucun privilège aux libres-penseurs, mais leur permettra de « pouvoir opposer enfin en un combat loyal, la force de la raison à la brutalité du dogme » (Mayeur, 1991). Ce terme de « combat loyal » est significatif : Briand veut indiquer qu'il n'abandonne pas la lutte pour la liberté de penser, mais qu'il veut la mener dans le respect de la liberté de conscience.

1. *Cf. supra* p. 23, où nous avons déjà noté ce paradoxe intéressant : du cœur du passage de l'affrontement anticléricalisme-cléricalisme à ce que nous appelons le « pacte laïque », se trouve un emprunt à la législation anglo-saxonne.

Il avait affirmé : « La réforme ainsi faite [sera] d'une application facile. » L'avenir immédiat va lui donner tort. Si de grands laïcs catholiques (tels Brunetière ou Leroy-Beaulieu), cinq cardinaux et plusieurs évêques paraissent bien disposés[1], les anciens congréganistes, la presse catholique et le peuple catholique de l'Ouest estiment que le libéralisme de la nouvelle loi constitue un leurre : son application sera « persécutrice ». Il faut donc prendre les devants et résister. La querelle éclate sur une mesure transitoire prise à la demande de députés catholiques : un inventaire des biens effectué conjointement par les deux parties pour éviter tout risque de vol (article 3). Cet inventaire est considéré par certains comme un viol d'objets sacrés, et des incidents, puis des affrontements violents, ont lieu. On déplore un mort le 6 mars 1906. Entre-temps (le 11 février), le pape Pie X a condamné le principe de la loi (qui dénonce unilatéralement le Concordat), sans donner de directives pratiques.

Cette crise amène à la formation d'un nouveau gouvernement, où un laïque intransigeant, Clemenceau, est ministre de l'Intérieur. Va-t-on changer de cap ? Non, car celui-ci indique aux préfets de renoncer aux inventaires « à la première manifestation de résistance » (mai 1906). L'épiscopat se montre également conciliateur et approuve un projet d'associations cultuelles calqué sur l'Allemagne. Mais l'encyclique *Gravissimo officii* (août 1906) interdit aux catholiques d'accepter la loi, qui a, du point de vue du Saint-Siège, unilatéralement

1. Brunetière estimait auparavant (1901) qu'on allait, non vers une « Église libre dans un État libre » mais vers une séparation qui serait, en fait, « la séparation de l'Église et de Rome » et la « nationalisation » d'un catholicisme forcé de se républicaniser et d'épouser « les préjugés, les passions, les intérêts » dominants dans la nation selon le modèle anglican. Cette perspective d'une Église catholique étroitement contrôlée par l'État républicain pour pouvoir être intégrée à sa conception de la nationalité est effectivement présente dans le projet combiste, qui vise davantage une séparation du catholicisme et de Rome qu'une séparation des Églises et de l'État. Le retournement de Brunetière, qui fin 1905 et en 1906 est à l'initiative d'une « supplique aux évêques » les engageant vivement à accepter la loi (elle ne nous empêche « ni de croire ce que nous voulons ni de pratiquer ce que nous croyons »), est d'autant plus significatif.

rompu une convention internationale. Clemenceau et Briand imaginent alors de permettre au culte catholique de s'exercer par le biais de la loi de 1881 sur les réunions publiques. Le pape ordonne aux prêtres de refuser. Va-t-on instituer un « délit de messe » ? Le gouvernement fait adopter une nouvelle loi (2 janvier 1907) dont Briand donne l'objectif : « Mettre l'Église catholique dans l'impossibilité, même quand elle le désirerait d'une volonté tenace, de sortir de la légalité. » Le clergé catholique demeurera dans les églises « occupant sans titre juridique ». Une nouvelle loi, le 13 avril 1908, résout les difficultés pratiques résultant du refus de l'Église catholique de se mettre en conformité avec la loi de séparation de 1905 [1].

Cette situation totalement inhabituelle durera jusqu'après la Première Guerre mondiale. La France et le Saint-Siège renouant alors des liens diplomatiques, des négociations s'engagent. On aboutit à la formule d'associations diocésaines, administrées par un conseil de cinq membres élus sur une liste de huit candidats choisis par l'évêque, président de droit de l'association. Le Conseil d'État estime le projet conforme à la législation française (décembre 1923) et Pie XI, en janvier 1924 (encyclique *Maximum gravissimamque*), accepte les « diocésaines ». Il y a donc eu d'abord des mesures d'accommodation prises par les laïques (qui, selon les critères de certains d'entre eux, trahissaient la victoire) pour assurer une paix de religion, malgré le refus catholique, puis des négociations et un accord implicite au plus haut niveau.

Du camp laïque à une laïcité inclusive

Le renversement de perspective effectué entre 1901 et 1905, la façon dont la loi a été discutée et votée, le contenu de la loi elle-même comparé avec celui de projets antérieurs, les nouvelles lois du 2 janvier 1907, du 13 avril 1908 et la

1. Paradoxalement, cette loi d'avril 1908 va, de fait, favoriser dans le long terme l'Église catholique par rapport aux autres cultes reconnus (protestants et israélite) qui, eux, se sont conformés à la loi de séparation (Boyer, 1993, p. 128).

jurisprudence subséquente, l'arrangement négocié de 1923-1924, voilà les divers faits pris en compte par la notion de « pacte laïque »[1]. La loi de 1905 constitue le fait central, mais il prend sens dans une chaîne de faits variés qui se rapportent tous à la laïcité. Il est donc possible de les rassembler et de les traiter, selon les méthodes de la sociologie historique, comme autant de parties d'un tout cohérent. Comme toute réalité conceptuelle en sociologie, la notion de « pacte laïque » a un rapport (construit) avec des réalités empiriques. Dans ce sens, il ne s'agit ni d'un pacte conçu de façon purement spéculative comme le « contrat social » de Rousseau, ni d'une convention écrite, typique de l'usage courant du mot « pacte », qui n'exclut cependant pas d'autres utilisations plus métaphoriques[2].

Nous avons vu la société britannique traversée par de nombreux conflits concernant l'Établissement, des conceptions opposées se faisant jour au début du XIXe siècle. Mais la vision dominante a progressivement lâché du lest et, comme l'*habeas corpus* et la monarchie constitutionnelle, l'Établissement a continué de représenter l'identité symbolique du pays en se réformant et en distendant, du côté de l'État comme de celui de l'Église établie, le système de *Church*

1. On a critiqué cette notion de « pacte » en arguant du fait que la loi de 1905 serait une « décision unilatérale de l'État ». Non seulement cette affirmation doit être nuancée pour la période 1905-1908 (en 1908, la séparation ne ressemble pas du tout aux différents projets émanant des républicains de 1903 et 1904), mais la régularisation de la situation de l'Église catholique en 1923-1924 ne s'inscrit pas dans cette logique puisqu'elle est le résultat de négociations et que, *in fine*, il est besoin d'une encyclique papale pour que la séparation soit complètement établie !

2. Il est assez curieux de constater que les universitaires qui refusent la notion de pacte affirment qu'un pacte nécessite toujours une convention écrite et se montrent ainsi plus littéralistes et unilatéraux qu'un dictionnaire comme le *Grand Robert* qui relie « pacte » à « paix » (*cf.* Mayeur, 1997, p. 227 ; Favret-Saada, 1999). Jean-Marie Mayeur indique qu'il lui semble plus exact de parler de « compromis » que de pacte. On peut effectivement souligner que le « pacte » se traduit, empiriquement notamment, par certains compromis. Mais pourquoi s'interdire d'élaborer et d'utiliser un instrument conceptuel ? L'usage des concepts permet souvent un gain de scientificité.

and State. Les multiples contestations qui se sont exprimées ont provoqué bien des tensions, mais, mis à part la « question irlandaise », nationale et religieuse, aucune rupture brutale n'a eu lieu, aucun fossé irréductible ne s'est créé. A prédominé un processus de sécularisation où n'ont pas vu le jour des dissonances graves entre les mutations internes du religieux et les autres changements sociaux. Dans les différents conflits socio-culturels, il existait du « religieux » des deux côtés. Et par ailleurs, souvent, la logique de sécularisation a été une logique de glissement du religieux vers le séculier, plutôt qu'une logique d'affrontement, même si cette dernière n'a pas été absente.

En France, le développement des doctrines de haine à la fin du XIXe siècle et la politique anticléricale et anticongréganiste (qui provoque l'exil de 30 000 religieux) au début du XXe siècle montrent que l'affrontement prédomine. La vision de la nation et de ses fondements symboliques reste conflictuelle : on considère une partie de ses concitoyens comme des « ennemis ». Cependant, une société ne peut exister dans un conflit frontal sans fin, dans « la guerre à toujours », comme l'indiquait Jules Ferry : ou elle se disloque, ou une des parties en présence est écrasée, ou elle trouve un mode de dépassement du conflit. La notion de « pacte » rend compte de ce dernier cas de figure, qui peut être temporaire ou, au contraire, façonner de plus en plus une situation nouvelle et durable. La logique du pacte nécessite des concessions lourdes de part et d'autre (et c'est pourquoi elle a tendance à redistribuer les cartes en induisant un conflit interne, dans chaque camp, entre partisans du pacte et jusqu'au-boutistes de l'affrontement). Cette logique peut viser à un quasi-équilibre des concessions ou, au contraire, si le rapport de force est asymétrique, simplement limiter la victoire d'un camp sur l'autre. Le camp vaincu doit alors renoncer à ses objectifs, mais obtient des garanties portant sur les valeurs qui le fondent. Cela conduit ses membres « réalistes » à estimer qu'il vaut mieux payer le prix de la paix que de poursuivre un combat à l'issue plus qu'aléatoire.

Le pacte laïque qui s'instaure progressivement à partir de la séparation des Églises et de l'État s'inscrit dans ce dernier schéma, avec des caractéristiques empiriques spécifiques. La victoire du camp « anticlérical » est indéniable. Laïcisation scolaire et morale laïque ont amorcé un basculement de logique, complété par la séparation des Églises et de l'État. On aboutit à un second seuil de laïcisation qui, comme le premier, peut se définir par trois caractéristiques : *1*. La dissociation institutionnelle : la religion peut fonctionner en interne comme une institution (*cf.* l'article 4), elle n'a plus de rôle institutionnel reconnu et doit prendre socialement une forme analogue à l'association[1]. *2*. Une absence de légitimité (et d'illégitimité) sociale : les besoins religieux sont « affaire privée » et la socialisation morale par la religion résulte d'une option volontaire. Les préceptes moraux de la religion ne sont ni imposés ni combattus par la puissance publique. *3*. La liberté de conscience et le libre exercice des cultes sont publiquement garantis sans distinction entre les cultes.

La séparation de la religion et de l'État met officiellement fin à l'idéal d'une France « nation catholique », et elle parachève, en ce sens, la victoire républicaine dans le conflit des « deux France ». Mais elle dépasse également ce conflit par la visée d'un pacte qui puisse intégrer progressivement le catholicisme dans une laïcité devenue inclusive, du moins en ce qui concerne la représentation de l'identité nationale et les rapports de l'État et de la société civile avec les Églises. La « constitutionnalisation » de la laïcité (« La France est une République… laïque ») en 1946 et en 1958 en sera la conséquence. Mais la culture française reste conflictuelle, et la

1. La séparation française est la fin de la reconnaissance de la religion comme institution sociale ; elle n'est pas sa suppression dans l'espace collectif de la cité. Sous une forme associative, donc libre et volontaire, tout groupement religieux peut faire, dans la logique des lois de 1901 et de 1905, des propositions de sens et mener des actions diverses. Cela est tellement exact que, dès avant 1905 (on a donné plusieurs exemples), une vitalité religieuse (voire religieuse et politique) se manifestait déjà sous une forme associative. Les adversaires du projet de loi d'Émile Combes ont d'ailleurs fait remarquer que les restrictions contenues dans ce projet brideraient la liberté de culte sans empêcher les associations religieuses d'avoir une action idéologique. On peut dire aussi que le renouveau catholique, en France, au XXe siècle, sera largement dû à des associations comme la JOC, la JEC, la JAC, l'ACO, etc.

« question scolaire » va continuer de mettre aux prises une certaine conception de la liberté de conscience et une certaine conception de la liberté de penser[1]. Le pacte laïque ne met pas fin, que l'on s'en réjouisse ou qu'on le regrette, aux « passions françaises » : il dissocie seulement – et ce n'est pas rien – la question de l'identité nationale des problèmes religieux séculaires. Là encore, d'autres problèmes vont surgir, et, si la laïcité fait désormais force de loi, son interprétation reste un enjeu social.

1. Cela, dès 1907-1909, avec une seconde querelle des manuels scolaires (Amalvi, 1979).

CONCLUSION

Sécularisation, laïcisation… et brûlante actualité

Dès notre introduction, nous avons délibérément placé cet ouvrage au croisement d'une recherche d'objectivation historique et de préoccupation citoyenne. Nous ne savions pas à quel point l'environnement social de notre travail allait rendre ce choix important. La rédaction de ce livre a commencé alors que le débat dominant en France se focalisait sur une émission de télévision, « Loft Story », et l'artefact qu'elle produisait. L'impression dominait d'une modernité s'enfonçant de plus en plus dans le virtuel ; d'aucuns même se faisaient les annonciateurs de « la fin de l'histoire ». Nous écrivons notre conclusion après un très brutal « retour au réel » : une effroyable et intolérable série d'attentats s'est produite le 11 septembre 2001, commis, selon toute vraisemblance, au nom d'une foi religieuse fanatisée[1].

« Garder le cœur chaud et la tête froide », a indiqué un analyste après ces événements[2]. C'est effectivement ce que nous essayons de faire. L'émotion que nous partageons, la volonté de dire qu'aucune cause ne saurait si peu que ce soit justifier un tel massacre, rendent d'autant plus important l'élucidation des rapports entre religion et culture et le lien inéluctable de ces domaines avec le politique. S'il y a quelque chose à retenir de la tragédie du 11 septembre, pour les questions qui nous concernent, c'est bien qu'il est radicalement faux de considérer le religieux et le culturel comme de simples

1. Cette conclusion a, d'autre part, été rédigée avant le début des frappes américaines en Afghanistan.
2. A. Joxe, *Le Monde*, 23-24 septembre 2001.

épiphénomènes. Si de tels événements ont pu se produire aussi facilement, c'est pour une bonne part parce qu'ils étaient, pour notre mentalité dominante d'Occidentaux, inconcevables.

Pourtant, nous le savions déjà, pour certains une mort qui leur procurera le « paradis » est plus désirable qu'une vie qui leur paraît sans espérance. Dans le débat du journal *Le Monde* auquel nous venons de faire référence, un autre analyste notait qu'« il ne peut y avoir vraiment de châtiment, car en l'occurrence, on envoie les victimes directement au paradis, ce qu'ils souhaitent [1] ». C'est dire l'importance capitale de ce qui se passe dans les têtes. Certes, ce qui se passe dans les têtes n'est pas indépendant d'aspects politiques, économiques… En effet, même très croyant, on a un autre rapport au « paradis » si le « monde d'ici-bas » permet l'espérance et donne des raisons concrètes d'espérer, ce qui est un moyen fort utile de combattre le fanatisme. Inversement, des actes motivés par la croyance que sa propre mort, entraînant celle de milliers d'autres, est préférable à sa vie ont des conséquences terribles au niveau politique et économique. L'économie mondiale dépend autant des croyances – pas seulement d'ailleurs des croyances religieuses – qu'elle influe sur elles. La poule et l'œuf ! Il nous faut opérer une mutation culturelle, car nous sommes tous plus ou moins imprégnés de l'idée que libéralisme et marxisme nous ont mise dans la tête : la religion et la culture ne sont que des superstructures du politique et, plus encore, de l'économique.

Participer à la réflexion d'aujourd'hui

Dans cette perspective, notre modeste contribution n'est pas, croyons-nous, absolument inutile. Si la notion de « pacte laïque » a quelque pertinence, si l'on accorde de l'attention à la démarche de Briand, Jaurès et Pressensé, alors il devient perceptible que la laïcité ne menace nullement la religion. On peut, dans une société laïque, vivre paisiblement en étant « croyant » ; on peut même être soi-même partisan convaincu

1. P. Hassner, *ibid.*

de la laïcité et homme ou femme de religion. La construction intellectuelle et culturelle d'une laïcité qui, sans renier aucun de ses idéaux fondamentaux, au contraire, soit audible pour des « croyants » et notamment pour des musulmans, on nous accordera que nous n'avons pas attendu le 11 septembre 2001 pour l'entreprendre. Cela fait plus de dix ans que nous proposons au débat public un « nouveau pacte laïque » (Baubérot, 1990).

Mais l'étude de l'histoire religieuse et culturelle du Royaume-Uni apporte ici une nouvelle dimension. En proposant les concepts de « sécularisation religieuse » et de « sécularisation interne », nous avons non seulement élaboré des notions qui nous semblent socio-historiquement pertinentes : nous proposons – nous nous en rendons compte après coup – des notions opératoires pour considérer notre situation aujourd'hui. Car, en montrant qu'une participation active du champ religieux à la sécularisation s'est effectivement produite, nous attirons l'attention sur une triple réalité en devenir.

D'abord, dans notre histoire mondialisée, le rôle que joueront – ou ne pourront pas jouer – des théologiens (au sens large du terme) musulmans est aussi important que toutes les mesures de défense et de traque du terrorisme qui pourront être prises. Ce rôle est peut-être plus important encore si nous voulons – et c'est le souhait le plus cher des deux auteurs – éviter cet « affrontement des civilisations » que certains voient se profiler à l'horizon. Il faut malheureusement reconnaître que, s'il se produit un engrenage non maîtrisé où la lutte antiterroriste ressemble à une nouvelle « croisade », cette hypothèse d'un affrontement possible des civilisations apparaît plus crédible qu'une pseudo-théorie de la fin de l'histoire. Certains éléments existent aujourd'hui qui pourraient entraîner ce résultat désastreux. Mais il n'y a vraiment rien d'inéluctable. Il ne faudrait surtout pas, en se convainquant que nous nous dirigeons vers cette voie-là, nous adonner à une prophétie auto-réalisatrice. Passer de l'étude et de la prise en compte de déterminations multiples à l'idée d'un déterminisme historique serait une erreur fatale. L'avenir se construira dans un enchaînement complexe d'actions et de réactions. Cette complexité fait peur. Elle peut aussi donner de l'espoir. Quelques grains de sable peuvent enrayer l'engrenage de l'affrontement des civilisations.

Ensuite, il est capital de souligner que la sécularisation religieuse a joué en Grande-Bretagne un rôle aussi important, plus même peut-être, que la sécularisation interne. Autrement dit, le combat nécessaire contre le fanatisme religieux – au même titre que le combat contre tous les fanatismes – n'implique nullement d'imposer un contenu théologique libéral, un relativisme doctrinal à qui que ce soit. Les défenseurs de Bradlaugh étaient, pour une bonne part, des évangéliques et des ritualistes. Les partisans d'une séparation des Églises et de l'État, d'un enseignement non confessionnel, se recrutaient surtout dans les milieux évangéliques. Le contenu de leur théologie n'était ni libéral, ni relativiste. Pourquoi ? Parce qu'il est simplement nécessaire et suffisant d'être convaincu que la foi authentique doit être une conviction personnelle et non un conformisme social pour ne constituer un danger pour personne. À partir du moment où un lien est effectué entre foi authentique et libre adhésion, on peut croire à un absolu de vérité et vivre tranquillement, sereinement, dans la paix civile avec autrui.

Imposer implicitement le flottement généralisé des croyances, imposer par matraquage publicitaire, au-delà des lois qui protègent les droits fondamentaux de chacun, des comportements uniformes, un conformisme mimétique de ce qui serait « cool » et « tendance »… et changeant au gré des modes, est aussi un fanatisme. Considérer comme « intégristes » tous ceux qui ne seraient pas théologiquement des libéraux, tous ceux qui, sans déroger aux lois, veulent vivre de façon différente de la normalité ambiante, avec des croyances et des comportements conformes à ce qu'ils pensent être leur tradition religieuse et/ou leur identité culturelle, n'est plus seulement intellectuellement stupide, c'est devenu politiquement suicidaire.

Un grand pas en avant dans la lutte antiterroriste sera fait le jour où, des agents de la sûreté du territoire à l'opinion publique, ce que nous venons d'écrire sera culturellement assimilé. Et pour parvenir à ce résultat, deux groupes sociaux au moins se trouvent fortement impliqués. Les hommes et les femmes de médias, qui doivent cesser de privilégier le piquant, le spectaculaire, la petite phrase simplificatrice pour retrouver leur véritable rôle, qu'heureusement certains n'ont jamais abandonné : vulgariser de la façon la plus pertinente possible des analyses qui ne peuvent être que non piquantes, non spectaculaires et peu simples. Il faut qu'hommes et femmes de médias jouent ce rôle, la survie de la démocratie en dépend largement. Mais il faut aussi qu'intellectuels et universitaires ne cherchent pas à être médiatiques, à courir après les idées à la mode, à privilégier, eux aussi, le piquant, le spectaculaire. Leur devoir consiste à approfondir leurs analyses, à se montrer le plus rigoureux et le plus objectif possible. Être à distance de la réalité empirique, de l'actualité événementielle, permet de mieux la retrouver. C'est dans ce but que nous nous proposons maintenant de réfléchir aux notions de sécularisation et de laïcisation.

Sécularisation

Ce terme apparaît sous la plume d'historiens mais ce sont surtout les sociologues qui ont cherché à le théoriser[1]. Assez péniblement d'ailleurs : ils ont vite découvert que cette notion ne rend pas compte d'un « processus unilinéaire et irréversible » mais bien plus d'un « processus complexe et ambigu » (Tschannen, 1992, p. 293). Et certains d'entre eux en sont arrivés à (presque) brûler ce qu'ils avaient (presque) adoré. L'exemple le plus frappant est Peter Berger. Dans les années 1960, il instituait la sécularisation en paradigme fondamental de la modernité. Elle constituait le processus qui soustrait à l'autorité, à l'influence des institutions et même des symboles religieux, les différents secteurs de la société et de la culture (Berger, 1971). Il estime maintenant cette perspective largement erronée. Cela pour trois raisons principales. D'abord, si l'on peut effectivement constater des cas de sécularisation au cours de l'histoire, c'est essentiellement

1. On trouvera un très bon panorama d'ensemble des théories sociologiques de la sécularisation dans J.-P. Willaime, 1995. Rappelons que, dans son sens originel, le terme « sécularisation » signifie l'appropriation de biens ecclésiastiques par le pouvoir civil.

en Europe, et l'Europe n'est pas – n'est plus – le centre du monde. Ensuite, la sécularisation touche surtout l'intelligentsia, les élites dirigeantes. Les chercheurs qui font partie de cette couche sociale ont théorisé à partir de leur propre vécu, le confondant avec la situation du monde entier. Enfin, la sécularisation n'est pas une nécessité inéluctable de l'histoire : quand elle a lieu, elle provoque – les dernières décennies du XXe siècle le montrent – des mouvements de contre-sécularisation dont la vigueur apparaît aussi forte que celle de la sécularisation précédente (Berger, 1999).

Notons tout de suite que ce troisième argument relativise beaucoup les deux autres : des mouvements de contre-sécularisation se produisent effectivement dans différents coins de la planète, avec des acteurs provenant de couches sociales diverses. Cela vient sans doute de ce que les phénomènes antérieurs de sécularisation se sont liés à une volonté « impérialiste » – au sens où l'on a employé ce terme dès cette époque – et ont eu des effets à l'échelle du monde entier et de toute la stratification sociale. Il s'est agi là non d'une sécularisation religieuse, interne ou autonome, mais d'une sécularisation imposée et donc non intériorisée. Les religions et les cultures non occidentales n'ont pas véritablement été prises au sérieux. L'indice que nous avons relevé à propos de la révolte des cipayes nous paraît extrêmement révélateur [1].

Relevons également que les tentatives de « théorie générale de la sécularisation » les plus sérieuses ont analysé le présent en accordant beaucoup d'importance à son épaisseur historique et que les pays de référence sont essentiellement une Europe élargie à l'Amérique du Nord (*cf.* notamment Martin, 1978). Constatons enfin que des chercheurs non européens comparent la sécularisation européenne et celle de leur propre pays, en partie historiquement déterminée par la colonisation (*cf.* notamment Bharghava, 1998).

1. *Cf. supra* p. 181, note 1.

Le débat historiens-sociologues

Il n'empêche : le revirement de Peter Berger renvoie à un débat implicitement récurrent entre historiens et sociologues de la religion en France même. L'historien voit renforcer son scepticisme sur la propension du sociologue à bâtir des théories générales, historico-mondiales, en considérant de haut – et donc de trop loin – les réalités empiriques qu'il globalise hâtivement... le tout en faisant du présent un critère intemporel. L'historien revendique alors une minutieuse étude des faits – en prenant ce terme dans une acception très large –, un patient travail qui permet de percevoir des réalités sociales et historiques tellement diversifiées qu'elles échappent de toute part à l'enfermement d'une définition théorique. Le sociologue répondra alors que cette proximité avec les faits constitue une dangereuse illusion. La réalité est toujours construite. On ne peut jamais en rendre compte de façon brute. Et, faute de théorie explicitée, on reste dépendant de ses conceptions et jugements de valeur implicites. L'objectif de toute démarche scientifique – fût-elle celle d'une science humaine – consiste à mettre en ordre l'empirie, à opérer des classements qui ne prétendent jamais être infaillibles et définitifs.

Comment dépasser une telle alternative ? Peut-être en refusant et la prétention des paradigmes globaux et la naïveté de l'approche non théorisée. Peut-être en recherchant une catégorisation à portée moyenne et diversifiée. C'est ce que nous avons tenté en écrivant cet ouvrage, dans un double mouvement de déconstruction et de reconstruction qu'il nous faut maintenant un peu expliciter.

En soi, l'objet d'étude du livre montre qu'il ne s'agit pas d'élaborer une théorie générale. Cela pourrait suffire pour s'estimer indemne des objections du Peter Berger deuxième manière. Celui-ci admet que des phénomènes de sécularisation se sont historiquement produits en Europe. Nous traitons de deux pays importants de l'Europe du XIXe siècle, illustration de ce qui échappe à sa remise en cause de la théorie de la sécularisation. Mais nous ne pouvons en rester là puisque nous avons proposé de distinguer entre sécularisation et laïcisation et de donner, pour chaque notion, une typologie.

Laïcisation

Cette notion est déjà utilisée par un sociologue soucieux de ne pas en rester à une définition théorique trop globale. Dans une étude très suggestive, Karel Dobbelaere (1981) a distingué plusieurs dimensions de la sécularisation, le jeu entre ces différentes dimensions permettant d'expliquer les évolutions parfois divergentes qui affectent les sociétés, les groupements religieux et les individus eux-mêmes. Pour Dobbelaere, on peut discerner trois phénomènes sociaux différents que l'on regroupe sous le terme de sécularisation. Le premier est la laïcisation, qui est un processus de différenciation structurelle et fonctionnelle des institutions. Le deuxième est le changement des univers religieux – croyances et comportements –, la tendance à privilégier ce qui appartient au monde d'« ici-bas », l'acculturation à la modernité. Le troisième concerne plus directement le déclin de la pratique religieuse, entendue au sens large : pratique culturelle, pratique morale et sociale liée à des références religieuses.

Situons notre propre approche par rapport à cette perspective. D'abord, puisque nombre d'objections portent sur le caractère trop extensif donné à la notion de sécularisation et qu'une autre notion vient d'être introduite, pourquoi ne pas utiliser les deux termes pour opérer une délimitation conceptuelle ? Faut-il faire de la laïcisation une simple caractéristique de la sécularisation ? Karel Dobbelaere (1993, p. 19) emploie lui-même l'expression de « pays laïcisés » (France, Belgique) dans un sens autonome par rapport à celui de sécularisation. Tentons alors de construire ce qui vient assez spontanément sous la plume. Dans un premier temps, on peut effectuer ainsi un partage entre notions : à la laïcisation, le processus de différenciation institutionnelle, voire de marginalisation de l'institution religieuse ; à la sécularisation, les changements concernant l'univers religieux, la déperdition d'autorité culturelle de la religion et l'acculturation à la modernité qui en résulte (Baubérot, 1988, p. 261-264).

Si l'on fige une telle distinction, elle risque cependant de présenter un côté statique qui limite son caractère opératoire pour analyser les combinaisons historiques entre l'institutionnel et le culturel. C'est pourquoi la définition des seuils de laïcisation (Baubérot, 1990, p. 44 et 95) ne se réduit pas aux mutations institutionnelles, qui en constituent cependant la première caractéristique. Elle concerne aussi la reconnaissance et la mise en question de la légitimité sociale de la religion (comme autorité morale et comme répondant à des besoins religieux culturellement objectifs) et le rapport au pluralisme. En quoi, par exemple, la morale laïque (française) est-elle différente d'une morale sécularisée (britannique et danoise) ? En ceci qu'elle est la production culturelle d'une institution – l'école – et, par-delà, celle de l'État-nation, suite à la délégitimation de la religion comme autorité morale. Inversement, quand la reine Victoria, chef de l'Église d'Angleterre, utilise une méthode d'accouchement sans douleur, elle légitime, non seulement comme autorité politique mais aussi comme autorité religieuse, la valeur morale d'une pratique médicale et donc un ethos « profane ». Cette nouvelle culture morale peut progressivement s'emboîter dans une situation où la religion semble toujours la « source » des valeurs mais, en fait, accepte de restreindre son champ d'application et de s'acclimater.

L'articulation sécularisation-laïcisation

Ce qui importe donc, c'est la dominante différente que prend la combinaison entre les aspects institutionnels et les aspects culturels. La laïcisation est liée alors à une régulation étatique externe à la religion et à tendance conflictuelle. Des tensions explicites entre différentes forces sociales (religieuses, culturelles, politiques, voire militaires) peuvent prendre l'aspect d'un conflit ouvert. L'enjeu devient alors le contrôle de l'appareil d'État (ou du moins une forte influence sur lui), afin qu'il intervienne comme acteur social et donne, voire impose, une solution qui concerne d'abord la religion en tant qu'institution sociale.

En revanche, la sécularisation constitue une modalité d'intervention étatique interne à tendance pondératrice. Il se produit une progressive et relative perte de pertinence sociale du religieux. Cela s'effectue sans affrontement majeur entre le politique et le religieux, principalement par le jeu de la dynamique sociale. Cela signifie qu'il existe des tensions internes au sein du champ religieux, entre des groupes qui ont des options différentes, comme il existe des tensions internes au sein du champ politique entre les partis, voire à l'intérieur des partis[1]. On peut également parler de tensions internes au sein des champs socio-économique, scientifique, etc. Des liens peuvent exister entre ces différentes tensions, mais elles ne produisent pas de conflit frontal, de contradiction sociétale entre les mutations internes du religieux et les autres changements sociaux. En interaction avec les autres champs de la société, le résultat des tensions religieuses internes amène globalement la religion à se modifier partiellement elle-même, à restreindre ses prétentions sociales, de manière à accepter, ou même dans certains cas à contribuer à provoquer, une certaine perte d'emprise (Baubérot, 1994, p. 12 *sq*.).

Mis à part le conflit irlandais, dont la solution politique partielle est obtenue, après la Première Guerre mondiale, par l'indépendance de l'Irlande – Ulster excepté –, et donc par un partage de territoire, il n'y a pas eu, outre-Manche, de conflit frontal analogue au conflit des deux France. Nous avons constaté de multiples conflits, avec des alliances réversibles – non-conformistes et ritualistes, par exemple, alliés dans certains cas et adversaires dans d'autres. Nous avons également vu qu'au cours de notre période se sont formés des « continuums », des passerelles enjambant les différences confessionnelles d'abord, la séparation religion, science ou socialisme ensuite. Cela n'a pas empêché des contestations d'exister, mais elles n'ont pas eu d'impact social radical. Bradlaugh, libre-penseur, pourfendeur du christianisme, voit ses droits défendus par des chrétiens militants, non conformistes ou *High Church*. Quant au socialisme, on peut critiquer le fait que la formation méthodiste de beaucoup de ses leaders les ait détournés de revendications révolutionnaires, on peut insister sur les limites de l'engagement chrétien

1. Naturellement, quand il y a laïcisation, il existe également des tensions internes au champ religieux. Mais, dans ce cas, des forces religieuses intransigeantes prédominent et mènent un conflit frontal.

social des Églises (Medhurst, Moyser, 1992, p. 173) qui n'ont peut-être fait en la matière que le « minimum syndical ». Mais notre objectif n'est pas de distribuer des « bons » et des « mauvais » points. L'essentiel est de constater que malgré les tentatives du catholicisme social français, les rapports entre christianisme et socialisme sont – au tournant du XIXe et du XXe siècle – structurellement différents au Royaume-Uni et en France [1].

De différents types de sécularisation et de laïcisation

Logique de sécularisation et, également, logique de pluralisation liée à la fragmentation interne du protestantisme (Bruce, 1990, p. 30 *sq.*). « Plutôt que rompre ses attaches avec l'anglicanisme en tant que religion établie, la société anglaise préféra en quelque sorte les distendre en accordant progressivement de plus en plus de valeur religieuse et sociale à toutes les confessions chrétiennes. » Il s'en est suivi un « évidement du statut spécifique de l'Église anglicane », produit aussi, « mais dans un second temps », par « l'institution de services publics étatiques » (Champion, 1993, p. 57). Nous avons typologisé cette logique en distinguant une sécularisation religieuse où une militance religieuse contribue à provoquer une certaine perte d'emprise de la religion (action des non-conformismes, parfois de l'ensemble des évangéliques, voire même des ritualistes), une sécularisation interne (latitudinarisme, *Broad Church* libérale) et une sécularisation

1. La manière dont certains radicaux britanniques prônaient une école *secular* était, dans notre terminologie, « laïcisatrice », même si le terme n'était pas disponible pour eux (nous avons vu p. 76 *sq.* pourquoi). De même, le second Lamennais et le groupe éphémère de *L'Avenir* constituent une tentative de sécularisation religieuse, Loisy et le modernisme, de sécularisation interne (*cf.* p. 159 et 54). Et, dans certains domaines, en France, une sécularisation autonome a progressivement eu lieu (et nous avons, à plusieurs reprises, parlé effectivement de sécularisation). Il ne faut donc pas mécaniquement mettre une équivalence entre sécularisation et Royaume-Uni, laïcisation et France. Les notions ne coïncident jamais avec l'empirie ; elles indiquent, cependant, d'incontestables dominantes.

autonome. Les deux premières existent dès le début de la période étudiée. La dernière apparaît progressivement. Elle s'emboîte, en quelque sorte, dans les deux premières. Elle provoque soit une dialectique conflit-irénisme [1], soit un glissement où le changement social s'effectue sans grand heurt. Le sport moderne représente un cas typique d'invention religieuse d'une modernité qui devient progressivement séculière. Mais il existe bien d'autres exemples. Un historien de l'alimentation (Ouédraogo, 2000) a ainsi analysé la « genèse sociale du végétarisme occidental [...] de la secte religieuse à l'utopie philosophique ».

La laïcisation a donné lieu à une distinction typologique davantage référée à des périodes historiques : le premier et le second seuil de laïcisation. Mais cette périodisation n'est pas à prendre de façon substantialiste. Outre que la construction de chaque seuil constitue elle-même une sous-période – le basculement entre premier et second seuil va des années 1880 à 1908 –, des éléments du premier seuil ont perduré ensuite : la formule religieuse du serment jusqu'en 1972 (alors que la construction d'un troisième seuil avait déjà commencé, Baubérot, 2000, p. 123 *sq.*), et le système Concordat-cultes reconnus en Alsace et en Moselle encore en ce début de XXIe siècle. Quant à la notion de « pacte laïque », elle est distincte de la typologie des seuils de laïcisation. Elle cherche à rendre compte du passage d'une laïcité qui constituait le bien symbolique d'un camp dans le conflit des deux France – à côté d'ailleurs d'un autre bien symbolique, longtemps plus important : le gallicanisme – à une laïcité inclusive, destinée, selon l'expression de Ferdinand Buisson, à faire partie du « patrimoine du pays ».

Cela ne signifie pas, naturellement, que la laïcité n'a pas continué à exister comme bien symbolique particulier de certains groupes ou individus. Le texte de la loi de séparation « ignorait les vœux les plus chers et les plus symboliques » des libres-penseurs, écrit avec justesse Jacqueline Lalouette (1997, p. 269). L'utopie est toujours déçue de sa réalisation...

1. Il est frappant de constater que le Royaume-Uni est le pays de Darwin et que pourtant ses théories y ont provoqué, au bout du compte, moins de conflits qu'en France.

et se réactive en pensant qu'il y a maldonne quelque part. Mais il ne s'agit pas seulement de cela, car les combats de 1903-1908 ont brouillé les cartes : souvent ils ont été internes à chaque camp. Le fait que ce soit le fils devenu agnostique d'un pasteur protestant, Francis de Pressensé, qui ait trouvé en terreau anglo-saxon la solution du fameux article 4 en dit long. De même qu'à certains moments où les *dissenters* mènent une vive campagne pour le désétablissement, la sécularisation britannique se rapproche de la laïcisation, de même, en 1905-1908, en provoquant dans les deux camps de vives tensions entre conciliateurs et jusqu'au-boutistes, la laïcisation française se rapproche de la sécularisation. Mais rapprochement n'est pas mélange, et les deux logiques restent globalement dissemblables, même s'il faut prendre ces notions comme des instruments de mesure qui permettent d'estimer précisément l'ampleur plus ou moins grande des écarts.

Pacte laïque et sécularisation

Le « pacte laïque » doit aussi fonctionner comme instrument de mesure et permettre des comparaisons. Car il est des laïcisations qui, à la même époque ou à peu près, n'ont pas abouti à un pacte laïque. Telle est la laïcisation mexicaine, qui trouve son expression la plus achevée dans la Constitution de 1917. Là, certes, pas de pacte laïque... et il s'ensuit la *Cristiada*, la guerre des *Cristeros*. Son spécialiste, Jean-André Meyer (1990, p. 965) ne peut la raconter sans la mettre en contraste avec la situation française[1]. De même, la laïcité turque existe, jusqu'à présent, sans pacte laïque : elle est à dominante militaire et autoritaire. La comparaison avec la laïcité française révèle autant de divergences que de ressemblances. Mais sans doute est-ce ainsi également parce que la Turquie offre l'exemple type d'un pays laïque non sécularisé : l'islam, bien qu'aboli comme religion d'État par la révolution kémaliste, a été instrumentalisé par elle et continue à y exercer une grande influence sur la vie sociale

1. Sur l'histoire de la laïcité mexicaine, *cf.* R. Blancarte, 2000.

(Baubérot, *in* Rigoni, 2000). Le rapport avec l'Occident et son expansion au XIXe siècle et au début du XXe joue encore un rôle et aboutit à ce que nous avons qualifié de sécularisation imposée. Comment débloquer la situation ? Tout le problème est là. Cette réflexion induit une perspective nouvelle : si la laïcité a pu s'établir, en France, avec un pacte laïque, c'est peut-être parce que, derrière le conflit des deux France, le processus que nous avons qualifié de « sécularisation autonome » n'avait pas été, loin de là, négligeable. D'autre part, malgré leurs échecs apparents, les tentatives de sécularisation interne ont eu des résultats souterrains que des études spécialisées devraient arriver à expliciter.

Le processus de sécularisation autonome, nous l'avons déjà repéré par quelques indices, dont un massif : la baisse de la natalité précoce, à distance des prescriptions catholiques. La sécularisation interne peut être repérée là où on ne l'attendrait guère : Pierre Larousse et des religieuses s'entendant, presque comme larrons en foire, pour promouvoir des novations pédagogiques à distance des orthodoxies religieuse et scolaire [1]. Cela avant que le climat du *Syllabus* ne les sépare. Anecdote ? Peut-être pas, car d'autres petits indices semblables peuvent facilement être trouvés. En 1883, les évêques donnent l'ordre aux religieux et aux religieuses de retirer de leurs établissements les manuels de morale laïque qui viennent d'être mis à l'index [2]. Effectivement, certaines écoles congréganistes les utilisaient, surtout le manuel de Gabriel Compayré. Cela signifie que son contenu ne les choquait nullement, au contraire, puisqu'ils l'avaient choisi parmi les soixante-cinq possibles ! Vingt ans plus tard, quand des congréganistes victimes du combisme s'exilent au Québec, certains d'entre eux sont assez fraîchement accueillis par la hiérarchie catholique, qui trouve leurs idées bien pernicieuses. D'ailleurs, selon Micheline Milot [3], certains de ces congréganistes au cléricalisme insupportable aux yeux d'Émile Combes seront des agents de sécularisation de la société

1. *Cf.* p. 228.
2. Sur cette mise à l'index, *cf.* p. 254.
3. *Cf.* un ouvrage à paraître chez Brepols sur « religion et laïcité » au Québec.

québécoise. Ainsi même l'autre France, la France anti-laïque, n'était pas indemne de sécularisation interne.

Faut-il alors considérer avec Marcel Gauchet (1998, p. 14 *sq.*) que notre distinction entre sécularisation et laïcisation a certes une « pertinence descriptive », mais ne possède pas de véritable « capacité explicative ou compréhensive », car elle passerait à côté de l'essentiel : le « basculement d'une situation de domination globale et explicite du religieux à une situation qu'on pourrait dire de secondarisation ou de privatisation » ? Montrer que ce basculement ne s'est pas effectué de façon univoque ne revient pourtant pas à le nier. Au contraire, cela peut enrichir et clarifier l'analyse. Décrypter les différences entre processus de sécularisation et processus de laïcisation, typologiser ces deux processus, aide peut-être à mieux comprendre des différences culturelles et institutionnelles d'aujourd'hui, à percevoir des évolutions possibles.

Donnons deux exemples. Le premier a trait à la gestion de la liberté de conscience. L'*Establishment* anglais, nous l'avons vu, a représenté un frein important à la liberté de conscience. C'est en le combattant qu'elle a été obtenue. Mais en France une laïcisation frontale, très combative, n'a pas toujours respecté cette liberté. Aujourd'hui, dans la sécularisation à l'anglaise, il existe toujours des inégalités institutionnelles : l'Établissement perdure, le délit de blasphème protège les seules croyances établies et limite le droit de les critiquer[1]. Dans la laïcisation à la française, l'égalité formelle entre religions et entre « croyance » et « incroyance » est juridiquement mieux assurée, mais persiste, dans la société civile, la mémoire encore vive du conflit des deux France, entraînant une sensibilité exacerbée d'un côté et la persistance d'une méfiance culturelle à l'égard des religions de l'autre[2]. Le second exemple concerne la gestion de la margi-

1. La loi sur le blasphème, qui s'était appliquée en 1979, à l'encontre d'un poème suspectant Jésus-Christ d'homosexualité, n'a pas joué lors de la publication, en 1989, des *Versets sataniques* de Salman Rushdie. Ceux qui se montrèrent attentifs à la différence de traitement proposèrent, en général, d'abolir la loi plutôt que d'étendre son champ d'application ; ils n'ont pas été entendus.

2. On pourrait spécifier : sur le problème des « sectes », attention est donnée aux structures de médiation comme INFORM au Royaume-

nalité sociale. Le statut de l'Église d'Angleterre l'oblige à maintenir une structure paroissiale dans des quartiers urbains où résident presque exclusivement des membres des religions non chrétiennes ou des membres d'Églises libres noires. Dans plusieurs de ces quartiers, considérés comme « socialement difficiles », les membres du clergé anglican sont les seuls représentants de l'État qui résident et travaillent sur place (Davie, 1996). En France, dans certaines « banlieues chaudes », le corps enseignant de l'école publique constitue pratiquement la seule présence de l'État. Établissement ecclésiastique d'un côté, laïcité scolaire de l'autre : deux cultures politiques et religieuses subsistent, même si toutes les deux (et il en était de même sur bien des points au XIXe siècle) se trouvent confrontées à des difficultés semblables.

Uni, priorité est donnée à la lutte en France avec la MILS (Mission interministérielle de lutte contre les sectes) ; sur l'islam les difficultés rencontrées sont différentes : « affaires » de foulard et problèmes récurrents pour l'organisation de l'islam en France, anomalie que constitue l'inexistence d'écoles musulmanes subventionnées et extrême liberté d'expression y compris pour les islamistes radicaux au Royaume-Uni (cela avant le 11 septembre 2001) (Molokotos Liederman, 2000).

Bibliographie

Agulhon M., *La République au village*, Paris, Le Seuil, 1979.

Agulhon M., *Histoire vagabonde*, t. III, Paris, Gallimard, 1996.

Akenson D. M., *The Irish Education Experiment*, London, Routledge and Kegan, 1970.

Allner M., « L'Armée du salut, Église, armée, œuvre sociale », thèse de doctorat d'État en histoire, université de Paris-VII, 1994.

Altick R., *The English Common Reader. A social History of the Mass Reading Public. 1800-1900*, Ohio State University Press, 1998.

Amalvi Ch., « Les guerres des manuels, autour de l'école primaire en France (1899-1914) », *Revue historique*, octobre-décembre 1979, p. 358-398.

Baecque A. de, *L'An I des droits de l'homme*, Paris, Presses du CNRS, 1988.

Barrie V., « Anglicanisme et dissidences dans les îles Britanniques », in *Histoire du christianisme*, t. X, *Les Défis de la modernité (1750-1840)*, Paris, Desclée, 1997, p. 62-74.

Baubérot A., *L'Invention du scoutisme chrétien. Les éclaireurs unionistes de 1911 à 1921*, Paris, Les Bergers et les Mages, 1997.

Baubérot J., *Le protestantisme doit-il mourir ?*, Paris, Le Seuil, 1988.

Baubérot J., « La culture religieuse et l'enseignement des religions en France », Paris, *Universalia*, 1989, p. 350-353.

Baubérot J., *Vers un nouveau pacte laïque ?*, Paris, Le Seuil, 1990.

Baubérot J., « Renan et le protestantisme », *in* J. Balcou (éd.), *Mémorial Ernest Renan*, Paris, Honoré Champion éditeur, 1993, p. 435-440.

Baubérot J., « Vinet et la laïcisation », *in* R. Reymon (éd.), *Relectures d'Alexandre Vinet*, Lausanne, L'Âge d'Homme, 1993, p. 155-169.

Baubérot J., « Laïcité, laïcisation, sécularisation », *in* A. Dierkens, *Pluralisme religieux et Laïcité dans l'Union européenne*, Bruxelles, Éditions de l'université de Bruxelles, 1994, p. 9-20.

Baubérot J., *La Morale laïque contre l'ordre moral*, Paris, Le Seuil, 1997.

Baubérot J., *Histoire du protestantisme*, Paris, PUF, 1988.

Baubérot J., « D'une comparaison laïcité française, laïcité turque », *in* I. Rigoni (éd.), *Turquie, les mille visages*, Paris, Éditions Syllepse, 2000, p. 34-40.

Baubérot J., *Histoire de la laïcité*, Paris, PUF, coll. « Que sais-je ? », 2000.

Baubérot J., Zuber V., *Une haine oubliée*, Paris, Albin Michel, 2000.

Bebbington D. W., *The Nonconformist Conscience : Chapel and Politics, 1870-1914*, London, Allen and Unwin, 1982.

Bédarida F., *L'Angleterre triomphante*, Paris, Hatier, 1974.

Bédarida F., *La Société anglaise du milieu du* XIXe *siècle à nos jours*, Paris, Le Seuil, 1990.

Bellah R. N., Hammond Ph., *Varieties of Civil Religion*, San Francisco, Harper and Row, 1980.

Bellenger D. A., « 1789-1830 : une période d'expérimentation », *in* H. McLeod *et al.*, *Histoire religieuse de la Grande-Bretagne*, Paris, Le Cerf, 1997, p. 17-55.

Berger P., *La Religion dans la conscience moderne*, Paris, Le Centurion, 1971.

Berger P., *The Desecularization of the World*, Grand Rapids (Michigan), Ferdmans, 1999.

Bernard-Griffiths S., « Mythification et démythification de la révolution dans l'œuvre d'Edgar Quinet », *La Légende de la Révolution*, Éditions de la faculté de Clermont-II, 1988, p. 431-462.

Bertrand C. J., *Le Méthodisme*, Paris, Armand Colin, 1971.

Béthouart B., *Religion et culture en Europe occidentale de 1800 à 1914*, Paris, Éditions du Temps, 2001.

Bharghava R. (éd.), *Secularism and its Critics*, New Delhi, Oxford University Press, 1998.

Bibesco J., *Lettres à Émile Combes*, Paris, Gallimard, 1994.

Birnbaum P. (éd.), *La France de l'affaire Dreyfus*, Paris, Gallimard, 1994.

Birnbaum P., *Le Moment antisémite. Un tour de la France en 1898*, Paris, Fayard, 1998.

Blancarte R. (ed.), *Laicidad y Valores en un Estado democrático*, El Colegio de Mexico, 2000.

Bloch M., *L'Étrange défaite*, Paris, Éditions Francs-Tireurs, 1946.

Bonnet Ch., *Le Royaume-Uni de 1837 à 1914*, Paris, Nathan, 1997.
Boutry Ph., « Une vitalité religieuse toujours forte, le mouvement vers Rome et le renouveau missionnaire », *in* J. Le Goff, R. Rémond (éd.), *Histoire de la France religieuse*, t. III, *Du roi très chrétien à la laïcité républicaine (XIIIe-XIXe siècle)*, Paris, Le Seuil, 1991, p. 423-451.
Boyer A., *Le Droit des religions*, Paris, PUF, 1993.
Brooke J., « L'Essor d'une culture scientifique », *in* H. McLeod *et al.*, *Histoire religieuse de la Grande-Bretagne*, Paris, Le Cerf, 1997, p. 261-265.
Bruce S., *A House divided, Protestantism, Schism and Secularisation*, London and New York, Routledge, 1990.
Cabanel P., Cassan M., *Les Catholiques français du XVIe au XXe siècle*, Paris, Nathan, 1997.
Cabanel P., *Les Protestants et la République de 1870 à nos jours*, Bruxelles, Complexe, 2000.
Calame Ch., « Newton Isaac », in *Encyclopédie du protestantisme*, Genève-Paris, Labor et Fides-Le Cerf, 1995, p. 1073-1074.
Carbonnier J., « La sécularisation du droit civil après le Code civil des Français », *in* L. L. Vallaurie, G. Dilcher, *De cristianesimo, secularizzazione e diritto moderno*, Milan, Giuffré, 1981, p. 1007-1019.
Carbonnier J., « Le Code civil », *in* P. Nora (éd.), *Les Lieux de mémoire*, t. II, *La Nation*, Paris, Gallimard, 1986, p. 293-315.
Chadwick O., *The Victorian Church*, t. I et II, London, A. and C. Black, 1970.
Chadwick O., *The Secularization of the European Mind in the Nineteenth Century*, Cambridge University Press, 1976.
Chadwick O., *John Henry Newman*, Paris, Le Cerf, 1989.
Champion F., « Entre laïcisation et sécularisation. Des rapports Église-État dans l'Europe communautaire », *Le Débat*, novembre-décembre 1993, p. 46-72.
Champion F., Cohen M., *Sectes et Démocratie*, Paris, Le Seuil, 1999.
Champion F. *et al.*, *Globalisation de la religion*, Paris, L'Harmattan, 2001.
Chanet J. F., *L'École républicaine et les petites patries*, Paris, Aubier, 1996.
Charlot, M., Marx R., *La Société victorienne*, Paris, Armand Colin, 1997 (1978).
Chartier R., « Livres bleus et lectures populaires », *in* R. Chartier, H. J. Martin (éd.), *Histoire de l'édition française*, t. II, *Le Livre triomphant. 1660-1830*, Paris, Promodis, 1984, p. 498-511.

Chassaigne Ph., *Histoire de l'Angleterre*, Paris, Flammarion, 2001 (rééd.).
Chevalier P., *La Séparation de l'Église et de l'école : Jules Ferry et Léon XIII*, Paris, Fayard, 1981.
Cholvy G., *La Religion en France de la fin du* XVIIIe *siècle à nos jours*, Paris, Hachette, 1991.
Cholvy G., *Christianisme et Société en France au* XIXe *siècle. 1790-1914*, Paris, Le Seuil, coll. « Points Histoire », 2001.
Cliff P. B., *The Rise and Development of the Sunday School Movement in England. 1780-1980*, Redhill (Surrey), NCEC, 1986.
CNRS, *Trésor de la langue française du* XIXe *et du* XXe *siècle*, vol. 3, Paris, 1974.
Combes A., *Le Grand Orient de France au* XIXe *siècle*, Paris, Éditions maçonniques de France, 2000.
Coolahan J., « The Establishment of the National School System in Ireland, 1831 », *in* W. Frijhoff (éd.), *L'Offre d'école. The Supply of Schooling*, Paris, Publications de la Sorbonne, 1983, p. 65-74.
Corbin A., *Le Miasme et la Jonquille*, Paris, Flammarion, 1982.
Corbin A., *Les Cloches de la terre*, Paris, Albin Michel, 1994.
Cort J. C., *Christian Socialism*, New York, Orbis Books, 1988.
Cosslett T. (ed.), *Science and Religion in the XIXth Century*, Cambridge University Press, 1984.
Cousin B., Cubello M., Moulinas R., *La Pique et la Croix. Histoire religieuse de la Révolution française*, Paris, Le Centurion, 1989.
Crouzet F., *De la supériorité de l'Angleterre sur la France. L'économique et l'imaginaire,* XVIIIe-XXe *siècle*, Paris, Perrin, 1999.
Cullmann, O., *Christ et le Temps*, Neuchâtel, Delachaux et Niestlé, 1946.
Dagens Cl., *Lettres aux catholiques de France*, Paris, Le Cerf, 1999.
Davie G., *La Religion des Britanniques de 1945 à nos jours*, Genève, Labor et Fides, 1996.
Delumeau J., *Le christianisme va-t-il mourir ?*, Paris, Fayard, 1971.
Delumeau J., *Le Péché et la Peur : la culpabilisation en Occident,* XIIIe-XVIIIe *siècle*, Paris, Fayard, 1983.
Denis D., « Une pédagogie du simulacre : l'invention du scoutisme (1900-1912) », *Agora*, n° 11, 1er trimestre 1998, p. 7-18.
Deregnaucourt G., Poton D., *La Vie religieuse en France aux* XVIe, XVIIe *et* XVIIIe *siècles*, Gap, Ophrys, 1994.
Desroche H., *Sociologie de l'espérance*, Paris, Calmann-Lévy, 1973.
Didi-Huberman G., *Devant le temps*, Paris, Minuit, 2000.

Dobbelaere K., *Secularization : a Multi-Dimensional Concept*, London, Sage Publication, 1981.

Dobbelaere K., « Church, involvment and secularization, making sense of the European case », *in* E. Barker *et al.*, *Secularization, Rationalism and Sectarianism*, Oxford, Clarendon Press, 1993.

Duchein M., *Histoire de l'Écosse*, Paris, Fayard, 1998.

Duprat, C., *Usages et Pratiques de la philanthropie*, Paris, APEHSS, 1996.

Durkheim É., *Les Formes élémentaires de la vie religieuse*, Paris, Alcan, 1912.

Encrevé A., « Bible et sociétés bibliques dans le protestantisme français », *in* Cl. Savart, N. Aletti (éd.), *Le Monde contemporain et la Bible*, Paris, Beauchesne, 1985, p. 111-132.

Encrevé A., *L'Expérience et la Foi. Pensée et vie religieuse des huguenots au XIXe siècle*, Genève, Labor et Fides, 2001.

Faure O., *Les Français et leur médecine au XIXe siècle*, Paris, Belin, 1993.

Favret-Saada J., « La concorde fait rage : sur le nouveau pacte laïque », *Les Temps modernes*, oct.-nov. 1999, p. 115-160.

Fiala P., « Les termes de la laïcité. Différenciation morphologique et conflits sémantiques », *Mots*, n° 27, juin 1991, p. 41-57.

Foucault M., *Naissance de la clinique*, Paris, PUF, 1963.

François E., « Les protestants allemands et la Bible », *in* Y. Belaval, D. Bourel (éd.), *Le Siècle des Lumières et la Bible*, Paris, Beauchesne, 1986, p. 47-58.

Frijhoff W. (éd.), *L'Offre d'école. The Supply of Schooling*, Paris, Publications de la Sorbonne, 1983.

Furet F., *La Gauche et la Révolution au milieu du XIXe siècle*, Paris, Hachette, 1986.

Furet F., Ozouf J., *Lire et Écrire. L'alphabétisation des Français de Calvin à Jules Ferry*, 2 vol., Paris, Minuit, 1977.

Gadille J., « Le christianisme en Europe à l'âge libéral : les îles Britanniques », *in* J.-M. Mayeur *et al.*, *Histoire du christianisme*, vol. 11, Paris, Desclée, 1995, p. 225-244.

Garaud M., Szramkiewicz, *La Révolution française et la Famille*, Paris, PUF, 1978.

Gauchet M., *La Religion dans la démocratie. Parcours de la laïcité*, Paris, Gallimard, 1998.

Gaudemet, J., *Le Mariage en Occident*, Paris, Le Cerf, 1987.

Gellner E., *Nations and Nationalism*, Oxford, Blackwell, 1983.

Gibson S. R., *The Family Doctor : His Life and History*, London, George Allen and Unwin, 1981.

Gibson S. R., *A Social History of French Catholicism, 1789-1914*, London and New York, Routledge, 1989.

Gilbert A. D., *Religion and Society in Industrial England*, London and New York, Longman, 1976.
Glaudes P., « Introduction », in *Images de la réforme au* XIXe *siècle* (actes du colloque de Clermont-Ferrand, 9-10 novembre 1990), dans *Annales littéraires de l'université de Besançon*, Paris, Les Belles Lettres, 1992, p. 5-15.
Golby J.-M. (ed.), *Culture and Society in Britain. 1850-1890*, Oxford University Press, 1986.
Gough A., *Paris et Rome. Les catholiques français et le pape au* XIXe *siècle*, Paris, Éditions de l'Atelier, 1996.
Graetz M., *Les Juifs en France au* XIXe *siècle*, Paris, Le Seuil, 1989.
Greenfeld L., *Nationalism. Five Roads to Modernity*, Cambridge (Mass.), Harvard University Press, 1992.
Gugelot F., *La Conversion des intellectuels au catholicisme en France. 1885-1935*, Paris, Éditions du CNRS, 1998.
Guiffan J., *Histoire de l'Irlande*, Paris, Hatier, 1992.
Guiffan J., *La Question d'Irlande*, Bruxelles, Complexe, 1994.
Guillaume P., *Médecins, Église et Foi.* XIXe-XXe *siècles*, Paris, Aubier, 1990.
Guiral P., « Notes sur l'anticléricalisme des saint-simoniens », *Archives des sciences sociales des religions*, juillet-septembre 1960, n° 10, p. 31-40.
Hatzfeld H., *Les Racines de la religion. Tradition, rituel, valeurs*, Paris, Le Seuil, 1993.
Haussy Ch. d', « Les catholiques anglais et la politique », in *Christianisme et Pouvoirs politiques*, Université de Lille-III, 1973, p. 125-138.
Haussy Ch. d', « Bible et société en Grande-Bretagne », *in* Collectif, *Le Monde contemporain et la Bible*, Paris, Beauchesne, 1988, p. 161-186.
Haussy Ch. d', « 1850-1880, essor religieux dans une nation prospère », *in* H. McLeod *et al.*, *Histoire religieuse de la Grande-Bretagne*, Paris, Le Cerf, 1997, p. 83-116.
Hébrard J., « Les nouveaux lecteurs », *in* R. Chartier, H. J. Martin (éd.), *Histoire de l'édition française*, t. III, *Le Temps des éditeurs*, Paris, Promodis, 1984, p. 471-509.
Hempton D., *Methodism and Politics in British Society 1750-1850*, London, Hutchinson, 1984.
Hermon-Belot R., *L'Émancipation des juifs en France*, Paris, PUF, coll. « Que sais-je ? », 1999.
Hervieu-Léger D., « Prolifération américaine, sécheresse française », *in* F. Champion, M. Cohen (éd.), *Sectes et Démocratie*, Paris, Le Seuil, 1999, p. 86-103.

Hill Ch., *Le Monde à l'envers. Les idées radicales au cours de la Révolution anglaise*, Paris, Payot, 1977.

Hölscher L., « Les changements religieux du XVIIIe siècle à 1945 », *in* P. Colonge, R. Lill, *Histoire religieuse de l'Allemagne*, Paris, Le Cerf, 2000, p. 23-55.

Hurtebize Cl., « Sport, Culture et Religion », note de synthèse présentée pour l'habilitation à diriger des recherches, université de Versailles-Saint-Quentin-en-Yvelines, 1993.

Ihl O., *La Fête républicaine*, Paris, Gallimard, 1996.

Inglis K. S., *Churches and the Working Classes in the Victorian England*, London, Routledge and Kegan Paul, 1964.

Joly B., « Les antidreyfusards avant Dreyfus », *Revue d'histoire moderne et contemporaine*, avril-juin 1992, 39/2, p. 198-221.

Jones D. K., « The Movement for secular elementary education in Great Britain in the XIXth Century », *in* W. Frijhoff (éd.), *L'Offre d'école. The Supply of Schooling*, Paris, Publications de la Sorbonne, 1983, p. 83-96.

Jones P. d'A., *The Christian Socialist Revival, 1877-1914*, Princeton University Press, 1968.

Kroen S. T., « Revolutionizing religious politics during the Restoration », *French Historical Review*, vol. 21, n° 1, winter 1998, p. 27-53.

Julia D., « Le catholicisme, religion du royaume (1715-1789) », in J. Le Goff, R. Rémond (éd.), *Histoire de la France religieuse*, t. III, *Du roi très chrétien à la laïcité républicaine (XVIIIe-XIXe siècle)*, Paris, Le Seuil, 1991, p. 11-61.

Labrousse E., *Une foi, une loi, un roi. La révocation de l'Édit de Nantes*, Paris-Genève, Payot-Labor et Fides, 1985.

Ladous R., *Monsieur Portal et les siens (1855-1926)*, Paris, Le Cerf, 1985.

Ladous R., « Les Unions chrétiennes de jeunes gens de 1844 à 1878. Les étapes et les causes de la construction d'un mouvement international », *in* G. Cholvy (éd.), *Mouvements de jeunesse. Chrétiens et juifs : sociabilité juvénile dans un cadre européen (1799-1968)*, Paris, Le Cerf, 1985, p. 125-139.

Lagrée M., *Religion et Culture en Bretagne. 1850-1950*, Paris, Fayard, 1992.

Lagrée M., *La Bénédiction de Prométhée. Religion et technologie*, Paris, Fayard, 1999.

Lalouette J., *La Libre-Pensée en France, 1848-1940*, Paris, Albin Michel, 1997.

Lanfrey A., « De l'école congréganiste à l'école catholique », *in* G. Cholvy (éd.), *L'Enseignement catholique en France aux XIXe et XXe siècles*, Paris, Le Cerf, 1995, p. 47-62.

Langlois Cl., *Le Catholicisme au féminin. Les congrégations à supérieure générale*, Paris, Le Cerf, 1984.

Langlois Cl., « Religion, culte ou opinion religieuse : la politique des révolutionnaires », *Revue française de sociologie*, n° XXX, 1989, p. 471-496.

Langlois Cl., « Le déclin institutionnel et politique du catholicisme français, politique et religion » et « Féminisation du catholicisme », *in* J. Le Goff et R. Rémond (éd.), *Histoire de la France religieuse*, t. III, *Du roi très chrétien à la laïcité républicaine (XVIIIe-XIXe siècle)*, Paris, Le Seuil, 1991, p. 108-143 et p. 292-310.

Langlois Cl., Laplanche F., *La Science catholique. L'« Encyclopédie théologique » de Migne (1844-1873) entre apologétique et vulgarisation*, Paris, Le Cerf, 1992.

Langlois Cl., « Lire le *Syllabus* », *in* A. Dierkens, *L'Intelligentsia européenne en mutation. 1850-1875*, Bruxelles, Éditions de l'université de Bruxelles, 1998, p. 85-104.

Laqueur T., *Religion and Respectability. Sunday Schools and Working Class Culture. 1780-1850*, New Haven, Yale University Press, 1976.

Larkin M., *Church and State After the Dreyfus Affair. The Separation Issue in France*, London, The Macmillan Press, 1974.

Larkin M., *Religion, Politics and Preferment in France Since 1890*, Cambridge, Cambridge University Press, 1990.

Larousse P., *Grand Dictionnaire universel*, Paris, Larousse, 1866-1876.

Latreille A., Rémond, R., *Histoire du catholicisme en France. La période contemporaine*, Paris, Spes, 1962.

Laurent G., « Les catholiques face à la géologie et à la paléontologie de 1800 à 1880 », *in* Collectif, *Christianisme et Science*, Paris, Vrin, 1989, p. 77-100.

Leca J., « La citoyenneté entre la nation et la société civile », *in* D. Colas *et al.*, *Citoyenneté et Nationalité. Perspectives en France et au Québec*, Paris, PUF, 1991, p. 479-505.

Leites E., *La Passion du bonheur. Conscience puritaine et sexualité moderne*, Paris, Le Cerf, 1988.

Lelièvre Ch., Nique Ch., *La République n'éduquera plus. La fin du mythe Ferry*, Paris, Plon, 1993.

Lemaire J. (éd.), *Quelle religion pour la révolution ?*, Bruxelles, Éditions de l'université de Bruxelles, 1989.

Leniaud J.-M., *L'Administration des cultes pendant la période concordataire*, Paris, Nouvelles Éditions Latines, 1988.

Léonard J., « Femmes, religion et médecine », *Annales*, sept.-oct 1977.

Léonard J., *La Médecine entre les pouvoirs et les savoirs*, Paris, Aubier, 1981.

Léonard J., *Archives du corps, la santé au* XIXe *siècle*, Rennes, Ouest-France, 1986.

Leroy M., *Le Mythe jésuite de Béranger à Michelet*, Paris, PUF, 1992.

Levillain Ph., « Les catholiques à l'épreuve, variations sur un verdict », *in* P. Birnbaum (éd.), *La France de l'affaire Dreyfus*, Paris, Gallimard, 1994, p. 411-450.

Lichtenberger F., *Encyclopédie des sciences religieuses*, 13 vol., Paris, Sandoz et Fischbascher, 1878.

Luc J.-N., « La diffusion des modèles de préscolarisation en Europe dans la première moitié du XIXe siècle », *Histoire de l'éducation*, n° 82, mai 1999, p. 189-206.

Lüpke J. Von, *Wege der Weisheit. Studienz und Lessings Theologie Kritik*, Göttingen, Vandenhoesch und Ruprecht, 1989.

Machelon J. P., *La République contre les libertés ? Les restrictions aux libertés publiques de 1879 à 1914*, Paris, Presses de la FNSP, 1976.

Machin G. I. T., *Politics and the Churches in Great Britain. 1832 to 1868*, Oxford, Clarendon Press, 1977.

Machin G. I. T., *Politics and the Churches in Great Britain. 1869 to 1921*, Oxford, Clarendon Press, 1987.

Marsden G. M., *Fundamentalism and American Culture. The Shaping of Twentieth Century Evangelicalism, 1870-1925*, New York, Oxford University Press, 1980.

Martin D., *A General Theory of Secularization*, Oxford, Basil Blackwell, 1978.

Martin J. P., *La Ligue de l'enseignement et la République des origines à 1914*, thèse pour le doctorat de l'Institut d'études politiques de Paris, 2 vol., Paris, 1992.

Martin J. P., « La Ligue de l'enseignement, la loi de 1901 et le champ politique républicain », *in* Cl. Andrieu, G. Le Béguec, D. Tartakovsky, *Associations et champ politique : la loi de 1901 à l'épreuve du siècle*, Paris, Publications de la Sorbonne, 2001, p. 459-475.

Martin J. P., *in* J. Baubérot *et al.*, « Le pacte laïque », *Programme Most*, UNESCO (à paraître).

Marx R., *Religion et Société en Angleterre de la Réforme à nos jours*, Paris, PUF, 1978.

Mayeur J.-M., *La Vie politique sous la III*[e] *République. 1870-1940*, Paris, Le Seuil, 1984.

Mayeur J.-M., « Jules Ferry et la laïcité », *in* F. Furet (éd.), *Jules Ferry fondateur de la République*, Paris, Éditions de l'EHESS, 1985, p. 147-160.

Mayeur J.-M., *Catholicisme social et démocratie chrétienne*, Paris, Le Cerf, 1986.

Mayeur J.-M., *La Séparation des Églises et de l'État*, Paris, Les Éditions ouvrières, 1991.

Mayeur J.-M., *La Question laïque. XIXe-XXe siècles*, Paris, Fayard, 1997.

McFarlane A., *The Origins of English individualism*, Oxford, Oxford University Press, 1978.

McLeod H. *et al.*, *Histoire religieuse de la Grande-Bretagne*, Paris, Le Cerf, 1997.

Medhurst K., Moyser G., « From princes to pastors : the changing position of the anglican episcopate in English society and politics », *in* S. Berger (ed.), *Religion in West European Politics*, London, Frank Cass, 1992.

Merle G., *Émile Combes*, Paris, Fayard, 1995.

Merton R. K., *Éléments de théorie et de méthode sociologique*, Paris, Plon, 1965.

Mews S., « Vers une société moderne », *in* H. McLeod *et al.*, *Histoire religieuse de la Grande-Bretagne*, Paris, Le Cerf, 1997, p. 117-145.

Meyer J., « la révolution mexicaine », *in*, J.-M. Mayeur *et al.*, *Histoire du christianisme*, vol. 12, Paris, Desclée, 1990, p. 964-980.

Miller J., *L'Europe protestante au XVIe et au XVIIe siècle*, Paris, Belin, 1997.

Milner J.-C., *De l'école*, Paris, Le Seuil, 1984.

Molokotos Liederman L., « Pluralism in education : the display of Islamic affiliation in French and British schools », *Islam and Christian-Muslim Relations*, vol. 11, n° 1, 2000, p. 105-117.

Morelli A., « Une condamnation romaine des catholiques libéraux belges », in *Le Libéralisme religieux*, A. Dierkens (éd.), Bruxelles, Éditions de l'université de Bruxelles, 1992, p. 65-76.

Mort F., *Dangerous Sexualities. Medico-Moral Politics in England Since 1830*, Cambridge, Routledge, 2000.

Murard L., Zylberman P., *L'Hygiène dans la République. La santé publique ou l'utopie contrariée. 1870-1918*, Paris, Fayard, 1996.

Murphy, J., *Church, State and Schools in Britain, 1800-1970*, London, Routledge and Kegan Paul, 1971.

Neal F., *Sectarian Violence. The Liverpool Experience, 1819-1914*, Manchester Universiry Press, 1988.

Nicolet Cl., *L'Idée républicaine en France*, Paris, Gallimard, 1982.

Nicolet Cl., « L'idée républicaine plus que la laïcité », *Le Supplément*, n° 164, avril 1988, p. 45-52.

Nora P., « Le dictionnaire de pédagogie de Ferdinand Buisson, cathédrale de l'école primaire », *in* P. Nora (éd.), *Les Lieux de mémoire*, t. I, *La République*, Paris, Gallimard, 1984, p. 353-378.

Nord Ph., *The Republican Moment, Struggles for Democracy in Nineteenth Century France*, Cambridge (Mass.), Harvard University Press, 1995.

Norman E. R., *Anticatholicism in Victorian England*, London, Allen and Unwin, 1968.

Norman E. R., *Church and Society in England, 1770-1970*, Oxford, Clarendon Press, 1976.

Ognier P., « La Morale indépendante sous le Second Empire (1865-1870) », *in* A. Dierkens, *L'Intelligentsia européenne en mutation. 1850-1875*, Bruxelles, Éditions de l'université de Bruxelles, 1998, p. 155-174.

Ouédraogo A. P., « De la secte religieuse à l'utopie philanthropique. Genèse sociale du végétarisme occidental », *Annales*, n° 4, juillet-août 2000, p. 825-843.

Ozouf J., Furet F., « Le Tour de la France par deux enfants. Le petit livre rouge de la République », *in* P. Nora (éd.), *Les Lieux de mémoire*, Gallimard, rééd. coll. « Quarto », vol. 1, 1997, p. 277-301.

Ozouf M., *L'École, l'Église et la République, 1871-1914*, Paris, Armand Colin, 1963.

Ozouf M., *La Fête révolutionnaire, 1789-1799*, Paris, Gallimard, 1976.

Ozouf M., *L'Homme régénéré*, Paris, Gallimard, 1989.

Pelling H., *The Origins of the Labour Party, 1880-1900*, London, Macmillan, 1954.

Pelling H., *Cholera, Fever and English Medicine, 1825-1865*, Oxford, Oxford University Press, 1978.

Pena-Ruiz H., *Dieu et Marianne*, Paris, PUF, 1999.

Petit A., « Le rôle du protestantisme dans la Révolution occidentale selon Auguste Comte », in *Images de la Réforme au* XIX*e siècle* (actes du colloque de Clermont-Ferrand, 9-10 novembre 1990), *Annales littéraires de l'université de Besançon*, Paris, Les Belles Lettres, 1992, p. 131-150.

Pickering W. S. F., *Anglo-Catholicism. A study in Religious Ambiguity*, London and New York, Routledge, 1989.

Pierrard P., *Louis Veuillot*, Paris, Beauchesne, 1998.

Pitt A., « A changing Anglo-Saxon myth : its development and function in French political thought, 1860-1914 », *French History*, vol. 14, n° 2, june 2000, p. 150-173.

Plongeron B., « Échec à la sécularisation des Lumières ? La religion comme lien social », *in* M. Mat (éd.), *Sécularisation*,

Bruxelles, Éditions de l'Université libre de Bruxelles, 1984, p. 91-126.

Plongeron B., « L'anti-controverse : les projets de réunion des communions chrétiennes du Directoire à l'Empire », *in* M. Perronnet, *La Controverse religieuse, XVI-XIXe siècles*, t. II, Montpellier, Université Paul-Valéry, s.d., p. 97-133.

Poulat E., *Église contre bourgeoisie, introduction au devenir du catholicisme actuel*, Tournais, Casterman, 1977.

Poulat E., *L'Église c'est un monde*, Paris, Le Cerf, 1986.

Poulat E., *Liberté, Laïcité, la guerre des deux France et le principe de la modernité*, Paris, Le Cerf-Cujas, 1987.

Poulat E., *Histoire, Dogme et Critique dans la crise moderniste*, Paris, Albin Michel, 1996.

Prost A., *Histoire de l'enseignement*, Paris, Armand Colin, 1968.

Rataboul L. J., *John Wesley, un anglican sans frontières*, Nancy, Presses universitaires de Nancy, 1991.

Rémond R., *L'Anticléricalisme en France de 1815 à nos jours*, Paris, Fayard, 1999.

Renan E., « Qu'est-ce qu'une nation ? » (conférence en Sorbonne le 11 mars 1882), *Œuvres Complètes*, t. I, Paris, Calmann-Lévy, 1947 (éd. par H. Psichari).

Ricœur P., « Kant, Emmanuel (1724-1804) », *in* P. Gisel (éd.), *Encyclopédie du protestantisme*, Paris-Genève, Le Cerf-Labor et Fides, 1995, p. 816-821.

Robert D., *Les Églises réformées en France, 1800-1830*, Paris, PUF, 1961.

Ronsin F., *Les Divorciaires*, Paris, Aubier, 1992.

Rouse R., Neill S. (ed.), *The History of the Ecumenical Movement*, London, Student Christian Movement Press, 1968.

Royle E., *Radicals, Secularists and Republicans : Popular Free Thought in Britain. 1866-1915*, Manchester University Press, 1980.

Royle E., « 1830-1850 : Renouveau spirituel et réformes institutionnelles », in *Histoire religieuse de la Grande-Bretagne*, Paris, Le Cerf, 1997, p. 57-81.

Rubinstein W. D., *Men of Property, the Very Wealthy in Britain Since the Industrial Revolution*, London, Groom Helm, 1981.

Rupp G., *Religion in England. 1688-1791*, Oxford, Clarendon Press, 1986.

Sacquin M., *Entre Bossuet et Maurras, l'antiprotestantisme en France de 1814 à 1870*, Genève, Droz, 1998.

Schlossberg H., *The Silent Revolution and the Making of Victorian England*, Columbus, Ohio State University Press, 2000.

Schwarzfuchs S., *Du juif à l'israélite. Histoire d'une mutation, 1770-1870*, Paris, Fayard, 1989.

Sorlin P., *Waldeck-Rousseau*, Paris, Armand Colin, 1966.
Spencer J. R., « La situation juridique du blasphème en Angleterre », in P. Dartevelle (éd.), *Blasphèmes et Libertés*, Paris, Le Cerf, 1993, p. 55-62.
Stoeffler E. F., *German Pietism During the XVIIIth Century*, Leyde, Brill, 1973.
Stora-Lamarre A., *L'Enfer de la IIIe République (1881-1914)*, Paris, Imago, 1990.
Sutherland G., *Policy-Making in Elementary Education, 1870-1895*, Oxford University Press, 1973.
Sykes N., *Church and State in England Since the XVIIIth Century*, Cambridge University Press, 1934.
Tackett T., *La Révolution, l'Église, la France, le serment de 1791*, Paris, Le Cerf, 1986.
Taguieff P.-A., *Du progrès, biographie d'une utopie moderne*, Paris, Librio, 2001.
Thiesse A.-M., « Le roman populaire », *in* R. Chartier, H. J. Martin (éd.), *Histoire de l'édition française*, t. III, *Le Temps des éditeurs*, Paris, Promodis, 1984, p. 455-469.
Thiesse A.-M., *La Création des identités nationales en Europe. XVIIIe-XXe siècle*, Paris, Le Seuil, 1999.
Thompson D. M., *Nonconformity in the Nineteeenth Century*, London and Boston, Routledge and Kegan Paul, 1972.
Thompson E., *La Formation de la classe ouvrière anglaise*, Paris, Gallimard-Le Seuil-Hautes Études, 1988.
Tranvouez Y., *Catholiques d'abord. Approche du mouvement catholique en France, XIXe-XXe siècles*, Paris, Les Éditions ouvrières, 1988.
Trevelyan G. M., *English Social History*, London, Penguin Books, 2000 (1942).
Tschannen O., *Les Théories de la sécularisation*, Genève-Paris, Droz, 1992.
Vincienne M., Courtois H., « Note sur la situation religieuse de la France en 1848 d'après l'enquête réalisée par le Comité du travail », Archives de sociologie des religions, juillet-septembre 1958, p. 104-118.
Vovelle M., *La Révolution contre l'Église*, Bruxelles, Complexe, 1988.
Ward W. R., *Early Victorian Methodism, the Correspondance of Jabez Bunting (1830-1858)*, Oxford University Press, 1976.
Watts, *The Dissenters, from the Reformation to the French Revolution*, Oxford, Clarendon Press, 1978.
Weber E., *La Fin des terroirs, la modernisation de la France rurale, 1870-1914*, Paris, Fayard, 1976.

Weber, M., *Essais sur la théorie de la science*, Paris, Plon, 1965.
Willaime J.-P., *Sociologie des religions*, Paris, PUF, coll. « Que sais-je ? », 1995.
Youngson A. J., *The Scientific Revolution in Victorian Medicine*, London, Groom Helm, 1979.

Table

Ouvrages de Jean Baubérot

Un christianisme profane ?
La publication *L'Avant-garde* (1899-1911)
PUF, 1978

Le protestantisme doit-il mourir ?
La différence protestante dans une France pluriculturelle
Seuil, 1988

Vers un nouveau pacte laïque ?
Seuil, 1990

La Laïcité, quel héritage ?
De 1789 à nos jours
Labor et Fides, 1990

Problèmes politiques et sociaux
n° 768, « La Laïcité : évolutions et enjeux »
La Documentation française, 1996

La Morale laïque contre l'ordre moral
Seuil, 1997

Histoire du protestantisme
PUF, 1998 (5e édition)

Une haine oubliée
L'antiprotestantisme avant le pacte laïque (1870-1905)
(avec Valentine Zuber)
Albin Michel, 2000
Ouvrage couronné par l'Académie française

Protestantisme
(avec Hubert Bost)
Labor et Fides, 2000

Histoire de la laïcité française
PUF, 2000

Sous la direction de Jean Baubérot

Pluralisme et minorités religieuses
Peeters, 1991

Religions et laïcité dans l'Europe des douze
Syros, 1994

RÉALISATION : PAO ÉDITIONS DU SEUIL
IMPRESSION : NORMANDIE ROTO IMPRESSION S.A. À LONRAI
DÉPÔT LÉGAL : JANVIER 2002. N° 51402 (01-3118)

Collection Points

SÉRIE HISTOIRE

H1. Histoire d'une démocratie : Athènes
Des origines à la conquête macédonienne
par Claude Mossé
H2. Histoire de la pensée européenne
1. L'éveil intellectuel de l'Europe du IXe au XIIe siècle
par Philippe Wolff
H3. Histoire des populations françaises et de leurs attitudes devant la vie depuis le XVIIIe siècle
par Philippe Ariès
H4. Venise, portrait historique d'une cité
par Philippe Braunstein et Robert Delort
H5. Les Troubadours, *par Henri-Irénée Marrou*
H6. La Révolution industrielle (1770-1880)
par Jean-Pierre Rioux
H7. Histoire de la pensée européenne
4. Le siècle des Lumières
par Norman Hampson
H8. Histoire de la pensée européenne
3. Des humanistes aux hommes de science
par Robert Mandrou
H9. Histoire du Japon et des Japonais
1. Des origines à 1945, *par Edwin O. Reischauer*
H10. Histoire du Japon et des Japonais
2. De 1945 à 1970, *par Edwin O. Reischauer*
H11. Les Causes de la Première Guerre mondiale
par Jacques Droz
H12. Introduction à l'histoire de notre temps
L'Ancien Régime et la Révolution, *par René Rémond*
H13. Introduction à l'histoire de notre temps
Le XIXe siècle, *par René Rémond*
H14. Introduction à l'histoire de notre temps
Le XXe siècle, *par René Rémond*
H15. Photographie et Société, *par Gisèle Freund*
H16. La France de Vichy (1940-1944)
par Robert O. Paxton
H17. Société et Civilisation russes au XIXe siècle
par Constantin de Grunwald
H18. La Tragédie de Cronstadt (1921), *par Paul Avrich*
H19. La Révolution industrielle du Moyen Age
par Jean Gimpel
H20. L'Enfant et la Vie familiale sous l'Ancien Régime
par Philippe Ariès

H21. De la connaissance historique
par Henri-Irénée Marrou
H22. André Malraux, une vie dans le siècle
par Jean Lacouture
H23. Le Rapport Khrouchtchev et son histoire
par Branko Lazitch
H24 Le Mouvement paysan chinois (1840-1949)
par Jean Chesneaux
H25. Les Misérables dans l'Occident médiéval
par Jean-Louis Goglin
H26. La Gauche en France depuis 1900
par Jean Touchard
H27. Histoire de l'Italie du Risorgimento à nos jours
par Sergio Romano
H28. Genèse médiévale de la France moderne, XIVe-XVe siècle
par Michel Mollat
H29. Décadence romaine ou Antiquité tardive, IIIe-VIe siècle
par Henri-Irénée Marrou
H30. Carthage ou l'Empire de la mer
par François Decret
H31. Essais sur l'histoire de la mort en Occident
du Moyen Age à nos jours, *par Philippe Ariès*
H32. Le Gaullisme (1940-1969), *par Jean Touchard*
H33. Grenadou, paysan français
par Ephraïm Grenadou et Alain Prévost
H34. Piété baroque et Déchristianisation en Provence
au XVIIIe siècle, *par Michel Vovelle*
H35. Histoire générale de l'Empire romain
1. Le Haut-Empire, *par Paul Petit*
H36. Histoire générale de l'Empire romain
2. La crise de l'Empire, *par Paul Petit*
H37. Histoire générale de l'Empire romain
3. Le Bas-Empire, *par Paul Petit*
H38. Pour en finir avec le Moyen Age
par Régine Pernoud
H39. La Question nazie, *par Pierre Ayçoberry*
H40. Comment on écrit l'histoire, *par Paul Veyne*
H41. Les Sans-culottes, *par Albert Soboul*
H42. Léon Blum, *par Jean Lacouture*
H43. Les Collaborateurs (1940-1945)
par Pascal Ory
H44. Le Fascisme italien (1919-1945)
par Pierre Milza et Serge Berstein
H45. Comprendre la révolution russe
par Martin Malia
H46. Histoire de la pensée européenne
6. L'ère des masses, *par Michaël D. Biddiss*

H47. Naissance de la famille moderne
par Edward Shorter
H48. Le Mythe de la procréation à l'âge baroque
par Pierre Darmon
H49. Histoire de la bourgeoisie en France
1. Des origines aux Temps modernes
par Régine Pernoud
H50. Histoire de la bourgeoisie en France
2. Les Temps modernes, *par Régine Pernoud*
H51. Histoire des passions françaises (1848-1945)
1. Ambition et amour, *par Theodore Zeldin*
H52. Histoire des passions françaises (1848-1945)
2. Orgueil et intelligence, *par Theodore Zeldin* (épuisé)
H53. Histoire des passions françaises (1848-1945)
3. Goût et corruption, *par Theodore Zeldin*
H54 Histoire des passions françaises (1848-1945)
4. Colère et politique, *par Theodore Zeldin*
H55. Histoire des passions françaises (1848-1945)
5. Anxiété et hypocrisie, *par Theodore Zeldin*
H56. Histoire de l'éducation dans l'Antiquité
1. Le monde grec, *par Henri-Irénée Marrou*
H57. Histoire de l'éducation dans l'Antiquité
2. Le monde romain, *par Henri-Irénée Marrou*
H58. La Faillite du Cartel, 1924-1926
(Leçon d'histoire pour une gauche au pouvoir)
par Jean-Noël Jeanneney
H59. Les Porteurs de valises
par Hervé Hamon et Patrick Rotman
H60. Histoire de la guerre d'Algérie, 1954-1962
par Bernard Droz et Évelyne Lever
H61. Les Occidentaux, *par Alfred Grosser*
H62. La Vie au Moyen Age, *par Robert Delort*
H63. Politique étrangère de la France
(La Décadence, 1932-1939)
par Jean-Baptiste Duroselle
H64. Histoire de la guerre froide
1. De la révolution d'Octobre à la guerre de Corée, 1917-1950
par André Fontaine
H65. Histoire de la guerre froide
2. De la guerre de Corée à la crise des alliances,1950-1963
par André Fontaine
H66. Les Incas, *par Alfred Métraux*
H67. Les Écoles historiques, *par Guy Bourdé et Hervé Martin*
H68. Le Nationalisme français, 1871-1914, *par Raoul Girardet*
H69. La Droite révolutionnaire, 1885-1914
par Zeev Sternhell
H70. L'Argent caché, *par Jean-Noël Jeanneney*

H71. Histoire économique de la France du XVIIIe siècle à nos jours
1. De l'Ancien Régime à la Première Guerre mondiale
par Jean-Charles Asselain
H72. Histoire économique de la France du XVIIIe siècle à nos jours
2. De 1919 à la fin des années 1970
par Jean-Charles Asselain
H73. La Vie politique sous la IIIe République
par Jean-Marie Mayeur
H74. La Grèce archaïque d'Homère à Eschyle
par Claude Mossé
H75. Histoire de la « détente », 1962-1981
par André Fontaine
H76. Études sur la France de 1939 à nos jours
par la revue « L'Histoire »
H77. L'Afrique au XXe siècle, *par Elikia M'Bokolo*
H78. Les Intellectuels au Moyen Age, *par Jacques Le Goff*
H79. Fernand Pelloutier, *par Jacques Julliard*
H80. L'Église des premiers temps, *par Jean Daniélou*
H81. L'Église de l'Antiquité tardive
par Henri-Irénée Marrou
H82. L'Homme devant la mort
1. Le temps des gisants, *par Philippe Ariès*
H83. L'Homme devant la mort
2. La mort ensauvagée, *par Philippe Ariès*
H84. Le Tribunal de l'impuissance, *par Pierre Darmon*
H85. Histoire générale du XXe siècle
1. Jusqu'en 1949. Déclins européens
par Bernard Droz et Anthony Rowley
H86. Histoire générale du XXe siècle
2. Jusqu'en 1949. La naissance du monde contemporain
par Bernard Droz et Anthony Rowley
H87. La Grèce ancienne, *par la revue « L'Histoire »*
H88. Les Ouvriers dans la société française
par Gérard Noiriel
H89. Les Américains de 1607 à nos jours
1. Naissance et essor des États-Unis, 1607 à 1945
par André Kaspi
H90. Les Américains de 1607 à nos jours
2. Les États-Unis de 1945 à nos jours, *par André Kaspi*
H91. Le Sexe et l'Occident, *par Jean-Louis Flandrin*
H92. Le Propre et le Sale, *par Georges Vigarello*
H93. La Guerre d'Indochine, 1945-1954
par Jacques Dalloz
H94. L'Édit de Nantes et sa révocation
par Janine Garrisson
H95. Les Chambres à gaz, secret d'État
par Eugen Kogon, Hermann Langbein et Adalbert Rückerl

H96. Histoire générale du XXe siècle
3. Depuis 1950. Expansion et indépendance (1950-1973)
par Bernard Droz et Anthony Rowley
H97. La Fièvre hexagonale, 1871-1968, *par Michel Winock*
H98. La Révolution en questions, *par Jacques Solé*
H99. Les Byzantins, *par Alain Ducellier*
H100. Les Croisades, *par la revue « L'Histoire »*

H101. La Chute de la monarchie (1787-1792), *par Michel Vovelle*
H102. La République jacobine (10 août 1792 - 9 Thermidor an II)
par Marc Bouloiseau
H103. La République bourgeoise (de Thermidor à Brumaire, 1794-1799), *par Denis Woronoff*
H104. L'Épisode napoléonien
Aspects intérieurs (1799-1815), *par Louis Bergeron*
H105. La France napoléonienne
Aspects extérieurs (1799-1815)
par Roger Dufraisse et Michel Kerautret
H106. La France des notables (1815-1848)
1. L'évolution générale
par André Jardin et André-Jean Tudesq
H107. La France des notables (1815-1848)
2. La vie de la nation
par André Jardin et André-Jean Tudesq
H108. 1848 ou l'Apprentissage de la République (1848-1852)
par Maurice Agulhon
H109. De la fête impériale au mur des fédérés (1852-1871)
par Alain Plessis
H110. Les Débuts de la Troisième République (1871-1898)
par Jean-Marie Mayeur
H111. La République radicale ? (1898-1914)
par Madeleine Rebérioux
H112. Victoire et Frustrations (1914-1929)
par Jean-Jacques Becker et Serge Berstein
H113. La Crise des années 30 (1929-1938)
par Dominique Borne et Henri Dubief
H114. De Munich à la Libération (1938-1944)
par Jean-Pierre Azéma
H115. La France de la Quatrième République (1944-1958)
1. L'ardeur et la nécessité (1944-1952)
par Jean-Pierre Rioux
H116. La France de la Quatrième République (1944-1958)
2. L'expansion et l'impuissance (1952-1958)
par Jean-Pierre Rioux
H117. La France de l'expansion (1958-1974)
1. La République gaullienne (1958-1969)
par Serge Berstein

H118. La France de l'expansion (1958-1974)
2. L'apogée Pompidou (1969-1974)
par Serge Berstein et Jean-Pierre Rioux
H119. Crises et Alternances (1974-1995)
par Jean-Jacques Becker
avec la collaboration de Pascal Ory
H120. La France du XXe siècle (Documents d'histoire)
présentés par Olivier Wieviorka et Christophe Prochasson

H121. Les Paysans dans la société française, *par Annie Moulin*
H122. Portrait historique de Christophe Colomb
par Marianne Mahn-Lot
H123. Vie et Mort de l'ordre du Temple, *par Alain Demurger*
H124. La Guerre d'Espagne, *par Guy Hermet*
H125. Histoire de France, *sous la direction de Jean Carpentier et François Lebrun*
H126. Empire colonial et Capitalisme français
par Jacques Marseille
H127. Genèse culturelle de l'Europe (Ve-VIIIe siècle)
par Michel Banniard
H128. Les Années trente, *par la revue « L'Histoire »*
H129. Mythes et Mythologies politiques, *par Raoul Girardet*
H130. La France de l'an Mil, *collectif*
H131. Nationalisme, Antisémitisme et Fascisme en France
par Michel Winock
H132. De Gaulle 1. Le rebelle (1890-1944)
par Jean Lacouture
H133. De Gaulle 2. Le politique (1944-1959)
par Jean Lacouture
H134. De Gaulle 3. Le souverain (1959-1970)
par Jean Lacouture
H135. Le Syndrome de Vichy, *par Henry Rousso*
H136. Chronique des années soixante, *par Michel Winock*
H137. La Société anglaise, *par François Bédarida*
H138. L'Abîme 1939-1944. La politique étrangère de la France
par Jean-Baptiste Duroselle
H139. La Culture des apparences, *par Daniel Roche*
H140. Amour et Sexualité en Occident, *par la revue « L'Histoire »*
H141. Le Corps féminin, *par Philippe Perrot*
H142. Les Galériens, *par André Zysberg*
H143. Histoire de l'antisémitisme 1. L'âge de la foi
par Léon Poliakov
H144. Histoire de l'antisémitisme 2. L'âge de la science
par Léon Poliakov
H145. L'Épuration française (1944-1949), *par Peter Novick*
H146. L'Amérique latine au XXe siècle (1889-1929)
par Leslie Manigat

H147. Les Fascismes, *par Pierre Milza*
H148. Histoire sociale de la France au XIXe siècle
par Christophe Charle
H149. L'Allemagne de Hitler, *par la revue « L'Histoire »*
H150. Les Révolutions d'Amérique latine, *par Pierre Vayssière*
H151. Le Capitalisme « sauvage » aux États-Unis (1860-1900)
par Marianne Debouzy
H152. Concordances des temps, *par Jean-Noël Jeanneney*
H153. Diplomatie et Outil militaire
par Jean Doise et Maurice Vaïsse
H154. Histoire des démocraties populaires
1. L'ère de Staline, *par François Fejtö*
H155. Histoire des démocraties populaires
2. Après Staline, *par François Fejtö*
H156. La Vie fragile, *par Arlette Farge*
H157. Histoire de l'Europe, *sous la direction de Jean Carpentier et François Lebrun*
H158. L'État SS, *par Eugen Kogon*
H159. L'Aventure de l'Encyclopédie, *par Robert Darnton*
H160. Histoire générale du XXe siècle
4. Crises et mutations de 1973 à nos jours
par Bernard Droz et Anthony Rowley
H161. Le Creuset français, *par Gérard Noiriel*
H162. Le Socialisme en France et en Europe, XIXe-XXe siècle
par Michel Winock
H163. 14-18 : Mourir pour la patrie, *par la revue « L'Histoire »*
H164. La Guerre de Cent Ans vue par ceux qui l'ont vécue
par Michel Mollat du Jourdin
H165. L'École, l'Église et la République, *par Mona Ozouf*
H166. Histoire de la France rurale
1. La formation des campagnes françaises
(des origines à 1340)
sous la direction de Georges Duby et Armand Wallon
H167. Histoire de la France rurale
2. L'âge classique des paysans (de 1340 à 1789)
sous la direction de Georges Duby et Armand Wallon
H168. Histoire de la France rurale
3. Apogée et crise de la civilisation paysanne
(de 1789 à 1914)
sous la direction de Georges Duby et Armand Wallon
H169. Histoire de la France rurale
4. La fin de la France paysanne (depuis 1914)
sous la direction de Georges Duby et Armand Wallon
H170. Initiation à l'Orient ancien, *par la revue « L'Histoire »*
H171. La Vie élégante, *par Anne Martin-Fugier*
H172. L'État en France de 1789 à nos jours
par Pierre Rosanvallon

H206. La France et l'Occident médiéval
de Charlemagne à Charles VIII
par Robert Delort (à paraître)

H207. Royauté, Renaissance et Réforme (1483-1559)
par Janine Garrisson
H208. Guerre civile et Compromis (1559-1598)
par Janine Garrisson
H209. La Naissance dramatique de l'absolutisme (1598-1661)
par Yves-Marie Bercé
H210. La Puissance et la Guerre (1661-1715)
par François Lebrun
H211. L'État et les Lumières (1715-1783)
par André Zysberg (à paraître)

H212. La Grèce préclassique, *par Jean-Claude Poursat*
H213. La Grèce au Ve siècle, *par Edmond Lévy*
H214. Le IVe Siècle grec, *par Pierre Carlier*
H215. Le Monde hellénistique (323-188), *par Pierre Cabanes*
H216. Les Grecs (188-31), *par Claude Vial*
H218. La République romaine, *par Jean-Michel David*
H219. Le Haut-Empire romain en Occident
d'Auguste aux Sévères, *par Patrick Le Roux*
H220. Le Haut-Empire romain.
Les provinces de Méditerranée orientale,
d'Auguste aux Sévères, *par Maurice Sartre*
H221. L'Empire romain en mutation, des Sévères à Constantin
(192-337), *par Jean-Michel Carrié et Aline Rousselle*

H225. Douze Leçons sur l'histoire, *par Antoine Prost*
H226. Comment on écrit l'histoire, *par Paul Veyne*
H227. Les Crises du catholicisme en France, *par René Rémond*
H228. Les Arméniens, *par Yves Ternon*
H229. Histoire des colonisations, *par Marc Ferro*
H230. Les Catholiques français sous l'Occupation
par Jacques Duquesne
H231. L'Égypte ancienne, *présentation par Pierre Grandet*
H232. Histoire des Juifs de France, *par Esther Benbassa*
H233. Le Goût de l'archive, *par Arlette Farge*
H234. Économie et Société en Grèce ancienne
par Moses I. Finley
H235. La France de la monarchie absolue 1610-1675
par la revue « L'Histoire »
H236. Ravensbrück, *par Germaine Tillion*
H237. La Fin des démocraties populaires, *par François Fejtö
et Ewa Kulesza-Mietkowski*
H238. Les Juifs pendant l'Occupation, *par André Kaspi*

H239. La France à l'heure allemande (1940-1944)
par Philippe Burrin
H240. La Société industrielle en France (1814-1914)
par Jean-Pierre Daviet
H241. La France industrielle, *par la revue « L'Histoire »*
H242. Éducation, Société et Politiques. Une histoire
de l'enseignement en France de 1945 à nos jours
par Antoine Prost
H243. Art et Société au Moyen Age, *par Georges Duby*
H244. L'Expédition d'Égypte 1798-1801, *par Henry Laurens*
H245. L'Affaire Dreyfus, *collectif Histoire*
H246. La Société allemande sous le IIIe Reich
par Pierre Ayçoberry
H247. La Ville en France au Moyen Age
par André Chédeville, Jacques Le Goff
et Jacques Rossiaud
H248. Histoire de l'industrie en France
du XVIe siècle à nos jours, *par Denis Woronoff*
H249. La Ville des temps modernes
sous la direction d'Emmanuel Le Roy Ladurie
H250. Contre-Révolution, Révolution et Nation
par Jean-Clément Martin
H251. Israël. De Moïse aux accords d'Oslo
par la revue « L'Histoire »
H252. Une histoire des médias des origines à nos jours
par Jean-Noël Jeanneney
H253. Les Prêtres de l'ancienne Égypte
par Serge Sauneron
H254. Histoire de l'Allemagne, des origines à nos jours
par Joseph Rovan
H255. La Ville de l'âge industriel
sous la direction de Maurice Agulhon
H256. La France politique, XIXe-XXe siècle
par Michel Winock
H257. La Tragédie soviétique, *par Martin Malia*
H258. Histoire des pratiques de santé
par Georges Vigarello
H259. Les Historiens et le Temps, *par Jean Leduc*
H260. Histoire de la vie privée
1. De l'Empire romain à l'an mil
par Philippe Ariès et Georges Duby
H261. Histoire de la vie privée
2. De l'Europe féodale à la Renaissance
par Philippe Ariès et Georges Duby
H262. Histoire de la vie privée
3. De la Renaissance aux Lumières
par Philippe Ariès et Georges Duby

H263. Histoire de la vie privée
4. De la Révolution à la Grande Guerre
par Philippe Ariès et Georges Duby
H264. Histoire de la vie privée
5. De la Première Guerre mondiale à nos jours
par Philippe Ariès et Georges Duby
H265. Problèmes de la guerre en Grèce ancienne
sous la direction de Jean-Pierre Vernant
H266. Un siècle d'école républicaine
par Jean-Michel Gaillard
H267. L'Homme grec
collectif sous la direction de Jean-Pierre Vernant
H268. Les Origines culturelles de la Révolution française
par Roger Chartier
H269. Les Palestiniens, *par Xavier Baron*
H270. Histoire du viol, *par Georges Vigarello*
H272. Histoire de la France
L'Espace français, *sous la direction*
de André Burguière et Jacques Revel
H273. Histoire de la France
Héritages, *sous la direction*
de André Burguière et Jacques Revel
H274. Histoire de la France
Choix culturels et Mémoire, *sous la direction*
de André Burguière et Jacques Revel
H275. Histoire de la France
La Longue Durée de l'État, *sous la direction*
de André Burguière et Jacques Revel
H276. Histoire de la France
Les Conflits, *sous la direction*
de André Burguière et Jacques Revel
H277. Le Roman du quotidien, *par Anne-Marie Thiesse*
H278. La France du XIXe siècle, *par Francis Démier*
H279. Le Pays cathare, *sous la direction de Jacques Berlioz*
H280. Fascisme, Nazisme, Autoritarisme, *par Philippe Burrin*
H281. La France des années noires, tome 1
sous la direction de Jean-Pierre Azéma
et François Bédarida
H282. La France des années noires, tome 2
sous la direction de Jean-Pierre Azéma
et François Bédarida
H283. Croyances et Cultures dans la France d'Ancien Régime
par François Lebrun
H284. La République des instituteurs
par Jacques Ozouf et Mona Ozouf
H285. Banque et Affaires dans le monde romain
par Jean Andreau

H286. L'Opinion française sous Vichy, *par Pierre Laborie*
H287. La Vie de saint Augustin, *par Peter Brown*
H288. Le XIXe siècle et l'Histoire, *par François Hartog*
H289. Religion et Société en Europe, *par René Rémond*
H290. Christianisme et Société en France au XIXe siècle
par Gérard Cholvy
H291. Les Intellectuels en Europe au XIXe, *par Christophe Charle*
H292. Naissance et Affirmation d'une culture nationale
par Françoise Mélonio
H293. Histoire de la France religieuse
Collectif sous la direction de Philippe Joutard
H294. La Ville aujourd'hui, *sous la direction de Marcel Roncayolo*
H295. Les Non-conformistes des années trente
par Jean-Louis Loubet del Bayle
H296. La Création des identités nationales
par Anne-Marie Thiesse
H297. Histoire de la lecture dans le monde occidental
Collectif sous la direction de Guglielmo Cavallo et Roger Chartier
H298. La Société romaine, *par Paul Veyne*
H299. Histoire du continent européen
par Jean-Michel Gaillard, Anthony Rowley
H300. Histoire de la Méditerranée
par Jean Carpentier (dir.), François Lebrun